Katharine Ashe

Professeure d'histoire, elle écrit de la romance historique Régence. Son roman *J'ai épousé un duc* a été finaliste du prix *Romantic Times* en 2013 dans la catégorie « Romance historique de l'année ». En 2014, elle est sélectionnée pour le RITA Award du meilleur roman. Ses livres ont été traduits dans de nombreuses langues.

Le dilemme de Diantha

DE LA MÊME AUTRICE AUX ÉDITIONS J'AI LU

Trois sœurs et un prince

1 – *J'ai épousé un duc*
2 – *J'ai adoré un lord*
3 – *J'ai aimé le prince des rebelles*

Le duc diabolique

1 – *Cœur de fripouille*
2 – *Un ami d'enfance*
3 – *À la recherche d'un souvenir*
4 – *L'énigme d'un sourire*

Le Falcon Club

1 – *L'Écossais et la lady*
2 – *Deux cœurs dans la tourmente*

KATHARINE
ASHE

LE FALCON CLUB – 3

Le dilemme de Diantha

Traduit de l'anglais (États-Unis)
par Laurence Le Charpentier

J'AI LU

J'AI LU POUR elle

Si vous souhaitez être informée en avant-première
de nos parutions et tout savoir sur vos autrices préférées,
retrouvez-nous ici :

www.jailu.com

Abonnez-vous à notre newsletter
et rejoignez-nous sur Facebook !

Titre original
HOW A LADY WEDS A ROGUE

Éditeur original
Avon Books, an imprint of HarperCollins Publishers

Pour Atlas et Idaho,
mes compagnons d'écriture de chaque instant.
Vous me réchauffez les orteils. Vous vous allongez
tranquillement, satisfaits du soleil qui brille
par la fenêtre de mon bureau, comme si le soleil était
tout ce qui vous est nécessaire.
Vous me faites jouer lorsque je m'imagine
stupidement que je ne dois que travailler.
Et vous me rappelez chaque jour
que l'amour peut être inconditionnel.
Merci de faire de moi un meilleur être humain.

1

Mes chers compatriotes, loyaux Sujets de Grande-Bretagne !

C'est un scandale !

La nuit, je suis étendue, le cœur battant, le souffle court, et je gémis en pensant à la dévastation que subit l'Angleterre. Mon âme pleure et ma frêle silhouette féminine frémit de savoir que l'élite de la société, à laquelle nous rendons tous hommage, s'emploie à voler notre royaume.

À le voler !

Cela fait trois ans que je cherche à connaître l'identité des membres du fantomatique Falcon Club, un établissement pour gentlemen qui reçoit régulièrement des fonds du Trésor public sans procédure officielle. Aujourd'hui, je vous annonce mon plus grand accomplissement dans cette mission : j'ai découvert l'identité de l'un de ses membres. J'ai engagé un assistant pour suivre cet homme et en apprendre davantage sur ses activités. Lorsque j'aurai reçu un rapport fiable, je vous le transmettrai.

D'ici là, si vous lisez cette missive, monsieur Faucon Pèlerin, secrétaire du Falcon Club, sachez que j'attends avec impatience le jour où nous nous rencontrerons et où je vous dirai en face quel genre d'homme vous êtes précisément.

Lady Justice

À Lady Justice
Chez Brittle & Sons, imprimeurs, Londres

Milady des plus chères,

Je suis presque à bout de souffle (comme les trois quarts des hommes à Londres en ce moment) en vous imaginant reposant sur votre petit lit, votre poitrine emplie d'émotion, vos lèvres tremblant d'émoi. Je suis ému par votre dévouement. Et comme un coq lâché dans l'arène, je suis fort enthousiaste de votre empressement à me rencontrer en personne.

Mais auriez-vous découvert non pas l'un de mes confrères membres du club, mais moi-même ? Peut-être n'aurai-je pas à attendre beaucoup plus longtemps que nous fassions enfin connaissance.

Peut-être que mes propres fantasmes nocturnes passeront bientôt du monde des rêves à celui de la réalité.

Je ne peux que l'espérer.

De plus en plus à vous,
Faucon Pèlerin,
Secrétaire du Falcon Club

Faucon Pèlerin,

Envoyez Corneille chercher Lady Priscilla.

Le Directeur

Sir,

Je n'irai pas par quatre chemins : vous commettez là une erreur. Je vais envoyer Corneille chercher ce cheval, et il obéira sans la moindre hésitation. Mais après l'avoir ainsi insulté, vous risquez de le perdre définitivement.

Respectueusement,
Faucon Pèlerin

2

Faut... aller... à... l'écurie...

Quelque part dans une chambre en haut des marches, une fille avait crié. Non, pas une fille. Une femme. Une voix rauque, avinée, un cri de plaisir. Le cri de la fille n'était que dans sa tête. Comme toujours.

Aller à l'écurie.

Récupérer Lady.

Wyn parvint enfin à ouvrir les paupières. Le petit salon tangua. Mais il était debout. Dans un coin, contre le mur. Néanmoins debout. Une bien meilleure situation que celle de son hôte, qui gisait inconscient sur le pas de la porte, une bouteille dans une main, la cheville nue d'une femme dans l'autre. Le reste du corps de la femme était étalé dans le couloir au-delà.

Wyn parcourut du regard la pièce enfumée, jonchée de verres. Une lavallière en lambeaux ornait une étagère à livres, et une paire de bas enfourchait le bras d'un fauteuil. Une queue de billard cassée dépassait d'une lampe et des mégots de cigare avaient marqué le tapis de trous noirs.

Il ferma fort les yeux et dit :

— C'est quand qu'on va s'amuser ?

C'est alors que se raviva la brûlure dans ses tripes.

À peine réveillé depuis vingt secondes avant que la torture commence. Son ennemi juré s'était fait plus insistant, ces derniers temps. Il ne se souvenait pas d'avoir mangé depuis son arrivée au manoir, trois jours plus tôt. La nourriture atténuait la torture dans son ventre. Mais pas le temps pour ça maintenant. Si les autres étaient dans le même état que son hôte, il ferait bien de ne pas s'éterniser.

— C'est parti pour la chevauchée, alors !

Se concentrant sur l'entrée, il s'écarta du mur.

— Qu'est-ce que vous avez dit, Yale ?

Avait-il parlé tout haut ? Bon Dieu !

Prudemment, très prudemment, il reporta son attention du côté d'où venait la voix. Il ne se précipitait jamais. La précipitation menait à commettre des erreurs. Wyn Yale, agent du Falcon Club et gentleman accompli, de ses bottes étincelantes à sa lavallière soigneusement nouée, ne commettait jamais d'erreur. Il ne tombait jamais. Il ne trébuchait jamais. Il ne se trahissait jamais, même lorsqu'il ne parvenait plus à prononcer son propre nom. Dans ce cas, il se taisait, tout simplement.

Ce n'était pas l'orgueil qui alimentait cette quête de perfection. Son père et ses frères avaient eu pour habitude de lui reprocher son orgueil. Ils ne savaient pas ce qu'ils disaient.

Mais apparemment, il parlait maintenant à voix haute sans même s'en rendre compte. Il était peut-être en train de perdre le contrôle, finalement. Dommage. La précision rationnelle était tout ce qui lui restait, à part bien sûr la maudite boule de feu qui s'activait dans son abdomen.

— Quelle chevauchée ?

L'autre invité était étalé sur le divan, sans compagnie féminine pour l'instant, peut-être à cause de son gilet imbibé de vin. *Règle n° 3 : les ladies attendent d'un gentleman qu'il entretienne sa tenue.* Même les femmes de petite vertu. La grand-tante de Wyn avait insisté sur ce point.

— Qui fait une course à cheval ? bredouilla le gentleman débraillé. Je miserais dix guinées sur vous plutôt que sur n'importe lequel d'entre eux. Ce brillant fils de…

— Y a pas de chevauchée.

D'un pas décidé, Wyn se rendit au buffet et remplit généreusement un verre de vin. Clignant des yeux dans sa tentative de se stabiliser, il pivota, apporta le verre à son compagnon et lui referma la main dessus. Chaude. De la chair et des nerfs. C'était étrange qu'il le remarque. Mais cela faisait une éternité qu'il n'avait pas senti la peau d'un être humain, qu'il n'avait pas touché quelqu'un.

— Je vais seulement m'occuper de mon cheval.

L'ivrogne but goulûment, le vin coulant au coin de sa bouche.

— C'est un magnifique spécimen. Il est à vendre ?

— Non.

Wyn avait un autre fidèle compagnon, en plus de la brûlure dans son estomac : le pur-sang noir et élégant dans l'écurie.

L'homme balaya l'air de la main.

— C'est aussi bien. Ma femme m'écorcherait vif si je dépensais autant d'argent.

— Il vaut mieux le dépenser en alcool et en catins, bien sûr, murmura Wyn en se concentrant à nouveau sur la porte, qui pencha d'un côté puis de l'autre.

— Parce que vous, vous avez de l'argent à dépenser sans compter ?

— Pas dernièrement, mon vieux.

Wyn avait acheté Galahad cinq ans plus tôt, avant l'épuisement de ses fonds.

L'homme but le verre bruyamment, avant de s'affaisser à nouveau dans un ronflement. Wyn enjamba les corps étendus sur le seuil et longea le corridor. Il chercha son manteau dans l'armoire où l'avait rangé le majordome. Avait-il même apporté un manteau ? Quel mois était-on ? *Septembre.*

Il retira son pardessus d'un crochet. Mieux valait s'assurer que ce soit bien le sien. Il fouilla la poche, et ses doigts glissèrent sur la gaine du couteau. Son pistolet, bien sûr, était toujours dans la sacoche. Il n'y avait nul besoin d'arme à feu dans une bacchanale à la campagne. Il l'avait apporté pour la suite. S'en passer équivaudrait à être un grand crétin.

Malgré tous ses péchés, il n'était pas un grand crétin. Pas même un petit.

Il sortit de la maison, laissant les hommes et les femmes qui s'y trouvaient, pris par des réjouissances qu'ils appréciaient tous parce qu'ils ne connaissaient rien de plus satisfaisant, et se dirigea vers l'allée boueuse. Dans l'écurie, il n'y avait que de la paille et la chaleur musquée des chevaux. Galahad avait sa propre stalle parce qu'il le méritait, et non parce que son tempérament ne lui permettait pas d'avoir de la compagnie ; le pur-sang était castré, tout comme son maître lors de ce rassemblement – *temporairement*. Pas de femmes pendant le travail. Pas d'alcool non plus, en général. Or cette mission l'avait exigé. C'est pourquoi les yeux du cheval étaient maintenant au nombre de quatre. Avec autant de naseaux et d'oreilles.

Wyn tendit la main vers les deux naseaux de Galahad, chacun d'un noir satiné marqué d'un éclat blanc. Il saisit chaque côté de la tête de l'animal dont les deux profils ne firent plus qu'un. D'un naturel calme, Galahad ne protesta pas.

— Pourras-tu supporter sa compagnie, mon ami ?

Contre le pelage du cheval, son souffle était lourd de brandy.

— Elle est mignonne, après tout.

Galahad le dévisagea de ses yeux couleur de terre et donna un coup de museau contre son torse.

— Tu feras tout ce qu'on te demandera. Nous formons une belle équipe, toi et moi, dit-il avant de fermer les yeux. Mais je ferai bientôt ce qu'on ne m'a pas demandé de faire. Puis ils me déposséderont de toi. Ils me prendront tout, mais... (Il baissa la voix jusqu'à un murmure.) Tu seras tout ce que je regretterai d'avoir perdu.

Il resta un moment immobile, le sol jonché de paille dansant sous ses pieds. Puis il entreprit de seller son cheval.

Il mit sa sacoche de voyage en bandoulière, puis Galahad le suivit vers la sortie de l'écurie, sur ses talons comme un épagneul. Ils s'arrêtèrent devant une autre stalle. Le cheval qui s'y trouvait était aussi éblouissant qu'un joyau, de son museau effilé et de ses yeux intelligents à son puissant garrot et sa robe brun soyeux.

Wyn s'inclina.

— Milady, votre escorte est arrivée.

Il ouvrit la porte de la stalle.

Lady Priscilla, le meilleur lot chevalin qu'on puisse élever, s'approcha sans protester, le sabot léger et docile. C'est sans doute ainsi qu'elle avait accompagné l'hôte de Wyn, après qu'il l'eut gagnée aux cartes face au marquis de McFee – injustement, car elle appartenait à l'oncle de McFee, le duc de Yarmouth.

Or le duc voulait récupérer sa jeune jument si prisée. Qui de mieux que Wyn pour effectuer cette mission ? La Couronne savait que lorsqu'elle lèverait le petit doigt pour demander un service à M. Wyn Yale, troisième fils sans le sou d'un écuyer gallois ayant peu de terres et peu de présence d'esprit, il obéirait sans broncher. Et, bien sûr, il avait accepté parce qu'il appréciait ce genre de travail. Ou plutôt, il l'avait apprécié. Plus récemment, il l'avait fait pour continuer à s'approvisionner en gilets et en brandy.

Mais cette mission était différente. Il n'avait pas accepté cette tâche humiliante pour plaire au directeur anonyme du Falcon Club ou au roi. Pas même pour le sac de pièces d'or dont ils le rémunéraient. Cette mission, il l'avait acceptée pour venger une mort.

Une mort pour une mort. Un péché pour en neutraliser un autre.

Cette fois, cependant, ce qu'il allait faire, il ne pourrait le cacher à ses amis – Leam Blackwood, Jin Seton, Constance Read, Colin Gray – tous autrefois confrères et agents du Falcon Club, les plus grands amis que puisse avoir un homme. Cette fois-ci, ils sauraient tous. Cette fois-ci, le monde entier saurait.

La bruine formait de la brume sur la terre chaude. Mais le ciel était lourd et la pluie ne tarderait pas à tomber à verse. La couverture sur la pouliche la garderait au sec. Il posa sur le dos de Galahad une autre couverture qu'il avait prise dans la sellerie.

— Maintenant, nous voilà partis pour la chevauchée. Façon de parler.

Il s'en fut à pied le long de la route brumeuse, une longe dans chaque main. La journée grise était encore jeune ; le village, où on pouvait trouver une bouteille et la malle-poste, n'était qu'à quelques kilomètres de marche. Lorsqu'il atteindrait le château de Yarmouth dans deux jours, il serait à nouveau au sec et convenablement vêtu. En attendant, être imbibé à l'extérieur comme à l'intérieur lui paraissait tout à fait convenable. Ici, au milieu de nulle part, en compagnie d'aucune âme qui vive, si ce n'était de bêtes, il n'avait même pas besoin de prétendre à la perfection. Après tout, un homme en route pour assassiner un duc devait pouvoir profiter du voyage comme il l'entendait.

En théorie, son plan fonctionnait à merveille.

En théorie.

Diantha n'avait évidemment pas pu prévoir le beau garçon de ferme. Par conséquent, elle n'avait pas pu prévoir la désertion d'Annie. Elle n'avait pas non plus anticipé la pluie qui trempait l'ourlet de sa robe de voyage, ni l'homme aux doigts aussi boudinés que des saucisses sur le siège dans l'autre coin de la malle-poste. L'enfant qui criait dans les bras de sa mère n'était pas non plus précisément une aubaine. Mais au moins, le petit paquet de nerfs n'avait pas vraiment causé d'ennuis à Diantha – seulement une migraine de la taille du Devon, qui avait en fait commencé au relais de poste lorsque Annie avait donné abruptement sa démission en lançant par-dessus son épaule :

— Bonne chance à vous, mademoiselle Lucas !

En vérité, le bébé n'était pas à blâmer.

Naturellement, dans le confort du manoir de Brennon, Diantha n'aurait rien pu anticiper de tout cela, en particulier la défection d'Annie. Sa meilleure amie, Teresa Finch-Freeworth, adorait sa femme de chambre et, franchement, Diantha l'avait appréciée aussi. Annie lui avait semblé la dame de compagnie idéale pour quitter prématurément la maison de Teresa sous le couvert des convenances. Jusqu'à ce qu'Annie l'abandonne.

Diantha pressa le bout des doigts contre ses tempes. La migraine empirait, mais il était tout à fait acceptable que les bébés pleurent, et elle les aimait beaucoup en temps normal. Elle avait toujours rêvé d'avoir des enfants, et M. H. aussi. Mais elle n'avait pas le temps d'y réfléchir. Il lui fallait maintenant retrouver sa mère et l'arracher à l'antre d'iniquité où elle vivait.

Sous le bord de son bonnet, elle jeta un coup d'œil à M. Doigts de Saucisse. Il avait vraiment l'air dangereux. Il regardait l'enfant d'un air renfrogné, ses bajoues remuant au rythme des oscillations de la voiture.

— Elle fait ses dents, n'est-ce pas ? chuchota Diantha à la mère de l'enfant. Ma sœur, Faith, ne cessait de pleurer lorsque ses dents ont percé.

— Elle n'arrête pas, mademoiselle.

La femme gémit doucement, berçant le bébé contre un sein trop peu volumineux pour lui servir d'oreiller.

— Pauvre chérie. Ma mère avait l'habitude de nous frotter les gencives avec du brandy. Ou parfois, si papa avait tout bu, avec du whisky. C'est très apaisant.

La femme eut l'air sceptique, et quelque peu choqué.

— C'est vrai ?

— Oh, oui ! Les contrebandiers étaient si nombreux sur la côte que nous n'avions aucun mal à trouver du brandy, pendant la guerre.

Elle glissa un doigt ganté dans la main du bébé. Il s'y accrocha et se mit à hoqueter.

— Au prochain relais de poste, plongez votre doigt dans un verre d'alcool et frottez. Elle s'endormira en un rien de temps.

La bouche de l'enfant s'ouvrit à nouveau, et un hurlement de sorcière en sortit.

— Puis finissez vous-même le verre, dit Diantha plus fort, pour se faire entendre par-dessus le vacarme.

Elle sourit et tapota le bras de la femme.

Les yeux de la mère s'adoucirent. Le bébé gémit. Sous le rebord de sa casquette, M. Doigts de Saucisse les lorgnait à nouveau. Il avait l'air d'un bandit de grand chemin, si les bandits de grand chemin avaient des ongles sales et le regard fuyant.

Diantha comprenait maintenant que la fugue amoureuse d'Annie avait une importance secondaire par rapport à ses ennuis. Des hommes comme celui-ci allaient peupler la route jusqu'à Bristol, puis probablement le bateau jusqu'à Calais. Le monde était fait d'hommes sans scrupule.

Elle le savait vaguement, ayant été présentée dès son jeune âge à un méchant homme du nom de M. Baker, avec lequel sa mère avait l'intention de marier sa jolie sœur, Charity. Ou quelque chose comme ça. Personne ne lui avait rien dit à l'époque, parce qu'elle était trop jeune et *susceptible*, disait-on – c'est-à-dire susceptible de se retrouver dans le pétrin si on lui laissait la bride sur le cou. Maintenant, il n'y avait plus personne pour lui dire quoi que ce soit, à une exception près : Teresa, dont les histoires étaient scandaleusement émoustillantes et qui avait conçu le plan de sa mission du moment. Or cette mission ne devait pas être contrariée, même par une mésaventure mineure comme la perte de sa compagne de voyage au profit d'un garçon de ferme aux gros bras musclés. Annie avait particulièrement apprécié ces muscles. Elle en avait parlé avant de l'abandonner, en guise de justification semblait-il.

Diantha n'avait pas d'opinion sur les bras ou les muscles des hommes, mais elle voyait maintenant la faille fatale dans son plan. Elle avait besoin d'un homme. Mais pas de n'importe quel homme. Elle avait besoin d'un homme de courage et d'honneur, qui l'aiderait sans poser de questions.

Elle avait besoin d'un *héros*.

Serena, la demi-sœur de Diantha, lui avait souvent lu des histoires de chevaliers sauvant des damoiselles en détresse, et le baron de Carlyle, son beau-père érudit, lui avait assuré que ces récits n'étaient pas entièrement fictifs, mais basés sur des faits historiques. Les héros existaient. Or sa mission était simplement trop périlleuse pour être entreprise seule. Il lui fallait de l'aide.

Bien sûr, le plan qu'avait conçu Teresa ne prévoyait pas de s'assurer l'assistance d'un homme. Teresa n'avait jamais rencontré de véritable héros. Son père regardait à peine les femmes de sa maisonnée, et ses frères n'étaient certainement pas héroïques ; quinze jours plus tôt, ils avaient tous les trois jeté un coup d'œil à Diantha, et leurs yeux étaient devenus carrément sauvages.

Les héros ne s'intéressaient pas qu'à l'apparence. Ils s'intéressaient au cœur.

La jeune mère se déplaça, poussant Diantha contre le monsieur corpulent à sa gauche. Concentré sur son journal, il ne sembla pas le remarquer. Elle lui lança vivement un coup d'œil, et ne put retenir un petit soupir de déception.

Trop vieux. Un héros prêt à défendre une lady contre des bandits de grand chemin devait être dans la fleur de l'âge. Sinon, il risquait de ne pouvoir manier l'épée ou le pistolet avec suffisamment de vigueur.

La voiture cahotait. Le bébé braillait. La mère sanglotait doucement.

— Puis-je la prendre dans mes bras ? Ma sœur est grande maintenant, et cela me manque de bercer un bébé. Ainsi, vous pourrez faire une sieste avant notre prochain arrêt.

— Oh, mademoiselle, je ne pourrais pas…

— Bien sûr que si. Je veillerai sur elle pendant que vous vous reposez.

Diantha entoura le nourrisson de ses bras et l'attira contre elle. Son sac de voyage posé sur ses genoux faisait un excellent coussin, et elle avait plus de poitrine que la mère du bébé pour qu'il se blottisse contre elle. La femme emmaillota son enfant dans la couverture.

— Merci, mademoiselle. Vous êtes un ange.

— Pas du tout.

Elle berça un moment le nourrisson, appréciant son poids et sa chaleur, puis porta son attention sur le passager face à elle, dont les genoux touchaient presque les siens.

Celui-ci n'était pas un homme. Il n'avait pas plus de treize ans et, à en juger par le bout de ses doigts noircis et son teint blafard, c'était un ouvrier de la mine. Ses joues étaient teintées par deux taches rouges parfaitement circulaires.

— M'dame, dit-il en tirant sur sa casquette.

Elle lui sourit, et la rougeur se propagea le long de son cou crasseux.

Il ne ferait pas l'affaire, de toute évidence. On ne pouvait pas confier de nobles missions à des garçons, même à ceux qui plongeaient chaque jour à l'intérieur de la terre pour en extraire du charbon et qui, de ce fait, auraient dû être considérés comme des héros.

Il ne restait plus que l'homme assoupi dans le coin – le passager qui, à l'arrêt précédent, avait pris la place d'Annie dans la voiture.

L'ourlet de son pardessus avait dégouliné de pluie sur le sol autour de ses bottes noires et brillantes. Ses bras étaient croisés sur sa poitrine, et un élégant chapeau de soie noire retombait bas sur son front. L'homme était plutôt grand et large d'épaules, mais il semblait remplir l'espace qu'il occupait sans gêner outre mesure ses compagnons de voyage. Elle ne pouvait voir que ses mains, non gantées, et le bas de son visage.

De grandes mains élégantes aux longs doigts, une mâchoire ferme, bien rasée, et une bouche joliment dessinée.

Elle cligna des yeux.

Elle se baissa, pencha un peu la tête pour regarder sous le bord du chapeau.

Elle en eut le souffle coupé !

Aussitôt, elle se redressa bien droit sur son siège. Sous le poids du bébé emmailloté qui pleurait, son cœur battait la chamade. Elle prit une inspiration pour se ressaisir. Puis encore une. Elle lui jeta un autre coup d'œil, qui s'éternisa cette fois.

Alors, elle sut. Au plus profond de son cœur, ses derniers doutes se dissipèrent, et elle sut qu'elle allait vraiment retrouver sa mère.

Elle avait souhaité qu'un gentleman l'assiste dans sa mission et Dieu, ou qui que ce soit qui exauce les vœux des demoiselles pleines d'espoir, lui avait envoyé un tel homme. Car si quelqu'un pouvait remplir le rôle du chevalier servant, elle était convaincue que c'était ce gentleman.

Après tout, il était déjà son héros.

Une fille avait les yeux rivés sur lui.

Cela ne surprenait guère Wyn, habitué qu'il était à ce genre d'attention de la part de la gent féminine, et cela ne le dérangeait en rien, généralement. Mais il en avait reçu un peu trop ces derniers temps, bien que les femmes de l'orgie qu'il venait de quitter n'aient pas vraiment ressemblé à la fille assise face à lui dans la voiture, qui le fixait de ses yeux écarquillés du bleu le plus pur qu'il ait vu de sa vie. Des yeux très, très bleus avec de larges iris, comme du lapis-lazuli poli, frangés de longs cils sombres et surmontés de sourcils arqués. Des yeux qui lui étaient familiers.

Une fille qui ne lui était pas familière, cependant. S'il l'avait déjà rencontrée, il se serait souvenu de cette créature attirante. L'inclinaison de sa mâchoire délicate, le pincement de ses lèvres pareilles à des fruits rouges et toutes ces boucles châtains qui dépassaient de son bonnet étaient trop jolies pour qu'on les oublie. Qu'il soit ivre ou sobre, Wyn n'oubliait jamais rien, pas même les filles qui n'étaient pas aussi ravissantes que celle-ci. Ni les hommes. Ni les villages. Ni les souches d'arbre. Ni quoi que ce soit. C'était ce qui depuis dix ans le rendait si efficace dans son travail.

Elle haussa les sourcils.

— Vous êtes enfin réveillé ? dit-elle, et c'est alors qu'il se souvint.

Les voix, il ne les oubliait pas non plus – surtout pas celle-ci, fraîche, claire.

— J'ai cru que vous ne vous réveilleriez jamais, poursuivit-elle sans même attendre de réponse. Vous savez, je vous avais à peine reconnu. Vous avez une mine épouvantable.

— Merci, m'dame, marmonna-t-il.

Il ne mentionnerait pas que le manque de reconnaissance avait été réciproque, car elle en devinerait certainement la raison. *Règle n° 4 : ne jamais blesser les sentiments d'une lady.* Une jeune fille ne change pas d'apparence, comme Mlle Lucas l'avait fait en deux ans, sans beaucoup d'efforts et le généreux coup de main de la nature, et sans être elle-même parfaitement consciente de cette transformation.

Mlle Lucas n'était pas une prostituée comme les femmes qu'il avait laissées derrière lui la veille. C'était une dame bien éduquée, la jeune demi-sœur d'une lady qu'il aimait beaucoup et qui était mariée à un homme qui l'avait aidé à traverser la pire nuit de sa vie.

Il frotta du pouce et de l'index les coins de ses yeux, pinça entre ces deux doigts l'arête de son nez, puis regarda à nouveau.

Une dame bien éduquée... avec un bébé dans les bras.

Il jeta un coup d'œil aux autres passagers. Ni l'homme à sa gauche ni la femme à sa droite ne pouvaient être considérés comme le mari ou la servante de cette belle-fille de baron. Il tendit le cou vers sa gauche. Ses voisins de siège ne convenaient pas davantage.

— Je voyage seule, précisa-t-elle avec obligeance. Annie m'a abandonnée au dernier arrêt pour un garçon de ferme. Il était plutôt beau, vraiment, alors je ne peux pas lui en vouloir. Mais elle aurait pu rester jusqu'à ce que je trouve quelqu'un pour la remplacer.

Elle se pencha en avant et chuchota :

— Je ne me sens pas très à l'aise de voyager seule, voyez-vous.

D'un coup d'œil, elle indiqua avec un air entendu l'artisan de forte carrure assis près de Wyn, puis se redressa.

— Mais maintenant que vous êtes là, je ne suis plus seule.

Elle sourit, et deux fossettes creusèrent ses joues à la douceur de crème.

Wyn cligna des yeux, ce qui dissipa momentanément la brume qui lui brouillait la vue. Il se souvenait des fossettes de la jeune fille qu'il avait rencontrée au domaine du comte de Savege, dans le Devon. Il ne se souvenait pas, en revanche, de s'être retrouvé dans l'incapacité d'en détourner les yeux. Mais au relais de poste précédent, il n'y avait eu que du gin, et cet alcool avait tendance à embrouiller ses sens.

Les propos qu'elle lui tenait finirent par lui parvenir.

— Seule ?

Il reporta son attention sur le bébé qui vagissait. Étonnant qu'il ait pu dormir si profondément.

— Le père de l'enfant est-il resté à la maison ?

Les fossettes se creusèrent.

— Je suppose. Je ne le sais pas, mais je ne peux m'en informer pour le moment, puisque sa mère dort et je n'ai pas le cœur de la réveiller, dit-elle avant de reprendre en baissant la voix : Franchement, je suis extrêmement curieuse. Je ne peux m'imaginer prendre la route avec un nourrisson sans la moindre escorte. Mais...

Elle eut l'air songeur, et ajouta :

— Je ne dois pas jeter la pierre, étant moi-même dépourvue d'escorte. Jusqu'à présent.

Ses lèvres rouges s'illuminèrent en un nouveau sourire, et son regard vibrant parcourut sa personne de haut en bas.

— À votre service, milady.

Dans cet espace exigu, au lieu de s'incliner lui-même, il inclina son chapeau.

Le sourire de la jeune femme s'épanouit de plus belle.

La boule de feu dans l'estomac de Wyn dansait une gigue impatiente. En cette compagnie, il ne pouvait pas lui demander ce qu'elle voulait dire. Il ne pouvait s'enquérir de sa destination, de ses intentions ou de l'identité exacte d'Annie. Il ne pouvait même pas prononcer son nom. Et il espérait vivement qu'elle ne choisisse pas de lui fournir volontairement l'une ou l'autre de ces informations, alors qu'elle partageait la voiture avec quatre inconnus. Mais au prochain relais de poste, il l'entraînerait à l'écart et apprendrait ce qu'il lui fallait savoir. Puis il la ramènerait à sa famille. Il était clair que Mlle Lucas s'était enfuie de chez elle. Heureusement pour elle, il était un peu le spécialiste de la fugue. *Le* spécialiste engagé par la Couronne, membre du Falcon Club – une petite organisation secrète dont la mission consistait à ramener à la maison des personnes de distinction qui s'étaient égarées – avec un don particulier pour retrouver les filles précisément comme celle-ci. Gâtées, obstinées, naïves, sûres de leur charme. Des créatures capables de vous mener par le bout du nez grâce à la puissance hypnotique de leur sourire.

Elle reporta son attention sur le bébé qu'elle tenait dans ses bras. Wyn ferma les yeux, sombrant à nouveau dans la léthargie induite par le gin, mais le mécontentement le rongeait à présent. La pouliche devait passer après la jeune fille. Le duc de Yarmouth attendrait.

Mais rien ne pressait. Personne ne soupçonnerait quoi que ce soit d'anormal, s'il tardait. Cette mission particulière était manifestement un prélude à sa mise à la retraite, un message indiquant que la Couronne n'avait plus besoin de ses services. Une dernière vexation. L'agent principal du Falcon Club, le vicomte Colin Gray, l'avait prévenu : leur directeur était préoccupé à son sujet. Gray pensait que c'était à cause du brandy. Wyn connaissait la vérité. Le directeur ne lui faisait plus confiance depuis cinq ans, et cela n'avait aucun rapport avec le brandy.

Maintenant, il allait veiller à ce que Mlle Lucas rentre chez elle, avant de ramener la jument à son maître, et cette part de son existence s'achèverait dans un brasier d'ignominie. Il croisa les bras sur sa poitrine. Le bébé s'était remis à hurler. La voiture cahotait. Le sommeil propice à l'oubli tarda à venir.

3

M. Yale ne se réveilla qu'au moment où la voiture s'arrêta dans la cour du relais de poste. Il fut le premier à sortir sous la pluie.

Diantha avait besoin de s'étirer et de se dérouiller les jambes, puis d'un bon thé chaud. Après avoir tenu le bébé tout ce temps, ses bras et ses épaules la faisaient terriblement souffrir.

La mère du nourrisson lui étreignit la main.

— Mademoiselle, vous m'avez sauvée aujourd'hui. Vous serez dans mes prières ce soir.

— Vous auriez fait de même pour moi, je n'en doute pas.

Elle sourit et, sur ses genoux chancelants, se donna un peu d'élan pour descendre de voiture.

Debout près des deux marches, dans la lumière déclinante de cette soirée pluvieuse, M. Yale lui tendit la main. C'était on ne peut plus stupide qu'un tressaillement aigu se mette à zigzaguer dans le ventre de Diantha. Mais comme elle n'avait éprouvé que trois fois dans sa vie ce genre de tressaillement, et que les trois fois c'était en sa présence, il ne fallait pas s'en étonner. Un vrai héros ne peut qu'avoir ce genre d'effet sur une damoiselle.

Elle posa ses doigts gantés sur sa paume et descendit les marches dans l'allée inondée de flaques, puis elle leva les yeux vers lui.

Encore ce tressaillement aigu.

— Madame, dit-il doucement alors qu'elle rabattait la capuche de sa cape sur ses cheveux, j'espère que vous m'accompagnerez à l'écurie le temps que je m'occupe de mes bêtes. Je vous prie de m'excuser de vous en faire la requête.

Il désigna deux chevaux attachés derrière la voiture.

— En l'absence d'Annie, vous comprendrez qu'il est sage de ne pas entrer dans l'auberge sans escorte appropriée, ajouta-t-il, son regard se portant sur la portière ouverte de la voiture où se dressait M. Doigts de Saucisse.

— Oui, monsieur. Je ne vois aucun inconvénient à vous accompagner à l'écurie.

— Parfait.

Il s'inclina, et ses yeux gris semblèrent briller.

Ses yeux étaient vraiment *argentés*. Avec ses cheveux noirs et sa mâchoire carrée, il était très beau, même avec les joues plutôt amaigries. Lorsqu'elle l'avait vu la première fois lors d'un mariage à Savege Park, elle avait surtout aimé ses yeux d'argent. Ils se posaient sur une femme comme si ses moindres mots et désirs étaient sa principale préoccupation, comme si, en fait, il souhaitait lire dans ses pensées pour découvrir ses désirs plutôt que lui demander de faire l'effort de les exprimer.

C'est ce qu'il avait fait la nuit de cette fête de mariage. Il avait lu dans ses pensées et l'avait sauvée. Il avait été son héros.

Il détacha les chevaux derrière la voiture et les conduisit vers l'arche menant à l'arrière de l'auberge. Un petit chien au pelage miteux se trouvait sous la pluie devant la porte de l'écurie, attendant de pouvoir y entrer.

— Regardez cette pauvre bête ! Elle n'a que la peau sur les os, et elle fait attention avec sa patte avant. Je pense qu'elle est blessée.

Elle tendit le cou pour s'y intéresser de plus près, mais le garçon d'écurie referma la porte en disant :

— Ce n'est qu'un bâtard, mademoiselle.

— Quelqu'un devrait le nourrir. Il est affamé.

M. Yale la regarda avec curiosité, puis reprit sa tâche. Il ne confia pas les chevaux au garçon d'écurie mais s'en occupa lui-même, puis revint la rejoindre à la porte.

— Merci pour votre patience, mademoiselle Lucas. Comment vous sentez-vous ?

Il s'inclina divinement, comme s'il la rencontrait dans un salon élégant.

Elle fit une révérence.

— Bien, monsieur. Surtout maintenant.

— Avez-vous des bagages à bord de la voiture ?

— Une malle de voyage et un carton à chapeaux. Pourquoi ?

— Alors la première chose à faire est de les récupérer.

— Oh ! Je ne pense pas que ce soit nécessaire. La voiture va bientôt repartir. Ce n'est qu'un petit arrêt pour dîner et changer de chevaux, je pense.

— Vous souhaitez dîner ?

Il avança et l'invita du geste à gagner l'auberge.

— Oui, je suis affamée ! Je ne m'étais jamais rendu compte à quel point voyager en voiture ouvre l'appétit.

— Ah bon ?

— Je n'aurais jamais pensé avoir aussi faim, sinon j'aurais demandé à Annie de préparer un dîner à emporter avant de quitter le manoir de Brennon.

Elle le précéda pour franchir la porte. Dans une atmosphère chaleureuse fleurant le rôti et la bière, la salle de l'auberge se ramifiait en plusieurs salles attenantes, toutes lambrissées de bois et avec des feux crépitants. Fermiers et villageois étaient regroupés autour du comptoir et des tables. Les passagers de la voiture étaient là aussi. Diantha sentit que son estomac gargouillait.

M. Yale se chargea de sa cape et lui tira une chaise devant une petite table. Un homme en tablier amidonné se présenta.

— Que puis-je vous servir, sir ?

— La lady prendra ce qu'elle désire, et je prendrai une pinte, un verre vide et une bouteille de Hennessy.

— Mademoiselle ?

— Ce qui est le meilleur au menu ce soir, merci, répondit-elle avec un sourire. Ça sent délicieusement bon !

— Le rôti et le pudding de ma femme, mademoiselle. Les meilleurs du village.

— Ce n'est pas un très grand village, murmura-t-elle lorsqu'il fut parti, mais il ne fait aucun doute que je vais l'apprécier. Je mangerais volontiers un cheval, à l'heure qu'il est. Pas l'un des vôtres, bien entendu. Quels beaux animaux vous avez, monsieur Yale !

— Merci, mademoiselle Lucas.

Il ne s'était pas assis.

— Je reviens dans un instant, dit-il en la regardant droit dans les yeux. Si vous voulez bien rester à cette table pendant mon absence, ce serait préférable.

— J'ai tellement faim que le plus loin que je pourrais aller, c'est à la cuisine.

Il s'inclina et disparut par la porte de derrière. Elle jeta un coup d'œil au comptoir, où M. Doigts de Saucisse la fixait à nouveau, puis à la pluie par la fenêtre.

Lorsque M. Yale revint, ses boissons l'attendaient, et on avait servi son repas à la jeune femme.

— Vous ne mangez pas ? demanda-t-elle.

— Pas pour l'instant.

Il prit la bouteille pour se verser un verre et le vida d'un trait.

— Mais profitez bien de votre dîner, dit-il en levant sa pinte de bière.

— Merci, répondit-elle avant de commencer à se restaurer. Le goût est encore meilleur que l'odeur. J'ai à peine mangé une bouchée pendant les quinze jours que j'ai passés au manoir de Brennon, tellement j'étais excitée à l'idée de faire ce voyage.

— Puis-je avoir l'audace, mademoiselle Lucas, de vous demander par quel hasard vous voyagez seule ?

— Annie, la servante de Teresa, m'a abandonnée. Nous avions pensé qu'elle ferait une parfaite dame de compagnie, mais je ne m'attendais pas du tout à ce qu'elle décampe.

— Je vois. Teresa... ?

— Finch-Freeworth. Nous avons fréquenté ensemble l'école Bailey pour jeunes filles pendant trois ans, lorsque mon beau-père m'y a envoyée après le renvoi de ma quatrième gouvernante. Mlle Yardley, directrice de l'établissement, était tellement formidable que je ne lui ai jamais causé de problèmes. Mon Dieu, ce pudding est tout simplement divin ! Les plats qu'on sert dans tous les relais de poste sont-ils aussi délicieux ?

— Pas toujours. Je crois comprendre que la maison de Mlle Finch-Freeworth, le manoir de Brennon, ne se trouve pas très loin d'ici et que vous l'avez récemment quittée ? devina-t-il, ce qu'elle apprécia.

La nuit où il l'avait secourue à Savege Park, il avait également compris toute la situation avec fort peu d'explications.

— Je suis partie très tôt ce matin.

— Et que...

Il s'interrompit, avant de reprendre :

— Mademoiselle Lucas, veuillez me pardonner de continuer à m'informer des détails.

— Je vous en prie. Pourquoi pas ?

Il sourit légèrement, un soupçon d'amusement se dessinant au coin de ses lèvres. Les trois fois où il était venu à Savege Park, la demeure de sa demi-sœur Serena, Diantha l'avait vu sourire ainsi à son autre demi-sœur, Viola, ainsi qu'à une véritable déesse, lady Constance Read, une héritière écossaise avec laquelle il semblait être particulièrement ami. Mais il ne lui avait jamais souri ainsi, pas même lorsqu'il était venu à son secours ce soir-là. Or ce sourire provoquait en elle d'étranges émois, à la fois agréables et un peu alarmants. Comme de la *chaleur*.

— Comme j'imagine que votre beau-père aurait envoyé sa voiture pour vous dans des circonstances normales, qu'est-ce que les parents de Mlle Finch-Freeworth et lui-même ont dit de votre voyage en malle-poste ?

— Oh ! Ils n'ont rien dit. Mon beau-père n'est pas au courant. Quant aux parents de Teresa, lady Finch-Freeworth est une femme douce qui n'a pas de cran, et sir Terrence se fiche éperdument de ce que font les femmes de sa maisonnée. Je ne pense même pas qu'il m'ait remarquée, en vérité.

Les yeux de M. Yale se teintèrent d'une lueur chaude et, étrangement, Diantha sentit sa gorge se serrer.

— Vous me voyez sceptique à ce sujet.

— Mais c'est vrai ! Lorsque nous avons présenté la lettre de mon beau-père, ni lui ni lady Finch-Freeworth n'ont sourcillé. Il est vrai que j'ai bien réussi à imiter la signature de mon beau-père. J'ai un talent particulier pour la plume et la cire, c'était donc assez convaincant.

— Je suppose.

— Que buvez-vous ?

— Du brandy. Quelle est donc votre destination, mademoiselle Lucas ?

— Je n'ai jamais vu un gentleman boire autant de brandy en si peu de temps, pas depuis la mort de mon père. Mais mon beau-père boit rarement de l'alcool et, bien sûr, je ne connais pas beaucoup d'autres gentlemen, à part les époux de mes sœurs et, je suppose, le curé, et naturellement M. H. Mais cela changera lorsque j'aurai retrouvé ma mère. Le mois prochain, je ferai mon entrée dans la société.

Il posa son verre et ne dit rien, se contentant de la fixer de ses yeux argentés – avec attention, semblait-il. Elle se sentait regardée. Vraiment regardée. Pas pour ses boutons et ses rondeurs, qu'elle avait encore à profusion dix-huit mois plus tôt, ni pour ses yeux, à propos desquels sa mère disait qu'ils étaient son unique qualité. M. Yale semblait regarder autre chose. L'intérieur de sa personne.

Il finit par dire :

— Qui est M. H. ?

— Mon avenir. Du moins, c'est ce qui est prévu.

— Je vois. Vous essayez donc de vous dérober à des fiançailles ?

— Pas du tout. Je serai aussi heureuse que n'importe qui de finir avec M. H. Ou sans doute pas n'importe qui. Mais vous voyez ce que je veux dire.

Son léger sourire réapparut, suivi de la chaleur qu'elle ressentait dans l'abdomen.

— Je me le demande, se contenta-t-il de répliquer.

La porte s'ouvrit avec fracas, et un garçon cria :

— Embarquement pour la voiture à destination de Shrewsbury !

— Oh ! fit Diantha avant de passer sa serviette sur sa bouche. Nous devrions nous dépêcher, monsieur Yale. Vous devez récupérer vos chev…

— Mademoiselle Lucas, restez ici et terminez votre dîner.

Il n'avait pas bougé.

— Mais la voiture est prête à partir, dit-elle en se levant. Nous n'avons pas le temps de…

Il se leva à son tour, et quelque chose d'intimement choquant dans la lueur de ses yeux enracina au sol les bottes de voyage qu'elle portait.

— Mademoiselle Lucas, il n'est pas recommandé à une lady de voyager de nuit en voiture publique, avec ou sans escorte, expliqua-t-il doucement.

Son attitude était déterminée, à présent, on ne peut plus différente de celle de l'homme discret dans la malle-poste.

— Vous voulez dire que M. Doigts de Saucisse pourrait représenter une menace pour moi ?

— Je veux dire que si vous faites preuve de sagesse, vous ne monterez pas dans une autre voiture avant demain matin, pour profiter d'une confortable nuit de sommeil entre les murs de cette auberge respectable.

Elle sembla y réfléchir, ses sourcils se fronçant délicatement.

Une fois encore, elle le parcourut du regard de la tête aux pieds, comme un homme inspectant un cheval en vue d'en faire l'acquisition, et ses lèvres pareilles à des fruits rouges se tordirent en ce retroussement qui n'était pas laid – bien au contraire, accentuant le gonflement de sa lèvre inférieure.

— Vous n'arriverez pas à me convaincre que vous ne seriez pas capable de l'emporter sur lui dans un combat.

Elle lança un coup d'œil suggestif à ses épaules, puis à ses mains.

— La question n'est pas de savoir si j'en serais capable, mademoiselle Lucas, mais plutôt si je souhaite me retrouver dans l'obligation de le faire.

— Je vois, dit-elle, son regard semblant s'être arrêté sur sa main droite, et une légère rougeur monta à ses joues. Qu'avez-vous fait de vos gants, monsieur Yale ?

— J'ai dû m'en débarrasser.

Un type qui participait à la fête avait écrasé un cigare dans la paume de l'un de ses gants.

— Voulez-vous vous rasseoir ? dit-il en indiquant du geste son dîner.

— J'ai l'impression que je suis fatiguée, et j'apprécierai de me reposer.

Son front se déplissa et elle tourna ses yeux bleus vers lui.

— Allons-nous louer des chambres, alors ? Je ne l'ai jamais fait moi-même.

— Ce sera mon plus grand honneur, dit-il en s'inclinant.

Elle sourit, les fossettes creusant à nouveau ses joues. Puis ses yeux s'écarquillèrent.

— Oh ! Mes bagages !

— J'ai déjà pris la liberté de les faire transporter pour vous dans une chambre.

— Lorsque vous êtes sorti ? dit-elle en clignant des paupières. Je vous pardonnerai peut-être de ne pas m'en avoir demandé la permission. Un jour ou l'autre. Mais je pense que vous devez avoir une certaine expérience des voyages.

— Un peu.

Sur plusieurs continents.

— Je vous ferai donc confiance pour ne pas voyager de nuit, dit-elle, le regard empreint d'un grand sérieux. Mais je souhaite reprendre ma mission le plus vite possible.

Elle s'assit, attendit qu'il fasse de même, puis reprit sa fourchette.

— Je n'ai pas beaucoup de temps. Je devais rester au manoir de Brennon quatre semaines, dont deux se sont déjà écoulées.

— Une mission ? Alors, pas de prétendant éconduit à éviter ?

Elle fronça les sourcils, d'un air qui suggérait qu'après cette question, l'opinion qu'elle s'était faite sur son intelligence était à revoir.

— Je vous ai déjà dit que je ne fuyais personne. Je vais plutôt vers quelqu'un.

— Vers qui ?

— Ma mère, dit-elle en l'observant attentivement. Vous la connaissez ?

— Je sais seulement qu'elle ne réside pas dans la demeure de votre beau-père, et qu'elle ne fréquente plus la société.

Et qu'elle avait eu quelque chose à voir avec l'exil précipité d'un lord sur le continent, des années plus tôt. Mais c'était l'affaire de Leam et à l'époque, Wyn ne s'était pas intéressé à cette histoire.

Mlle Lucas avala une bouchée de rôti, sa gorge s'activant au-dessus de l'encolure modeste de sa robe. C'était un mouvement si banal et, pourtant, si séduisant de féminité, qu'il détourna le regard pour le reporter sur la bouteille qu'il avait à la main. La soif incontrôlable dans son sang s'était atténuée après le premier verre, et avait complètement disparu après le deuxième. Il s'en versa un troisième. Il n'avait jamais porté de flasque sur lui, mais la dernière heure dans la voiture avait intensifié sa nervosité à un niveau insoutenable.

— Elle est partie il y a quatre ans, quelques jours avant mon quinzième anniversaire, dit-elle avant de prendre une gorgée de thé. Cela avait quelque chose à voir avec mes sœurs aînées et mon frère, Tracy. Je ne sais pas exactement ce qui s'est passé, mais tout le monde était content de la voir partir. Ce n'était pas quelqu'un de sympathique, si vous voulez bien me croire sur parole.

— Je veux bien vous croire, si vous le souhaitez.

Elle rencontra son regard un instant, le bleu lapis scintillant.

— En tout cas, mon beau-père ne parle plus jamais d'elle, ni personne d'autre. C'est comme si elle s'était évanouie dans les airs.

— Incroyable, murmura-t-il.

— N'est-ce pas ?

Ce serait peut-être le cas si sa propre histoire n'avait confirmé la crédibilité d'une chose pareille. Cela faisait plus de quatorze ans, depuis la mort soudaine de sa mère, que Wyn n'avait pas revu son père et ses frères.

— Mais je sais qu'elle n'a pas disparu ainsi, dit Mlle Lucas en coupant son rôti avec plus d'énergie. Quand elle est partie, j'ai demandé de ses nouvelles. Papa, mon beau-père, m'a dit qu'elle était allée vivre avec des parents dans le Nord.

Elle leva ses paupières aux cils fournis.

— Elle n'est pas partie là-bas. Ou du moins, si elle l'a fait à l'époque, elle n'y est plus. Il y a quelques mois, j'ai forcé le bureau de mon père...

— Quelle intrépidité de votre part !

— J'ai fait toutes sortes de méchancetés dans ma vie, des choses qui ont fait pleurer mes gouvernantes et leur ont fait s'arracher les cheveux, mais pas littéralement, bien sûr – sauf une fois, par accident. En tout cas, je n'ai jamais rien volé. Mais c'est ma mère, et franchement j'ai le droit de savoir ce qu'il en est, n'êtes-vous pas d'accord ?

— Vous devez le souhaiter très sincèrement.

— Et je n'ai pas vraiment volé les lettres. Je n'ai fait que les lire.

Ses fins sourcils s'arquèrent, et une lueur malicieuse scintilla dans le bleu de ses yeux.

— Je n'ai donc pas péché. Pas vraiment.

L'image brutale d'elle en train de *pécher* l'incita à reprendre son verre.

— Où est donc votre mère ?

Elle posa sa fourchette.

— C'est si rafraîchissant de parler avec vous, monsieur Yale. Papa ne semble jamais savoir de quoi je parle, et M. H. ne réagit pas. Mais vous êtes différent. Vous semblez comprendre.

Effectivement. Il comprenait qu'il aurait dû mettre cette fille dans une voiture et s'en laver les mains. L'aubergiste arriva à leur table, permettant à Wyn de détourner son attention du joli cou de la jeune femme.

— Mes deux meilleures chambres sont prêtes à l'étage pour votre sœur et vous, sir, quand vous le souhaiterez. Allez-vous souper, alors ?

— Apportez-lui du rôti. Il sera aux anges, dit-elle, ses lèvres se refermant sur une autre bouchée.

Wyn détourna les yeux et se leva.

— Ma sœur souhaiterait se retirer. Elle est fatiguée après cette journée à voyager.

— Mais vous devez vraiment manger…

— Je prendrai mon repas dans ma chambre.

Il l'invita du geste à se diriger vers l'escalier.

Sur le palier, l'aubergiste lui tendit deux clés.

— Celle-ci est pour la chambre de la lady, sir, et celle-là est pour la vôtre. Je vais demander à la femme de chambre de venir aider milady, et vous faire monter votre souper tout de suite.

— Merci.

— Remerciez votre épouse pour son délicieux rôti et son savoureux pudding, s'il vous plaît, monsieur, lança la jeune femme.

— Je n'y manquerai pas, mademoiselle, dit l'aubergiste avec un grand sourire.

Elle suivit Wyn Yale dans le couloir.

— Je suppose que c'était une bonne idée de lui dire que je suis votre sœur. Mais tout le monde peut voir que nous ne nous ressemblons pas.

Elle croisa son regard. Ses yeux bleus étaient clairs, limpides, sans malice.

C'était vrai. Ils ne se ressemblaient en rien. Elle se disait méchante, mais son visage rayonnait d'honnêteté et de bonne volonté. Son comportement en était le reflet - elle prenait un bébé en pleurs sur ses genoux pour soulager sa mère, et ne tarissait pas d'éloges pour un simple repas. Comment une mère pouvait-elle avoir abandonné une telle fille au seuil de la féminité ?

— Où est votre mère, mademoiselle Lucas ?

— À Calais.

— Vous avez l'intention de traverser la Manche à sa recherche ?

— Oui. Elle semble vivre avec une dizaine de jeunes femmes. Elle cherche à faire croire à mon père qu'il s'agit de religieuses, et qu'elle a besoin d'argent pour les aider à fabriquer des objets à vendre sur le marché : c'est pourquoi elle lui a écrit. Mais je ne suis pas aussi naïve. Je pense qu'elle dirige une école.

Il soupesa ce mot.

— Une école ?

Elle se mordilla les lèvres.

— Non. J'ai dit cela pour voir votre réaction - et je suis vraiment très impressionnée. Bien sûr, je ne devrais pas être au courant de ce genre de chose, mais Teresa Finch-Freeworth m'a beaucoup éclairée.

Elle sourit, avec douceur.

— Mais vous ne révéleriez jamais que mon inconvenance vous choque. Vous êtes un vrai gentleman, monsieur Yale.

— Pourquoi votre beau-père n'a-t-il pas cherché à la retrouver ?

— Parce qu'il ne se soucie pas d'elle.

Elle détourna le regard.

Elle devait se coltiner de vieilles blessures, songea-t-il. Et maintenant, elle devait aussi supporter l'indignité de la nouvelle profession de sa mère.

— Mademoiselle Lucas, je ne peux pas vous permettre de poursuivre votre voyage.

Son regard se porta sur lui.

— Quoi ?

— Je ne peux pas...

— Non, non, j'ai entendu ce que vous avez dit. Je suis simplement sidérée.

Elle l'observa un instant, puis poussa un petit soupir, comme si elle acceptait sa décision. Mais elle n'avait pas l'air d'être déçue - un air que Wyn, en faisant son travail ces dix dernières années, avait vu assez souvent sur le visage des femmes. Pour elle, il s'agissait sans doute plus d'un jeu qu'autre chose. Peut-être n'avait-elle souhaité qu'une brève aventure et se réjouissait-elle secrètement qu'elle se termine ainsi.

— Je suppose que vous vous êtes informé sur la voiture qui pourra me ramener chez mon amie ? demanda-t-elle tranquillement.

— Elle part demain à 10 heures.

— Il y aura du temps pour le petit déjeuner, alors. Je n'aime pas voyager l'estomac vide.

Elle avait baissé la voix.

— C'est mieux ainsi, mademoiselle Lucas.

Elle sembla y réfléchir un instant.

— La malle-poste est inconfortable. Je n'aurais peut-être pas pu le supporter jusqu'à Bristol, de toute façon.

Elle lui offrit un nouveau soupir qui fit remonter ses seins.

— Eh bien, bonne nuit, monsieur. Merci de m'avoir aidée.

Elle tendit la main. Il y posa la clé, et elle entra dans sa chambre.

Wyn retourna en bas retrouver ce qui restait de la bouteille de brandy.

Diantha s'adossa à la porte qu'elle venait de refermer, éprouvant une sensation de vide singulière. Elle parcourut du regard la petite chambre. Elle avait si rarement voyagé que ce retournement de situation aurait dû l'enchanter : une nuit dans un relais de poste, après le dîner le plus succulent qui soit en compagnie d'un véritable gentleman. Et à présent, elle savait où elle s'était encore trompée. Pas dans son plan, cette fois, mais dans l'idée qu'elle s'était faite d'un homme.

Un véritable gentleman ne pouvait être un héros. Un véritable gentleman se souciait avant tout des convenances, des normes de la société et surtout, ce qui était *désastreux,* du bien-être d'une lady.

Elle était loin d'être une gourde, et seule une gourde n'aurait pas vu que ce voyage était une folie. Elle serait sur la route pendant des semaines sans chaperon approprié, et maintenant sans même une femme de chambre, et elle terminerait son voyage dans un lupanar français. En vrai gentleman, M. Yale n'avait qu'un seul recours : la raccompagner là où était sa place. Il ne pouvait pas être son héros. Pas en cette occasion. En l'occurrence, gentleman et héros étaient incompatibles. Elle devait retourner dans la salle de l'auberge et se mettre en quête d'un autre homme qui pourrait jouer pour elle le rôle de héros. Il devait y en avoir au moins un parmi tous ces fermiers et villageois. Ou bien, elle pouvait entreprendre seule la prochaine étape de son voyage et espérer rencontrer quelqu'un en chemin.

Il lui avait été facile de mémoriser l'horaire fixé au mur à côté de la porte d'entrée pendant qu'elle mangeait. La prochaine voiture pour Shrewsbury passerait à 5 h 15. Elle la prendrait. Elle retrouverait sa mère et, enfin, lui parlerait.

Diantha enleva ses vêtements de dessus et lorsque la servante se présenta, elle la renvoya avec un penny. Puis elle s'allongea sur le petit lit douillet recouvert du plus bel édredon qui soit, les yeux au plafond. La peinture blanche était craquelée de fissures, à l'image de sa réflexion concernant les héros.

Le problème, c'est qu'il lui semblait que si un homme pouvait être un véritable héros, c'était certainement M. Yale. Mais peut-être que de tels parangons d'honneur et de noblesse n'existaient plus, à l'heure actuelle. Après tout, il n'y avait pas d'amour comme celui que décrivaient les vieilles histoires, celui d'un homme et d'une femme tombant dans la dévotion la plus sublime et vivant heureux jusqu'à la fin des temps. Les deux mariages de sa mère avaient prouvé qu'il s'agissait d'un mythe, pour ne pas mentionner l'alliance tiède entre lady Finch-Freeworth et sir Terrence.

Il est vrai que sa sœur et ses demi-sœurs semblaient satisfaites de leurs époux. Mais il y avait beaucoup d'argent et de propriétés en jeu. Pour l'amour du ciel, Serena était maintenant comtesse ; alors bien sûr, elle était heureuse. Mais leur frère Tracy évitait le mariage, et la raison de cela, Diantha n'en doutait pas. Le véritable amour était une fable. Et il devait en être de même des héros.

Elle ferma les yeux et essaya de ne pas penser à ce bel homme qu'elle allait laisser derrière elle et qui, somme toute, n'était qu'un homme. Aussi merveilleux soit-il.

4

À 23 heures, Wyn voyait presque le fond de la bouteille, et ce n'était pas grâce à son excellente vue. La salle était toujours bondée, l'auberge étant le lieu de prédilection des villageois et des ouvriers agricoles qui célébraient la fin des récoltes. Trop de festivités à son goût. Repoussant la dernière goutte de brandy, il se leva d'un bond et se fraya un chemin entre les tablées d'hommes jusqu'à la porte menant à l'écurie. Il devait aller voir comment allaient les chevaux. La stalle devait être nettoyée – même par ses soins, s'il le fallait. C'est ce qu'il avait fait bien souvent avant même de posséder son propre cheval.

La nuit était noire. Une seule lampe éclairait l'entrée de l'écurie. Il traversa l'allée, ses bottes pataugeant, et fit coulisser la porte. Il entra et la referma, étouffant les bruits de liesse venant de l'auberge.

À quelques mètres de là, un souffle se fit entendre dans l'obscurité. Un son léger, aigu.

Puis elle se jeta sur lui.

La taille que ses mains enserrèrent était délicieusement fine, et elle frémissait, son souffle emballé contre son menton.

Il fit alors ce qu'il se serait interdit s'il n'avait pas avalé une bouteille de brandy en trois heures, ou s'il avait mobilisé tous ses sens à ce moment-là – notamment son sens de l'odorat, qui lui aurait appris qu'il ne tenait pas une serveuse entre ses mains. Il l'attira contre lui. Que pouvait bien attendre d'autre une catin en se jetant ainsi sur un homme dans l'obscurité, si près de minuit ?

Elle sursauta et se raidit. Puis elle pressa la joue contre sa mâchoire et dit dans un souffle :

— *Aidez-moi !*

S'il n'avait pas entendu le fracas le long de la rangée de stalles que faisait quelqu'un en titubant et en s'affalant, puis le juron grossier venant de cette direction, Wyn aurait eu un tout autre comportement à ce moment-là.

Il ne relâcha pas Mlle Lucas, bien que chaque recoin de son esprit embrouillé lui hurlât de le faire. Au lieu de cela, il se tourna vers elle pour la protéger de son corps, la plaquant contre le mur, et lui murmura à l'oreille :

— Mettez vos bras autour de moi et ne bougez pas.

Elle obéit. Elle était douce, et maintenant qu'il avait mobilisé tous ses sens – Dieu, qu'elle sentait bon ! –, il était plus à même de se préparer à agir. Il releva la capuche de la jeune femme et sa main effleura des boucles soyeuses.

Des pas lourds approchaient.

— Où es-tu, mon joli coquelicot ? marmonna une voix pâteuse. Sois une gentille fille et sors de ta cachette, ou je ne serai pas très content d'avoir à te tirer de là.

Un petit frémissement anima le corps de Mlle Lucas. Wyn pencha la tête, la cachant davantage au cas où les yeux de l'homme se seraient habitués à l'obscurité. Il pouvait l'affronter, mais sa façon de marcher laissait supposer qu'il s'agissait d'un grand gaillard, et Wyn n'était pas au mieux de sa forme avec un litre de brandy dans le ventre, sans nourriture depuis des jours.

Les pas se firent traînants sur la paille et s'arrêtèrent.

— Qu'est-ce que c'est ? dit l'homme avant de s'interrompre. Oh, pardonnez-moi, mon vieux. Je cherchais juste mon petit bout de jupon, vous savez.

— Allez-vous faire voir, « mon vieux » !

Wyn n'eut aucun mal à durcir le ton de sa voix. La caresse sur ses lèvres du tendre lobe d'oreille de la jeune femme lui avait asséché la gorge comme un désert.

L'homme grommela, se rendit d'un pas pesant à la porte, la fit coulisser, puis la referma derrière lui.

Mlle Lucas poussa aussitôt un soupir de soulagement et ses doigts relâchèrent leur emprise sur son dos. Mais Wyn ne relâcha pas sa captive. Le brandy dans ses veines ne le lui permettait pas. Ses seins doux se pressaient contre son torse, et son parfum s'immisçait dans son esprit embrumé. Le danger étant écarté, tous ses sens se focalisaient sur la femme qui était dans ses bras, son corps chaud et menu qui se soumettait si facilement au sien, si naturellement. Il déplaça ses mains, les faisant glisser le long de son dos, la gracieuse courbe de sa colonne vertébrale sous le bout de ses doigts comme les galets au fond d'un ruisseau. Une femme jeune, douce, belle et vivante, son pouls battant dans son corps tremblant.

Elle reprit à nouveau son souffle et tenta de se dégager de son étreinte en le repoussant. Mais il n'en avait pas fini. Il la retint fermement, le sang se ruant dans ses tympans comme une rafale de vent, tandis qu'il accueillait au creux de sa paume une fesse d'une rondeur on ne peut plus féminine.

— Monsieur Yale, murmura-t-elle. Vous devez *arrêter*.

Parce que même une bouteille de brandy ne pouvait renverser ce qu'avaient établi des années d'entraînement, il recula. La lumière n'était pas moins faible dans l'écurie, mais ses yeux s'étaient habitués à l'obscurité, et il la vit. Il sentait son parfum et entendait son souffle léger et rapide parmi les bruits des animaux.

Rester debout lui posant à présent un défi, il s'appuya contre la porte d'une stalle.

— Je vous prie de me dire, mademoiselle Lucas, ce que vous faisiez dans cette écurie.

— Je me cachais de lui. Mais il m'a trouvée. Tout... tout comme vous.

Sa voix était plus fluette que tout à l'heure, et précipitée.

— Pardonnez mes manières laissant à désirer, madame. En ce moment, je suis quelque peu...

— Ivre.

— ... indisposé.

— Teresa disait que les hommes saouls sont excités par les femmes sans pouvoir se maîtriser.

Il avait failli ne pas pouvoir se maîtriser. Sa chaleur s'accrochait à ses paumes et à son torse, le souvenir de sa douceur sur ses lèvres rendant son pantalon plus étroit à l'entrejambe.

— Cet homme bestial l'était aussi, dit-elle avant de baisser la voix. Il m'a traitée de *coquelicot*. Avez-vous déjà entendu pareille ineptie ? Il m'avait donné l'impression d'être un gentleman, mais il s'est avéré qu'il n'était pas le moins du monde héroïque.

Wyn secoua la tête, parvenant tout juste à s'éclaircir les idées.

— Mademoiselle Lucas, retournez dans votre chambre, fermez la porte à clé et dormez.

— Vous ne voulez pas savoir pourquoi je n'y suis pas en ce moment ?

— Je suis peut-être ivre, mais je suis loin d'être stupide. Je sais parfaitement pourquoi vous n'y êtes pas.

— Vous savez que j'ai cherché un autre gentleman pour m'aider, parce que vous avez refusé ?

— Il se pourrait même que je vous connaisse mieux que vous ne vous connaissez.

Neuf filles. En dix ans, il avait retrouvé et sauvé neuf fugueuses. Ainsi que deux nourrissons, un amnésique, deux enfants vendus aux mines par un tuteur, un ancien soldat devenu un peu fou qui ne s'était pas rendu compte qu'il avait abandonné sa famille, et un rebelle écossais qui, après tout, s'était avéré ne pas être un rebelle. Mais on lui attribuait toujours les filles. Les autres en riaient même dans leur barbe en disant qu'il avait un bon rapport avec elles, comme s'ils partageaient une bonne blague.

— Maintenant, allez-y.

Il fit coulisser la porte pour l'ouvrir.

Elle s'en alla, ni par défi ni par docilité. Elle s'en alla simplement, sa silhouette se découpant à la lueur des lampes de l'auberge, Wyn contemplant le doux renflement de ses hanches, le gracieux effilement de ses épaules. Il était ivre. Trop ivre pour ne pas la regarder fixement, et pas assez pour ne pas être ému par ce qu'il voyait.

Au matin, il lui présenterait ses excuses en bonne et due forme pour avoir eu les mains baladeuses. Mais il ne pouvait pas le faire maintenant. Il ne pourrait jamais mentir de façon convaincante sous l'influence du brandy, et Diantha Lucas n'était pas une fille à qui on pouvait en conter. Même ivre, il l'avait bien compris.

Un rayon de soleil éclatant traversa le champ de vision de Wyn. Quelqu'un grattait à la porte, le tirant d'un sommeil lourd.

Il se frotta le visage pour se réveiller et alla ouvrir. Le garçon d'écurie se tenait dans le couloir, le front pareil à une route creusée d'ornières. Il inclina sa casquette.

— Bien le bonjour, monsieur.

Sa voix semblait bien trop inquiète pour les nerfs instables de Wyn. Une bouteille devrait pouvoir les apaiser. Mais il ne buvait jamais avant midi. Jamais. C'était la seule règle qu'il s'imposait. La seule règle parmi les nombreuses autres que sa grand-tante lui avait léguées – dont l'une qu'il avait enfreinte la veille au soir, dans un moment de faiblesse sans précédent, raison pour laquelle il devait aujourd'hui se racheter. Mlle Lucas ne lui paraissait pas être une mijaurée mais une lady, jeune de surcroît ; elle pourrait se montrer nerveuse. Curieusement, il ne l'imaginait pas offensée. Mais désormais méfiante, sans nul doute.

Il se passa la main sur le front.

— Quelle heure est-il ?

— Presque 8 heures, monsieur.

Wyn sentit son estomac se contracter, en proie à cette douleur perpétuelle. 8 heures. Bien trop tôt pour ressentir cette instabilité troublante dans ses membres, d'autant que cela ne faisait que quelques heures qu'il avait fini une bouteille de brandy.

— Quelque chose ne va pas avec mes chevaux ?

— J'ai pensé que vous voudriez savoir, monsieur, que l'agent de police de Winsford est passé ce matin.

— De Winsford ?

L'endroit où avait eu lieu la bacchanale. Ce n'était pas bon signe.

— Oui, monsieur, dit l'homme en opinant rapidement du chef, le bord de son chapeau se soulevant et s'abaissant. Il s'est renseigné sur votre pouliche baie.

Ce n'était pas bon du tout…

— Ah oui ?

— Il voulait aller directement la voir dans sa stalle, mais j'ai dit que le noir lui enlèverait un bout du derrière s'il essayait.

Malgré les circonstances, Wyn sourit.

— Il ne ferait pas ça. Galahad est aussi placide qu'un cheval de trait.

L'homme lui retourna son sourire.

— Je me suis dit que puisque le Seigneur m'a donné une langue pour dire ce que je juge bon, je l'utilise comme je peux.

— Et qu'espères-tu gagner en l'utilisant de la sorte ? Je suppose que l'agent de police attend en bas de l'escalier de devant, et que tu serais heureux de me montrer celui donnant sur l'arrière, moyennant un certain prix ?

L'homme se redressa, aussi droit qu'un tisonnier.

— Voyons, monsieur ! Je ne pensais pas à ça ! Je me suis seulement dit que pour aller rapidement rattraper la lady, il vaudrait mieux que vous n'ayez pas d'ennuis avec un vieux policier fouineur couvrant plus de cinq paroisses. Après la façon dont elle a pris en pitié ce petit épagneul qui s'est fait presque arracher la patte à la forge et qui boite comme il le fait, et après qu'elle n'a pas voulu en démordre quand le cocher a refusé de le charger dans sa voiture, disant qu'elle en prendrait soin jusqu'à ce qu'il se rétablisse, je me dis qu'elle est du genre à avoir besoin qu'on s'occupe un peu d'elle.

Ses joues s'empourprèrent, et il baissa sa casquette.

— J'ai une fille comme ça, qui aime s'occuper de tout le monde et qui n'a personne pour veiller sur elle. Sauf moi, monsieur, vous voyez.

— Je vois.

Mon Dieu, non ! Stupidement, il n'avait pas vu plus loin que le bout de son nez en sous-estimant la ténacité de la jeune femme. Elle lui avait faussé compagnie !

— Dis-moi vite dans quelle voiture la lady est partie, et où se trouve l'agent de police.

Le policier s'entretenait avec le juge local, le consultant à propos d'un cheval volé à environ cinquante kilomètres de là par un gentleman. Wyn s'habilla sans tarder.

Dans l'écurie, il pressa une guinée dans la paume du valet.

Les yeux de l'homme s'écarquillèrent.

— Non, monsieur ! Je n'ai pas fait ça pour…

— Prends-la. Achète quelque chose pour ta fille qui se préoccupe des autres plus que d'elle-même.

Wyn s'en fut à vive allure avec ses deux chevaux, considérablement plus vite que ne l'aurait fait la voiture de Shrewsbury sur la route embourbée. Une demi-heure plus tard, le chien apparut. Venant dans sa direction en boitant au milieu de la route, il agita sa queue en signe de salut incertain. Puis il aboya une fois, un jappement aigu. Sur trois pattes ou presque, il se mit à bondir en tous sens, puis il fit demi-tour et repartit en courant dans la direction d'où il était venu.

Wyn poussa sa monture.

Voilée par la bruine, Mlle Lucas se tenait au bord de la route, à côté d'une malle de voyage surmontée d'un carton à chapeaux.

— Ne vous attendez pas à ce que je sois ravie que vous, plus que quiconque, soyez arrivé par là par le plus grand des hasards, dit-elle avant même qu'il se soit arrêté, le chien gambadant entre eux en poussant de petits grognements de plaisir.

— Bonjour, mademoiselle Lucas. J'espère que je vous trouve en bonne santé.

— Il est évident que vous ne me trouvez pas bien, dit-elle en fronçant les sourcils. Mais je m'attends à ce que vous en soyez heureux.

— Au contraire, madame. J'en suis loin d'être heureux.

Effectivement, il n'avait pas l'air heureux. Malgré son ton mesuré, il avait l'air remarquablement mécontent et un peu dangereux sur son cheval d'ébène, tout de noir vêtu, avec une ombre de barbe et sa lavallière nouée à la va-vite. Cela signifiait qu'en découvrant sa disparition de l'auberge il s'était immédiatement lancé à sa poursuite. Ce qui, malgré la résolution qu'elle avait prise dès qu'elle l'avait aperçu au détour de la route, lui donnait à nouveau des papillons dans le ventre. Elle avait même un peu chaud, comme dans l'écurie quand sa main s'était posée sur son arrière-train.

— Vous pouvez m'aider maintenant, si vous le souhaitez, dit-elle, les sourcils froncés. Et je vous en serais reconnaissante. Mais si vous essayez de me contraindre à retourner chez mon amie ou à rentrer chez moi, je refuserai.

— Mademoiselle Lucas, pourquoi restez-vous ici avec vos bagages ?

— Parce que cela me convient.

Il pencha la tête.

— Cela ne risque pourtant pas de vous rapprocher de Calais.

— Vous êtes très intelligent, monsieur Yale. Il fut un temps où cela me plaisait beaucoup chez vous. Mais je suis en train de changer d'avis.

— Merci.

Une lueur brilla dans ses yeux gris.

Les lèvres de la jeune femme se crispèrent. Pendant un instant, le regard de l'homme se fixa sur elle, et les picotements qu'elle ressentait se transformèrent en étincelles vibrantes. La veille, sa joue avait accidentellement effleuré son menton. Sa barbe naissante lui avait semblé dure et rugueuse. La peau sensible de Diantha avait été marquée.

— Il m'était impossible de laisser le chien, voyez-vous, expliqua-t-elle, la voix mal assurée.

Elle ne pouvait s'empêcher de se demander si, en touchant sa mâchoire maintenant, celle-ci serait encore plus rugueuse.

Elle en avait envie.

— Mais certains passagers dans la voiture n'ont pas apprécié l'odeur d'écurie...

— Ce n'est guère étonnant.

— ... et le chien ne voulait pas rester sur mes genoux lorsque j'ai pris place sur le toit. Je pense qu'il a le vertige. Avez-vous déjà entendu parler d'une chose aussi absurde : un chien qui a le vertige ?

— Absurde, je ne vous le fais pas dire.

— Je ne pouvais pas l'abandonner tout seul sur la route. J'ai donc été obligée de débarquer prématurément. J'attends ici la prochaine voiture.

— Vous allez l'attendre jusqu'à jeudi.

— Il est évident que j'ai aussi lu les horaires à l'auberge, dit-elle en levant les yeux au ciel. Je n'ai dit cela que pour...

— Voir ma réaction, dit-il, un léger sourire se dessinant sur ses lèvres.

Qui aurait cru que la bouche d'un gentleman pouvait être aussi... *intrigante* ? Ou que la regarder lui donnait faim, alors que cela ne faisait qu'une heure qu'elle avait mangé l'en-cas que la femme de l'aubergiste lui avait préparé au petit matin ?

Diantha n'avait jamais remarqué la bouche d'un gentleman, auparavant.

Remarquer celle de M. Yale lui semblait tout à fait stupide.

Mais pendant un instant, la nuit précédente, cette bouche avait touché son oreille, exhalant son souffle chaud sur son cou, et elle ne s'était pas sentie le moins du monde stupide. Elle s'était sentie *brûlante*, et pas seulement dans le cou. Partout. Du simple fait de s'en souvenir en ce moment, le phénomène recommençait.

— Je l'ai dit pour gagner du temps, déclara-t-elle. Je délibère encore pour savoir que faire. J'ai vu une ferme à un peu plus d'un kilomètre, là-bas. J'envisage de m'y rendre et de demander de l'aide, mais mon plan n'est pas encore finalisé.

— Ah.

Il avait l'air très grave, sous la pluie fine.

— Permettez-moi de ne pas vous déranger dans vos délibérations. Bonne journée, madame.

Il s'inclina sur sa selle et, après un élégant revers de son chapeau noir, il se remit en route.

Elle ne put s'empêcher de sourire. Pour un homme si comme il faut, il était remarquablement taquin.

— Vous n'allez pas me laisser ici.

Sans se retourner, il dit :

— En êtes-vous si sûre ?

— Absolument.

Le chien suivit les chevaux en trottinant. Au bout d'une dizaine de mètres, il s'arrêta et se retourna vers elle. Le souffle de Diantha s'accéléra, la panique remontant en droite ligne le long de sa colonne vertébrale.

— Monsieur Yale, vous feriez mieux de cesser de me taquiner, lança-t-elle. Je vois clair dans votre petit jeu.

Il fit ralentir son cheval et regarda derrière lui.

— Je suis dévasté à l'idée que nous devions nous séparer en continuant à nous méprendre, mademoiselle Lucas.

Il s'inclina à nouveau.

— Mais bonne journée à vous, et je vous souhaite bonne chance à la ferme.

Il ordonna d'un claquement de langue aux chevaux de se remettre en route, et ils repartirent.

Elle serra ses gants humides l'un contre l'autre et crispa les orteils dans ses bottes trempées.

— J'avais un plan ! s'écria-t-elle. Je ne suis pas partie sans réfléchir pour cette mission. J'avais un plan !

Apparemment, il était trop loin pour l'entendre. Elle grinça des dents et marmonna :

— Un vrai gentleman, par la vertu de ma mère... Bon, d'accord, je m'excuse !

Puis un peu moins fort, parce qu'elle ne supportait pas l'humiliation qu'elle ressentait :

— Revenez, s'il vous plaît.

Le cheval noir s'arrêta ; l'autre aussi. M. Yale leur fit faire demi-tour et ils revinrent sur leurs pas. Quelques mètres plus loin, il mit pied à terre et s'avança vers elle, le chien sur les talons. Son attention était entièrement tournée vers elle, comme si elle était la seule chose importante au monde.

Il s'arrêta tout près, grand, ténébreux et large d'épaules, son pardessus noir tourbillonnant autour de ses cuisses musclées et de ses belles bottes, ressemblant beaucoup à un homme qu'elle aurait pu craindre de rencontrer sur une route déserte si elle ne l'avait pas connu. Mais en réalité, elle ne le connaissait pas, pas très bien, et pour l'essentiel par l'intermédiaire de ses demi-sœurs. La nuit précédente, lorsqu'il l'avait touchée, ses genoux s'étaient dérobés. Si ses mains puissantes ne l'avaient pas retenue, elle se serait effondrée.

— Votre plan était absurde, dit-il, les yeux brillants.

Elle ne pouvait croire qu'il s'y reflétait de la colère. Un vrai gentleman ne s'emportait pas contre les femmes. Et un vrai gentleman ne caressait pas le derrière d'une lady dans une écurie.

Son souffle se fit saccadé.

— Mon plan n'était pas absurde.

Le regard de M. Yale ne faiblit pas.

— D'accord, admit-elle. Peut-être un peu. Mais seulement dans la mesure où il a fallu un peu plus de temps que je ne l'imaginais pour que vous apparaissiez dans cette voiture.

Il fronça les sourcils.

— Je vous demande pardon ?

— J'ai dit que mon plan n'était absurde que dans la mesure où il a fallu un peu plus de temps que je ne l'imaginais…

— Oui, j'ai compris. Mais vous n'aviez aucune idée que je serais dans cette voiture hier.

Elle fronça les sourcils à plusieurs reprises.

— « En êtes-vous si sûr ? »

— L'imitation ne vous sied guère, chipie. Et, oui, j'en suis tout à fait certain, du simple fait que moi-même j'ignorais totalement que j'allais prendre cette voiture.

— *Vraiment ?* Quel inconvénient pour vous. Moi, j'ai toujours un plan pour tout.

— Je suis en train de m'en rendre compte.

— Comment se fait-il que vous ayez pris cette voiture, si vous n'aviez pas prévu de le faire ?

— J'étais à une réception, et les divertissements commençaient à se faire…, dit-il avant de s'interrompre brusquement. C'est sans importance. Car *vous* ne saviez pas que j'allais prendre cette voiture.

— Non. J'ignorais ce détail, en effet. Mais j'espérais trouver un héros pour m'aider. Et puis vous êtes apparu et… vous avez tout d'un héros, monsieur Yale. C'est ce que j'ai toujours pensé.

— Je suppose que je devrais me sentir flatté par vos propos, et sans doute mis à genoux par ces fossettes qui viennent opportunément d'apparaître...

— Tout du moins, c'est ce que je pensais jusqu'à hier soir.

Les beaux traits de M. Yale se figèrent.

— Mademoiselle Lucas, dit-il en changeant de ton, je vous demande pardon pour...

— Vous n'avez pas besoin d'en parler. Après tout, les hommes font des choses insensées lorsqu'ils ont trop bu.

Elle ne voulait pas l'entendre s'excuser de l'avoir touchée. D'une certaine manière, elle n'était pas exempte de tout reproche, après avoir été contrainte d'aller se réfugier dans une écurie à la suite d'une erreur de jugement.

— Et je voulais dire, bien entendu, que je vous ai trouvé héroïque jusqu'à ce que vous me refusiez votre aide, précisa-t-elle.

Ses larges épaules semblèrent perdre de leur rigidité.

— Elle donne, et elle reprend, marmonna-t-il. Ces volte-face sont-elles une habitude chez vous ?

— Mes fossettes sont parfaitement sincères.

— Je n'en doute pas le moins du monde, comme je ne doute pas que vous soyez une jeune femme remarquablement pénible.

Elle cligna lentement des paupières, les cils en éventail sur ses yeux d'un bleu lapis. Puis, s'étant détournée, elle pivota vers sa malle de voyage. Elle s'assit dessus et croisa les mains sur ses genoux.

— Vous avez les pieds dans une flaque.

Elle regarda ailleurs, lui présentant son joli profil.

— Ça m'est bien égal.

Mais ce n'était pas de rire que le coin des lèvres de la jeune femme frémissait.

La colère de Wyn s'évanouit. Le silence s'installa, les seuls bruits étant les reniflements des chevaux qui broutaient l'herbe au bord de la route, les doux gémissements du chien près de son genou et la pluie qui tombait à présent régulièrement. À chaque instant, elle ressemblait de moins en moins aux fugueuses gâtées auxquelles il avait eu affaire. Elle incarnait la détermination, mêlée à la sincérité et à une sorte de sagesse innocente.

Mais Mlle Lucas ne faisait pas un caprice. Elle était simplement à la recherche de son passé. Il aurait aimé revoir ses fossettes. Ce désir s'imposa à lui avec force.

— Avez-vous au moins un parapluie ?

Elle détournait toujours le regard.

— C'est un détail que j'admets ne pas avoir prévu.

— Avez-vous également omis de demander au cocher qui vous a laissée ici où se trouve précisément le prochain arrêt ?

— Je l'aurais fait volontiers, dit-elle avec une petite moue, mais notre débarquement a été plutôt précipité, voyez-vous.

— Je veux bien le croire.

Finalement, elle lui lança un coup d'œil et demanda :

— Et vous, savez-vous où se trouve le prochain arrêt ?

— Oui. C'est à vingt minutes d'ici.

Le visage de la jeune femme s'éclaira.

— Vous avez donc déjà emprunté cette route ?

— Quelques fois.

Il la connaissait en effet, comme celles menant vers l'ouest et le sud. Ayant quitté Gwynedd à l'âge de quinze ans, il était resté dans la région les trois années suivantes, jusqu'à ce qu'il rejoigne Cambridge. Les grand-routes et les chemins à une voie, les collines et les fermes des régions frontalières du pays de Galles et de l'ouest du Shropshire, jusqu'à la propriété de sa grand-tante, lui semblaient plus familiers que ne l'avait été la maison de son père.

Elle se leva d'un bond.

— Eh bien, je devrais me remettre en route !

Elle jeta un coup d'œil à la malle de voyage, poussa un petit soupir en semblant prendre une décision, puis attrapa son carton à chapeaux et s'éloigna. À chaque pas, ses bottes s'enfonçaient dans la boue, mais elle ne semblait nullement s'en soucier.

— Mademoiselle Lucas, je vous conseille d'ouvrir votre malle de voyage et d'en retirer les objets de valeur et tout ce qui est nécessaire, avant de poursuivre votre chemin.

— J'enverrai quelqu'un la chercher, une fois arrivée au relais de poste.

Sa cape était trempée. Même le bord de son bonnet dégoulinait, les boucles châtains collées à ses joues et à sa gorge formant de délicates volutes sombres sur sa peau couleur crème.

Il jeta un coup d'œil au bâtard qui remuait la queue à son côté et lui dit tout bas :

— Elle n'a aucune idée du danger que cette escapade lui fait courir.

Puis plus fort, à l'intention de la jeune femme :

— Je me dois d'insister !

Elle s'arrêta et se tourna vers lui. Elle pencha la tête de côté.

— Vous changez par moments de ton. Tout à l'heure, vous m'avez donné la même impression que…

Il attendit.

Des roses pâles s'épanouissaient sur ses joues.

— … que hier soir dans l'écurie, ajouta-t-elle. Et que le soir du bal du mariage de lord et lady Blackwood, lorsque vous êtes venu à mon secours.

Il se souvenait de l'incident : une jeune fille effarouchée, une bande de garçons chahuteurs pas moins déguisés que lui, et une sévère leçon de morale. Ou peut-être seulement un ou deux mots sévères, mais les gaillards s'étaient dispersés sans demander leur reste. L'expression « venu à son secours » ne faisait qu'exagérer l'incident.

— Vos objets de valeur, si vous me permettez ? lança-t-il en indiquant sa malle de voyage.

— Je me demande si c'est ce que disent les bandits de grand chemin lorsqu'ils abordent une dame sur la route.

— J'en doute.

— Vraiment ?

— Mademoiselle Lucas...

— Mes objets de valeur, oui.

Elle ouvrit la malle et rangea efficacement ceux-ci dans le carton à chapeaux.

— Allons-nous nous y rendre à pied ? s'enquit-elle tandis qu'il attachait le carton à chapeaux à la selle de Galahad.

Elle ne pouvait monter l'autre cheval, qui n'avait pas de selle.

— À moins que vous n'ayez un tapis volant caché dans cette malle.

— Si tel était le cas, je serais déjà à Calais.

Le trouble se lisait dans les yeux de la jeune femme. Mais il avait les nerfs à vif, et son humeur était maussade. Il la laissa donc à ses ruminations alors qu'ils marchaient en silence vers le prochain relais de poste.

— Celui-ci semble peu engageant, ne trouvez-vous pas ? demanda-t-elle quand ils l'aperçurent. L'auberge du village d'hier était si confortable.

— La salle de l'auberge ici ne l'est pas moins.

On y servirait du whisky.

— Marcher est revigorant, mais à vrai dire je suis simplement...

Elle attarda un moment son regard sur sa bouche avant d'ajouter :

— ... affamée.

Prenant lentement une inspiration, Wyn regarda sa cape souillée et trempée et l'ourlet boueux de sa robe. C'était une fille peu ordinaire. Et avec ses joues rougies après cet effort physique, elle était sacrément jolie.

À l'intérieur de l'auberge, il se rendit au comptoir et commanda pour elle de quoi se restaurer, ainsi que du whisky pour lui. Dans la salle remplie d'ouvriers agricoles, un seul client semblait incongru. Un homme mince, tout de marron vêtu et portant encore son chapeau mouillé de pluie, était assis dans le coin tout au fond, dos au mur. Il avait déjà vu cet homme sur la route en allant récupérer Lady Priscilla.

Wyn lui jeta un autre coup d'œil après avoir payé la bouteille. L'homme baissa les yeux.

— La voiture de Hereford va s'arrêter ici sous peu, annonça Wyn, de retour à la table.

— C'est parfait. Aurons-nous le temps de manger ?

Il se retint de sourire.

— Mademoiselle Lucas, vous devez reconsidérer votre plan. Bien que cela m'étonne, après la nuit dernière, je continue à penser que vous n'avez pas vraiment conscience des dangers de la route.

— C'est pour cela que vous êtes ici, bien entendu. Comme vous l'étiez hier soir dans cette écurie.

Ses yeux s'illuminèrent. Puis une soudaine prise de conscience les assombrit. Wyn ne pouvait rien faire pour remédier à son embarras ; il se rappelait le contact de ses courbes et en était à nouveau sans voix. Ses amis seraient étonnés s'ils le voyaient maintenant, interdit face à ces yeux bleus et au souvenir d'un doux corps de femme pressé contre le sien.

Le tavernier déposa une assiette devant elle. Son regard pétilla.

— Comment saviez-vous que le hachis Parmentier est mon plat préféré, monsieur Yale ?

Elle passait si facilement de l'immobilité songeuse à la délectation animée. Ces deux attitudes lui donnaient envie de l'attirer contre lui et de lui caresser bien plus qu'une fesse galbée.

— Je l'ignorais, parvint-il à répondre. Mais je ne voulais pas commander de rôti : vous auriez pu être déçue, après celui d'hier.

— Vous êtes prévenant. Ou simplement taquin. Mais vous ne mangez toujours rien, dit-elle en plissant les yeux. Ne faites-vous donc *que* boire ?

— Quand j'escorte des jeunes filles contre mon gré, oui.

En fait, il les escortait habituellement de son plein gré. Mais Diantha Lucas n'était pas une mission du Falcon Club.

Elle semblait l'observer attentivement, tout en mangeant. Finalement, elle posa sa fourchette et poussa l'assiette vers lui.

— Goûtez-en un peu. C'est excellent !

— Merci. Je vous crois sur parole.

— Vous avez l'air d'avoir perdu au moins six kilos depuis la dernière fois que je vous ai vu, fit-elle observer avant de jeter un coup d'œil à la bouteille de brandy. Mon père buvait énormément. Lui aussi, il mangeait rarement.

— Alors vous et moi avons un point commun.

Les mots étaient venus sans qu'il se soit donné le temps de la réflexion. Encore un autre comportement sans précédent.

Elle eut un froncement de sourcils interrogateur.

— Votre père aussi ?

— Prodigieusement.

— Le mien est mort d'un ulcère à l'estomac.

Wyn sentit la douleur titiller son ventre.

— Toutes mes condoléances.

— Cela remonte à douze ans. J'avais à peine sept ans. Je crois que c'est ma mère qui l'a poussé à ça, dit-elle, le bleu de ses yeux semblant s'intensifier. Voulez-vous m'aider, monsieur Yale ? De votre plein gré ?

— Non, mademoiselle Lucas. Je ne vous aiderai pas de mon plein gré. Je souhaite que vous rentriez chez vous, et que vous trouviez une solution en accord avec votre famille pour renouer avec votre mère.

Sa bouche évoquant un fruit rouge marqua une petite torsion, franchement délectable. Wyn reprit la parole car, confronté à cette bouche exquise qui n'aurait pas dû éveiller de telles pensées de sa part, il désirait ardemment un autre verre. Mais il valait mieux affronter la tentation l'esprit clair. Il chercha un cigare dans la poche de son manteau.

— Vous devez me permettre de vous raccompagner chez vous.

— Impossible ! Je dois poursuivre ma route.

— Avez-vous l'intention de le faire en usant encore de subterfuges ?

— Si c'est nécessaire, oui. Mais au lieu de partir au beau milieu de la nuit, ce qui n'était pas judicieux et m'a valu une terrible leçon de morale de la part de la femme de l'aubergiste, je dirai à tout le monde ici que vous m'avez enlevée de chez moi et que vous m'obligez à fuir avec vous. Je demanderai à voir la police.

— Fuir ensemble ? Vous voulez dire que je vous aurais enlevée en ayant de mauvaises intentions ?

— C'est cela !

Il posa son cigare.

— Mademoiselle Lucas, que savez-vous de ce genre de fugue ?

Elle tapota les dents de sa fourchette sur le bord de l'assiette.

— Teresa m'a raconté des histoires, voyez-vous. Avec votre manteau, vos bottes et votre chapeau noirs, vous ressemblez aux personnages qu'elle décrivait.

— Mon statut de héros n'a pas tardé à être remis en cause, semble-t-il.

— C'est ce que vous pensez ?

— Me voilà clairement en train de devenir le méchant de cette pièce.

— C'est le moindre de mes soucis.

— Mais prévenir la police vous vaudra un retour rapide à la maison.

— Oh ! Je ne crois pas. Pendant que tout le monde sera focalisé sur vous et que vous vous emploierez à vous défendre, j'en profiterai pour m'éclipser.

Il haussa un sourcil narquois.

— Maintenant que je connais votre plan, je vais y parer.

— J'en concevrai un autre. Vous ne pouvez pas gagner, monsieur Yale. Je suis déterminée !

Les yeux de Diantha brillaient d'une lueur farouche, empreinte de nervosité. Elle n'était plus une jeune fille ; sa silhouette et les lignes de son beau visage le montraient clairement. Lorsque les fossettes apparurent, elles eurent précisément sur lui l'effet auquel elle s'attendait – si, bien sûr, elle comprenait l'effet qu'elle produisait sur les hommes. Ce qui n'était probablement pas le cas, du moins pas totalement, quoi que lui ait raconté Mlle Finch-Freeworth. D'un autre côté, sa mère disparue quatre ans plus tôt était apparemment une maquerelle, bien qu'il ne soit pas certain que la jeune femme comprenne tout à fait ce que cela impliquait.

Elle était une innocente, une ingénue avec de jolies courbes féminines, avec trop peu de bon sens et de folles intentions. L'impulsion qui l'avait conduite à l'écurie la nuit précédente en était la preuve. Mais l'éclat de ses yeux très bleus laissait penser qu'il ne s'agissait en rien d'un jeu pour elle.

À l'extérieur, le fracas d'une voiture avec six chevaux gronda. Le tavernier lança un appel par-dessus le brouhaha des conversations :

— La voiture de Hereford !

— Vous refusez de céder ? demanda Wyn.

Elle acquiesça.

— Oh oui !

— Je ne peux pas vous convaincre de rentrer chez vous maintenant pour obtenir l'aide de votre beau-frère le comte ?

— Il n'en est pas question. Alex méprise ma mère, et je ne pourrais pas demander cela à ma demi-sœur. Serena est une sainte et aime tout le monde, à l'exception de ma mère.

— Pour quelle raison ?

Elle inclina la tête.

— Vous savez, monsieur Yale, je crois que vous essayez de me distraire pour que la voiture reparte sans moi, dit-elle en prenant son bonnet et en se levant. Je vous souhaite donc une bonne journée et un bon voyage, même si j'aurais sincèrement aimé que vous m'accompagniez pour m'aider dans mes recherches et accomplir les devoirs d'un héros. Mais, hélas, ce rêve ne deviendra pas réalité.

Elle lui adressa un sourire étrangement triste et s'en fut vers la porte.

Il la suivit.

Il la retint par le coude et pencha la tête, enveloppé par son parfum de soleil sauvage.

— Mademoiselle Lucas, permettez-moi de vous parler franchement, dit-il doucement, la voix un peu rauque. Vous me demandez de jouer un rôle alors que vous-même, vous n'endossez pas celui qui conviendrait. Vous devez admettre que votre détermination et votre sang-froid ne correspondent pas aux qualités d'une damoiselle en détresse.

Elle sembla se raidir, et répondit dans un murmure à peine audible :

— Monsieur Yale, je ne suis pas stupide. Je sais que ce que je fais est dangereux et me vaudra un châtiment - peut-être ma perte. Mais…

Sa lèvre inférieure frémit, bien qu'elle semblât s'efforcer de l'en empêcher.

— Mais c'est ce que je dois faire. Lorsque j'avais quinze ans, ma mère m'a quittée sans un regard d'adieu et sans explication. Mon beau-père, mon frère et mes sœurs sont réticents à parler d'elle. Même si j'aimerais prétendre qu'elle n'existe pas, c'est devenu impossible. Et cela me fait plus souffrir que je ne peux le supporter.

Elle leva son regard vers lui, un besoin sincère se reflétant dans ses yeux bleu lapis, et elle ajouta :

— C'est par hasard que vous êtes tombé sur moi. Mais maintenant, vous devez me laisser partir et oublier que vous m'avez croisée. Je vous y autorise en toute bonne conscience.

Il ne pouvait se plier à ce qu'elle lui demandait.

— Je ne vous laisserai pas partir seule, décréta-t-il en lâchant son bras - car la toucher, il s'en rendait compte à présent, était une grave erreur. Je vais vous aider. Mais nous attendrons la prochaine voiture.

La transformation qui se produisit sur le visage de la jeune femme donna à Wyn l'impression que l'air se retirait de ses poumons. Elle lui saisit la main et la serra, ses yeux bleus pétillant.

— Vous êtes *vraiment* un héros. Et un gentleman !

Pour l'heure, Wyn savait qu'il n'était ni l'un ni l'autre. Une vieille colère alimentait l'impatience d'accomplir sa propre mission, qui n'avait rien d'héroïque. Et la chaleur de son contact à travers le cuir du gant agissait sur sa peau comme une marque indélébile. Elle était bien trop jolie, et il n'avait pas touché une femme depuis une éternité.

Non, ses pensées étaient très éloignées de celles d'un gentleman.

5

Il retira sa main de la sienne.

— Voyez-vous l'aubergiste derrière moi ? Il ne croit pas que vous soyez ma sœur.

— Pourquoi cela ?

— Sa bassesse d'esprit, sans doute.

En un instant, les fossettes refirent leur apparition. Wyn ajouta :

— Il était réticent à l'idée de servir une femme qui est arrivée à pied dans son établissement, sans domestique ni bagages. J'ai dû le convaincre que c'était dans son intérêt.

Elle se mordit les lèvres.

— Vous lui avez donné de l'argent ?

— On peut dire ça.

Les menaces avaient aussi leur efficacité, ce qui était moins ruineux.

Elle parcourut la salle du regard.

— Si j'avais une dame de compagnie, pensez-vous qu'il tirerait pareilles conclusions, comme les autres voyageurs rencontrés sur la route ?

Il suivit son regard jusqu'au coin où une femme était affalée contre le mur, endormie. Elle était vêtue d'une tenue terne, une écharpe enroulée autour du cou. Mlle Lucas la contempla, les sourcils froncés.

Wyn se surprit à sourire.

— Un plan est en cours d'élaboration, j'imagine...

Elle lui décocha un sourire.

— Elle était dans la voiture. Nous avons discuté avant que je monte sur le toit avec le chien. Elle allait à Stafford, mais je crois qu'elle va devoir y renoncer.

— Pourquoi donc ?

— L'horaire, dit-elle en désignant l'affichette près de la porte, et elle gloussa. Mon Dieu ! Et vous dites que vous avez voyagé ?

Ses yeux pétillaient d'amusement.

Il déglutit, la gorge sèche, et jeta un coup d'œil à l'homme de marron vêtu.

— Passons à votre plan, madame.

Lorsqu'ils arrivèrent devant la femme endormie, Mlle Lucas se pencha vers elle.

— Madame ? Réveillez-vous. Je crois que votre voiture est partie sans vous.

La dormeuse tressaillit et ouvrit les yeux.

— Je l'ai ratée ? Eh bien, mince alors ! s'exclama-t-elle en se secouant avant de rajuster son cache-nez. Oh, c'est vous, mademoiselle. Je suis vraiment désolée que ce méchant cocher vous ait laissée en plan. Le petit chien n'était pas si gênant.

— Merci, vous êtes gentille ! Voici M. Yale, qui m'accompagne.

— Vraiment ? Bonne journée à vous, monsieur.

Elle le parcourut attentivement du regard, son sourire s'estompant.

— Mais qu'allez-vous faire à présent ? s'enquit Diantha. Allez-vous prendre la prochaine voiture pour Stafford ? Elle passe demain.

— Eh bien, mademoiselle, on m'a dit que si je n'étais pas arrivée là-bas aujourd'hui, je perdrais ma place.

— Pourtant, cela ne semble pas vous troubler, fit observer Wyn.

— Non, c'est vrai, monsieur. C'est ce qui m'arrive tout le temps. Je ne peux pas m'en empêcher. Je m'endors comme ça... (Elle claqua des doigts.) Et je perds ma place à gauche et à droite.

— Elle était en route afin d'être embauchée pour tenir compagnie à une dame d'un certain âge, expliqua Diantha. Mais cela me semble très sévère d'accorder si peu de temps pour effectuer un voyage. Allez-vous attendre la prochaine voiture pour rentrer à Londres ?

— Sans doute, bien que je n'aie pas un sou, étant sans emploi depuis un certain temps. Mon dernier employeur avait comme qui dirait un esprit malveillant et a raconté que je n'étais pas digne d'une bonne maison.

Diantha jeta un coup d'œil à Wyn, et ses yeux brillèrent.

— Madame... ? s'enquit-il.

— Polley, monsieur. J'ai épousé M. Polley en 1792, et je l'ai perdu au profit de Napoléon en 1793.

— Madame Polley, seriez-vous disposée à nous aider, et à gagner votre voyage de retour pour Londres ?

— Tant que le travail est honnête, monsieur.

Elle les regardait tour à tour d'un air prudent, à présent.

— Ma sœur a besoin d'un chaperon pour notre voyage. Nous avons été contraints de quitter précipitamment notre résidence et n'avons pas eu le temps d'en trouver. Nous aurions donc besoin des services d'une dame telle que vous.

Les yeux de la femme se plissèrent.

— Voyons, monsieur, je suis désolée mais quelque chose me dit que vous n'êtes pas de la même famille.

Diantha se mit à rire.

— Vous avez raison, nous ne le sommes pas du tout ! De plus, je suis destinée à M. H., un gentleman beaucoup moins beau qui m'admire énormément et qui m'offrira une très belle vie. Mais avant cela, j'ai une mission à accomplir : sauver ma mère d'un antre d'iniquité… C'est pour cela que j'ai pris la route. Ce n'est que par hasard que j'ai rencontré M. Yale, qui est un ami de ma famille, et qui a gentiment accepté de m'aider.

Mme Polley ne changea pas d'attitude.

— C'est vraiment ce que vous avez fait, monsieur ?

— J'ai jugé que c'était la chose à faire, étant donné les circonstances.

— Vous voyez donc qu'il ne me kidnappe pas, qu'il ne m'encourage pas à m'enfuir avec lui de l'autre côté de la frontière, ou toute autre absurdité de ce genre.

— Ce ne serait pas une absurdité, murmura-t-il avec ce léger sourire qui provoquait des remous dans le ventre de Diantha.

— De plus, il insistait il y a quelques instants sur le fait que je devrais avoir un chaperon, et voilà que vous êtes bloquée et sans position. N'est-ce pas un heureux hasard ?

Mme Polley ne quittait plus des yeux M. Yale.

— Eh bien ! Mademoiselle, il me semble que c'est un sacré coup de chance que nous nous soyons rencontrées, déclara-t-elle en reportant son attention sur Diantha. Et vous dites que ce monsieur est connu de votre famille ?

— Très bien connu.

Mme Polley semblait se mordiller l'intérieur de la joue.

— Alors, allons-nous partir tous ensemble pour Bristol ? demanda Diantha, impatiente.

Mme Polley la dévisagea.

— Une antre d'iniquité, vous disiez ?

— Vous n'aurez pas besoin de rester au service de Mlle Lucas une fois que nous aurons atteint notre destination, si vous ne souhaitez pas y être associée, madame.

Mme Polley se leva.

— Je resterai aussi longtemps que je le jugerai bon, monsieur, c'est-à-dire aussi longtemps que vous traînerez dans les parages. C'est une jolie fille, dit-elle en tapotant le bras de Diantha. Et je n'accepterai pas qu'un homme qui se prétend amical profite d'elle. Je resterai jusqu'à ce que je sois sûre et certaine qu'on n'a plus besoin de moi.

— Excellent ! Merci, madame, dit-il en s'inclinant.

Diantha eut un large sourire. Elle lui lança un nouveau coup d'œil tandis que Mme Polley rassemblait ses affaires, mais à présent il la regardait avec des yeux empreints d'un grand sérieux. Elle sentit son estomac faire des sauts périlleux.

Lorsqu'il la regardait ainsi, sérieux et immobile, elle se rappelait qu'elle ne savait pas grand-chose sur lui, et l'idée l'effleura que cet instant où, sur la route, il avait eu l'air dangereux, avait peut-être révélé l'homme qu'il était vraiment, tout le reste n'étant qu'apparences.

La malle de voyage ayant été récupérée, les bagages de Mme Polley rassemblés, Wyn fit monter ces dames dans la prochaine voiture en partance pour le Sud. Mais avant de partir, il eut une conversation avec un garçon qui livrait des sacs de céréales à l'écurie – un grand jeune homme dont les vêtements pendaient sur son corps dégingandé et qui regardait avec des yeux d'affamé l'os que mâchouillait le chien.

Wyn s'approcha de lui en éprouvant une sinistre satisfaction. Il faisait ce travail depuis une dizaine d'années. Il savait comment choisir son homme.

Après quelques pièces de monnaie et quelques mots, le jeune homme hocha la tête en signe d'acquiescement.

— Je le ferai volontiers, monsieur. Papa est parti combattre les Français et n'est jamais revenu, et maman et moi avons essayé de subvenir aux besoins de mes cinq frères, sans grand succès. Je vais lui apporter ces pièces et partir immédiatement pour le Devon. Le petit Joe est presque aussi grand que moi, maintenant. Il s'occupera des autres, le temps que je serai parti.

— Le contenu de cette bourse devrait suffire pour louer un cheval et payer le gîte et le couvert sur le parcours, William.

— Je n'ai besoin que d'un tas de foin pour dormir, monsieur.

— Comme tu veux. Tu pourras garder tout ce que tu ne dépenseras pas. Mais la rapidité est essentielle. Et pas un mot à quiconque. La lettre que je t'ai confiée ne doit être lue par personne d'autre que le baron, ou lord et lady Savege.

— À vos ordres, monsieur.

— Brave garçon.

Wyn le quitta alors, rassuré par l'expression de responsabilité prudente mêlée de soulagement dans les yeux du jeune homme. Ce qu'il avait offert à William en guise de rémunération serait une aubaine pour sa famille. Le garçon se rendrait à Glenhaven Hall, la demeure du baron de Carlyle, le beau-père de Mlle Lucas. Si le baron était absent, William devrait continuer jusqu'à Savege Park, tout près, la demeure de sa demi-sœur, la comtesse de Savege. Et si dans la semaine Wyn n'avait pas de nouvelles du baron, ou de

Serena et Alex Savege, il enverrait un autre messager, cette fois à Kitty et Leam Blackwood à Londres. Sœur du comte de Savege, Kitty viendrait immédiatement.

S'il écrivait à Constance, elle aussi viendrait, évidemment. Mais Wyn ne souhaitait pas la voir avant d'avoir accompli sa mission – pas plus que Leam, l'homme avec qui il avait passé six ans de sa vie à parcourir l'empire, travaillant en secret pour la Couronne.

Constance et Leam étaient ce qui se rapprochait le plus de sa famille, tout comme Jin Seton et Colin Gray, dans une certaine mesure. En fait, c'est ce qu'ils avaient été pour lui. Avec le retrait de Leam du club, quatre ans plus tôt, le groupe avait changé. Leur cercle de camaraderie s'était brisé.

Mais en vérité, le changement s'était amorcé avant cela pour Wyn, plus d'un an auparavant, dans une ruelle pluvieuse de Londres, en regardant le visage sans vie d'une jeune fille. C'est alors qu'il avait commencé à mentir aux personnes qui lui étaient les plus chères au monde.

Et maintenant, à nouveau, une femme lui accordait sa confiance. Une femme qui l'avait supplié de l'aider.

Que Dieu vienne en aide à Diantha Lucas pour avoir vu un héros là où il n'y en avait pas.

Diantha ne voyait pas d'inconvénient à ce qu'un gentleman la touche intimement. Ce qui lui déplaisait, c'était de ne pas avoir été embrassée avant.

Teresa disait que les hommes embrassaient les femmes avant de prendre de plus grandes libertés, et Diantha y avait un peu réfléchi. Une fois, avant leur mariage, elle avait vu sa demi-sœur, Viola, et son fiancé, M. Seton, s'embrasser avec fougue, pensant que personne ne regardait, et ses orteils s'étaient carrément recroquevillés dans ses souliers. Comme Viola en était sortie avec un sourire hébété et M. Seton avec un air on ne peut plus satisfait, Diantha en avait conclu que les baisers n'étaient pas à redouter.

Ses parents ne s'étaient jamais embrassés. Son beau-père, homme gentil mais mollasson et distrait, ne sortait pratiquement jamais de son bureau lorsque sa mère vivait à Glenhaven Hall. Son vrai père était toujours ivre. Comme M. Yale dans l'écurie. C'est peut-être pour cela qu'il ne l'avait pas embrassée avant de poser la main sur ses fesses.

Il l'avait d'ailleurs rapidement retirée, sans doute parce qu'il n'avait pas apprécié de la toucher ainsi. Comment aurait-il pu y prendre plaisir ? À la simple évocation de ce souvenir, elle se tortilla de honte. Si elle avait été comme la plupart des filles de l'école, minces et délicates, peut-être aurait-il apprécié. Peut-être ne se serait-il pas arrêté. Peut-être l'aurait-il embrassée.

La voiture roulait dans la campagne vallonnée du Shropshire, Mme Polley endormie à côté de Diantha. Cette femme était très aimable, même si elle n'était pas particulièrement agréable avec M. Yale. Il ne fallait pas s'en étonner. Les élégantes ladies de Londres devaient embrasser volontiers les gentlemen, et Mme Polley ne faisait pas confiance à M. Yale, qui était assurément un gentleman.

Allongée dans son lit la nuit précédente, Diantha s'était imaginé l'embrasser. Tout son corps était devenu brûlant, comme lorsqu'il l'avait prise dans ses bras au milieu de l'écurie. Elle se doutait bien qu'elle n'avait pas le droit de se sentir aussi fébrile, mais elle était après tout la fille rebelle et immorale d'une femme rebelle et immorale.

Elle avait toujours été rebelle, depuis sa plus tendre enfance. Sa mère ne cessait de le lui répéter. Dans l'ombre de sa belle et douce sœur aînée, Charity,

Diantha n'avait jamais été d'aucune utilité pour sa mère en raison de son apparence médiocre et de son entêtement.

L'immoralité, cependant, c'était nouveau.

Elle *voulait* embrasser M. Yale.

Il chevauchait derrière la voiture, tirant le cheval bai. Le petit chien était avec lui, même si le cocher, beaucoup plus gentil que le précédent, n'avait pas vu d'inconvénient à ce qu'il reste dans la voiture. Diantha s'en félicitait.

Mais à l'arrêt suivant, les sourcils froncés de M. Yale l'alarmèrent.

— Vous m'en voulez de vous avoir forcé à m'escorter ? dit-elle en l'accompagnant alors qu'il menait ses chevaux à l'abreuvoir.

La pluie avait diminué et la lumière du soleil perçait à travers les nuages turbulents.

— Je suis mécontent, mais plutôt de moi pour n'avoir pas prévu le genre de problème que nous avons à présent.

Elle eut un petit soupir de soulagement.

— Nous avons un problème ?

— Mademoiselle Lucas, dit-il doucement, dans ma vie, il m'est arrivé de causer des désagréments à certaines personnes, ce qui les a incitées à leur tour à vouloir m'en causer.

— De leur causer des désagréments ?

— De les contrarier.

— Mais qu'est-ce que…

— Je crains de ne pouvoir vous expliquer le pourquoi du comment. Mais je suis suivi par un homme qui a de mauvaises intentions à mon égard. Cela pourrait vous mettre en danger.

Elle regarda attentivement son profil.

— Vous vous souciez de ma sécurité et de celle de Mme Polley. Pas de la vôtre ?

Il ne dit rien.

— Où emmenez-vous ce cheval, monsieur Yale ?

Elle caressa l'encolure de l'animal.

Il se tourna vers elle, un léger sourire se dessinant au coin de ces lèvres qu'elle avait tellement envie d'embrasser.

— Vous êtes une jeune femme singulière, mademoiselle Lucas.

— Simple curiosité.

— Cette pouliche appartient au duc de Yarmouth dont l'héritier, le marquis de McFee, l'a perdue lors d'une partie de cartes au profit d'un gentleman à l'honneur douteux à qui je l'ai récemment reprise. Il m'incombe maintenant de la ramener à son propriétaire légitime.

Le pelage de la pouliche était chaud sous son gant.

— Est-ce ce que vous espérez faire avec moi, finalement, en imaginant que je me lasserai de ma mission ?

— Vous ne semblez rien avoir d'une pouliche, mais si vous avez un propriétaire que j'ignore, je souhaite que vous m'en informiez afin d'éviter qu'on m'accuse de vol.

— Vous ne répondez pas souvent à mes questions.

— Ah bon ?

Elle lui lança un bref regard. Son visage n'était plus souriant mais plutôt grave, intense, et ce changement lui contracta délicieusement le ventre.

— Comment comptez-vous éviter cet homme qui vous poursuit ?

— Je n'en ai pas la moindre idée. Mais je ne permettrai pas qu'il vous arrive malheur à cause de mes ennemis.

— Vous avez des ennemis ? Oh ! Mais je suppose que tout le monde en a.

Les yeux argentés de M. Yale étincelèrent.

— Pas tout le monde, semble-t-il. Vous vous liez d'amitié avec chaque personne que vous rencontrez. Vous êtes vraiment une jeune femme peu ordinaire, mademoiselle Lucas.

— Et un gentleman qui est suivi par un homme avec de mauvaises intentions, alors qu'il aide une lady à retrouver sa mère... quel genre d'homme est-ce là, monsieur Yale ? Un homme ordinaire ?

Il lui adressa l'ébauche d'un sourire, puis fit un signe de tête en direction de la porte du pub.

— Nous avons un quart d'heure avant que la voiture reparte.

— J'ai demandé à Mme Polley d'aller acheter un déjeuner froid. Allez-vous manger aujourd'hui, monsieur ?

— Allez-vous cesser de m'importuner à ce propos, madame ?

— Probablement pas.

— Parfait !

Wyn la suivit des yeux jusqu'à la porte, où le chien était assis. Lorsqu'elle s'en approcha, le petit bâtard se mit à battre de la queue. Elle s'arrêta et regarda M. Yale derrière elle.

— Il vous aime bien, dit-elle.

— Je dirais plutôt que c'est vous qu'il aime bien.

Comme tout le monde. Son sourire, ses yeux pétillants et sa cordialité avaient conquis les passagers de la voiture, le cocher, même le gérant du relais de poste revêche lors de leur précédent arrêt. Outre son désir de la toucher à nouveau, Wyn l'aimait bien, lui aussi. Il ne laisserait pas un danger la menacer. Si l'homme vêtu de marron réapparaissait, il découvrirait quels étaient ses projets.

Mais la menace d'aujourd'hui était plus préoccupante encore. Une vieille connaissance, Duncan Eads, avait suivi la voiture à bonne distance sur la route. Quelques mois plus tôt, Wyn lui avait causé des ennuis en récupérant une fille sous le nez de son employeur, un certain Myles qui dirigeait un quart de la pègre londonienne. Wyn avait fait passer Eads pour un idiot et avait mis son chef en colère.

Eads avait sans doute été envoyé ici pour le lui faire payer. Wyn avait envie de lui dire d'attendre son tour.

— Nous devrions lui donner un nom.

La jeune femme s'était penchée pour caresser la tête du chien en resserrant sa cape autour de son arrière-train. Wyn retint son souffle, incapable de détacher le regard de cette courbe généreuse qu'il avait eue brièvement au creux de sa main.

— Comme vous voulez.

Elle lui offrit un bref sourire et entra dans le pub.

Il conduisit les chevaux jusqu'à un endroit herbeux et relâcha leur longe pour leur permettre de paître. La rue principale du village était particulièrement animée ; des chariots chargés d'enfants et d'adultes, une charrette, puis une modeste voiture passèrent en quelques minutes, ainsi qu'un certain nombre de piétons. Eads n'apparut pas, mais Wyn se doutait qu'il le reverrait au moment le plus inopportun. Il devait être en train de prendre de l'avance pour préparer une embuscade.

Le cocher sortit d'un pas tranquille du pub, salua Wyn en inclinant son chapeau, les autres passagers sur ses talons. Mlle Lucas apparut.

— Monsieur Yale, j'ai entendu la plus merveilleuse des nouvelles !

Ses joues étaient rougies par l'animation. Elle baissa la voix et entraîna Mme Polley dans son sillage.

— Aujourd'hui, le propriétaire terrien du coin a ouvert son domaine à toute la campagne environnante. Apparemment, ce châtelain, sir Henry, est assez aisé, et il aime organiser des fêtes prodigieuses !

Elle jeta un coup d'œil dans la rue.

— Je me réjouis pour ses invités, dit Wyn.

Cela expliquait toute cette circulation.

— Mais je ne saisis pas la raison de votre enthousiasme, reprit-il.

— Oh ! Je pensais à l'homme qui vous suit.

Il lança un regard à Mme Polley, dont les lèvres étaient on ne peut plus crispées. Puis il reporta son attention sur la jeune femme dont les yeux bleus brillaient d'excitation.

— Mademoiselle Lucas, puis-je vous suggérer de remonter dans la...

— Ne voyez-vous pas ? C'est la diversion *idéale*.

Elle lui saisit le bras, se pressant contre lui et le réduisant au silence. Il n'avait pas oublié la forme de son corps, ni sa chaleur. Dix ans en tant qu'agent secret de la Couronne et pourtant, face à Mlle Diantha Lucas, il perdait son flegme légendaire. Elle avait une belle silhouette. Pas seulement belle. Elle avait des seins parfaits, ronds et haut perchés, modestement dissimulés par sa robe de voyage, ce qui n'empêchait pas Wyn de les imaginer dénudés.

— Une diversion ? parvint-il à dire.

— Nous devons y aller !

Les yeux de la jeune femme dansaient, ses lèvres pareilles à des fruits rouges se recourbant dans un sourire.

— Il y aura des centaines de personnes là-bas, et si votre... ami n'est pas là maintenant... (le regard de la jeune femme se reporta sur la rue)... il ne saura pas que vous êtes parti dans cette direction. Nous pouvons louer une voiture. Ne voyez-vous pas ? C'est parfait !

— Non.

Ce plan parfait lui échappait totalement, contrairement au désir qu'elle suscitait en lui.

— Si !

Il se tourna vers la dame de compagnie de la jeune femme.

— Madame Polley, j'espère que vous désapprouvez cette idée ?

— Eh bien… je ne vois pas pourquoi je désapprouverais. Si votre méchant gaillard risque de causer des ennuis à cette gentille lady, il vous faudra bien trouver une solution.

— Si vous ne montez pas dans cette voiture et qu'il est impossible d'en louer une autre, mademoiselle Lucas, nous serons coincés ici quand mon « ami » se montrera.

Elle scruta son visage.

— Vous ne croyez quand même pas qu'il va venir ici ? Non, vous pensez qu'il a pris de l'avance pour vous accoster par surprise quelque part sur la grand-route.

Elle était remarquable. Il ne put s'empêcher d'en rire.

La jeune femme lui offrit un sourire radieux.

Elle était fraîche, limpide et directe. Ses yeux scintillaient en le regardant, la satisfaction et l'excitation faisant miroiter leur couleur lapis-lazuli sous les rayons du soleil, et il se retrouva incapable de la contredire. *Règle n° 1 : si une lady a bon cœur, est généreuse et vertueuse, un gentleman doit se plier à toutes ses requêtes ; il ne doit rien lui refuser.* De plus, s'ils pouvaient trouver une calèche par ici, son plan semblait bien meilleur que tout ce qu'il avait pu imaginer jusqu'alors.

Elle reporta son attention au-dessus de son épaule.

— Et voilà ! Nous n'aurons peut-être pas besoin de louer une voiture, après tout.

Elle héla un véhicule qui avançait à pas de tortue, une calèche avec un cocher vieillissant dans un manteau délavé, tirée par une paire de chevaux aussi âgés que leur conducteur. Nichées à l'intérieur, deux ladies étaient enveloppées de gaze datant d'au moins un demi-siècle, avec des chapeaux et des ombrelles d'un autre temps.

Mlle Lucas se précipita vers le véhicule. Wyn n'entendit pas ce qu'elle disait. Les ladies lui répondirent par des sourires. Une main frêle gantée de dentelle se tendit pour prendre celle de la jeune femme. Puis une autre se leva, faisant signe à M. Yale, ainsi qu'à Mme Polley, de venir les rejoindre dans la calèche.

Alors, pour la première fois, il se dit qu'enfin il avait rencontré son égale.

6

— J'ai dit aux demoiselles Blevins que nous étions de jeunes mariés.

— J'avais deviné.

— Eh bien, je ne pouvais pas leur dire que nous étions un vieux couple. J'ai à peine atteint ma dix-neuvième année.

— *Vous* pourriez être une jeune mariée.

Elle eut un petit rire. Des rayons de soleil jouaient dans les mèches châtains qui s'échappaient de son bonnet et dans le bleu de ses yeux, et pendant un instant elle parut tout à fait jeune. Presque candide.

— Mais, bien sûr, nous n'avons pas d'enfant, et je n'étais pas vraiment prête à en inventer sur le moment.

Elle prit des morceaux de viande dans le plat posé sur la table et en déposa près du chien à ses pieds, puis entre ses lèvres tentatrices.

— Je suppose que c'est ce que j'aurais pu faire, mais elles ne m'auraient peut-être pas crue. Nous ne nous connaissons pas assez pour faire le genre de choses que font les couples mariés depuis longtemps, comme...

— Finir les phrases de l'autre ?

Ses fossettes surgirent, ce qui eut pour effet d'inciter Wyn à tendre la main vers la louche du bol de punch. Le majordome de sir Henry avait préparé un mélange au goût fort agréable.

Ils avaient passé deux heures assis sur des chaises disposées sur la pelouse, à siroter du thé pendant qu'elle inventait histoire après histoire de charmantes escapades d'enfance – les siennes, ainsi que celles le concernant prétendument –, et dont elle régalait les demoiselles Blevins, sir Henry, et une demi-douzaine d'autres septuagénaires qui n'avaient pas fréquenté de salon londonien depuis l'époque de George II. Ils ne pouvaient donc deviner que les nouveaux mariés, M. et Mme Dyer, étaient de vils imposteurs – d'ailleurs, Wyn avait failli intervenir plusieurs fois pour démentir les propos de la jeune femme. Au lieu de cela, il avait prié leur hôte et les aimables ladies qui les avaient conduits jusqu'ici de les excuser pendant qu'il allait avec « son épouse » se promener dans les jardins.

Il l'avait emmenée directement vers le buffet des rafraîchissements.

Sur la pelouse descendant en pente douce vers les champs où paissaient les moutons, les enfants jouaient au ballon et au volant, leurs parents – des fermiers, des villageois et quelques membres de la noblesse campagnarde – profitant des produits de la récolte. Tous étaient heureux que la pluie ait cessé et de la générosité de sir Henry. Au son nasillard d'un violon, une vingtaine de garçons et de filles dansaient sur le gazon, les rires et les regards timides trahissant leurs tentatives de séduction.

Wyn n'avait aucun souvenir d'une telle période dans sa vie. Il était passé en quelques mois de l'âge de garçon à celui d'homme. Plutôt en quelques semaines. Il ne le regrettait pas ; il avait vu le monde dans toutes ses merveilles. Pourtant, il se détourna de la scène et avala le contenu de son verre.

Le regard de Mlle Lucas s'attarda sur les danseurs.

— Je pense que Mme Polley n'approuve pas l'histoire que j'ai inventée.

— Je soupçonne plutôt qu'elle n'approuve pas le mari que vous avez choisi.

— Mais vous êtes un gentleman.

— Un gentleman qui a accepté de vous escorter à travers l'Angleterre sans bénéficier d'un chaperon.

— Hum... mais elle est la compagne idéale. À l'exception de cette habitude de s'endormir subitement, cela va sans dire.

Elle regarda vers la pelouse, où Mme Polley était affalée sur un sofa à l'ombre d'un saule pleureur. Son front se plissa.

— J'espère qu'elle n'est pas malade.

— J'ai déjà vu ce genre de cas.

Dans les Indes orientales, des années plus tôt.

— Le corps se ferme simplement, comme s'il était endormi, alors qu'il n'en est rien. Elle ne peut pas contrôler le phénomène, mais cela ne lui fait aucun mal.

Mlle Lucas le fixa, les yeux interrogateurs, et se mordit le côté de la lèvre inférieure. Cette fois, Wyn ne détourna pas le regard.

— Pensez-vous que nous avons perdu... votre ami ? finit-elle par demander.

— Pour un temps. Mais il ne va pas me lâcher.

— L'avez-vous fâché à ce point ?

— Plutôt son employeur, un homme puissant. Nous devons trouver une voiture pour voyager par un autre chemin. Et sans tarder.

— Eh bien, je...

— Taisez-vous, chipie. Je réfléchis.

— Pour élaborer un plan ? dit-elle en tendant une tranche de fromage au chien. Moi aussi, j'ai besoin de silence pour cela.

— C'est donc le bon moment pour y procéder. Par exemple, vous pourriez inventer un plan d'urgence pour savoir que faire de votre dame de compagnie, au cas où Eads se montrerait et où nous serions obligés de partir précipitamment.

— Il s'appelle M. Eads ? Qui est-ce ?

— Un Écossais des Highlands, aussi fort qu'un docker.

— Et d'imposante carrure, je suppose. Mme Polley est trop lourde pour que je parvienne à la porter. Mais vous pourriez certainement y arriver.

Il arqua un sourcil.

— Vous pourriez la balancer sur votre épaule, reprit-elle en hochant la tête. Comme le ferait un vrai méchant, et l'emporter pendant que je vous suivrais en courant, en vous suppliant d'avoir pitié d'elle, comme une vraie damoiselle en détresse.

Il s'inclina.

— L'ingratitude vous sied à merveille, mademoiselle Lucas.

Lorsqu'elle éclata de rire, il lui lança un regard quelque peu courroucé.

Elle pinça ses lèvres. Mais elle semblait trépigner, comme si rester en place était un effort trop grand, et ses joues où apparaissaient les fossettes avaient légèrement rosi. Wyn était incapable de réfléchir, avec elle si proche. Le punch avait apaisé l'agitation dans ses veines et une langueur confortable, familière, l'envahissait peu à peu, atténuant son anxiété.

Ils devaient rester prudents. L'Écossais le chercherait d'abord sur la grand-route. Pour aujourd'hui, Wyn n'avait rien à craindre. Si ce n'était lui-même. La jeune femme se tenait encore trop près.

— Que diriez-vous, mademoiselle Lucas, si je vous annonçais que pour poursuivre votre mission, nous serons obligés de subtiliser un moyen de transport à l'une de ces familles qui jouissent de l'hospitalité de sir Henry ?

— Subtiliser ?

Elle se rapprocha, ce qui n'était pas l'effet recherché. Pas du tout.

— Voulez-vous dire *voler* une calèche ?

Il s'intéressa à nouveau au bol de punch, autant pour s'éloigner d'elle que pour se verser une autre coupe.

— Avez-vous...

Le regard de la jeune femme passa rapidement du bol de punch à son visage.

— Avez-vous déjà fait une chose pareille ?

— Si nécessaire, répondit-il en s'asseyant au bord de la table. Est-ce que cela vous paraît nécessaire, mademoiselle Lucas ?

— Mme Dyer, dit-elle en pinçant les lèvres en une petite moue. Vous devriez m'appeler Mme Dyer en compagnie des invités. Au cas où quelqu'un vous entendrait.

— Vous êtes une chipie.

— Probablement. Et vous, vous buvez trop.

— Je vous demande pardon ?

— Pour quelle raison buvez-vous autant ? La saveur vous plaît-elle à ce point ?

— C'est plutôt pour me calmer les nerfs.

C'était la stricte vérité. Il lui fallait toujours plusieurs verres pour dire, en partie, la vérité. Ses grands yeux bleus l'avaient apparemment conduit sur le reste du parcours jusqu'à la vérité complète.

Pas de mensonges avec Diantha Lucas, sauf un. Si elle savait qu'il avait l'intention de la ramener à sa famille, elle chercherait encore à lui fausser compagnie. Avec Eads à ses trousses, et peut-être l'homme vêtu de marron, il ne pouvait prendre le risque d'être trop retardé.

— Eh bien, je suis excessivement nerveuse en ce moment, dit-elle en redressant ses gracieuses épaules. Peut-être devrais-je en prendre un peu aussi.

— Vous ne semblez pas excessivement nerveuse.

— Je suis une excellente dissimulatrice. Vraiment, monsieur Dyer, cela devrait être clair pour vous, à présent.

Elle prit une coupe de punch, la sentit, et son nez se plissa – un nez mutin sur lequel se voyaient deux minuscules cicatrices rondes, si petites qu'elles étaient invisibles à moins de l'examiner de très près, ce qu'il ne pouvait s'empêcher de faire en ce moment. Il y en avait d'autres sur son front et ses joues, minuscules imperfections qui rendaient ses traits d'autant plus attirants.

Elle était sacrément belle.

Les musiciens se lancèrent dans un air dansant folklorique. Les yeux de la jeune femme, deux lacs d'azur dans la lumière de fin d'après-midi, cherchaient les siens au-dessus de sa coupe.

— Cela aura-t-il un horrible goût ?

— Il vous faudra en juger par vous-même.

— Mon beau-père et Charity, ma sœur, disent que je ne devrais pas boire d'alcool. Je n'en ai jamais bu auparavant, vous savez. Pas même du vin.

Elle jeta un coup d'œil à la coupe, puis le regarda à nouveau.

— Vous n'allez pas me dire de ne pas en boire ?

— Ce serait singulièrement hypocrite de ma part, je pense.

Elle but une gorgée. Cligna des yeux, rapidement. Puis, ayant pris une autre gorgée, elle reposa la coupe.

— Ce n'est pas horrible.

Il fit non de la tête.

— Cela ne m'a pas encore calmé les nerfs, ajouta-t-elle.

— Il faut patienter quelques minutes.

Elle reprit la coupe.

— C'est chaud, dit-elle, cette fois en écarquillant les yeux.

— *Fort,* plutôt.

Elle passa une main gantée sur sa gorge, puis la fit glisser entre ses seins. Ses cils se mirent à battre.

Imbécile égoïste qu'il était, il ne retirait pas la coupe de la main de la jeune femme, pour le bien de celle-ci. Car il voulait percevoir de nouveau cette lueur dans ses yeux. Il voulait, pour la première fois depuis des années - ou plutôt depuis *toujours* -, être totalement irresponsable avec une femme. Avec une lady.

Avec elle.

C'est ce qu'il souhaitait chaque fois qu'il prenait une bouteille de brandy, un verre de whisky, une pinte de bière : s'abandonner à l'oubli.

Diantha ne sentait plus ses lèvres. Cependant, elle pouvait voir celles de M. Yale, malgré la nuit noire et la faible lueur que diffusaient les lampes. Elle ne pouvait d'ailleurs pas détacher les yeux de sa bouche. Sa bouche *intrigante*. Sa bouche qui lui semblait on ne peut plus délicieuse.

Une. Bou. Che. Dé. Li. Ci. Eu. Se.

Mais sa bouche était trop loin, à présent. Comme le reste de sa personne. Bien trop loin. Il s'était rendu à l'autre bout de l'allée. Elle se souvint qu'il lui avait dit fermement qu'elle ne devait le suivre sous aucun prétexte. Et elle ne l'avait pas fait. Elle avait été très obéissante et était restée *exactement* là où il l'avait laissée, adossée à la remise à calèches de sir Henry, à l'orée d'une rangée d'arbres noirs immenses.

Mais elle *voulait* le suivre. Elle voulait être partout où il était. Elle voulait… Oh, elle *voulait*… Elle ouvrit les yeux, ajustant sa vue. Il se tenait devant elle, la lueur de la lampe se diffusant autour de lui.

— On dirait que vous portez une couronne, dit-elle en plissant les yeux. Seriez-vous un prince, monsieur Yale ?

— C'est ça. À partir de maintenant, pourquoi ne pas vous adresser à moi en m'appelant Votre Altesse ?

Elle posa la paume contre son torse.

— Je m'en doutais. Je pensais que vous étiez peut-être un prince. Mais vous êtes bien au-dessus de mon rang. Je ne suis que la sœur d'un baronnet. Pas assez prestigieuse pour danser avec vous.

— Il n'y a pas de danse prévue ce soir, de toute façon. Vous n'avez pas à vous en inquiéter.

— C'est un soulagement. Dieu du ciel ! Cette étoffe est d'une remarquable finesse…

Elle effleura du bout des doigts son gilet en soie.

— Seulement le meilleur pour ma nuit de noces, dit-il, la voix rauque.

— Nuit de noces ?

Elle retira aussitôt sa main et, d'une manière ou d'une autre, celle de M. Yale se retrouva autour de l'épaule de la jeune femme – ce qui fut une bonne chose car, sous son étreinte, elle se laissa doucement aller contre le mur de la remise au lieu de s'évanouir dans les airs.

— Vous seriez-vous marié récemment ?

— Oui, madame Dyer, dit-il en la lâchant. Et avec vous, à en croire tous ceux avec qui vous vous êtes entretenue cet après-midi.

— Oh !

Elle sentit ses lèvres se recourber en un sourire. Quelle sensation ! Mais voilà que son nez était engourdi.

— C'est un véritable soulagement. Parce que je souhaitais ex-pressé-ment…

Elle donna un coup de patte dans le vide, puis sa main vint à nouveau se poser contre son torse.

— … vous toucher, soupira-t-elle. Si vous étiez marié, je devrais m'en abstenir, cela va de soi.

— Même si je n'étais pas marié, vous *devriez* vous en abstenir.

La main de M. Yale vint entourer le poignet de la jeune femme, large et chaude, puis la main de celle-ci se retrouva à nouveau ballante, ne touchant aucune partie de lui – ce qui était vraiment une déception *royale*. Elle fronça les sourcils puis leva les yeux vers lui, vers cette bouche si intrigante. Une bouche qui semblait *délicieuse*.

— Mme Polley n'est toujours pas réveillée, dit cette bouche, et Diantha cligna des yeux pour ne pas la perdre de vue. Nous devons donc attendre avant de nous mettre en route. Si nous la réveillons brusquement, elle pourrait être surprise et alerter les autres, bien qu'il semble que les domestiques de sir Henry et la plupart des invités soient partis se coucher. Ceux qui restent sont trop ivres pour remarquer quoi que ce soit.

— Oh, oui ! Elle pourrait croire qu'on l'enlève et se mettre à crier. C'est ce que moi je ferais.

— J'en doute. Vous auriez plutôt tendance à asséner sur la tête de votre ravisseur ce qui vous tombe sous la main.

— Je suppose que vous n'allez pas me laisser conduire la voiture ? Papa me l'interdit, bien que je sache plutôt bien manier le fouet pour une lady. Dieu du ciel ! Ce que je viens de dire m'a semblé remarquablement acerbe…

— Non, chipie, je ne vous laisserai pas conduire. Pas dans cet état.

— De quel état parlez-vous ? dit-elle en inspirant l'air à pleins poumons, puis elle secoua la tête. Monsieur Yale, monsieur Yale... je ne suis pas en état de faire quoi que ce soit, si ce n'est une chose.

— Quoi donc ?

Sa voix *souriait*. Elle adorait la façon dont sa voix souriait, car cela laissait augurer tant de révélations. Cela disait qu'il la trouvait amusante, et peut-être même que sa compagnie lui plaisait. Les gentlemen ne ressentaient pas cela à son égard, d'habitude. Oh, peut-être le ressentaient-ils, mais c'était seulement ceux qu'elle aimait bien, et les gens aiment bien être aimés, évidemment. Mais les jeunes gentlemen ne la remarquaient pas. Les hommes séduisants ne la remarquaient pas. C'était plutôt elle qui les remarquait. Elle était la fille grassouillette et boutonneuse avec laquelle personne ne veut danser, à moins que ce ne soit pour la ridiculiser.

Sauf *lui*. Il avait dansé avec elle, ce soir.

— Je vais suffisamment bien, monsieur Yale, pour que vous posiez vos mains sur moi.

Elle ferma les yeux et laissa l'air de la nuit se répandre sur ses lèvres et ses paupières et... elle eut soudain chaud.

— J'ai chaud.

Elle tira sur la fermeture de sa cape. Mais ses yeux étant clos, elle ne la voyait pas. Ou peut-être ses gants étaient-ils trop serrés. Elle essaya de les retirer, mais il s'avéra qu'elle n'en portait pas.

— Où sont passés mes gants ?

— Vous les avez enlevés il y a un moment. Ils sont dans votre poche.

— Oh, bien ! Papa me les a offerts à Noël dernier. Ils sont très jolis. Ils viennent de Londres, vous savez. Comme vous.

— Je ne suis pas de Londres, mademoiselle Lucas.

Elle l'empoigna par les revers de son manteau et pressa la joue contre son torse. Si solide. Si chaud. Tellement *lui*. Il sentait tellement bon, le linge propre et autre chose de profondément agréable.

— Cesserez-vous donc de m'appeler Mlle Lucas ? dit-elle en fermant fort les yeux. J'aimerais enlever cette cape. Je suis vraiment en train d'étouffer.

Son dos rencontra le mur du bâtiment, puis il détacha sa cape, et elle en fut si heureuse qu'elle faillit pleurer. Elle s'en libéra d'un pas dansant.

— Oh, merci ! Mille mercis !

— Un seul suffira.

Il la suivit dans l'allée, s'enfonçant dans l'obscurité.

— Suis-je ivre, monsieur Yale ? dit-elle en écartant les bras.

— Vous l'êtes, en effet, mademoiselle Lucas.

Elle se retourna pour lui faire face, l'air frais de la nuit tourbillonnant dans ses jupes et sur son cou.

— Et vous, êtes-vous ivre, monsieur Yale ?

— Non, mademoiselle Lucas.

— Oh !

Elle pivota sur elle-même avant de s'arrêter. Le monde tourbillonnait, la déception l'étouffait.

— Parce que si vous l'étiez, vous poseriez vos mains sur moi, j'ose le dire.

— Alors nous ferions bien de nous féliciter que je ne le sois pas.

Une multitude de pensées se bousculèrent alors dans la tête de la jeune femme. Sa bouche lui donnait l'impression d'être pâteuse. Elle n'arrivait pas à ajuster sa vue sur les touffes d'herbe qui émergeaient de l'allée, éclairées par la lampe. Il faisait trop sombre, et un grand cercle noir entourait son champ de vision.

Elle regarda le bâtiment.

— À qui allons-nous voler une calèche ?

— À sir Henry.

— Cela semble indélicat, après avoir profité de son hospitalité tout l'après-midi.

— Certes, mais c'est le seul véhicule restant à cette heure tardive, qui puisse accueillir votre malle et nous trois. À moins que vous ne souhaitiez faire le voyage dans une charrette à foin ?

Elle éclata de rire. Puis poussa un soupir.

— Nous quatre.

— Nous quatre ?

— Ramsès.

— Ramsès ?

— Notre chien, monsieur Yale ! dit-elle en pointant le doigt derrière lui.

— Ah ! dit-il en acquiesçant de la tête.

— C'était ce nom, ou Araignée. Il a les yeux noirs. Contrairement aux vôtres. J'admire beaucoup vos yeux. Je vais laisser mon collier.

— Votre collier ?

— En guise de compensation.

— Vous ne portez pas de collier, mademoiselle Lucas.

— Vous m'avez dit de retirer mes objets de valeur de ma malle de voyage, et c'est ce que j'ai fait. Il est dans le carton à chapeaux. Nous le laisserons dans l'écurie pour dédommager sir Henry. Il a une grande valeur.

— Ce ne sera pas nécessaire.

— J'insiste ! Je l'avais caché, voyez-vous, pour que ma mère ne le prenne pas lorsqu'elle a volé les bijoux de mes sœurs. Ce n'est pas bien de voler, monsieur Yale ! dit-elle en agitant un doigt.

Il se tenait à trois mètres de là, la cape de la jeune femme repliée sur l'avant-bras. L'allée oscillait, entraînant avec elle l'homme et le halo doré de la lampe. Diantha se sentait mal.

Ses yeux s'écarquillèrent.

— Je crois que je vais être malade !

Il s'approcha.

Et elle fut malade. Très violemment.

Ce fut épouvantable.

7

Diantha se réveilla, poisseuse de sueur, l'intérieur de la bouche comme tapissé de papier gommé. Un papier gommé au goût exécrable. Elle déglutit et sa langue lui parut avoir grossi. Tout comme ses paupières, son estomac et sa tête. Elle gémit un peu et essaya de respirer.

— Vous voilà donc éveillée ? fit la voix de Mme Polley tout près d'elle. Ça doit donner l'impression d'être comme le vieux Belzébuth en personne. C'était toujours le cas de M. Polley le dimanche, après avoir bu trop de pintes chez le meunier.

Diantha entrouvrit les yeux.

— Il buvait le dimanche ?

La chambre minuscule ne comportait qu'un petit lit, la chaise qu'occupait la minuscule forme ronde de Mme Polley et une table de toilette rustique. Le tissu rayé devant la fenêtre était repoussé, laissant entrer une lumière blafarde.

— N'est-ce pas un péché ?

— M. Polley laissait les femmes prier, mademoiselle, comme le font les hommes bien.

Elle se rendit au pied du lit.

— *Cet* homme… et je ne dis pas que c'est un homme bien… va vouloir vous parler maintenant. Mais il faut vous habiller avant que je le laisse entrer.

La jeune femme cligna des yeux pour dissiper l'inconfort qu'elle ressentait, en pure perte.

— Pourquoi le laisser entrer dans ma chambre à coucher ? Je vais sortir.

Sa dame de compagnie lui tendit un corset et un jupon.

— Nous devions quelques explications à ces braves gens, étant donné que vous étiez aussi faible qu'un poussin et pas très lucide. Je leur ai dit que vous êtes enceinte. J'en ai vu des ladies plus mal en point en attendant un bébé. Comme ils l'ont cru, ils trouveraient sûrement étonnant que je ne laisse pas le père entrer.

Dieu du ciel ! Diantha passa péniblement les jambes par-dessus le bord du matelas et plongea son visage entre ses mains.

— Je veux sortir. Qui sont ces braves gens, madame Polley ? parvint-elle à dire, son estomac se retournant.

Mme Polley laça le corset.

— Un fermier et sa femme, et une ribambelle de gamins, répondit-elle en se renfrognant. Il a charmé tout le monde avec ses belles manières londoniennes.

Diantha posa une paume contre son crâne et pressa l'autre sur son ventre.

— C'est ce qu'il a fait ?

— Il a emmené les quatre petits sur la colline pour aller voir les moutons ce matin, et les a ramenés enchantés, mais si épuisés qu'ils sont tombés de sommeil tout de suite après déjeuner.

Le jupon lui fut passé par-dessus la tête.

— On est déjà l'après-midi ?

— Il est presque 16 heures, mademoiselle.

Mme Polley aida Diantha à passer les mains dans les manches et à se remettre sur pied. Mais elle vacilla et dut se retenir à la colonne de lit. La nuit lui revenait par bribes. Des bribes affreuses, honteuses, vraiment effroyables. Elle espérait sincèrement que les autres bribes, dont elle ne se souvenait pas, n'étaient pas pires. Elle avait la gorge irritée.

— Je crois que je suis malade.

— Je ne pense pas qu'il y ait encore quelque chose qui puisse remonter, mademoiselle.

Sa pudeur ? Son amour-propre ?

Non. Tout cela était déjà parti aux quatre vents.

Elle s'agrippa à la colonne de lit pendant que Mme Polley boutonnait sa robe, puis épinglait ses cheveux avec efficacité. Il était étonnant que quelqu'un veuille se passer des services d'une telle domestique.

Cependant, Mme Polley avait été de peu d'utilité pour veiller sur sa pudeur et son amour-propre, endormie qu'elle avait été toute la soirée pendant que Diantha buvait coupe après coupe de punch.

— Maintenant, mademoiselle, vous allez sortir et garder la tête haute, dit-elle avant de faire claquer sa langue. Ce n'est pas votre faute si cet homme vous a entraînée dans la débauche.

— Il ne m'a pas entraînée, madame Polley. J'ai bu du punch de mon plein gré.

Les yeux de sa dame de compagnie se rétrécirent.

— Je sais ce que je sais.

L'un des rares souvenirs que Diantha avait gardés de ce soir-là était celui de M. Yale retirant doucement, mais fermement, ses mains de sa personne. Et pas qu'une ou deux fois. Elle devait admettre que la « débauche » lui était par conséquent imputable.

Elle fit face à la porte, les battements de son cœur martelant contre son estomac qui protestait. Mais il n'y avait nulle part où se cacher, et d'ailleurs elle n'avait pas particulièrement envie de se cacher maintenant. La veille au soir, elle s'était totalement abandonnée. Elle n'allait pas se recroqueviller dans une minuscule chambre quelque part dans le Shropshire, quel que soit l'embarras auquel elle allait se retrouver confrontée.

Elle ouvrit la porte et sortit.

Elle pénétra dans une longue pièce sans fioritures, avec une table en bois flanquée de bancs et un énorme foyer de cuisine devant lequel se tenaient une femme et une jeune fille en tablier.

Ramsès surgit de devant le feu et s'approcha en trottinant et en se tortillant joyeusement. Debout à la fenêtre, M. Yale se retourna.

Il lui adressa son léger sourire, ni moqueur, ni complice, nullement différent de celui d'avant, et une petite corde d'effroi se dénoua en elle. Elle fit une révérence, et faillit tomber à la renverse. Il s'inclina, son sourire ne s'étirant qu'un peu.

— Bonjour, madame. Comment vous sentez-vous ?

— Pas tout à fait bien.

Misérable. Et elle avait sans doute aussi l'air misérable. Mais il n'y avait pas de miroir dans la chambre, et c'était mieux ainsi. Mieux valait ne pas savoir ce qu'il voyait en ce moment.

Parce que ce qu'elle voyait, elle, c'était la perfection incarnée. Vêtu de son habituel manteau noir, de ses culottes et de ses bottes, d'un gilet d'une qualité exquise, d'une chemise et d'une lavallière d'un blanc immaculé, il était magnifique. L'apparence de M. Yale avait changé. Ses joues semblaient éclatantes, même dans la pénombre du jour gris qui filtrait par les fenêtres, et ses yeux étaient particulièrement clairs.

— Madame Dyer, puis-je vous présenter à notre hôtesse, Mme Bates ? Et voici sa fille aînée, Mlle Elizabeth Bates, dont nous avons apprécié l'excellente cuisine pour le déjeuner.

— Comment allez-vous, madame ? s'enquit la maîtresse de maison en faisant froufrouter son tablier en une courbette. Nous sommes désolés que vous ayez été souffrante. J'ai moi aussi été malade quand j'ai porté mon premier, Tom, et en portant Betsy aussi.

Elle hocha la tête avant de conclure :

— Ce sera plus facile avec le troisième.

— Je vous remercie pour votre hospitalité, dit Diantha en s'avançant, la vapeur de la marmite lui montant aux narines et la prenant à la gorge. Je n'ose imaginer ce que vous avez dû penser lorsque nous avons été obligés de nous arrêter chez vous en pleine nuit. Vous et votre mari êtes très gentils de nous avoir accueillis.

— Le bon Dieu dit qu'en invitant un étranger, c'est Lui que nous invitons, madame. Et comme M. Dyer est un véritable gentleman, cela ne nous a causé aucun souci.

La jeune fille fit à son tour une courbette, tout en minceur - le contraire de ce qu'avait été Diantha à son âge. Mais, sur un autre plan, comme elle avait été : les joues et le front d'Elizabeth étaient parsemés de boutons.

— Je suis Betsy, madame. Et ma cuisine est loin d'être aussi bonne que le dit ce gentleman.

Elle adressa à M. Yale un bref regard, des étoiles plein les yeux.

— Je suis certaine que vous méritez ces compliments, Betsy.

Persuadée de lui avoir adressé ce genre de regard la veille au soir, Diantha rassembla son courage et jeta un coup d'œil au jeune homme. Mais il ne regardait pas Betsy : il la regardait, elle, et elle en eut l'estomac à nouveau retourné.

— Par tous les saints, Betsy ! dit Mme Bates en posant sa cuillère en bois, ayant vu quelque chose par la fenêtre. Cours fermer le portail avant que cette chèvre s'échappe, et je vais chercher les… œufs. Madame Dyer, j'ai préparé du thé pour vous.

Elle et sa fille se dépêchèrent de sortir.

M. Yale s'approcha d'un solide buffet en chêne contre le mur, sur lequel se trouvait un assortiment de tasses et d'assiettes décorées de petites fleurs roses.

— Pouvez-vous manger quelque chose ?

— Non.

Elle le regarda verser le contenu d'une cruche dans une tasse, puis venir la rejoindre.

— Pendant que vous passiez la journée à dormir, j'ai déjeuné avec nos hôtes.

Il lui tendit la tasse. Elle la prit et la porta à ses lèvres.

— Il semble que nous allons... *Oh !*

Elle recracha l'alcool dans la tasse.

— Que pensiez-vous faire en me donnant cela ? Voulez-vous me voir vomir encore ?

Il haussa un sourcil.

— Pas le moins du monde, dit-il en lui prenant la main. Vous devez me faire confiance à ce sujet.

— Non.

Elle résistait. La main de M. Yale était ferme et chaude autour de la sienne. Comme résister signifiait apparemment qu'il la toucherait, elle résista volontiers. Manifestement, elle n'avait rien appris de son aventure la veille au soir.

Il repoussa doucement sa main. Plutôt que de renverser la liqueur sur sa robe, elle finit par porter à nouveau la tasse à ses lèvres.

— C'est ce qu'on appelle soigner le mal par le mal, expliqua-t-il.

Il se tenait près d'elle et la regardait boire à petites gorgées.

Sa gorge se révulsait, mais elle parvint à avaler.

— Une vieille superstition ? parvint-elle à dire entre ses dents serrées.

— Cela permet de remédier à la gueule de bois.

Elle lui remit la tasse vide.

— Je ne peux pas croire que c'est ce que vous faites tout le temps. Guère étonnant que vous ayez perdu six kilos depuis notre dernière rencontre.

— Je n'ai pas été malade depuis des années.

— Ah bon ?

— Un homme apprend à se maîtriser s'il a un peu de bon sens.

— Avez-vous vraiment déjeuné ?

— Oui. Voulez-vous connaître la quantité des portions et la nature de chaque aliment dans l'assiette ?

Elle gloussa, et il sourit en retour. Face à ce sourire réconfortant, elle ne sentit plus son estomac rebelle.

— J'ai *vraiment* faim. Et comme nous allons apparemment avoir des enfants, je devrais probablement manger pour rester en bonne santé.

Il se mit à rire.

— Une jeune femme peu ordinaire, en effet.

— Eh bien, ce n'est pas moi qui ai eu l'idée de m'attribuer cette indisposition.

Elle se faufila pour le contourner et se rendre à la table sur laquelle était posée, à côté de la théière, une assiette de biscuits.

— Je ne peux imaginer où Mme Polley avait la tête pour inventer cela.

— Elle a sans doute pensé que nos hôtes trouveraient cela plus attrayant que l'ivresse. Ou la maladie. Et je crois qu'elle espérait imposer un vernis de responsabilité à son rôle dans cette affaire.

Un instant de silence.

— Et au mien, ajouta-t-il.

— Le vôtre ? s'enquit-elle, les doigts sur l'anse de la théière.

— À cause des coupes de punch que vous avez prises hier soir, son regard sur moi s'est fait plus insistant.

— Pourquoi ?

— J'ai l'impression qu'elle a pensé que vos excès m'étaient imputables.

— Eh bien moi, je sais bien qu'il n'en est rien.

Elle se versa du thé et le but, ses mains tremblant à peine – ce qui était remarquable puisqu'il l'observait, et qu'il y avait un nombre infini de détails dont elle et lui pourraient parler maintenant et qui seraient très gênants. Pour elle, tout du moins.

— Comment sommes-nous arrivés ici, et où sommes-nous précisément ?

— Précisément, je ne sais pas. Quelque part entre Shrewsbury et Bishops Castle.

— Bishops Castle ? N'est-ce pas… ?

— À l'ouest ? En effet. J'ai pensé qu'il valait mieux éviter la grand-route, pour des raisons de sécurité.

— Je me souviens vaguement de vous avoir entendu dire qu'il fallait rouler assez loin pour qu'on ne reconnaisse pas la calèche et les chevaux de sir Henry, alors je suppose que cette famille ne les a pas reconnus. Ils ont été très aimables de nous ouvrir leur porte.

Elle grignota un biscuit, puis en prit un autre.

— Oh ! dit-elle en levant les yeux. Avez-vous laissé mon collier ?

À présent, les yeux de M. Yale scintillaient.

— Vous ne vouliez pas qu'il en soit autrement.

— C'était ce qu'il y avait à faire de plus honorable.

— Il est vraiment dommage que, dans cette quête, vous ne puissiez pas vous-même jouer le rôle du héros.

— Je n'ai pas à le faire. Vous le jouez. Et…

Elle s'interrompit en tripotant un biscuit, l'émiettant du bout des doigts, puis elle ajouta :

— Je vous suis reconnaissante d'avoir été honorable.

Quand bien même elle était mortifiée. Et profondément déçue.

Heureusement, il comprit ce qu'elle voulait dire.

— Nous dirons alors que nous sommes quittes, n'est-ce pas ?

Il avait parlé à voix basse, mais il semblait parfaitement imperturbable.

Comme elle craignait d'avoir rougi, elle leva une main et lança en feignant l'insouciance :

— De toute façon, vous devez jouer le rôle du héros car nous allons vers le sud, et l'Écosse est au nord.

— L'Écosse ?

— Là où les méchants emmènent d'innocentes damoiselles pour les épouser.

— Ah ! Bien sûr.

Il s'éloigna, retournant au buffet pour se servir une tasse.

— Je présume que votre M. H. n'aurait pas été content si vous étiez partie en Écosse épouser un autre homme.

Elle répondit d'un hochement de tête.

— Pourquoi n'appelez-vous votre promis que par une initiale ? demanda-t-il.

— Parce que son nom est trop ridicule pour être prononcé de vive voix.

Il laissa planer un silence.

Elle poussa un énorme soupir.

— Hinkle Highbottom. C'est vrai, on aurait dû écarteler ses parents pour l'avoir baptisé ainsi. Mais…

Elle pinça les lèvres.

— Mais… ?

— Mais… cela lui va plutôt bien. Non qu'il ne soit pas parfaitement aimable. C'est seulement qu'il est…

Elle se détourna et s'approcha de la cuisinière, craignant, si elle lui faisait face, de lui jeter un autre de ces regards, les yeux pleins d'étoiles, comme Betsy.

— C'est un homme bon, et je suis sûre que je serai très heureuse avec lui.

— Que va-t-il penser de votre mission ?

Elle prit la longue cuillère en bois et mélangea le ragoût. Parfois, elle avait aidé à accomplir de simples tâches en cuisine. Au milieu de cette folle aventure, cela lui semblait familier. Comme cet homme.

— Il n'en saura rien, répondit-elle. Personne ne le saura. À part vous. Et Mme Polley, bien sûr. Pouvons-nous partir d'ici, maintenant ?

— Nous avons échappé à Eads pour le moment. Il est déjà tard dans la journée. J'ai roulé toute la nuit et, malgré mon statut de héros… j'ai besoin de repos avant de reprendre la route. Demain sera bien assez tôt.

— Demain ? Mais…

Elle sentit son cœur faire plusieurs petits sauts dans sa poitrine.

— Ils croient que nous sommes mariés, dit-elle en baissant la voix et en jetant un coup d'œil par la fenêtre.

Il croisa les bras, son épaule appuyée contre le buffet.

— Si vous vous en souvenez, c'était votre idée.

— Le faire croire aux demoiselles Blevins et à sir Henry, oui. Pas à tout le Shropshire.

M. et Mme Bates s'attendraient à ce qu'ils partagent une chambre. Diantha ne pouvait pas faire face à cette situation, pas avec les bribes de souvenirs de la veille au soir qui se bousculaient dans sa tête. En un mot : elle ne se faisait pas confiance, même sobre. Plus elle le regardait, plus elle avait envie de retrouver l'excitation troublante qu'elle avait ressentie lorsqu'il avait posé les mains sur elle dans l'écurie.

Elle percevait dans ses yeux une lueur qu'elle ne comprenait pas parfaitement, un peu sauvage.

— Vous essayez de me mettre mal à l'aise, marmonna-t-elle.

— Allons bon ! Pourquoi ferais-je cela ?

— Parce que vous me trouvez désobéissante et malavisée. Et impudique.

Il s'approcha. Elle lâcha la cuillère pour l'affronter. Intérieurement, elle tremblait, mais elle ne lui permettrait pas de le percevoir.

— Je pense que vous êtes tout ce qu'il y a de plus admirable, chipie, dit-il lorsqu'il fut tout près d'elle. Mais vous étiez auparavant plus proche de la vérité.

Le souffle emballé, elle ne pouvait s'empêcher de dévorer sa bouche des yeux.

— Plus proche de la vérité ?

— En croyant que j'ai assez d'honneur pour ne pas profiter d'une lady dans une situation désespérée.

Elle aurait voulu tendre la main et toucher son gilet pour voir si elle n'avait pas imaginé les muscles durs qu'il recouvrait.

— Je vous crois.

— Alors, je vous en prie, faites-moi le compliment de reconnaître que j'ai vos meilleurs intérêts à cœur. Et, mademoiselle Lucas, dit-il en soutenant son regard, soyez sûre que je ne fais pas partie de vos meilleurs intérêts.

La jeune femme sentit son cœur remonter dans sa gorge.

— Bien sûr, dit-elle de façon peu convaincante. Vous dormirez donc à même le plancher ?

Le coin de ses lèvres se recourba d'amusement, et il dit :

— J'irai dormir dans le grenier à foin. Pour le bénéfice de nos hôtes, nous mettrons cela sur le compte de votre indisposition et de votre besoin de confort. Mme Polley partagera vos quartiers.

Sa voix était caressante. Il ne devait pas s'en rendre compte, sinon il ne lui parlerait jamais ainsi. Elle sentit que son corps tout entier se mettait en émoi.

La porte s'ouvrit, et c'est ainsi que les trouvèrent Mme Bates et Betsy, debout l'un près de l'autre, comme s'ils étaient vraiment un couple de jeunes mariés attendant un heureux événement.

Et non pas comme si elle était une jeune fille récalcitrante, immorale, qui désirait ardemment embrasser un homme auquel elle n'était pas fiancée, un homme qui venait de lui dire très clairement qu'elle devait s'en abstenir.

Elle demanda à leur hôtesse si elle pouvait l'aider à préparer le dîner et, tout en se déplaçant dans la pièce, elle essaya de ne pas remarquer que – malgré ce qu'il venait de dire – M. Yale ne la quittait pas des yeux.

8

— C'est une beauté, monsieur.

Le fils des fermiers caressa le museau de Galahad.

— Tu aimes les chevaux, Tom ?

Wyn fixa la longe du cheval d'attelage et fit passer la courroie à travers son anneau. Les bêtes de sir Henry étaient loin d'être de vieux canassons, et elles s'étaient assez bien débrouillées sur l'étroit sentier qu'il avait emprunté dans la nuit sans lune. Wyn regrettait de les avoir volées.

Mais le collier compenserait la perte qu'avait subie le vieux propriétaire terrien jusqu'à ce que, de retour à Londres, il lui envoie de l'argent.

Puis il irait récupérer le bijou de Mlle Lucas et le lui rendrait. En fait, il demanderait plutôt à Leam ou à Jin de le faire. Ni l'un ni l'autre ne le lui refuseraient, car à ce moment-là il ne serait plus en mesure de faire quoi que ce soit.

En attendant, il espérait que ce collier ne lui manquerait pas. Mais elle ne semblait pas du genre à nourrir des regrets, plutôt à saisir ce qu'elle voulait sans la moindre hésitation - ce qu'elle avait essayé de faire avec lui.

— Ce sont les plus beaux que j'aie jamais vus.

Thomas souleva une fourchée de foin.

— Est-ce celui-là, le cheval de selle de la lady ?

— Non. Celui-là appartient à un duc.

Comme Mlle Lucas appartenait à son père et, finalement, à M. Highbottom. C'était une sacrée bénédiction que son père lui ait trouvé un bon parti. Avec ses lèvres mûres et ses yeux emplis d'un désir aussi brûlant qu'innocent, elle ne passerait pas une saison en ville en gardant sa virginité intacte. Elle offrirait ce sourire étincelant au prochain homme en qui elle aurait naïvement confiance, et cet homme ne lui opposerait certainement pas un refus. Quel autre idiot que lui le ferait ?

Les yeux du garçon s'arrondirent.

— Eh bien, quelle chance vous avez de connaître un duc !

— Je ne le connais pas personnellement. J'ai entendu parler de lui.

Par une fille marquée de cicatrices.

— Comment est-il ?

— Il vit seul dans une forteresse imprenable.

Le garçon siffla entre ses dents.

— Un château ?

— Un château qu'il ne quitte jamais et où il ne laisse entrer âme qui vive. Ce duc est un reclus.

Un reclus qui accordait à sa pouliche perdue une valeur inestimable, et qui avait insisté auprès du directeur du Falcon Club pour que l'homme qui la récupérerait la lui ramène directement. Dans sa forteresse.

— On dit que certains de ces grands lords sont fêlés.

Wyn plaça une couverture de protection sur le cheval d'attelage.

— Il n'y a pas que les grands lords qui le soient.

— La lady semble aller mieux ce matin, dit Tom, tout sourire. Ma mère et Betsy se vantent d'avoir une vraie lady qui les aide pour les tâches ménagères.

— Je ne crois pas que cela la dérange. C'est une femme peu ordinaire.

Une fille de la campagne, élevée loin de tout sur la côte du Devon par un beau-père et une mère peu aimable. Une fille qui, lorsqu'elle buvait trop, devenait aussi affectueuse qu'un chaton et aussi lascive qu'une chanteuse d'opéra.

L'aînée des filles Bates apparut à l'entrée de l'écurie.

— Tom, papa veut que tu ailles à la bergerie.

— J'irai tout à l'heure.

La jeune fille tourna les yeux vers Wyn, puis vers son frère.

— Il veut que tu y ailles maintenant.

Le garçon posa la fourche contre le mur et inclina sa casquette.

— Je ferais mieux d'aller m'occuper de ces moutons, m'sieur.

Il jeta à Galahad un autre regard appréciateur avant de s'en aller. Betsy adressa un sourire timide à Wyn, puis suivit son frère.

Le chien trottina sur ses trois pattes jusqu'à la voiture et sauta à la place du cocher. Wyn secoua la tête.

— Ramsès, dit-il en glissant le mors dans la bouche de l'un des chevaux. Un nom royal pour un bâtard.

Le chien le regarda passer la sangle le long du flanc du cheval et la boucler.

— Tu sais pourtant bien que tu n'es pas mon chien.

L'animal le regarda de ses yeux noirs enfoncés dans un tapis de fourrure brune et grise, tout comme il l'avait fait lorsqu'il était monté dans le grenier la nuit dernière.

— Je suppose que tu n'en sais rien, en fait.

Il alla fixer les sangles sur l'autre cheval.

— Mais tu vois, Ramsès, je ne peux pas avoir de chien pour le moment.

Tout comme il ne pouvait pas avoir dans son lit une fille aux yeux bleu lapis et au sourire magnifique.

La veille, elle avait passé la soirée sur une chaise près de l'âtre, à broder un tablier. Les sourcils froncés, la lèvre inférieure entre les dents, elle maniait l'aiguille avec des doigts frémissants, souffrant encore de ses excès de la veille, à n'en pas douter.

Mais elle ne s'était pas plainte. Au contraire, lorsqu'elle avait terminé son ouvrage, elle l'avait offert en souriant à la fille aînée du fermier. Puis elle avait cousu de la dentelle sur le bord du bonnet de nuit de Mme Bates.

— Elle a décousu cette dentelle de l'une de ses propres robes, avait marmonné Mme Polley en prenant sur la table le verre qu'il avait vidé.

Il n'avait bu que du cidre, et ce matin, en raison de cette discipline qu'il s'était imposée, les tremblements avaient empiré.

— Elle veut donner à ces braves gens quelque chose ayant une véritable valeur, dit Mme Polley, les yeux étrécis. Un ange qui ne se considère pas important, ma maîtresse. Elle mérite d'être bien traitée.

Wyn était on ne peut plus d'accord. Il avait gardé cette pensée à l'esprit le soir de la fête chez sir Henry, alors qu'elle pressait ses courbes contre lui et que le désir, attisé par l'alcool, lui dictait d'en profiter.

Mais elle n'était peut-être pas un ange, compte tenu de son plaisir à le taquiner et de sa détermination à mener à bien sa mission. Sans oublier ses mains baladeuses et ses seins parfaits.

Mieux qu'un ange.

Le chien le fixait de ses boutons d'ébène avec une expression curieuse.

— Oui, je sais qu'un homme qui a l'intention d'assassiner un duc n'a pas à poser les mains sur une femme, quelle qu'elle soit.

Il boucla les sangles, attira les chevaux l'un après l'autre et fixa les rênes d'attelage.

Une ombre traversa le carré de lumière pâle venant de la cour. Il connaissait son ombre. Il connaissait le contour de son cou, les fossettes qui apparaissaient subitement sur ses joues, et la façon dont elle levait les yeux au ciel pour se moquer de lui. Il pouvait décrire la forme de chacun de ses doigts, les nuances de brun doré dans ses cheveux et l'emplacement des minuscules cicatrices sur son nez mutin. Avoir appris dès son plus jeune âge à remarquer ce genre de détails s'était avéré fort utile en tant qu'agent du Falcon Club. Il ne perdait pas ses capacités, semblait-il. Et la connaître ainsi lui procurait une sorte de satisfaction qui le tracassait.

Elle s'approcha de lui.

— Bonjour, monsieur.

— Bonjour, madame. Comment allez-vous ce matin ?

Elle posa la main sur l'encolure d'un cheval et la caressa.

— Je me sens beaucoup mieux. Complètement rétablie, en vérité.

Elle portait une robe d'un bleu uni, cintrée par un ruban sous les seins. La nuit précédente, alors qu'il était allongé seul dans la paille, il se les était imaginés un bon moment, dénudés. Il avait imaginé la toucher. Il s'était dit que cela le distrairait de l'attrait de la bouteille que Bates lui avait proposée plus tôt et qu'il avait refusée. Plus de whisky en compagnie de Diantha Lucas. Il ne se faisait pas confiance.

— Vous m'en voyez heureux pour vous.

Il se détourna pour vérifier à nouveau les rênes.

— Je vous le promets : je ne ferai plus d'expérience avec les alcools forts. Allons-nous bientôt partir ? s'enquit-elle.

— Oui. Bientôt.

Elle jeta un coup d'œil vers la porte de l'écurie.

— Les Bates sont d'une telle gentillesse ! C'est une chance de les avoir trouvés.

Elle s'approcha de lui sur la pointe des pieds.

— Betsy est l'aînée, vous savez. Âgée d'un an de plus que Tom. Cette année, elle a participé au concours de pâtisserie de la fête des moissons et a gagné. Elle en est très fière.

Il lui jeta un coup d'œil. Une roseur légère s'était diffusée sur ses joues.

— Comme il se doit, dit-il.

Il se rendit à l'arrière de la calèche et prit une corde pour y fixer la malle de voyage.

Elle vint encore le rejoindre, et Wyn sentit l'air se déplacer avec elle. Elle était une brise printanière qui avait le pouvoir de se transformer en tempête.

— Elle a quinze ans, reprit-elle. Elle m'a dit qu'elle avait de l'affection pour un garçon de la ferme d'à côté, mais elle n'ose pas lui révéler son attirance, de peur qu'il ne la méprise. Je pense que c'est de la timidité de sa part.

— Elle apprendra à gagner en confiance avec le temps. Elle est encore jeune.

— Je ne crois pas que ce soit une question d'âge.

— Peut-être pas.

Puis, après un silence, elle ajouta :

— Les hommes remarquent-ils même ce genre de chose ?

Il ne pouvait prétendre ne pas avoir compris où elle voulait en venir.

Qu'elle soit naïve ou non, Diantha Lucas était intelligente.

— Oui, je crains que ce soit le cas de la plupart des hommes.

Elle se tut un instant, puis reprit :

— Je le savais, bien entendu. J'ai seulement posé la question pour savoir comment vous alliez...

Sa voix faiblit.

— Comment vous alliez...

Il pivota brusquement la tête.

— Comment j'allais...

Et son menton heurta sa mâchoire.

Ils firent tous deux un bond en arrière. Elle porta la main à son visage. Une rougeur intense colora ses traits ravissants. Couvrant des doigts sa bouche, elle recula d'un pas.

Wyn s'accroupit et passa la corde au-dessus de l'essieu arrière, en inspirant lentement.

— J'ai la vive impression, mademoiselle Lucas, que vous venez d'essayer de m'embrasser.

Il lui jeta un coup d'œil par-dessus son épaule.

— C'est vrai, assuma-t-elle, en tordant les lèvres comme elle le faisait habituellement. J'aimerais... beaucoup.

Toujours accroupi, l'avant-bras en appui sur le genou, il tourna le regard vers elle.

— N'avez-vous donc rien compris à ce que je vous ai dit hier après-midi ?

— J'aurais aimé mieux m'y prendre.

— Apparemment, non, répondit-il lui-même à sa question, avant de se redresser.

Elle fronça les sourcils.

— Oh, pourquoi pas ? Les Bates croient que nous sommes mariés, et comme Mme Polley fait la sieste, elle n'en saura rien. Je ne vous demande pas en mariage. Ce ne serait qu'un baiser, et personne ne le saurait.

— *Moi,* je le saurais.

— Vous pourriez simplement tout oublier dans la foulée.

— Non.

Jamais. Mon Dieu, elle était si jolie que c'en était insoutenable ! Il scruta son visage où se mêlaient indignation et espoir.

— Entendez-vous même ce que vous dites en ce moment ? grommela-t-il.

— Oui. Ne soyez pas stupide. Bien que je suppose que ce n'est pas de la stupidité, mais plutôt de la courtoisie digne d'un gentleman. C'est ce que j'admire tellement chez vous, soyez-en sûr, mais le moment est mal choisi.

Il éclata de rire, car la seule autre alternative aurait été d'attirer son corps délectable contre lui et de l'embrasser jusqu'à ce qu'aucun d'eux n'y voie plus clair.

Un pli se dessina sur le front de la jeune femme.

— Vous savez déjà qu'il m'arrive de manquer par moments de pudeur. Mais pourquoi devez-vous être un gentleman en permanence ? À part une fois, dans une écurie.

Effectivement, il n'avait pas été un gentleman cette nuit-là lorsqu'elle s'était accrochée à lui alors qu'il était dans un état d'ébriété et qu'il avait failli lui donner ce qu'elle voulait. Les pensées qu'il avait eues alors avaient été indignes d'un gentleman. Tout comme les fantasmes dont elle avait été l'objet la nuit dernière.

Bon sang, où étaient les règles quand un homme en avait besoin ?

Règle n° 8 : un homme n'est un gentleman qu'en veillant toujours à avoir un comportement adéquat.

— À part une fois, dans une écurie, admit-il.

— Eh bien, nous sommes dans une écurie en ce moment, dit-elle en battant des cils.

Que Dieu lui vienne en aide !

— Nous y sommes, en effet.

— Ce ne serait qu'un baiser, murmura-t-elle. Et je vous promets de ne plus jamais vous importuner à ce sujet.

Importuner ? Ce serait plutôt enchanter, tourmenter, torturer. Ses lèvres, ses yeux, son cou soyeux et ses seins parfaits l'ensorcelaient.

Au diable les règles !

Il recourba sa main sur le côté de son visage. Douceur de la peau. Douceur des cheveux. Douceur de la femme. Il faillit pousser un gémissement. Elle avait les yeux écarquillés. Il se pencha vers elle.

Ses lèvres étaient encore plus douces qu'il ne l'avait imaginé. L'espace d'un instant, il s'autorisa à humer son parfum d'air frais et de soleil, à sentir sa caresse contre sa bouche.

Suffisamment longtemps pour que son corps se retrouve en plein émoi et que la panique s'immisce en lui. Seigneur, il la *voulait* !

C'était enivrant.

Il s'écarta. Elle tentait de reprendre son souffle, les yeux papillotant. Puis elle sourit, et les lacs couleur de lapis-lazuli se mirent à briller.

Il réprima un gémissement.

Une erreur. Une faiblesse. Une énorme erreur.

— C'était un premier baiser parfait, soupira-t-elle.

Il aurait dû se tuer dès à présent, plutôt que d'attendre son châtiment après avoir assassiné le duc. Aucune des pensées qui lui venaient à l'esprit n'était digne d'un gentleman. Il vit apparaître en un éclair sa langue rose et eut envie de la sentir sur chaque centimètre de son corps. Il la voulait ici, sous lui, dans la paille, au mépris de tout scrupule, de toute règle et de tout projet qu'il avait conçus au cours des cinq dernières années. Dix dernières années. Quinze dernières années. Ce que Diantha Lucas lui faisait éprouver était une pure folie. Il avait besoin d'être en elle.

Bien sûr, elle n'avait pas la moindre idée du danger. Malgré ses avances et son insistance, elle ignorait tout de ce qui pouvait l'attendre au-delà de ce baiser, de ce qu'il pouvait lui faire maintenant.

L'air semblait s'être raréfié.

Il *devait* reprendre le contrôle.

— Avez-vous pour habitude de numéroter les baisers que vous partagez avec les gentlemen, mademoiselle Lucas ?

Parler, dire n'importe quoi, l'aiderait. Il s'imaginait dans un salon londonien en train de badiner avec une femme de la haute société.

— Numéroter ?

— En les comptant sur vos doigts, comme des points dans une partie de cartes.

— Non. Pourquoi dites-vous cela ?

— « Premier » suggère que vous anticipez un deuxième.

— « Premier » signifie en fait que vous êtes le premier homme que j'ai embrassé.

Son premier baiser ? Impossible.

— Vos prétendants n'ont pas... ?

— Oh ! Je n'ai eu aucun prétendant dans le Devon... si ce n'est M. H. J'avais plein de boutons et j'étais plus ronde de douze kilos jusqu'à l'été dernier, après tout. Les gentlemen n'ont rien trouvé d'intéressant chez moi. Pas plus que vous.

— J'ai trouvé intéressantes la plupart de vos opinions. Et avant cela, j'ai trouvé que vous dansiez assez joliment.

— Vous vous en souvenez ? s'écria-t-elle, l'incrédulité brillant dans ses yeux magnifiques. Vous vous souvenez qu'à Savege Park, il y a deux ans, je vous ai dit que vous ne devriez pas boire autant que vous le faisiez ? Que vous le faites ?

— Je m'en souviens.

— Oh ! dit-elle, plongée dans ses réflexions. Mais vous ne vous souvenez pas vraiment d'avoir dansé avec moi sur la terrasse au mariage de lord et lady Blackwood. Vous étiez ivre à ce moment-là.

— Je me souviens de tout, mademoiselle Lucas. C'est ma malédiction.

Elle sembla ne pas entendre la dernière phrase.

— Est-ce que vous… ? Vous souvenez-vous de ce que ces jeunes gens me disaient ?

— Je me souviens que vous vouliez qu'ils cessent de vous taquiner.

Elle baissa la voix :

— Vous m'avez sauvée.

Il se tourna vers la calèche.

— Je leur ai simplement rappelé de se comporter comme il se doit.

Il fixa la dernière boucle de la corde et la tendit bien serrée.

— Voilà, tout est prêt. Nous pouvons partir dans…

Elle lui saisit le bras. Chacun de ses muscles se tendit. Elle ne lui rendrait pas les choses faciles, mais Wyn ne savait pas s'il voulait que ce soit facile. Une part de lui aimait désirer ce qu'il ne pouvait avoir, et souffrir en conséquence. C'était la part idiote de son être, celle qu'il avait cru laisser derrière lui lorsqu'il s'était enfui de chez lui, puis lorsqu'il avait rejoint le Falcon Club.

— Pouvez-vous…, dit-elle, avant de se mordre la lèvre. Pouvez-vous me dire… Comment respire-t-on ?

Sa voix était mal assurée tandis que ses yeux le fixaient.

Il la dévisagea.

— Comment on respire ?

— En embrassant.

Pas facile, oui. Il répondit, essayant d'adopter un ton mesuré :

— Comme on le fait habituellement, j'imagine.

Elle fronça ses fins sourcils.

— Au moment opportun, suggéra-t-il.

Ses lèvres se recourbèrent de cette manière qu'il redoutait autant qu'il l'adorait.

— Par le nez peut-être, ajouta-t-il, sa seule échappatoire étant de continuer à parler ou de s'éloigner.

— Vraiment ?

Elle ne semblait pas convaincue.

Alors il lui fit la démonstration de la façon dont on respire en embrassant. Il prit sa taille entre ses mains et se pencha vers sa bouche. Ses lèvres étaient chaudes et immobiles, puis beaucoup moins immobiles lorsqu'il la goûta et la fit réagir.

Elle s'en défendit tout d'abord, avant de s'y abandonner. Sa bouche s'offrit à lui comme si c'était absolument naturel. De la langue, il traça le contour de ses lèvres douces et pleines.

— Maintenant, respirez, murmura-t-il.

Elle laissa échapper un gémissement de reddition. Il voulait caresser son corps, l'attirer à lui, lui faire découvrir ce que pouvait être un véritable baiser.

— Respirez…

Dieu, qu'elle sentait bon ! Il aurait pu presser le visage contre son cou et rester là à simplement la humer. Mais s'il continuait à profiter de Diantha Lucas, il craignait d'être en très mauvaise posture lorsqu'il s'agirait de la ramener à son beau-père et, par la suite, à son promis. En très mauvaise posture, on pouvait le dire… Et elle ne méritait pas cela.

Règle n° 9 : un gentleman doit toujours donner la priorité au bien-être d'une lady avant le sien.

Elle fit glisser sa langue sur la sienne, puis poussa un petit gémissement de plaisir, et il l'incita à ouvrir encore plus les lèvres pour lui montrer comment respirer.

Il était regrettable pour le bien-être de Mlle Lucas que, somme toute, il n'y ait aucun gentleman dans les parages.

Elle aurait voulu que cela dure encore et encore, pour toujours.

Son premier baiser n'avait pas ressemblé à ce qu'elle avait imaginé. Le fait qu'un homme lui touche le visage était un peu étrange. Ce n'était pas doux comme lorsqu'une femme lui embrassait la joue, mais ferme, et il sentait le cuir et le cheval, avec un soupçon d'eau de Cologne sophistiquée. Mais au bout d'un moment, elle s'était dit que c'était plutôt agréable. *Plutôt.* Son cœur battait la chamade et elle en oubliait de respirer. Elle était heureuse d'avoir demandé à Betsy de faire le guet pour éviter que Mme Polley les surprenne.

Cela ne lui paraissait plus étrange, à présent. C'était magique.

Personne n'avait jamais posé les mains sur sa taille, pas même ses sœurs lorsqu'elles s'étreignaient. Sa mère et les filles de l'école lui avaient souvent répété qu'elle était aussi large qu'un tronc d'arbre, et elle avait appris à plisser ses robes pour cacher son ventre. Lorsqu'il l'avait saisie par la taille, elle avait eu un mouvement de recul. Mais ses mains étaient grandes, fortes et sûres, et ses lèvres sur les siennes lui faisaient oublier tout le reste. Elle s'agrippa à son bras d'une dureté palpitante, contrairement à sa bouche qui était légère sur la sienne, chaude, et qui lui donnait l'impression de prendre feu. Mais à des endroits qu'il ne touchait même pas de ses lèvres ou de ses mains, surtout dans son bas-ventre – délicieusement brûlant et étrangement en manque de quelque chose. Ce n'était pas ce qu'elle avait imaginé – pas le moins du monde. Elle avait toujours pensé que ce serait humide et dégoûtant, mais le seul endroit où elle se sentait humide, c'était entre les jambes.

Elle fit glisser ses doigts plus haut sur la manche de son manteau pour en découvrir davantage. Les muscles de Wyn se contractèrent sous cet effleurement.

— Respirez, murmura-t-il, la voix un peu rude, avant que sa bouche recouvre à nouveau la sienne.

Elle avait l'impression qu'il la touchait un peu plus à chaque baiser. Il remonta les mains le long de ses hanches, la tenant fermement, et elles s'arrêtèrent juste en dessous de ses seins.

Oui ! Elle aimait sentir les mains de cet homme si près de ses seins. Cela lui donnait le sentiment d'avoir très chaud. D'être surexcitée, pour dire la vérité, de délicieuses sensations remontant jusqu'à ses tétons dressés. Ses doigts s'agrippèrent à lui et elle ouvrit la bouche sous la pression de la sienne.

Sa langue caressa la sienne. Elle en eut le souffle coupé.

Ceci – ce contact parfait – ne pouvait être un baiser ordinaire. Elle écarta les lèvres, l'invitant à la caresser encore de cette façon. Ce qu'il fit. Leurs langues entremêlées entamèrent une danse sensuelle. Il la rendait faible, mais elle en voulait plus. Elle voulait plus de *lui*.

Elle enserra de ses doigts son épaule et s'avança contre lui, mais son étreinte se crispa, la maintenant à l'écart.

Il mit brusquement fin au baiser.

Elle ouvrit les yeux. Il lui fallut un moment pour reprendre ses esprits.

— Un deuxième, dit-elle d'une voix fluette.

Il était si beau. Il lui donnait le vertige.

— Ou plutôt, un troisième.

— Avez-vous respiré ? demanda-t-il, la voix très grave.

Elle acquiesça. Par miracle, elle avait respiré pendant qu'il l'embrassait, mais elle y parvenait à peine maintenant.

— Je… je regrette de n'en avoir demandé qu'un seul.

Il la relâcha et recula. Ses yeux argentés étaient pareils à du mercure, pareils à la douce palpitation en elle, mais il fronça les sourcils et dit :

— Vous aviez prévu cela ?

— Bien sûr. J'ai toujours un plan pour...

— Pour tout.

Il se retourna et alla rejoindre les chevaux. La jeune femme sentit son cœur en proie à des battements hésitants. Ses lèvres étaient humides, et elle avait encore envie de sa bouche, de ses mains sur elle.

Elle jeta un coup d'œil vers la porte. Pas de Betsy en vue. Heureusement, Mme Polley devait toujours être dans la maison.

— Voulez-vous m'embrasser encore une fois ?

Il fit volte-face, mais ses yeux argentés reflétaient à présent de la dureté. Il avait la mâchoire contractée.

— Mademoiselle Lucas, allez-vous cesser de me le demander ?

— Mais je...

— Si vous me le redemandez, je jure que je vous attacherai et vous mettrai dans cette malle de voyage pour vous ramener immédiatement chez votre beau-père.

— Je ne tiendrais pas dans cette malle de voyage. Elle est bien trop remplie.

— Je la viderai d'abord, cela va de soi.

Il se tourna vers le cheval bai et le fit avancer.

— Votre affirmation de l'autre soir, selon laquelle vous savez conduire une voiture, était-ce de la vantardise ou la vérité ?

— Je ne me vante jamais. C'est vrai.

Très jeune, elle avait convaincu le cocher de Glenhaven Hall de lui apprendre. Son beau-père se plaignait toujours de la façon dont elle réussissait à duper les domestiques pour les inciter à se plier à ses projets.

Il attacha le cheval bai à sa monture.

— Vous pourrez donc conduire. Mais ne lancez pas la voiture dans le fossé. Mme Polley trouverait sans doute le moyen de m'en faire porter le chapeau.

Il avait l'air de plaisanter, mais dans ses yeux transparaissait encore de la sévérité.

— Je promets de faire attention.

Elle le suivit des yeux alors qu'il passait la porte de l'écurie avec ses chevaux.

— Merci, lança-t-elle.

— Vous n'avez pas à me remercier. Galahad préfère être monté plutôt que suivre attaché à la voiture.

Elle effleura ses lèvres du bout des doigts pour vérifier si elles avaient changé. Ce n'était pas le cas. Contrairement à elle.

— Je voulais dire, merci pour le baiser.

Il ne s'arrêta pas et disparut, de toute évidence indifférent. Mais alors qu'il entrait dans la cour, elle crut l'entendre marmonner :

— Chipie !

9

Chers compatriotes,

J'ai des nouvelles frustrantes. L'homme engagé pour suivre le membre du Falcon Club que j'avais démasqué a perdu sa piste. Je vous fais part de cette information car j'ai reçu des lettres de beaucoup d'entre vous, enthousiasmés par ma découverte. Cela me fait chaud au cœur que vous soyez aussi désireux que moi de connaître la vérité sur ce maudit club.

Lady Justice

Milady des plus chères,

Je vous implore... grâce ! Vous devez cesser cette prose taquine. Lorsque vous parlez de chaleur, de votre cœur et de désir dans la même phrase, j'avoue que j'ai du mal à tenir en place. Si cela continue, je vais dresser une tente devant le bureau de votre éditeur et j'y dormirai la nuit dans l'espoir de vous voir entrer dans le bâtiment au petit matin. J'ai d'ailleurs envisagé de le faire ! Hélas, le gardien n'a pas l'air commode. Je suis donc contraint de vous prier, milady, de prendre en pitié mon imagination fébrile.

Fidèlement vôtre,
Faucon Pèlerin
Secrétaire du Falcon Club

Monsieur,

Vous n'avez pas à vous préoccuper des récentes divagations de lady Fomentatrice de Troubles. Corneille n'a pas son pareil pour éviter le danger. Il sèmera sans problème cet espion.

Faucon Pèlerin

10

Il fallait qu'il s'en débarrasse.

Il ne pouvait pas attendre l'arrivée de son beau-père, le baron de Carlyle, au lieu de rendez-vous indiqué dans le mot qu'il avait chargé le jeune William de transmettre. Il devait se débarrasser d'elle maintenant, avant qu'elle l'invite à prendre encore plus de libertés. Avant qu'elle échafaude d'autres *plans*.

Mon Dieu, elle pouvait faire perdre toute raison à un homme avec ses mains avides, ses lèvres pleines et sa bouche gourmande. Si elle s'offrait à lui, il ne prendrait même pas la peine de résister. Sans aucun doute, il était en train de se perdre. Ses désirs échappaient à son contrôle.

Chevaucher lui procurait un certain soulagement. Cependant, lorsqu'elle se reposait de la conduite, et qu'il attachait Galahad derrière la calèche pour prendre les rênes à sa place, elle ne se retirait pas à l'intérieur avec Mme Polley. Au lieu de cela, elle restait à côté de lui, son bras frôlant le sien à chaque cahot, et elle lui racontait des histoires en vue manifestement de l'amuser – ce qui lui donnait l'occasion de regarder bouger ses lèvres magnifiques. Elle parlait avec chaleur, lui jetant souvent des coups d'œil.

Il ne lui faisait pas confiance pour qu'elle cesse de s'en prendre à lui. Par conséquent, il devait se débarrasser d'elle. Un point c'est tout.

L'occasion se présenta en milieu d'après-midi, alors que le soleil déclinait, s'attardant au-dessus des collines des Marches galloises. Des années plus tôt, étouffant sous la chaleur des Indes orientales, il avait rêvé de cette terre tempérée qu'il avait appris à connaître dans sa jeunesse, allant de ferme en ferme chercher du travail, uniquement muni de sa force, d'un sac rempli de livres et accompagné par la colère qui imprégnait son cœur. Au cours de ces années, il s'était parfois accordé du repos. Tous les six mois environ, il se rendait dans le seul endroit où il s'était toujours senti chez lui. Le seul endroit où il se sentait en sécurité. Là où il ne s'était pas permis d'aller depuis cinq ans et où il avait l'intention d'emmener Mlle Lucas, en attendant que Carlyle vienne la récupérer.

Face au danger, elle ne poursuivrait pas sa folle mission.

Duncan Eads aurait son utilité dans ce plan. Le Highlander les avait retrouvés. Il les suivait sur la route, à bonne distance. Mais bientôt, Wyn le laisserait approcher – assez pour effrayer la jeune femme et l'inciter à rentrer chez elle.

L'homme vêtu de marron les avait également suivis, quoique moins subtilement, toute la matinée. C'était franchement un miracle qu'Eads n'ait pas déjà éliminé ce rival.

Ils s'arrêtèrent pour manger le déjeuner que Mme Bates avait préparé, garant la voiture à l'ombre d'un bosquet de pins et de chênes dans une vallée qui abritait un moulin à eau. L'endroit était désert, le meunier et les ouvriers étant rentrés chez eux pour le repas de midi. Rien ne bougeait, hormis les résidents laineux sur les collines et les fleurs sauvages qui tapissaient les champs, balayées par la brise.

— Ici, les oiseaux chantent sur tous les tons imaginables, dit-elle avant de descendre d'un bond du siège. À la maison, je n'entends que les mouettes et les vagues qui s'écrasent sans fin.

Elle ouvrit la portière de la calèche et passa son bras sous celui de Mme Polley pour la soutenir, eu égard à son âge.

— À Savege Park, c'est encore pire. Madame Polley, vous devriez y venir en visite un jour. C'est bien trop grandiose à mon goût, mais ma demi-sœur est une comtesse. Je vous assure ! Je savais que vous ne le croiriez pas ; c'est pour cela que je ne l'ai pas mentionné plus tôt.

Mme Polley tapota le bras de sa protégée.

— Je croirai tout ce que vous voudrez, mademoiselle. Vous êtes si bonne, dit-elle en descendant de la calèche avec raideur, réussissant néanmoins à fixer Wyn du regard. N'est-ce pas, monsieur ?

— Tout à fait.

Bonne au goût. Bonne entre ses mains.

Il jeta un coup d'œil vers le bas de la route. Eads ne tarderait pas à arriver.

— Tous les deux, vous me flattez !

Une fossette apparut, et son regard glissa sur lui. Elle ne croyait pas à ces louanges. C'était tout aussi bien.

Elle conduisit sa dame de compagnie jusqu'à un siège creusé dans un mur du moulin. Le bâtiment était coiffé d'un toit, la roue tournait tandis que la petite rivière qui serpentait dans la vallée s'engouffrait en dessous. Le meunier allait revenir dans l'heure et se remettrait au travail. Wyn connaissait aussi bien le rythme de la saison des récoltes dans ce pays que le fonctionnement d'un pistolet. Pour l'instant, ils étaient seuls.

Il déboucha la bouteille que Bates lui avait donnée le matin même et s'assura que la jeune femme le voie en boire une gorgée. Du gin blanc, mal distillé, qui lui brûla le gosier. Mais cela aurait son utilité. En quelques minutes, les tremblements de ses mains se seraient dissipés, et d'ici une demi-heure elle croirait ce qu'il faut pour que cette mascarade porte ses fruits.

Faux-semblants et mensonges, mascarades et subterfuges. C'est ce dont était fait sa vie. Il avala une autre gorgée, la paix coulant enfin dans ses veines.

Que sa grand-tante soit décédée avant d'apprendre la vérité avait été une bénédiction. Elle en aurait eu le cœur brisé.

Diantha l'observait à la dérobée. Elle avait l'habitude d'observer les gens ainsi. Dissuadée par sa mère de se mettre en avant auprès des amis de ses parents, et parfaitement consciente que, dans son dos, les filles de son âge se moquaient d'elle, elle avait appris à regarder et à écouter sans se faire remarquer. À une exception près : Serena l'avait toujours remarquée. Sa demi-sœur, la personne la plus gentille du monde, avait des yeux derrière la tête. Si elle avait appris quelque chose de bien dans la vie, elle l'avait appris de Serena. Toutefois, lorsqu'elle la surprenait en train d'écouter aux portes, Diantha ne pouvait que se sentir coupable face à son regard plein d'affection.

Mais sa mère était une pécheresse ; elle avait donc cela dans le sang.

Elle disposa le pique-nique, tendant à Mme Polley la miche de pain et le pot de fromage frais, constatant que M. Yale délaissait à nouveau la nourriture au profit de la boisson. Elle ne le lui reprocherait pas.

Elle aussi avait perdu l'appétit, sans doute pour une autre raison.

Elle semblait avoir toujours l'estomac noué. Même ses bavardages pendant qu'il conduisait ne l'avaient pas apaisée. Ces mains qui tenaient les rênes dégageaient une telle force, et il les avait posées *sur elle*. Sur sa taille. Et presque sur ses seins. Elle en avait le souffle coupé. Et le souvenir de sa langue dans sa bouche l'emplissait de chaleur.

Elle était vraiment une dévergondée.

Il s'allongea sur le siège arrière de la calèche décapotée, une bouteille à la main. Avec un sourire indolent, il leva la bouteille comme pour trinquer avec elle.

Elle fut prise d'une étrange palpitation. Ce n'était pas son sourire habituel, le léger sourire qui lui nouait agréablement l'estomac. Celui-ci la fit se sentir mal à l'aise.

Elle jeta un coup d'œil alentour. Le cheval bai broutait paisiblement à la lisière des arbres. Mais Galahad avait levé la tête, les oreilles dressées. Diantha jeta à nouveau un coup d'œil à M. Yale. Il avait fermé les yeux, la main retenant lâchement la bouteille. Mme Polley ronflait, soutenue par la cape pliée de Diantha, Ramsès roulé en boule à ses pieds, lui aussi épuisé.

Se redressant, elle s'approcha de Galahad. Diantha ne connaissait pas grand-chose aux chevaux, mais celui-ci était assurément aux aguets. Peut-être un lapin avait-il attiré son attention, ou le meunier était-il revenu. Le pur-sang se retourna pour lui jeter un coup d'œil, les oreilles frémissantes, puis reporta son attention droit devant lui.

— Qu'y a-t-il ?

Elle changea de direction et gagna l'angle du moulin, le sol sous ses pieds devenant humide à l'ombre des arbres jouxtant l'autre côté du bâtiment.

— Ce doit être très...

Elle se figea.

Pousser un cri aurait dû être sa réaction initiale. C'est ce que ses sœurs auraient fait, sans doute. Mais Diantha resta pétrifiée devant le gabarit impressionnant de l'homme. Il la dépassait d'au moins une tête et demie. Il n'était pas gros mais épais au niveau des bras, de la poitrine et du cou. Même le pistolet qu'il pointait sur elle avait l'air énorme.

— Pipez le moindre mot, dit-il tout bas, et je vous abats.

Elle serra les lèvres. Mais elles tremblaient. Tout son corps tremblait. Si M. Yale jetait un coup d'œil dans sa direction, il la verrait se tenir bizarrement, plantée là comme une statue, et viendrait à son secours. Mais il s'était endormi après avoir avalé trop d'alcool. Et s'il accourait, l'homme l'abattrait, car il devait certainement s'agir de l'Écossais des Highlands, aussi fort qu'un docker.

Elle acquiesça.

— Vous allez filer dans ces bois, maintenant, dit-il en lui indiquant la direction avec son arme. Vous allez y rester jusqu'à ce que je vous dise d'en sortir.

— Je ne le ferai pas, murmura-t-elle.

Il arma son pistolet.

Le fait qu'il ne l'eût pas armé jusque-là atténua la peur que suscita ce cliquetis. Mais elle aurait dû crier. Elle aurait dû s'enfuir. Elle était une héroïne ratée, et maintenant son héros allait être tué.

— Je ne le ferai pas, répéta-t-elle avec toute la force qu'elle parvint à rassembler, la gorge nouée. Vous êtes l'homme qui suit M. Yale, n'est-ce pas ? M. Eads ?

L'intérêt illumina les yeux sombres de l'homme. Sa peau était tannée par le soleil, les cheveux sous son chapeau étaient foncés et longs. Il était rasé de près, bien habillé et, à l'exception de son accent, parlait comme un Anglais cultivé. Il devait être une sorte de gentleman.

Cette idée la calma un peu.

— Je n'irai pas, insista-t-elle, la voix rauque.

Soudain, on entendit le clic sans équivoque d'un autre pistolet qu'on armait.

— Mademoiselle Lucas, veuillez m'obliger en regagnant la voiture.

M. Eads resta parfaitement immobile.

— *Yale.*

Ce seul mot reflétait autant de colère que de menace.

— Bonjour, Eads. Si vous bronchez, *mein tumhe maar daaloonga*.

Il se tenait dans l'ombre des arbres.

— Mais je préférerais l'éviter en présence d'une lady. Mademoiselle Lucas, si vous voulez bien ?

— Non, répliqua-t-elle. Que venez-vous de dire ? Était-ce de l'écossais ?

— *Lass*, gronda le géant, dites-lui de lâcher son arme.

— Non. Vous avez de mauvaises intentions à son égard, et je ne vous permettrai pas de les mener à bien.

— De mauvaises intentions qu'il s'est lui-même attirées.

Le cœur de Diantha passa au galop.

— Maintenant, dites-lui de poser son pistolet, insista-t-il.

— Eads, baissez votre arme. Tranquillement.

— Vous lui avez révélé mon nom, rétorqua M. Eads sans quitter de ses yeux sombres la jeune femme. Vous ne permettrez pas qu'on lui fasse du mal, à mon avis.

— Ah ! La montagne s'arrête pour réfléchir. C'est une surprise, je dois l'admettre.

— Vous pensez que Corneille est le seul homme à penser en pleine action ?

— Corneille ? s'étonna Diantha.

— Madame, fit Yale, si vous vouliez bien vous éloigner, cela simplifierait considérablement les choses.

Sa voix était si douce qu'elle comprit qu'il ne pouvait être en état d'ébriété. La brise agitait la mèche noire sur son front, mais sa main pointant le pistolet ne tremblait pas.

Elle devait intervenir.

— Monsieur Eads, avez-vous un nom de baptême ? laissa-t-elle échapper.

Il fronça les sourcils.

— Un prénom, expliqua-t-elle. Pour que je puisse m'adresser à vous comme à un ami.

Il ne la quittait pas des yeux.

— Qu'est-ce que c'est, Yale ? Quel tour jouez-vous ?

— Il n'y a aucun tour à proprement parler. C'est ce qu'elle fait : elle se lie d'amitié avec les gens, répondit Wyn, semblant parfaitement à l'aise. C'est l'un de ses multiples charmes.

Diantha fixa l'homme à la taille imposante.

— M. Yale se montre sarcastique, mais...

— Il n'en est rien.

— Mais j'aimerais connaître le nom de baptême de l'homme qui va m'assassiner. Car voyez-vous, monsieur Eads, je ne vous permettrai pas de le tuer.

Le regard de l'homme se porta sur sa robe, puis sur sa chevelure.

— Pas même pour sauver votre vie ?

— Que vaudrait ma vie si, afin de la préserver, je laissais quelqu'un mourir ? Et pour être plus précise, j'ai besoin de lui en ce moment. Voyez-vous, il y a quatre ans, ma mère s'est enfuie de la maison, m'abandonnant avec ma jeune sœur pour aller vivre dans un bordel.

Son cœur battait à tout rompre. C'était ce qu'elle voulait, après tout : voir sa mère et lui parler. Mais elle ne voulait plus partager son existence. À présent, cela lui apparaissait très clairement.

— Malgré les objections de mon beau-père, je suis partie pour la retrouver, reprit-elle avec un peu moins d'assurance. Mais, ne connaissant pas bien la route, j'ai demandé de l'aide, et M. Yale s'est engagé à me l'apporter. Alors voyez-vous, si vous le tuez je serai sans ressources, pour ne pas dire désespérée, car je dois retrouver ma mère avant d'être renvoyée chez moi, probablement pour y être enfermée jusqu'à la fin de mes jours après avoir fait une chose aussi scandaleuse. Par conséquent, vous et M. Yale devez régler votre différend d'une autre manière qu'en vous entretuant.

Elle jeta un coup d'œil à son compagnon de voyage, puis au géant.

— Avez-vous tous les deux bien compris ?

À son grand étonnement, M. Eads baissa son pistolet.

L'arme émit un doux son métallique lorsqu'il relâcha le chien. Diantha osait à peine respirer.

— Vous êtes un sage.

M. Yale s'avança, le pistolet toujours braqué sur la poitrine de l'Écossais.

La mâchoire carrée de M. Eads se crispa, et il détourna vivement les yeux en disant :

— Soyez maudit, Yale !

— C'est déjà fait, mon vieux.

Elle les regarda tour à tour.

— Vous ne pouvez pas tirer sur lui, s'empressa-t-elle de dire à son compagnon.

— Merci, mademoiselle Lucas. Mais si vous pouviez maintenant...

Un cri de femme retentit, suivi d'un craquement, d'un bruit sourd, d'une série de jappements, puis une voix d'homme :

— Oh, mon Dieu !

C'est alors que les événements se précipitèrent. Ramsès surgit au coin du bâtiment en aboyant comme un fou. M. Yale assena un coup sec sur le poignet de l'Écossais, qui poussa un cri en lâchant son arme et balança son énorme poing en direction de la mâchoire de M. Yale, qu'il rata, alors que la crosse du pistolet de celui-ci s'abattait sur le front de son adversaire. Ramsès, les crocs plantés dans la botte du Highlander, grognait. M. Eads porta la main à sa tête, une série de mots étrangers – de toute évidence grossiers – s'échappant de sa bouche. Le petit chien lâcha sa cheville et crut bon de battre en retraite.

— N'y reviens pas !

M. Yale récupéra vivement le pistolet tombé à terre.

— Avez-vous d'autres armes ?

— Bien sûr que j'en ai, dit l'homme en se renfrognant, pressant les doigts sur la petite entaille sur son front. Je ne vais pas m'en servir. Je ne vous ai frappé que parce que vous m'avez frappé.

— Vous auriez dû lâcher votre arme quand je vous l'ai demandé.

Les gémissements provenant de la cour avaient atteint un volume incroyable.

Diantha s'approcha, avant de jeter un coup d'œil en arrière. Elle en eut le souffle coupé. Son compagnon de voyage tenait le canon de son pistolet contre le front de M. Eads.

— Je vous demande votre parole à ce sujet, Duncan.

Duncan ?

Le Highlander haussa les épaules.

— Bon sang, Yale ! dit-il en lui lançant un regard noir. Vous l'avez.

M. Yale baissa son pistolet. Il jeta l'arme de l'autre homme à ses pieds.

— Partez, maintenant. Ou votre sort s'avérera bien pire qu'à Calcutta.

Diantha ne les quittait pas des yeux. Ce n'est que lorsque Wyn vint la rejoindre qu'elle pensa à refermer la bouche.

— Vous lui avez rendu son pistolet ? Vous le connaissez ? Et son prénom ?

— Et la date de son anniversaire, ainsi que la marmelade préférée de sa mère. Maintenant, mademoiselle Lucas, si vous voulez bien enfin obéir à mes instructions, je vous prie de le suivre. Votre dame de compagnie, semble-t-il, vient d'agresser un homme.

Elle fit ce qu'il lui demandait, surtout parce qu'il lui semblait stupide de défier un homme qui l'avait emporté avec si peu d'efforts sur une personne de la stature de M. Eads, mais aussi parce que ses jambes lui semblaient chancelantes. Elle se sentait en sécurité avec lui.

— Tout cela me paraît étrange, murmura-t-elle.

— J'imagine, mais c'est fini maintenant, dit-il avant de la regarder dans les yeux. Je vous remercie pour votre aide.

Ce n'était pas ce qu'il aurait voulu dire. Elle le voyait clairement dans ses prunelles argentées. Sous son regard, elle ne faisait que trembler encore plus.

— Et ?

— Et vous n'avez plus à vous inquiéter, dit-il, son front se déridant.

— M. Eads ne me menacera plus, ou il ne *vous* menacera plus ?

— Même s'il le fait, je pense que vous serez capable de vous défendre.

Il sembla un instant vouloir sourire, mais ses yeux s'étaient comme éteints.

— Pourquoi avez-vous fait mine d'être en état d'ébriété ?

— Vous vous méprenez.

Il se retourna, suivit le mur et tourna à l'angle du bâtiment.

Mme Polley toisait un homme gisant au sol. Des bouts de fromage et des fragments de vaisselle étaient éparpillés partout comme de la neige.

L'homme grimaçait de douleur. Il jeta un coup d'œil à M. Yale et se remit à gémir.

— Voyez, monsieur, dit Mme Polley à Yale. Si c'est cet homme qui nous suivait, ce n'est qu'un couard.

— Son courage n'est peut-être tout simplement pas à la hauteur du vôtre, madame, répondit Yale en s'accroupissant près de l'homme. Il semble qu'étant à ma poursuite, monsieur, vous vous soyez retrouvé dans une situation malheureuse aujourd'hui.

— Qui est cette harpie ? se plaignit l'homme avant de serrer les dents.

Sa jambe gauche était fourrée sous la droite selon un angle qui donna mal au cœur à Diantha.

— Allons, monsieur. Ce n'est pas une façon de s'adresser à un membre de la gent féminine.

— Elle… elle a dit que vous étiez un fils de…

— Des dames sont présentes, mon ami, le coupa M. Yale avec un claquement de langue désapprobateur. Prenez garde à vos manières. Maintenant, dites-moi qui vous êtes et qui est cette « elle » ?

L'homme ferma les yeux, les lèvres pincées.

M. Yale hocha la tête.

— Je vois. Vous faites probablement preuve de sagesse. Si j'étais vous, je ne dirais pas non plus qui je suis, ni quelles étaient mes intentions.

— Qu'allez-vous faire de lui ? s'enquit Diantha. Il a l'air de souffrir terriblement.

— À cause de la bosse sur la tête et de cette jambe cassée, sans aucun doute, admit-il avant de regarder Mme Polley. Vous vous êtes surpassée, madame.

— J'ai du répondant quand un homme s'approche trop près, rétorqua-t-elle en brandissant le manche en céramique du pot de fromage qu'elle avait brisé sur la tête du malheureux.

— Vous avez donc tant d'hommes à vos trousses ?

— Dans ma jeunesse, je n'étais pas un thon à regarder. Certains de ces soi-disant gentlemen dans la maison de milady ne savaient pas retenir leurs mains baladeuses.

Elle lui lança un regard entendu, puis tourna les yeux vers Diantha d'un air tout aussi entendu.

Celle-ci l'ignora.

— Qu'allez-vous faire de lui ?

M. Yale regarda la route.

— Pas grand-chose, en fait. Auriez-vous l'amabilité d'aller chercher cette bouteille de gin dans la calèche ?

Les yeux de l'homme s'ouvrirent subitement.

— Vous n'allez pas me tuer ?

— Bien sûr que non, répondit M. Yale en haussant les sourcils. Quel genre d'individu imaginiez-vous poursuivre ?

Alors même qu'il avait menacé M. Eads de le tuer quelques instants plus tôt… Le cœur de Diantha ne cessait de battre la chamade. Il était évident qu'il n'était pas ce qu'il semblait être, mais elle ne discernait pas ce qui était réel de ce qui ne l'était pas. En quelques instants, son voyage était devenu on ne peut plus périlleux.

— Le meunier s'occupera de remettre votre jambe en place, ajouta-t-il. J'imagine que vous aurez besoin d'un peu de gin pour vous donner du courage.

Il interrogea brièvement Diantha du regard.

— La bouteille ?

Elle alla la chercher. Jetant un coup d'œil par-dessus son épaule, elle le vit s'entretenir avec le meunier qui venait d'arriver, un petit homme âgé, accompagné de deux jeunes hommes, tous vêtus d'habits grossiers. M. Eads avait disparu. Elle revint vers l'homme allongé alors que M. Yale et les autres discutaient, mais elle n'y comprenait rien. La langue qu'ils parlaient était à la fois douce et rugueuse, avec d'étranges sonorités roulantes.

M. Yale s'accroupit à nouveau près de l'homme vêtu de marron, grattant la fourrure entre les oreilles de Ramsès qui s'appuyait contre sa cuisse. Le muscle était clairement dessiné sous son pantalon moulant. Diantha se rendit compte qu'elle n'avait jamais regardé attentivement la cuisse d'un homme. Manifestement, cette journée était propice aux découvertes.

— Voici M. Argall, dit-il à l'homme blessé, en faisant un geste vers le meunier. Ses fils et lui vont immobiliser votre jambe, puis ils vous conduiront chez eux, où Mme Argall s'occupera de vous jusqu'à ce que vous puissiez être transporté dans une charrette à la taverne. Vous n'avez pas à vous soucier de dédommager vos hôtes : je m'en suis occupé. Non...

Il leva une paume, mais les lèvres serrées de l'homme n'indiquaient en rien qu'il avait voulu s'exprimer.

— Vous n'avez pas à me remercier. Soyez seulement un invité plein d'égards, si vous le voulez bien. Les Gallois se montrent très hospitaliers, mais ils n'apprécient guère l'ingratitude, dit-il avant de s'interrompre, puis de reprendre à mi-voix : Tout comme je n'apprécie guère qu'on me suive. Je vous prie, monsieur, de le garder à l'esprit lorsque vous serez à nouveau sur pied.

Il se redressa, retourna s'adresser à M. Argall, puis serra la main du meunier et vint la rejoindre.

— Mademoiselle Lucas, dit-il en lui saisissant le coude et en l'éloignant de la scène de vaisselle cassée, l'entraînant vers Galahad. Auriez-vous l'amabilité d'occuper Mme Polley en lui demandant de préparer notre départ, pendant que je vais m'entretenir un instant en privé avec notre ami highlander ? Il ne doit pas être loin.

— D'accord, à condition que vous ne lui tiriez pas dessus et qu'il ne vous tire pas dessus.

— Je ne le ferai pas. Pas plus que lui. Pas en cette occasion. Je vous en fais la promesse.

Il la lâcha et monta sur son cheval.

— Je n'en ai que pour quelques minutes. Ensuite, nous reprendrons notre route.

Elle caressa l'encolure satinée de Galahad.

— Le meunier vous a regardé comme s'il vous connaissait.

— Les Gallois sont un peuple étonnant, mademoiselle Lucas. Ils ont leurs particularités.

— Comment connaissez-vous leur langue ? Avez-vous vécu ici ?

— Les dix-huit premières années de ma vie.

Il était gallois. Elle ne savait pas pourquoi cela la surprenait, si ce n'est qu'elle ne l'avait jamais imaginé vivre ailleurs qu'à Londres. Il lui avait paru si élégant, si raffiné dans ses propos et ses manières. Mais à présent, elle l'avait vu mal rasé, les yeux étincelant de colère. Et lorsqu'il l'avait embrassée, elle n'avait pas eu l'impression d'être une lady. Elle s'était sentie comme une femme désirée par un homme.

Elle avait besoin d'en apprendre davantage sur lui. Elle en avait besoin au plus profond d'elle-même, d'une façon qu'elle ne comprenait pas tout à fait.

— Votre famille vit-elle ici ?

— La maison de mon père se trouve au nord-ouest, sur la côte de Gwynedd.

— Pourquoi sommes-nous au pays de Galles, monsieur Yale ?

— Parce que c'est la direction qu'a prise notre route, mademoiselle Lucas.

Il conduisit Galahad à l'écart, sur le sentier qui longeait le bois.

Il ne disait pas toute la vérité, elle en était certaine. Vu les circonstances, elle ne devrait pas lui faire confiance. Mais l'intensité de ses yeux gris repoussait toutes ses inquiétudes. Ce n'était plus l'homme qu'elle avait rencontré en trois occasions à Savege Park, ni même celui de la malle-poste il y avait plusieurs jours.

Quelque chose n'allait pas.

11

— Vous êtes ivre, Wyn.

— Un peu, Duncan.

Il fit s'arrêter Galahad à l'ombre des pins et descendit de cheval. Le rouan attaché à une branche à proximité redressa la tête. Wyn se tourna vers l'Écossais assis contre un tronc. L'arbre paraissait petit en comparaison. Eads aurait pu tuer un homme à mains nues. Mais ils s'étaient déjà battus au corps à corps. Wyn connaissait les faiblesses de Duncan. Fort peu nombreuses. Et il était effectivement plus ivre qu'il ne l'avait prévu.

Il n'avait pas du tout eu l'intention d'être saoul. Seulement de faire semblant. Afin de permettre à Eads de s'approcher suffisamment pour effrayer la jeune femme, mais pas assez pour la mettre en danger. Mais Eads l'avait menacée, en vérité. L'histoire se répétait. L'orgueil. L'arrogance. Une bouteille. Une fille en danger.

— Je pourrais vous avoir maintenant, dit Eads, sa posture décontractée, ses yeux attentifs. Je ne suis pas aussi rapide que vous, mais vos réflexes doivent être plus lents à cause de l'alcool.

— Myles vous paye sans aucun doute une fortune pour que vous lui rameniez mon cœur. Encore battant, je suppose.

Les yeux de l'Écossais se plissèrent.

— Je n'avais pas l'intention de le contrarier, vous savez, ajouta Wyn. Il fallait simplement que je récupère cette fille.

Une fille que Myles avait « empruntée » à sa famille sans son autorisation. Une fille que le directeur du Falcon Club l'avait chargé de récupérer – sans savoir, bien sûr, qu'il avait travaillé autrefois pour Myles. Pour Myles... entre autres.

— Vous mentez.

— Et vous n'avez aucune idée du nombre de fois.

Wyn fixa l'encolure de Galahad où une fille aux yeux d'un bleu lapis avait posé sa main quelques minutes plus tôt, tandis que son regard étonné cherchait plus de réponses qu'il ne pouvait lui en donner. Sa vue s'embruma, se fondant dans la noirceur du pelage.

Eads se leva. Ne dépassant Wyn en taille que de quelques centimètres, sa masse le rendait néanmoins impressionnant.

— Les menteurs me mettent en rogne !

— Ah ? Mais vous avez donné votre parole.

Wyn posa le front contre l'encolure du cheval, quelque peu engourdi par le gin.

— Et mes réflexes sont..., dit-il en prenant brusquement la crosse du pistolet qu'il avait sous le bras et en pointant le canon sur la poitrine de l'Écossais. Excellents.

Eads siffla entre ses dents.

— Comment faites-vous pour avoir autant de vélocité, mon vieux ? Quelle sorte de démon êtes-vous donc ?

— Prenez garde, Duncan. Les superstitions de vos ancêtres refont surface.

— Et vous êtes l'homme qui n'a pas d'ancêtres, n'est-ce pas ? C'est du moins ce que vous prétendez.

— Pourquoi avoir lâché votre arme après qu'elle a raconté son histoire ? demanda Wyn en penchant de côté son pistolet.

— Vous êtes imprévisible quand vous avez bu. Vous ne me ferez jamais de mal en étant sobre, mais vous n'hésiteriez pas maintenant, si je m'en prenais à vous. Ou si je la menaçais vraiment. Vous tenez à elle, je pense.

— Pas la peine de faire des théories, Duncan. Vous savez à quel point je trouve ça fatigant.

— Vous êtes un crétin prétentieux, Wyn.

— C'est possible.

Il ferma les yeux. Le paysage et l'homme devant lui se mélangeaient, comme ils l'avaient fait près du moulin – quand il avait dégainé son arme vers le géant qui pointait un pistolet sur une lady dont le cœur était digne d'une héroïne – quand chaque veine et artère de son corps en avaient pulsé de peur.

— Dites-moi pourquoi vous avez remis votre arme à ce moment-là, ou je vous descends. Je vais vous tirer dans la rotule, et vous resterez un mois dans la grange de M. Argall à devoir passer le temps avec ce type en marron.

Il se redressa en appui contre son cheval, la stabilité de la bête étant une planche de salut.

— Savez-vous qui est ce type ?

Wyn ouvrit les yeux, les paupières lourdes. Sa gorge et sa langue étaient sèches.

— Je n'en ai pas la moindre idée. Et vous ?

— Je ne le laisserai pas vous avoir. Vous êtes à moi, Yale.

— Oh, j'en suis flatté. Et comme vous pouvez l'imaginer, je trouve remarquablement intéressant que vous ayez promis à la lady de ne pas me faire de mal. Maintenant, assouvissez ma curiosité en me disant pourquoi vous m'avez accordé cette faveur.

Une faveur.

Il commençait à parler comme elle. D'ici peu, il chanterait des ballades de chevaliers et de damoiselles s'ébattant dans le royaume.

— C'est parce que j'ai pensé à ma sœur.

— Quelle sœur ?

L'espace d'un instant, Wyn parvint à focaliser sa vue sur le visage du Highlander.

— Ah ! Une sœur qui s'est égarée, tout comme la mère de la lady s'est égarée, je suppose ?

La mâchoire de l'Écossais se contracta. Au fond de Wyn, une trace de compassion s'éveilla.

— Je vois, dit-il en désarmant son pistolet et en le glissant dans sa sacoche de voyage. Mais je veux qu'elle continue à croire que vous êtes une menace pour moi.

— Que je suis une menace pour vous ?

— Une menace pour moi tant qu'elle est en ma compagnie. Et une menace pour elle.

Eads lui lança un regard noir.

— Vous jouez avec cette fille, Wyn.

— Vous avez donné votre parole. Aussi, j'espère que vous allez m'aider.

— Je serai là, à la fin.

— C'est ce que j'attends de vous. Une fois que je l'aurai remise saine et sauve à sa famille, vous pourrez faire de moi ce qui vous chante. Mais…

Il tourna la tête vers celui qu'il avait suivi à travers la moitié du Bengale, à la recherche d'un rebelle des Highlands, pour découvrir un homme abattu par le chagrin et aussi furieux qu'un cobra d'avoir été pris.

— Je n'ai pas la moindre idée de la raison pour laquelle vous travaillez encore pour Myles, alors que vous avez un domaine et, bonté divine, un titre à récupérer en Écosse.

Wyn se hissa en selle, reconnaissant l'hypocrisie de ces propos.

— Mais si vous ne pouvez vraiment pas attendre pour me tuer, alors je ne demande qu'une chose.

Les yeux de l'Écossais se rétrécirent.

Wyn ravala sa salive.

— Si vous devez me tuer, Duncan, dit-il en prenant le temps de trouver les mots justes, ne me facilitez pas la tâche. Faites durer le plaisir, voulez-vous ?

Il se détourna, pressa les genoux contre les flancs de Galahad et le guida hors de l'ombre des arbres, sous la lumière oblique du soleil de l'après-midi, vers le moulin où, dix ans plus tôt, il avait travaillé pendant la saison des récoltes.

En fait, M. Argall ne l'avait pas reconnu. Il ne ressemblait plus à ce garçon qui avait chargé des céréales et transporté des sacs de farine d'une heure à l'autre, d'une semaine à l'autre, gagnant des repas chauds et quelques pièces de monnaie pour ce dur labeur, ainsi que des muscles. Ce garçon avait été en colère. Il avait été en fuite. Mais il n'avait pas encore tué de sang-froid.

Diantha les avait sauvés tous les deux. Elle avait affronté le danger avec une passion sincère. En dévoilant son cœur à l'homme qui pointait un pistolet sur elle, elle avait été plus courageuse qu'il ne l'avait jamais été. Elle avait supplié Eads d'épargner la vie de Wyn pour qu'elle puisse sauver une autre vie. Croyant qu'il l'aiderait.

Il fixa son regard droit devant lui, sur la calèche qui attendait. Les boucles châtains qui dépassaient du bonnet de la jeune femme accrochaient la lumière filtrant à travers les hauts nuages.

Une fois encore, une fille lui faisait confiance. Chloé Martin, la pupille du duc de Yarmouth, lui avait raconté son horrible histoire et il avait promis de l'aider. Tout comme aujourd'hui, il avait fait confiance à ses capacités : son intelligence et ses réflexes. Mais dans un tragique accident, au lieu de sauver Chloé, il l'avait tuée.

Il n'aiderait pas Diantha Lucas. Elle avait placé sa confiance dans un homme qui n'en était pas digne.

Seize kilomètres plus loin, sur l'étroite route longeant des collines que, durant des siècles, les Anglais avaient appelées Shropshire, la modeste ville de Knighton s'élevait le long d'une rue principale escarpée.

Wyn installa les dames dans une auberge confortable, leur fit servir à dîner dans un petit salon privé et veilla à ce que les chevaux soient installés dans des stalles avec de la paille sèche. Lorsque ces dames lui dirent bonne nuit – la jeune femme avec le front plissé, la matrone avec l'œil méfiant – et montèrent dans leur chambre à coucher, il se rendit à la salle de l'auberge.

Diantha savait qu'elle n'aurait pas dû se trouver là. Mais cela avait été plus fort qu'elle.

Alors qu'elle était allongée dans son lit à côté d'une Mme Polley qui ronflait, l'idée lui avait semblé assez raisonnable : frapper à sa porte, exiger qu'il réponde à ses questions sur M. Eads et l'homme vêtu de marron, puis retourner au lit pour enfin dormir. Ce n'était pas un plan à proprement parler, mais cela semblait la seule solution afin d'apaiser ses nerfs. Il lui fallait mieux comprendre ce qui s'était passé. Il lui fallait mieux comprendre *cet homme*.

Elle leva le poing vers la porte en prenant une inspiration. Puis une autre, plus profonde. Puis elle ferma les yeux et…

— Impressionnant, mademoiselle Lucas.

Elle se retourna brusquement. Il se tenait à l'autre bout du couloir, en haut des marches. Une applique dans la cage d'escalier l'éclairait par le bas, accentuant le creux de ses joues. Il avait croisé les bras sur la poitrine, appuyé d'une épaule contre le mur.

Les poumons de la jeune femme laissèrent échapper une petite volute d'air.

— Oh, vous voilà !

— Je me demandais combien de temps vous alliez rester là à ma porte avant d'avoir le courage de frapper. Ou la sagesse de retourner dans votre chambre sans frapper.

Sa voix lui semblait différente, lente. *Sans émotion.* Sans aucun sentiment, comme ses yeux au moulin.

— Pas aussi longtemps que je l'avais imaginé, ajouta-t-il.

Elle aurait dû aller vers lui et rendre cette conversation anodine en se comportant comme elle le faisait toujours. Elle n'y parvenait pas. Face à l'immobilité déconcertante qu'il affichait, ses pieds étaient comme collés aux lattes du plancher.

— Je voulais vous parler de ce qui s'est passé aujourd'hui.

— Et vous ne pouviez pas attendre le petit déjeuner pour cela ?

Pas de cordialité non plus – la cordialité pourtant toujours présente sous les taquineries.

— Mme Polley sera avec nous au petit déjeuner. J'avais cru comprendre que vous souhaitiez qu'elle ignore tout de notre rencontre avec M. Eads aujourd'hui. Vous aurais-je mal compris ?

Il s'approcha alors d'un pas décidé. Elle sentit un frisson de peur remonter le long de sa colonne vertébrale. Mais pourquoi devrait-elle le craindre ? Elle n'en avait pas la moindre idée, à moins que ce ne soit à cause de l'acier de ses yeux dans le couloir sombre, ou de l'odeur de cigare et de whisky qui l'accompagnait. Mais elle était habituée à cette odeur. Sa peur devait avoir pour origine l'incident avec les pistolets plus tôt ce jour-là.

Non. Ce n'étaient pas les pistolets. C'étaient ses yeux, l'absence de toute lumière en eux.

— Vous m'avez assez bien compris, répondit-il. Sur ce point-là.

Il s'arrêta près d'elle. Spontanément, elle recula d'un pas, son talon heurtant la porte. Il la regarda avec une extrême attention.

— Mais il semble, mademoiselle Lucas, que sur un autre point vous m'ayez très mal compris.

Son regard descendit jusqu'à sa bouche, ses cils noirs obscurcissant le gris de ses yeux. Pendant un instant, il sembla étudier ses lèvres. Puis il glissa jusqu'à ses seins.

— Très mal compris, en effet.

Il appuya une main sur le mur à côté de sa tête.

— Je...

Elle inspira fortement, ce qui fit se soulever ses seins. Il les regardait toujours. *Lui.* M. Yale. Son héros gentleman. Son héros qui l'avait embrassée passionnément.

— Je...

Il se pencha vers elle, inclina la tête.

— Vous devriez retourner dans votre chambre.

Sa voix était rauque.

— Je voudrais que vous m'embrassiez encore, dit-elle en manquant s'étouffer après avoir prononcé ces mots. Ou plutôt, encore *plus*.

Elle n'avait pas eu l'intention de dire cela. Elle ne l'avait pas du tout prévu. Mais c'est ce qu'elle voulait, indéniablement. C'est ce qu'elle avait voulu depuis qu'il était sorti de l'écurie des Bates ce matin-là. Il avait dit que cela ne se reproduirait pas, mais maintenant, elle pouvait profiter du fait qu'il avait bu. Beaucoup, semblait-il.

Ses doigts se refermèrent sur son poignet avant même qu'elle l'ait vu bouger. Elle sursauta.

— Ah bon ? Je me demande pourquoi cela ne me surprend pas.

— Monsieur Yale, parvint-elle à protester dans un murmure, sa respiration s'accélérant. Vous me faites mal.

— Avec le plaisir vient aussi la souffrance, mademoiselle Lucas.

Son regard était terne, distant.

— Personne ne vous l'a jamais dit ?

Il pencha la tête vers elle. Elle était partagée entre le désir de s'enfuir et celui de se hisser sur la pointe des pieds pour presser ses lèvres contre les siennes.

— À quel point êtes-vous sous l'emprise de l'alcool ?

Le regard de M. Yale parcourut son visage et, l'espace d'un instant, elle y vit une étincelle.

— Entièrement.

C'est alors que sa bouche recouvrit la sienne.

Ce n'était pas comme les baisers qu'il lui avait donnés dans l'écurie des Bates. Il ne commença pas doucement ou lentement. C'était puissant, entier, sa bouche s'emparant complètement de la sienne, exigeante. Et elle ne pouvait nier qu'elle voulait qu'il l'embrasse ainsi. Elle cherchait ses lèvres avec autant d'ardeur. Cela la rendait encore plus avide, elle en voulait davantage. Son arôme de whisky et de tabac évoquait un autre monde, un monde d'hommes armés de pistolets, d'honneur et de danger. Son monde à lui. Il l'embrassait et elle savait qu'il ne le souhaitait pas vraiment. Mais il le faisait quand même. Était-ce parce qu'il était ivre ?

Elle s'en moquait. Peu lui importait de se trouver devant la porte de la chambre d'un homme dans le couloir d'une auberge, se laissant embrasser comme aucune lady ne le devrait. C'est ce qu'elle *voulait*.

Il approcha la main de son visage, la passant rudement sur ses cheveux, puis il l'attira à lui, capturant sa bouche encore et encore dans une succession de baisers intenses. Le bout de sa langue glissait sur ses lèvres, obstruant son souffle dans sa gorge. Puis il plongea dans sa bouche et elle fondit.

C'était à la fois comme mourir et revenir à la vie, si parfait, sublime, et elle le sentait partout – dans ses seins, dans son ventre, et dans cet endroit délicieusement chaud entre ses jambes. Un son lui échappa, un soupir glissant de ses lèvres aux siennes.

— *Oh, oui !*

Il se dégagea.

Il porta une main à son propre visage. Sa respiration était laborieuse, ses doigts appuyés sur l'arête de son nez. Il secoua la tête.

— Non, dit-il. Bon Dieu, non !

Il se détourna et se dirigea vers l'escalier d'un pas titubant.

Elle toucha ses propres lèvres, chaudes et humides à présent. Son cœur battait la chamade.

— Pourquoi vous êtes-vous arrêté ?

Il pivota pour lui faire face, se rattrapant d'une main au mur. Il ne tenait même plus debout ? La peur envahit à nouveau la jeune femme, se mêlant au plaisir.

Il revint alors vers elle en trois enjambées rapides et elle n'eut pas le temps de réfléchir, de réagir. Il la saisit par le bras, puis il agrippa la poignée de la porte derrière elle.

— Voulez-vous savoir ce qu'un homme fait à une jolie fille qui le supplie de l'embrasser une fois de trop, mademoiselle Lucas ?

Sa voix était pareille à un grondement animal.

— Non, dit-elle, incapable de respirer. *Oui.*

Ce murmure lui avait échappé.

Il l'attira brusquement dans la chambre et la saisit par la taille. Elle bascula contre lui et il lui prit le menton d'une main ferme, la retenant captive, le visage incliné vers lui. Ses yeux assombris reflétaient une sorte de rage.

Il pencha la tête et l'embrassa, et elle redevint une jeune dévergondée, cherchant ses lèvres, sa langue dans sa bouche, étourdie par la sensation de son corps contre le sien. Il était tout en muscles et irradiait d'une force extraordinaire – ses bras d'acier, ses mains puissantes, son torse et ses cuisses. Elle était trop faible pour imaginer lui résister, ce dont elle n'avait d'ailleurs aucune envie. Elle enfonça les doigts dans ses bras et but à sa bouche avec gourmandise, les poussées de sa langue fouettant son désir, l'incitant à presser ses seins tout contre lui.

Sa main s'ouvrit sur sa taille ; l'autre s'éloigna de son visage, suivant du bout des doigts un chemin le long de sa gorge. Elle aspirait l'air comme une naufragée.

— Voilà ce qu'il fait, murmura-t-il contre ses lèvres, sa main entourant un sein. Il la touche comme il ne le devrait pas !

Elle n'avait jamais connu cela. Elle ne l'avait même pas imaginé. Qu'elle avait été naïve ! Comment sa main sur son sein pouvait-elle la faire se sentir ainsi, comme si elle allait rire et pleurer à la fois ? Son entrejambe était la proie d'un incendie. Un sentiment d'urgence la possédait. Elle s'agrippa à ses bras et bascula la tête en arrière, respirant difficilement tandis qu'il la caressait, son pouce passant sur le tissu sous lequel son mamelon se pressait. Elle frissonna, légère ondulation de chaque parcelle d'elle-même, étrangement frénétique. C'était presque trop. *Presque.* Elle ne comprenait pas ce qu'elle ressentait, mais c'était si bon.

Pourtant, dans un éclair de lucidité, elle chercha à lui prendre la main.

— Monsieur Yale, parvint-elle à dire dans un murmure, vous ne devez pas...

Son pouce se glissa sous son corsage. Elle gémit. Il prit sa bouche, et ses doigts la caressèrent, et elle ne protesta pas. Elle tremblait et se disait que de toute façon elle ne pouvait pas l'arrêter. Il était trop fort, et elle n'en avait pas la volonté.

Il la plaqua contre la porte derrière elle, sa main se retrouvant piégée dans ses vêtements, contre sa peau. Elle fit glisser ses doigts sur ses épaules, autour de son cou, sentant le lin fin puis la peau – sa peau chaude et merveilleusement masculine. La bouche de Wyn quitta la sienne pour plonger dans son cou, et elle entortilla les doigts dans les courtes mèches satinées de ses cheveux.

— *Oooh...*

Rien ne l'avait préparée à toucher un homme de cette façon, ni à être touchée par lui. Il n'y avait rien de meilleur que ceci, rien de plus merveilleux !

Les doigts de Wyn s'accrochèrent à ses vêtements, tirèrent sur le tissu et dévoilèrent ses seins, et Diantha ne tarda pas à découvrir que quelque chose de meilleur était effectivement possible.

Elle avait toujours détesté ses seins, trop gros selon elle, qui tombaient sur son ventre. Même aujourd'hui, alors qu'elle avait maigri, ils étaient encore disgracieux, avec de vilaines vergetures sur les côtés. Elle s'était réconfortée en pensant que personne ne les verrait jamais.

Maintenant, M. Yale pouvait les voir, mais manifestement il n'était absolument pas dégoûté.

Sa bouche effleura délicieusement son cou, et il caressa ses seins en faisant des choses incroyables aux tétons qui donnèrent à Diantha la sensation qu'elle allait mourir de plaisir. Elle s'entendit pousser de petits gémissements qu'elle ne pouvait retenir. Elle s'agrippa à sa nuque.

Alors il saisit fermement les mains qu'elle avait posées sur ses épaules, puis descendit jusqu'à son sein et le lécha.

— Monsieur Yale…

Elle pouvait à peine émettre un son, respirant par à-coups. La mâchoire de Wyn était rude contre sa peau sensible.

— C'est ce que les hommes font aux filles qui les implorent de leur donner des baisers, mademoiselle Lucas, dit-il, ses mains emprisonnant ses poignets le long de son corps.

Il la lécha à nouveau, passant sur un mamelon dressé, puis le contournant, effleurant à peine la pointe. Puis de nouveau, toujours en évitant le centre. Elle se tortilla, engloutie par un plaisir dont elle n'aurait jamais imaginé l'intensité. Finalement, il embrassa encore le mamelon. La jeune femme sentit ses genoux se dérober. Comment une telle chose pouvait-elle être aussi exquise ? Et comment pouvait-elle l'autoriser ?

Sa poigne sur ses mains était de fer. Ses dents glissèrent sur le téton tendu.

— Oh, je vous en prie ! haleta-t-elle, ne sachant si elle l'implorait pour qu'il la libère ou pour qu'il continue.

Se redressant, il attira de nouveau sa bouche sous la sienne, sa main s'emmêlant dans ses jupes, les remontant rapidement, si rapidement que sa paume glissa le long de sa cuisse avant qu'elle puisse reprendre son souffle pour s'y opposer.

Elle finit par paniquer.

— Je vous en prie, non...

Elle repoussa ses jupes vers le bas, contrant sa main qui les remontait encore une fois.

— Monsieur Yale, vous ne devez pas, vous... *Oh !*

Il la toucha là où elle était si chaude, humide, au plus intime d'elle-même, et elle cessa de se débattre. Elle cessa de respirer. Elle cessa même d'exister, sans doute.

— Si, je le dois...

Sa voix semblait si profonde. Ses doigts effleuraient sa chair, assurés, répondant à ce désir qui la tourmentait. Il la touchait en surface, mais elle le sentait à l'intérieur d'elle et partout, ses seins palpitant, ses cuisses voulant emprisonner son poignet.

— Oui, murmura-t-elle, frémissante. Oui, répéta-t-elle lorsque, du bout des doigts, il longea son intimité.

Puis elle le sentit entrer en elle.

— Oh... mon... Dieu !

Elle ferma les yeux, les lèvres de Wyn effleurant les siennes, sa main autour de son cou.

— Vous ne devriez pas faire ça.

Ses mots n'étaient plus qu'un souffle, sans aucune conviction, son corps en pleine extase entre ses mains.

— Ce n'est pas que ce que vous vouliez ?

Il la pénétra à nouveau de son doigt, complètement cette fois. Elle haletait dans sa bouche. Elle le sentait si profondément en elle qu'elle faillit hurler.

— Oui. Non. Je ne savais pas... Oooh...

Maintenant, elle n'entravait plus ses efforts : elle les facilitait. Elle se pressa contre lui, perdant la tête de le sentir ainsi en elle. Elle enroula les mains autour de ses épaules et l'accueillit dans sa bouche. Son baiser était dur, sa main sans douceur, intensifiant de plus en plus en elle la tension. Elle sentait sa désespérance. Elle *voulait* sa désespérance. Il mordilla ses lèvres, un gémissement grondant dans sa poitrine qu'elle perçut contre ses seins.

— *Diantha.*

Il retira sa main de sous ses jupes, lui saisit la tête et l'embrassa encore et encore, la plaquant contre le mur, brutalement. Elle ne pouvait plus respirer. Elle avait mal. Son corps brûlait. Ses poumons hurlaient. Elle poussa contre ses épaules, poussa encore, puis se débattit.

Il la relâcha et recula d'un pas. Elle prit une bouffée d'air. Le regard de Wyn la balaya, noir dans la chambre éclairée par la lune, et parfaitement, horriblement vide.

Elle serra les bras sur sa poitrine, tremblante.

Lorsqu'il tendit la main vers elle, elle tressaillit. Il cligna des yeux, le souffle irrégulier. Il saisit la poignée de la porte et ouvrit le battant à la volée. Puis il sortit dans le couloir.

Diantha resta là – elle ne sut combien de temps –, à trembler dans l'obscurité. Il ne revint pas.

Lorsque son cœur eut presque retrouvé un rythme normal et que sa respiration se fut apaisée, elle arrangea ses vêtements, lissa ses cheveux en les repoussant de son visage et se dirigea vers sa chambre, vers les ronflements de Mme Polley, vers sa malle de voyage remplie de ses affaires : tout ce qui lui semblait ordinaire, simple et sûr. Contrairement à ses lèvres gonflées, aux palpitations à l'intérieur de son corps, à cette frustration qui semblait exiger quelque chose d'encore plus intense.

Contrairement à l'homme qui lui avait donné le sentiment d'être désirée, alors qu'il était seulement ivre.

12

Au cours de la nuit, la pluie se remit à tomber. Le valet d'écurie rouspétait à propos de la paille moisie alors que Wyn attelait les chevaux de sir Henry à la calèche. Ensuite, il fixa une longe au licol de Lady Priscilla, puis à la selle de Galahad, et les emmena dans l'allée.

Deux garçons lançaient une balle contre un mur, et Ramsès se précipita à sa poursuite. Un coq et son harem s'ébattaient dans les flaques à la recherche de graines. De l'autre côté de la rue, une boulangerie fourmillait de clients matinaux. Une charrette de fermier chargée de ballots de céréales roulait en direction du moulin, et des ouvriers entraient dans la salle de l'auberge pour boire leur pinte du matin. Wyn noua la longe au poteau d'attache et lança une pièce à un jeune garçon assis sous le porche.

— Surveille les chevaux, lui dit-il en gallois.

Le garçon souleva sa casquette en se levant d'un bond.

Wyn prit une inspiration prolongée et se rendit à la porte de l'auberge. Diantha apparut, vêtue d'une cape et d'un bonnet, le carton à chapeaux à la main, les épaules redressées. Elle vint directement le rejoindre.

— Bonjour, monsieur. Mme Polley finit de boire son thé et ne va pas tarder. Mais j'ai pensé qu'il serait préférable que nous réglions cette question rapidement plutôt que d'attendre d'avoir l'occasion de parler en privé plus tard. C'est pourquoi je suis ici.

Elle se tenait le menton bien haut, sans la moindre minauderie et sans la moindre honte. Mais son regard n'était pas dépourvu de méfiance, et une douce roseur colorait ses joues.

— Mademoiselle Lucas, je suis profondément désolé par l'offense que je vous ai faite hier soir.

Les mots qu'il s'était entraîné à dire depuis qu'il s'était levé n'étaient pas si faciles à prononcer à haute voix.

— Si vous le souhaitez, je vous donnerai mon nom, ajouta-t-il.

Elle le regarda fixement, les yeux écarquillés d'étonnement, ses lèvres rouges. Puis un petit son étouffé se fit entendre :

— Oh.

— C'est un nom modeste mais respectable, poursuivit-il. Je vous laisse le soin de décider si vous souhaitez bénéficier de sa protection.

Ses cils épais vacillaient, tel le battement rapide des ailes d'un colibri.

Finalement, elle cligna une fois des yeux et dit :

— Merci. Ce ne sera pas nécessaire.

Il déglutit en éprouvant du soulagement – et s'en voulut pour cela.

— En êtes-vous tout à fait certaine ?

— Oui. Mon avenir est auprès de M. H. Cela est prévu depuis longtemps. Et il ne l'a pas proposé sous la menace.

— Personne ne me menace.

— Seulement votre conscience, je suppose. Quoi qu'il en soit, je suis déjà engagée.

Ils restèrent un moment silencieux.

— Alors, je vous prie d'accepter mes excuses.

— Des excuses ? N'essayiez-vous pas de me donner une leçon ?

Bon Dieu !

— Non.

— Non ?

Il ne savait que dire. Elle soupira.

— Vous n'avez pas besoin de présenter vos excuses.

Elle avait détourné le regard. La brûlure que ressentait Wyn au ventre s'était intensifiée.

— Vous savez, enchaîna-t-elle, je pense parfois qu'il serait préférable d'être français. Les Français semblent oublier les incidents gênants sans le moindre titillement de leur conscience.

— Mademoiselle Lucas, je vous prie de pardonner...

— Vraiment, ce n'est pas nécessaire.

Ses doigts gantés étaient agrippés au cordon de son carton à chapeaux, le cuir étiré sur leurs jointures.

— S'il vous plaît, permettez-moi de...

— Je n'ai pas...

— Femme, laissez-moi vous présenter mes excuses !

Le regard de Diantha se reporta sur lui.

— Vous n'avez pas *besoin* de vous excuser. Vous n'aviez pas l'intention..., dit-elle avant de marquer une pause. Vous n'étiez pas en faute.

Il la dévisagea.

— Vous avez une drôle de notion du comportement que doit avoir un gentleman.

— Bien que je ne comprenne pas les détails concernant M. Eads, il est clair pour moi que votre rencontre avec lui n'a pas été une simple affaire, et je ne peux vous blâmer d'avoir bu plus que de raison hier soir.

— Vous êtes trop généreuse. Et aussi malavisée de ne pas me faire des reproches.

Elle se mordilla les lèvres.

— La responsabilité est partagée. Je n'aurais pas dû vous encourager. Mais j'ai appris ma leçon, et je ne recommencerai plus.

— Vous n'avez pas à vous en inquiéter. Je ne vous harcèlerai plus.

Le regard de la jeune femme parut à nouveau fuyant.

— Vous ne le ferez plus ?

— Je ne le ferai plus.

Même s'il en avait grande envie. Il aurait voulu tout recommencer, et profiter de ce qu'il n'avait pas été assez lucide pour apprécier lorsqu'il en avait eu l'occasion.

— Je ne vous toucherai plus. Sur mon honneur.

La colonne gracieuse de sa gorge se contracta.

— Vous aviez dit que si je vous demandais encore de m'embrasser, vous me ramèneriez chez moi. En avez-vous l'intention maintenant ?

Il aurait dû acquiescer. Il n'en eut pas la force.

— Je ne me souviens pas de pareille demande de votre part hier soir.

Les grands yeux bleus s'illuminèrent à nouveau.

— Vraiment ?

Il fit non de la tête. En fait, il ne se souvenait que d'une chose avec une clarté indéniable : la raison pour laquelle il avait fini par la lâcher. Et ce n'était pas en raison de ses vagues protestations.

— Je suppose que c'est mieux ainsi, dit-elle, les sourcils froncés. Si vous essayez de me ramener chez moi, je serai obligée de vous fausser compagnie.

— Vous n'y arriverez pas.

— Nous avons déjà eu ce débat. Je pense que nous devons convenir de ne pas être d'accord. Quoi qu'il en soit, la question ne se pose pas. Pour le moment.

Il soupira.

— Mademoiselle Lucas...

— Oui ?

Il sentait un poids dans sa poitrine.

— Pardonnez-moi.

— Si vous pouvez vous pardonner, répliqua la jeune femme, le coin de ses lèvres frémissant.

— De la pluie, et encore de la pluie ! Nous allons être trempés jusqu'aux os, lança Mme Polley qui venait de sortir de l'auberge.

Elle serrait son sac de voyage entre ses doigts boudinés.

— Oh, pas du tout ! répliqua Mlle Lucas en détournant le regard. La calèche a une...

Elle se tut, et son visage s'éclaira.

— N'est-ce pas une coïncidence ? Nous connaissons ce jeune homme.

Elle se dirigea vers le garçon qui tenait la longe de Galahad.

— Bonjour. Tu te souviens de moi ? Nous avons voyagé dans la même voiture il y a quelques jours, la malle-poste partant de Manchester. Ce gentleman était assis à côté de toi cet après-midi-là. Était-ce ici ta destination ?

Le garçon retira vivement sa casquette, les joues rougies sous une couche de suie.

— Bonjour, mam'selle. Non, ça ne l'était pas.

Ses doigts, tachés de noir, révélaient qu'il avait travaillé dans une mine.

— Ce n'était pas non plus ma destination. Ni celle de ce gentleman, dit-elle avant de glousser. Mais nous voici tous ici. Qu'il est agréable de voir un visage familier sur une route inconnue !

Le garçon rougit de plus belle.

— Où vas-tu maintenant ? Si tu vas dans notre direction, tu pourrais voyager avec nous. Nous avons de la place dans la calèche.

Le visage du garçon se figea de stupeur.
— Eh bien, mademoiselle, bégaya-t-il, je ne peux pas faire ça, pas avec ma crasse dans une calèche de lady. Mais si vous avez du travail pour moi, je vous en serais très reconnaissant, car j'ai dépensé mon dernier sou il y a deux jours.
— Il y a deux jours ? Mais comment as-tu mangé depuis ?
— Le boulanger m'a jeté ce matin un quignon de pain rassis.
Comme la plupart des enfants mineurs, il était plutôt décharné.
Les sourcils froncés, elle se tourna vers Wyn.
— Je suis sûre et certaine que nous aurons une ou deux tâches à te confier... n'est-ce pas ?
Les yeux sombres du garçon reflétaient à présent autant d'espoir que d'hésitation.
— Que fuis-tu, mon garçon ? lui demanda Wyn en gallois.
— Pourquoi pensez-vous que je fuis quelque chose, monsieur ?
— Parce que c'est ce que j'ai fait moi-même.
Le garçon sembla y réfléchir un instant.
— J'étais à Cyfarthfa avec ma sœur lorsque la fièvre l'a emportée. Je suis allé chez mon oncle à Manchester, mais il m'a renvoyé là-bas par la malle-poste.
Les mines de fer avaient tué la sœur du garçon, mais son oncle avait insisté pour qu'il y retourne. Une histoire terrible, mais somme toute banale.
— Je ne pouvais pas y retourner, monsieur.
Son front était petit sous sa tignasse de cheveux noirs.
— Arrivé ici, j'ai vendu ma place dans la malle-poste pour une tranche de viande séchée.
— Tu sais t'occuper des chevaux, mon garçon ?

— Oui, monsieur. Mon frère travaille aux poulies à Merthyr Tydfil. Je l'ai aidé avec les animaux.

— Bien. Je te payerai pour ton travail, et tu seras logé et nourri.

Wyn se tourna vers Mlle Lucas et lui annonça :

— Il vient avec nous.

Le visage de Diantha s'illumina d'un sourire.

— Splendide ! Quel est ton prénom ?

— Owen, mademoiselle.

— C'est un plaisir de faire ta connaissance, Owen.

Wyn regarda le garçon se tortiller, sans doute peu habitué à susciter l'attention de jolies ladies.

Il fit signe à Owen de prendre les bagages et s'apprêta à se rendre à l'écurie. Puis il s'arrêta brusquement en apercevant une silhouette dans la cour.

— Oh, Dieu du ciel ! murmura la jeune femme près de son épaule.

— Dieu du ciel, en effet, répondit-il à voix basse, la pluie qui tombait sur les pavés étouffant leurs voix.

— C'est le cocher des demoiselles Blevins, n'est-ce pas ?

— Oui, c'est bien lui.

Le vieux cocher se tenait dans l'ombre de la remise à voitures, caressant l'encolure de l'un des chevaux de sir Henry. Un froncement de sourcils pensif accentuait ses rides.

— Quelle coïncidence malencontreuse ! dit-elle en se mordant la lèvre. Il a reconnu la calèche.

— Il semblerait que oui.

— S'il est là, les demoiselles Blevins ne doivent pas être loin.

— Avez-vous toujours vos objets de valeur dans ce carton à chapeaux ?

— Oui.

— Bonne fille. Rentrez à l'intérieur, maintenant. Emmenez Mme Polley avec vous.

— Et ensuite ?

— Je viendrai vous chercher dans trois minutes. Trois. Soyez prêtes à partir sans tarder.

Elle se retourna et entraîna sa dame de compagnie à l'intérieur de l'auberge. Le regard sombre d'Owen se reporta sur l'écurie, curieux. Wyn lui sourit.

— Owen, as-tu vu un homme de grande taille seller un rouan dans cette écurie, tout à l'heure ?

— Oui, m'sieur. Il y a peut-être une heure.

— Où est cet homme, maintenant ?

— Je ne l'ai pas revu depuis, répondit le garçon avec un haussement d'épaules. Mais le cheval est toujours là.

Le Highlander ne devait pas être loin, prêt à les suivre lorsqu'ils partiraient.

Il prit la longe de Galahad.

— Va prendre le cheval, et profites-en pour dire à ce vieux cocher qu'un gentleman du nom de Eads a l'intention de conduire la calèche, aujourd'hui. Puis rejoins-moi après le croisement.

Il indiqua la rue principale.

— Oui, monsieur.

D'un pas léger, le garçon se rendit à l'écurie. Ramsès le suivit un peu, puis revint vers Wyn.

— Il semble que notre groupe s'agrandisse, murmura-t-il au chien.

Ramsès le regarda de ses yeux noirs, penchant la tête de côté.

— Tu penses la même chose que moi, bien sûr. Plus il y a du monde pour la protéger de moi, mieux c'est.

La jeune femme croyait qu'il avait voulu lui donner une leçon, ce qui avait peut-être été le cas sur le moment.

Mais il ne représenterait plus une menace pour elle.

Il avait déjà arrêté de boire une fois. Cela n'avait pas été facile, mais il n'avait pas précisément de raison de le faire à l'époque, si ce n'est pour se prouver qu'il en était capable. L'orgueil : le péché dont son père et ses frères l'avaient si souvent accusé.

Il avait une bonne raison de le faire, à présent.

Il ne pouvait pas l'effrayer pour qu'elle rentre de son plein gré chez elle ; son esprit d'aventure et son assurance étaient trop forts. Mais il allait profiter de l'apparition des demoiselles Blevins pour la conduire là où son beau-père devait la récupérer – un endroit où les habitants ne révéleraient pas leur présence aux policiers qui pouvaient être sur ses traces. Sur la route, la pluie serait aussi son alliée, tout comme l'attention qu'elle portait aux personnes de son entourage. Elle accepterait de s'arrêter un moment s'il en allait de leur confort, ce qui donnerait le temps à Carlyle d'arriver.

Pendant ce temps, il reprendrait le contrôle de lui-même. Et il ne la toucherait plus jamais.

Parfois, derrière le gris argenté, elle croyait voir les yeux d'un oiseau, intenses et prédateurs. Ou peut-être simplement très affamés. Ou peut-être encore désespérés.

M. Eads l'avait appelé « Corneille ».

Mais ses yeux n'étaient ainsi que le matin, avant qu'il commence à boire de l'alcool. Il n'en buvait jamais le matin, même s'il semblait qu'à midi il se l'autorisait.

Pas aujourd'hui. Peut-être ne se faisait-il pas confiance. Peut-être ne faisait-il pas confiance à la jeune femme. Et il aurait raison, d'ailleurs. Elle s'était montrée indigne de confiance.

Mais lorsque la matinée céda la place à l'après-midi et que la pluie se mit à tomber avec un bourdonnement régulier, ses yeux avaient de nouveau revêtu cette expression d'affamé. Ses bottes foulaient la route parsemée de flaques à grandes enjambées régulières. Cela faisait des heures qu'il marchait ainsi, sans partager une seule fois la monture qu'elle chevauchait. Elle était tout endolorie de voyager ainsi, juchée sur une selle pour homme, mais lui, il devait être épuisé. Pourtant, son pas ne faiblissait pas, alors qu'il tenait fermement la longe du grand cheval qu'il avait volé à l'écurie de l'auberge lorsqu'ils avaient laissé la calèche de sir Henry derrière eux.

— Mme Polley s'est encore endormie.

Elle jeta un coup d'œil par-dessus son épaule à Galahad qui portait, telle une mule, sa dame de compagnie et les bagages. Owen marchait à côté de Lady Priscilla.

M. Yale ne répondit pas.

Elle fit une autre tentative :

— Elle ne croit pas que nous aurions dû nous engager aussi loin vers l'ouest pour échapper à l'attention des demoiselles Blevins.

Il persista à garder le silence, le regard fixé sur l'étroite route flanquée de parois rocheuses qui s'étendait sous la pluie. De chaque côté, les collines s'élevaient abruptement dans de magnifiques teintes d'émeraude et de vert, des bosquets d'arbres surplombant les hauteurs et des moutons parsemant les champs, insensibles à la pluie dans leurs minces manteaux de fin d'été, l'ensemble de la scène voilé de gris argenté.

— Je suppose qu'elle est moins inquiète que nous, puisqu'elle ne sait rien de la menace que représente M. Eads.

Pas de réponse.

Elle s'était ainsi parlé à elle-même toute la journée. Et elle l'avait observé, ses larges épaules couvertes par son pardessus noir, les boucles humides de ses cheveux sur son col. Elle l'avait touché à cet endroit, la veille. Elle ne parvenait toujours pas à y croire.

Visiblement, il regrettait de l'avoir embrassée, de l'avoir touchée, et il l'avait même peut-être oublié. Quant à elle, en fille effrontée et dévergondée digne de sa mère, elle se souvenait de chaque instant. Et elle ne pouvait s'empêcher d'y penser, encore et encore.

— Connaissez-vous cette région du pays de Galles ? demanda-t-elle.

Cette fois, il répondit enfin :

— J'ai entendu beaucoup d'histoires à ce sujet.

Il n'avait pas l'air épuisé, ni contrarié, ni malheureux. Il semblait... normal.

Elle laissa échapper un léger soupir.

— Quel genre d'histoire ?

— À Knighton, la ville que nous avons quittée ce matin, il y a une tour avec une horloge en haut de la rue principale. L'avez-vous remarquée ?

— Oui.

En vérité, elle ne l'avait pas remarquée. Elle n'avait remarqué que le regret sur ses traits de toute beauté, et la lueur de soulagement dans ses yeux lorsqu'elle avait refusé sa proposition de mariage.

— Si un homme de Knighton souhaite divorcer, il peut conduire sa femme près de cette tour au centre de la ville et la vendre à qui veut bien l'accepter.

— C'est positivement barbare ! s'exclama-t-elle en se mettant à rire.

— N'est-ce pas ?

— Bien sûr, vous ne feriez jamais cela.

— Bien sûr que non.

Il s'interrompit, puis ajouta :

— Sauf si elle se révélait particulièrement pénible.

Pour la première fois depuis le matin, sa voix sembla refléter un sourire.

Le bonheur la saisit, simple et chaleureux. Elle essuya la goutte de pluie au bout de son nez.

— Alors c'est aussi bien de ne pas se marier, après tout, parce que je suppose que vous me vendriez à la tour de l'horloge dans les jours qui suivraient.

Il ne répondit pas immédiatement.

— Je suppose, dit-il enfin.

Elle déglutit en sentant sa gorge nouée.

— Sommes-nous totalement perdus, monsieur Yale ?

— Pas précisément, mademoiselle Lucas.

La veille, il l'avait appelée Diantha. Et pendant un instant, à ce moment-là, il l'avait vraiment effrayée.

— Un peu perdus, alors ?

— C'est possible.

Un autre silence, ponctué par le flot continu de pluie autour d'eux et par les ronflements de Mme Polley.

— Probablement perdus ?

— C'est ça.

— Qu'allons-nous faire ?

Il leva les yeux vers elle, et elle se dit qu'ils lui manquaient lorsqu'il ne la regardait pas. Elle s'imprégna des contours de sa mâchoire et de sa bouche. La pluie gouttait du bord de son chapeau sur son manteau.

— Mme Polley est trempée jusqu'aux os, reprit-elle – car il était beaucoup plus facile de parler que de contempler sa bouche et de désirer ce qu'elle ne pouvait avoir. Et je crois qu'Owen dort en marchant.

— Il vaudrait mieux trouver un endroit où se cacher quelque temps.

— Se cacher ?

Il ne lui semblait pas être le genre d'homme à se cacher. De quoi que ce soit.

— Pour se mettre à l'abri.

La pluie tombait abondamment, maintenant.

— Oh ! Pour me protéger de M. Eads, dit-elle.

Il n'y eut pas de réponse.

— Mais vous avez dit qu'il avait accepté que vous m'aidiez dans ma mission.

— C'était avant que vous quittiez la ville sur son cheval.

Il tira d'un coup sec sur les rênes, et le grand rouan renâcla.

— Vous avez volé…

Après un coup d'œil à sa dame de compagnie endormie, elle baissa la voix :

— Vous avez volé son cheval ?

— C'était cela ou passer devant la justice pour avoir dérobé la calèche.

— Hmm. Je vois. Étant donné la politique de cette ville à l'égard des épouses gênantes, on peut craindre la réaction de la justice pour le vol d'une calèche et d'une paire de chevaux.

— C'est précisément ce qui m'a semblé.

— Vous ne pensez pas qu'il ira nous dénoncer aux autorités ?

— Je crois qu'il préférera éviter de les solliciter.

Elle regarda par-dessus son épaule. La route derrière eux était voilée de gris.

— Peut-être devrions-nous accélérer un peu l'allure ?

— Ou aller nous abriter à l'écart de la route, là où Eads n'aura pas idée de nous chercher.

— Vous avez sans doute raison. À quelle distance sommes-nous de Bristol ?

— À plusieurs jours de chevauchée.

— Et peut-être que l'homme vêtu de marron a des complices. Je ne voudrais pas aller à la rencontre de vos ennemis.

— Il ne faudrait pas s'en étonner.

— Cela nous retarderait plus encore.

Un léger sourire recourba la bouche de Wyn. Diantha ne put en détourner le regard, se sentant encore intérieurement fébrile.

— Pourquoi souriez-vous maintenant ? Vous ne m'avez pas souri de la journée. Je ne peux imaginer que ce soit de bon augure.

Il fit arrêter le cheval.

— Il pleut des cordes. Je vais envoyer Owen chercher un endroit où nous pourrons nous reposer.

— Une auberge sur cette route déserte ? Et vous n'avez pas répondu à ma question.

Il jeta un coup d'œil à leurs compagnons qui arrivaient derrière eux.

— Une auberge, c'est peut-être trop demander.

— Une ferme, alors.

Devraient-ils encore faire semblant d'être mariés ? Il semblait pensif.

— Je vous recommande de descendre, le temps qu'il aille voir.

— Je peux laisser le cheval à Owen. Ou à vous.

Le sourire s'attardait au coin des lèvres de Wyn.

— Vous ne pensez pas souvent à vous.

— Que voulez-vous dire ? Je n'ai fait que penser à moi depuis que j'ai quitté le manoir de Brennon.

Surtout en ce qui le concernait, en implorant ses baisers alors qu'il lui avait dit de s'en abstenir.

Le regard de Wyn se porta sur Ramsès qui trottinait sur la route étroite, son pelage emmêlé, puis de nouveau sur Owen et Mme Polley.

— Vous sauvez les âmes perdues, dit-il.

Elle haussa une épaule.

— Ils avaient besoin de notre aide, et nous avions besoin de la leur.

— Pas exactement.

Ses yeux semblaient briller à présent.

— Pourquoi faites-vous cela ? s'enquit-il. Avez-vous l'intention de sauver le monde de ses maux ?

Il ne la taquinait pas. Elle le voyait bien. Sa voix révélait un soupçon de désespérance qui se frayait un passage en elle et lui faisait mal, mais pas comme la nuit précédente. Ce n'était pas la même douleur.

— Donnez-moi votre main, monsieur Yale.

Il la fixa du regard et ne bougea pas.

— S'il vous plaît, dit-elle plus doucement, sa voix se perdant presque sous le bruit de la pluie.

Il obéit et lui tendit la main, paume tournée vers le haut. Elle y posa la sienne et, à travers ses gants trempés, sentit sa chaleur, ce qui provoqua en elle un vif émoi.

— Vos mains sont grandes et fortes. Avec très peu d'efforts, je suppose, vous faites de l'effet aux autres.

Elle ne pouvait plus soutenir son regard. Elle prit son autre main pour la poser sur la sienne.

— Mes mains sont assez petites, comme vous pouvez le constater. Je ne peux pas faire grand-chose d'efficace. Mais le peu dont je suis capable, j'essaye de le faire de mon mieux.

Parvenant à rassembler son courage, elle releva les yeux. Il prit une inspiration.

— *Hum.*

Galahad apparut à côté d'eux, Mme Polley les regardait avec insistance, juchée sur la selle.

M. Yale s'écarta.

— Owen, viens avec moi pour que je t'informe de notre… plan, dit-il en lui faisant un clin d'œil.

Il posa la main sur l'épaule osseuse du garçon et ils s'éloignèrent ensemble.

Mme Polley les suivit de son regard courroucé qui, il va sans dire, l'aurait été beaucoup plus si elle avait appris que cette main qui avait tenu celle de Diantha avait été sous ses jupes la nuit passée.

La jeune femme soupira.

— J'aimerais que vous cessiez de le regarder comme s'il s'agissait d'un scélérat qui veut ma perte. Il n'entretient nullement de tels desseins.

Et elle, que désirait-elle ? Après la scène de la veille au soir, Diantha aurait voulu en découvrir davantage, mais ce n'était malheureusement pas dans les intentions de M. Yale.

— Il souhaite simplement m'aider, vous savez.

— Je ne dirai pas ce que je pense de ses véritables intentions, déclara sa dame de compagnie en secouant la tête, son bonnet projetant des gouttelettes dans toutes les directions. Mais je vous préviens, mademoiselle : les gentlemen au regard sombre comme celui-là ne font que ce qui est à leur avantage.

— N'est-ce pas le cas de tout le monde ? Je pense que vous n'allez pas tarder à vous rendre compte que vous vous méprenez.

M. Yale revenait vers elles, seul à présent.

— Il est parti en avant nous chercher un abri.

Mme Polley fit claquer sa langue d'un air désapprobateur.

— Il n'y a rien de sec à des kilomètres à la ronde, monsieur. Vous nous avez plongés sous le déluge de Noé.

— Je suis désolé pour votre inconfort, madame.

Il leva les yeux et surprit Diantha en train de le fixer. Son regard s'assombrit.

— Il ne fait aucun doute que nous trouverons bientôt un abri, promit-il.

Trois quarts d'heure de collines verdoyantes et de route boueuse plus tard, Owen réapparut.

— J'ai trouvé une maison par là-bas, en retrait de la route.

Il regarda Diantha avec un sourire timide.

— C'est un endroit magnifique, mademoiselle. On dirait une église. Mais il n'y a personne. J'ai toqué à toutes les portes et à la loge.

Elle lui sourit en retour. Sous leur pâleur, les joues du garçon se marbrèrent de taches rouges. Ils étaient tous fatigués et frigorifiés, transpercés par l'humidité.

— Eh bien, s'il y a une écurie, nous pourrions l'occuper un moment. N'est-ce pas, monsieur Yale ?

— Effectivement.

Il regarda attentivement le garçon.

— Bon travail, Owen. Merci.

Le garçon prit la longe de Galahad.

— Juste là-bas, dit-il en leur indiquant du geste la direction.

Un demi-kilomètre plus loin, là où la route faisait un coude vers le sud, un sentier partait vers le nord, surplombé par un bosquet de vieux chênes parsemés de grands pins sombres. Des plantes grimpantes s'enroulaient majestueusement autour d'un portail et d'une clôture en pierre, certaines fleurissant encore. L'allée était caillouteuse, des brins d'herbe apparaissant çà et là.

La maison se trouvait sur une hauteur, c'était une grande construction qui faisait effectivement penser à une église – ou plutôt à plusieurs églises reliées entre elles. Les toits s'inclinaient abruptement en se terminant en pointes, des tourelles de pierre grise se dressant au-dessus de la cime des arbres. Cependant, les tours comportaient des cheminées d'apparence moderne. Les fenêtres reflétaient la silhouette des arbres et le ciel gris.

Un long bâtiment bas longeait l'allée jusqu'à une autre bâtisse ressemblant à une grange – sans doute l'écurie et la remise à voitures. D'énormes rosiers s'agglutinaient au pied des bâtiments. Au-delà, près du muret qui s'étendait encore sur une quarantaine de mètres jusqu'à un champ clôturé, une balançoire était suspendue à la branche d'un imposant chêne solitaire.

— C'est absolument charmant ! Je me demande s'il y a quelqu'un, murmura Diantha, même si, bien sûr, c'était idiot puisque les sabots des chevaux étaient suffisamment bruyants pour qu'un valet d'écurie les entende, s'il y en avait eu un.

Elle jeta un coup d'œil à M. Yale. Il balayait la maison du regard, le visage empreint de gravité.

— Owen, va à l'arrière vérifier s'il y a quelqu'un.

Le garçon obéit en trottinant.

— Nous y voilà maintenant, monsieur. Que voulez-vous que nous fassions ? dit Mme Polley après avoir accepté l'aide de M. Yale pour descendre de cheval.

Elle entreprit de s'étirer le dos, sa forme ronde et trapue faisant penser à une théière inclinée, le bonnet et la cape tout trempés retombant piteusement.

— Il vaudrait mieux qu'il n'y ait personne, sinon les pauvres âmes qui vivent ici auront un choc en nous trouvant sur le pas de leur porte plus trempés que du mouton en ragoût, ajouta-t-elle.

— Du ragoût de mouton, ce serait merveilleux en ce moment, marmonna Diantha.

M. Yale sourit légèrement et s'approcha d'elle.

— Préférez-vous du rôti et du hachis Parmentier ?

Il la saisit par la taille pour l'aider à descendre de sa monture. Au moment où ses pieds touchèrent le sol, il la relâcha. Ses genoux et son postérieur étaient terriblement endoloris, mais un picotement dansait en elle là où il l'avait touchée intimement la nuit passée.

— Je suppose que personne ne nous a préparé à manger.

— Voyons ce qu'il en est, avant d'abandonner tout espoir de nous restaurer.

Il se rendit à la porte d'entrée.

Elle le suivit.

— Je croyais que nous devions nous reposer dans l'écurie. Avez-vous l'intention d'entrer dans la maison ?

— Oui, telle est mon intention.

Owen arriva du côté opposé.

— Il n'y a personne, monsieur.

M. Yale monta les deux marches qui menaient à la porte, un lourd battant en bois sans ornement, et elle le suivit. De plus près, la pierre semblait être d'un rose subtil.

— Et si les propriétaires reviennent ?

— Dans ce cas, espérons qu'il s'agira d'hôtes bienveillants. Et Owen surveillera la route depuis la loge. Owen, que dirais-tu de devenir gardien ?

— Ce serait mieux que la mine, monsieur.

— Vous voyez ? Tout s'arrange.

Mais les yeux de Wyn brillaient d'une étrange intensité. Diantha le suivit sur le perron.

Il essaya d'ouvrir le loquet de la porte.

— Verrouillée ! grommela Mme Polley.

Il fouilla dans la poche de son manteau et en sortit un étui en cuir pas plus grand qu'un portefeuille.

Diantha contourna son épaule du regard.

— Qu'est-ce que c'est ? demanda-t-elle.

— Pourquoi chuchotez-vous ? répondit-il tout aussi doucement.

Il ouvrit l'étui et en sortit deux minuscules outils en métal.

— Parce que ce que vous faites là semble remarquablement délicat.

— Cela l'est, sans le moindre doute.

Elle aurait souhaité qu'il porte des gants. Elle aurait souhaité ne pas voir ses mains habiles qui la faisaient se sentir si faible de partout.

— Que sont donc ces outils, monsieur Yale ?

— Des crochets de serrure, mademoiselle Lucas.

Il en inséra un dans le trou de la serrure.

— Je suppose que je devrais être choquée que vous ayez de telles choses dans la poche de votre pardessus.

— Pourtant, il semble que vous ne l'êtes pas.

— Ce serait à cette heure plutôt stupide de ma part, ne le pensez-vous pas ?

— Probablement.

Deux clics métalliques se firent entendre. Les crochets toujours dans le trou de la serrure, il souleva le loquet.

— Poussez sur la porte, si vous le voulez bien.

Elle tendit le bras par-dessus son épaule.

— Que faites-vous quand vous n'avez pas de troisième main pour le faire pour vous ?

— Dans ce cas, je n'entre pas par effraction dans les maisons, cela va sans dire.

La porte n'avait pas bougé.

— Elle est verrouillée de l'intérieur.

Il lâcha la poignée.

Frigorifiée, la jeune femme claquait des dents. Elle resserra sa cape trempée autour d'elle.

— Qu'allons-nous faire maintenant ?

— Essayons la porte de derrière. Attendez-moi ici, si vous le voulez bien.

Il descendit les marches et contourna les rosiers, Ramsès sur les talons.

Quelques minutes plus tard, un bruit sourd se fit entendre, venant de l'intérieur, et la porte s'ouvrit brusquement sur ses gonds. M. Yale recula et s'inclina.

— Bienvenue à Abbaty Fran Ddu, mesdames. C'est une ancienne abbaye.

Diantha entra dans le vestibule en retirant son bonnet. C'était une pièce bien meublée, avec des lambris en bois sombre, un gracieux lustre en fer et un sol carrelé. L'odeur de la poussière était lourde dans l'air immobile, mais il n'y avait pas de moisissure.

— C'est moderne ! Et sec à merveille. Cela m'embête beaucoup que nous entrions aussi trempés par la pluie.

— C'est l'endroit le plus plaisant que j'aie jamais vu, décréta Mme Polley en regardant autour d'elle.

— Comment connaissez-vous le nom de cette demeure, monsieur Yale ?

Il prit le manteau de Mme Polley et la cape de Diantha, et fit un geste en direction d'une rangée de clochettes destinées à appeler les domestiques, au-dessus d'une porte ouverte. À côté des clochettes, dans un cadre, les mots *ABBATY FRAN DDU* se découpaient délicatement, brodés de fils de soie verts et bleus.

— Owen va apporter les bagages et allumer le feu. Je suppose qu'il y a un salon à l'étage.

Il indiqua du geste un escalier qui montait en colimaçon depuis le vestibule.

— Oh, mais nous ne pouvons pas monter ! Nous devrions rester ici. La cuisine doit être au bout de ce couloir. Vous n'avez même pas enlevé votre manteau, remarqua Diantha.

— Je dois aller m'occuper des chevaux. Mais l'endroit est inoccupé. Mettez-vous à votre aise. Veillez d'abord à votre confort et à celui de votre dame de compagnie, puis, si vous le voulez bien, allez voir du côté de la cuisine. Le garçon ne tiendra pas beaucoup plus longtemps sans manger.

Elle lui jeta un regard espiègle.

— Tout comme moi, voulez-vous dire ?

Il esquissa un sourire, s'inclina et repassa la porte d'entrée.

13

Elle visitait la maison avec une curiosité manifeste.

Guettant ses expressions, Wyn la suivait comme s'il n'avait pas foulé ces sols des milliers de fois auparavant. Chaque porte qui s'ouvrait suscitait chez la jeune femme un sourire ou un murmure de plaisir.

— Tout est si beau, mais remarquablement poussiéreux, dit-elle en passant le doigt sur le rebord d'une fenêtre du salon. Peut-être que les propriétaires sont absents depuis un certain temps.

Cinq ans.

— Peut-être.

— Nous devrions nous limiter à cette pièce et essayer de ne pas trop déranger. Et nous devrons prévoir une compensation pour la nourriture et le combustible.

— Il y a de la tourbe à revendre.

Owen plaça une brique séchée sur la grille du foyer, et l'odeur musquée se répandit dans la pièce. Heureusement, la cheminée était propre. Personne n'avait vécu dans cette maison depuis cinq ans, mais elle n'avait pas été laissée sans entretien.

Diantha jeta un coup d'œil sous une housse de protection.

— Le mobilier est en très bon état. Et tout est si bien rangé. Je pense qu'une femme vit ici. Une femme ayant beaucoup de goût. Je me demande où elle est, en ce moment. À Londres, peut-être, où je serai bientôt, et bien qu'elle ait été mon hôtesse, je ne la reconnaîtrai même pas si je la croise dans la rue.

Elle tira une housse d'un siège et la plia, la poussière tourbillonnant dans les airs. Son nez se fronça et elle passa dessus le dos de sa main, sans la moindre gêne. Elle n'avait pas les manières d'une lady de la ville.

Elle avait changé de vêtements et portait à présent une simple robe vert mousse qui laissait son cou et ses bras nus, à l'exception du châle retombant au creux de ses coudes. Elle avait une peau crémeuse, un cou gracile et de belles formes. Le souffle court, Wyn dut admettre qu'il la désirait. Son cœur battait la chamade. Il voulait la toucher, explorer sa peau de satin avec ses mains et sa bouche, la caresser partout.

Non. C'était l'alcool qui l'appelait, qui lui donnait des envies...

— Combien de temps allons-nous rester ici ? s'enquit-elle en venant le rejoindre.

— Peut-être un jour ou deux.

Jusqu'à ce que le jeune William se présente avec le baron de Carlyle, ou que Kitty arrive de Londres.

— Nous devons nous assurer qu'Eads est à bonne distance avant de retourner vers l'est.

— À cause de ce détour, Mme Polley a encore rouspété. Mais elle s'est installée confortablement dans la cuisine. Elle a même trouvé un pot d'huile intact et un autre de farine. On dirait qu'elle aime cuisiner.

Elle sourit, les fossettes creusant ses joues pâles.

— Owen, viens avec moi à la loge. Nous allons t'y installer, dit Wyn en gagnant la porte.

Le garçon l'accompagna dehors, le long de l'allée.

— Monsieur...

Il frappa une pierre du bout du pied.

— Owen ?

— Vous ne lui dites rien, alors, à propos de cet endroit ?

— Je ne lui dirai rien.

— C'est une fille bien, monsieur.

— En effet.

— M. Guyther dit qu'il ne peut pas garder les bêtes dans les collines plusieurs semaines.

— Nous n'en avons pas pour longtemps, Owen. Quelques jours seulement. Et M. Guyther fera ce que je dis. Et toi aussi, je n'en doute pas.

Il s'arrêta et posa la main sur l'épaule du garçon.

— Tu ne dois rien lui dire, d'accord ? Si elle apprend la vérité, elle partira d'ici et se mettra en danger.

Mais à présent, il se demandait si elle le ferait vraiment. Elle était téméraire, certes, mais peut-être plus sage que lorsqu'elle s'était lancée dans sa « mission ». En réalité, elle était parfaite. Et si belle...

— Oui, acquiesça Owen en fronçant les sourcils. Mais je n'aime pas ça, monsieur.

Wyn voulait du brandy. Du whisky. N'importe quoi. Il soupira.

— Moi non plus.

Mme Polley concocta un dîner à partir du garde-manger bien garni d'aliments marinés et séchés, et de simples biscuits à l'avoine qu'elle fit cuire sur la grille au-dessus du feu de tourbe. Mlle Lucas mangea allègrement, et le garçon l'imita en la regardant d'un air sombre, tandis que la matrone se livrait à des commentaires sur la maison. Wyn se sentait à peine présent. Au cours de la soirée, les pics de tension nerveuse dans son sang s'étaient intensifiés jusqu'à devenir un cri, puis un rugissement qu'il s'efforçait d'ignorer. En vain. Il ne pensait qu'au brandy et à la jeune femme assise de l'autre côté de la table – deux désirs interdits.

Il alla à l'écurie s'occuper des chevaux, prenant du foin et de l'avoine de la réserve qu'Owen avait apportée de la maison d'Aled Guyther, l'intendant des terres de l'abbaye. Il parcourut le jardin sauvage et longea le canal d'irrigation couvert de mousse qui s'écoulait depuis le ruisseau. Puis il sella Galahad et partit à travers les collines où plus aucun animal ne paissait, car les ordres qu'il avait donnés à Guyther, transmis par Owen, spécifiaient que l'endroit devait être vide de bétail comme de toute âme qui vive. Il aurait pu aller s'entretenir avec Guyther, mais il préféra éviter le chemin qui menait au village à environ un kilomètre de là, et au minuscule pub qui s'y trouvait – ainsi qu'à la modeste chapelle avec le cimetière, et une tombe remontant à cinq ans sur laquelle il ne s'était pas encore recueilli.

Les collines s'assombrissaient sous une pluie continue, et il revint finalement à la maison. Le salon, avec ses bouteilles poussiéreuses rangées dans le placard, l'attirait. Peu lui importait ce qu'elles contenaient.

Elle le rejoignit à la porte du salon, silhouettée par la lueur des flammes. On entendant s'élever les ronflements de Mme Polley.

— Je vous ai entendu rentrer. Vous devez être épuisé. Vous n'avez pas l'air d'aller bien.

Ses yeux reflétaient la fatigue, mais aussi la douceur. Il s'approcha d'elle pour sentir sa chaleur, comme malgré lui.

— Vous savez précisément comment renforcer la confiance d'un homme.

— En fait, je vous trouve remarquablement beau, mais vous le savez sans doute déjà, et comme de toute façon les ladies de Londres vous le disent probablement tout le temps, ce n'est pas surprenant que je le pense aussi. Mais je ne sais pas comment vous faites pour rester aussi beau ici. Je ne ressemble plus à rien, toute trempée, avec ma tenue froissée. Ma mère sera horrifiée lorsqu'elle me verra. Mais vous demeurez élégant, même mouillé par la pluie.

Ses yeux bleus se levèrent vers lui, aussi incisifs que le désir qui couvait en lui.

— Bonne nuit, mademoiselle Lucas.

Il se tourna vers l'escalier.

— Où allez-vous ?

— Je vais dormir. Je vous suggère de trouver où vous installer confortablement pour faire de même.

— Où ?

Il fit un geste vers le couloir.

Les sourcils fins de la jeune femme se haussèrent.

— Dans une *chambre à coucher* ?

— C'est généralement là qu'on dort.

Et qu'on fait d'autres choses.

— Mais...

Un éternuement interrompit les ronflements de Mme Polley. Elle toussa, puis se rendormit.

Mlle Lucas esquissa une grimace.

— Je crois qu'elle a pris froid aujourd'hui. J'ai suggéré qu'elle se prépare un bouillon avec la viande séchée, mais elle a refusé. Je suis médiocre cuisinière, précisa-t-elle en haussant légèrement les épaules. Heureusement que nous n'allons pas rester ici bien longtemps et que Mme Polley aime cuisiner. Sinon, nous mourrions certainement de faim.

Il trouvait sa bonne humeur irrésistible.

— Vous avez sans aucun doute d'autres talents.

— Oh ! Je peux broder avec brio et peindre une belle aquarelle. Des compétences inutiles, vu les circonstances.

Il sourit.

— Nous pourrons sauter quelques repas, si Mme Polley est malade.

— Je ne suis absolument pas d'accord. J'ai encore faim, dit-elle en plaçant une main sous ses seins, sur son estomac. Avez-vous vraiment l'intention de nous faire passer plus d'une nuit ici ?

— Jusqu'à demain soir. Ou plus longtemps si Mme Polley est souffrante.

Elle le dévisagea, son regard se posant sur sa bouche.

— Il y a quelque chose que je dois vous dire.

— Je vous en prie, fit-il en s'inclinant.

— Plus tôt dans la journée, lorsque vous avez dit que je sauve les âmes perdues, vous avez semblé perplexe, comme si vous parliez de quelque chose de peu familier pour vous. Mais je ne pense pas que cela vous soit aussi peu familier que vous le laissez entendre, déclara-t-elle, les yeux fixés sur lui. Je pense… je *sais* que vous avez déjà aidé des gens.

Il avait aidé des personnes dans le cadre de ses missions. Pour lui, elles représentaient seulement un moyen de parvenir à ses fins. Ce n'était pas comme cette femme dont le contact, lorsqu'elle lui avait pris la main un peu plus tôt, l'avait presque fait tomber à genoux sur la route boueuse.

— Que je l'aie fait ou non n'a pas d'importance dans notre situation du moment.

Une situation où il lui avait autant menti qu'il l'avait désirée.

— Veillez au confort de votre dame de compagnie, puis trouvez-vous un coin où dormir. Vous avez besoin de repos.

Ayant pris une bougie sur la table du vestibule, il monta au salon. Dans la pièce sombre remplie de meubles qui, sous leurs housses, avaient une apparence fantomatique, il ouvrit le petit placard. Les bouteilles avaient un éclat terne. Sa main trembla lorsqu'il s'apprêta à saisir la plus proche.

Owen vint le chercher dans les profondeurs pluvieuses de la nuit. À l'intérieur de la loge, le jeune William était affaissé contre un mur, endormi. Ramsès lécha son visage et le garçon se réveilla. Il raconta à Wyn ce qu'il craignait depuis le début : lord Carlyle était introuvable, tout comme le comte et la comtesse de Savege. Tous avaient quitté le Devon et étaient déjà à Londres, semblait-il. Comme il en avait reçu l'ordre, William n'avait parlé à personne et s'était empressé de venir ici.

Wyn chargea Owen de nourrir le messager, donna une bourse à celui-ci et lui demanda de reprendre la route dès le lever du soleil. Puis il repartit marcher sur les collines du domaine de sa grand-tante, le sommeil ne venant pas et la soif le tenaillant. La pluie ne montrait aucun signe d'apaisement. Le chien sur les talons, il marcha jusqu'à l'aube. Pour s'abriter, il trouva un creux de rocher où, enfant, il allait fréquemment. À cette époque, il en avait fait une forteresse d'où il menait les moutons comme s'il s'agissait de dragons.

Il ne dormit pas. Le cruel bourdonnement dans son sang ne le lui permettait pas. Au lieu de cela, il pensa à Diantha Lucas, à ses besoins et à ses désirs. Et il se demanda quelle voie choisir.

Lorsque le ciel s'éclaircit et qu'il finit par se lever pour rejoindre la maison, les membres faibles et les mains si tremblantes qu'il ne parvenait plus à les calmer, chaque fibre de son être réclamait du brandy. C'est alors qu'il comprit enfin la voie qui s'offrait à lui. Il n'avait aucun doute sur le fait que, jusqu'à ce que Kitty Blackwood arrive de Londres, les prochains jours allaient être un enfer. Mais si cela obligeait Diantha Lucas à rester ici, il le supporterait. Cela faisait trop longtemps qu'il était sous l'emprise de l'alcool.

— Des œufs !

Mme Polley moucha bruyamment son nez rougi dans un chiffon et présenta sur son autre paume un petit trésor brun. La poule à laquelle elle l'avait pris semblait impassible.

Diantha sentit son estomac gargouiller. Elle se lécha les babines.

— Ces œufs ne sont pas bien gros, dit Owen, l'air sceptique.

La jeune femme haussa les épaules.

— Ils n'en auront pas moins un goût divin. C'est peut-être parce que les poules sont petites ?

Mme Polley glissa sa main dans la paille, d'où elle retira un deuxième trésor.

— L'un comme l'autre, vous ne connaissez rien à la volaille, c'est évident.

— Cela n'a rien d'étonnant.

Diantha pivota sur elle-même. M. Yale se tenait dans l'embrasure de la porte de la remise, les bras croisés nonchalamment, appuyé de l'épaule contre le chambranle, l'ourlet de son pardessus noir effleurant le sol en terre.

Elle sentit le souffle lui manquer. Elle s'était dit que sa journée avait été plaisante aujourd'hui : elle avait lu, bavardé avec Owen, et aidé Mme Polley à cuisiner. Mais le voir maintenant était plus que plaisant.

Elle alla le rejoindre.

— C'est Owen qui a découvert les poules.

Un seul sourcil noir se haussa, et il lança un regard perçant au garçon.

— Ah oui ?

— Bonjour, monsieur, dit Owen en tirant sur sa casquette.

— N'est-ce pas merveilleux ? Nous aurons des œufs pour le dîner, et Mme Polley a fait cuire du pain d'avoine.

— Cet homme n'en prendra même pas une bouchée, marmonna la matrone en cherchant d'autres œufs dans la paille. Il n'a rien mangé de ce que j'ai cuisiné.

Il pencha la tête et s'adressa à Diantha à mi-voix :

— Je vois que j'ai baissé d'un cran dans l'estime de votre dame de compagnie.

— Vraiment ?

— Elle parle de moi à la troisième personne.

— Et maintenant, vous faites de même en parlant d'elle.

— Oui, mais c'est à vous que je m'adresse.

— Trop hautain pour de la simple cuisine ! s'offusqua Mme Polley qui continuait sur sa lancée.

— Ah ! Nous voilà à la racine du problème, dit-il avec ce léger sourire qui n'appartenait qu'à lui.

— C'est vrai, monsieur Yale, dit Diantha en riant. Vous vous donnez de grands airs. Il va falloir descendre de votre piédestal.

Elle se pencha plus près de lui et résista à l'envie d'inspirer une grande bouffée de son parfum d'homme.

— Vous devriez dîner avec nous, ajouta-t-elle. Je pense qu'elle se sent vraiment offensée.

— Je n'ai pas besoin de supplier ce gentleman de manger ce que je cuisine, lança Mme Polley. S'il ne l'aime pas, il peut retourner à Londres et à ses chefs pompeux !

— Je serai honoré de remplacer les mets de mes chefs pompeux par les vôtres, madame.

Il affichait toujours ce léger sourire.

— Cet endroit n'est-il pas curieux ? dit Diantha en désignant le cabanon où ils étaient. Ce n'est pas un poulailler. De ce fait, ce ne doit pas être là qu'habitent ces poules, d'habitude.

— Curieux, en effet, dit-il en lançant un coup d'œil à Owen. On se demande quelles autres surprises pourraient nous être réservées…

Le garçon s'esquiva par la porte, et M. Yale le suivit quelques secondes du regard avant de reporter son attention sur elle.

— Nous avons trouvé une vache, dit-elle.

Il parut surpris.

— Elle mangeait du trèfle là-bas près de la haie sous la pluie, et mugissait tristement. Owen l'a mise dans l'écurie avec les chevaux, et ils ont tous l'air de s'entendre. Elle doit s'être perdue. Quelqu'un viendra sans doute la chercher et nous découvrira comme les intrus que nous sommes. Nous serons traînés devant un juge et tout sera fichu.

Elle prit une grande inspiration, qu'elle relâcha dans un soupir plutôt théâtral.

— Alors, comme vous pouvez le constater, ce ne sont pas les aventures qui ont manqué dans la journée, pendant que vous étiez parti.

Une lueur brilla dans les yeux de Wyn, mais il se tenait avec raideur et ne décroisa pas les bras.

— Où êtes-vous allé ? lui demanda-t-elle.

— Par-ci, par-là.

— Où ?

Mme Polley s'activait en passant à côté d'eux, le tablier plein d'œufs à présent.

— Les gentlemen ténébreux aiment garder leurs secrets. Je l'ai déjà dit.

Il la suivit des yeux tandis qu'elle sortait, descendant d'un pas précautionneux le sentier qui menait à la maison.

— Elle l'a déjà dit ? demanda-t-il à la jeune femme.

— Oh, un bon nombre de fois ! Elle pense qu'il faut me mettre en garde quasiment tout le temps. Je me demande si c'est parce qu'elle pense que ma mémoire est défaillante. Ou bien elle s'imagine que j'aurai de plus en plus peur de vous, à mesure qu'elle me le serinera.

Elle lui toucha le bras. Il lui retourna son regard, puis elle le sentit frémir, une vibration de tout son corps.

— Mais..., dit-elle avant de s'interrompre, puis de reprendre en faisant des efforts pour garder un ton empreint de légèreté : Mais elle n'a nul besoin de se répéter parce que vous me terrifiez déjà, cela va sans dire.

— Cela va sans dire, répéta-t-il en s'écartant d'elle.

Il sortit du cabanon et s'engagea sur le chemin menant à la maison. La pluie s'était calmée, mais le ciel était toujours d'un gris épais. Les joues du jeune homme étaient voilées par la sueur.

— Êtes-vous malade, monsieur Yale ?

— En fait, je ne me sens pas très bien aujourd'hui, mademoiselle Lucas.

— Oh ! Vous avez dû attraper froid sur la route. Est-ce pour cela que vous êtes parti ? Vous ne voulez pas nous transmettre votre rhume ?

— Je suis heureux de vous annoncer que ce n'est pas une maladie que l'un d'entre vous peut contracter, répliqua-t-il, la mine sombre.

— Je ne comprends pas.

Il s'arrêta, se tourna vers elle, et la tension qu'il éprouvait se refléta sur son front.

— Cet état va passer et ne doit en rien vous inquiéter. Restons-en là, si vous le permettez.

— Vous avez l'air si sérieux.

— Il y a probablement une raison à cela.

— Je me suis inquiétée pour vous, absent toute la journée.

— Je suis tout à fait capable de prendre soin de moi, mademoiselle Lucas.

— Nous sommes assez isolés par ici, au milieu de nulle part. Je me demandais seulement où vous étiez passé.

Il fronça les sourcils.

— Avez-vous eu peur ici ? Sans moi ?

— Non, je n'ai pas eu peur. Cet endroit est très paisible. Et franchement, après toute cette agitation, je n'ai rien contre une journée de repos dans un lieu aussi agréable. Je m'inquiétais seulement pour vous.

— Vous n'avez pas à vous inquiéter. Je ne partirai plus.

— Vous devriez peut-être aller vous reposer ?

— Excellente idée.

Mais il n'en fit rien. Il l'accompagna à la cuisine, où elle aida Mme Polley à préparer le dîner pendant qu'Owen racontait son expérience de la mine. Diantha en eut les cheveux dressés sur la tête.

— Quand ma sœur a eu la fièvre, on l'a mise à l'infirmerie. Elle a attrapé le croup. Elle en est morte.

Ses épaules s'affaissèrent.

— Ces lieux ne conviendraient même pas aux animaux, grommela Mme Polley, l'air renfrogné. Pauvre garçon.

Diantha hacha des herbes et cassa les œufs dans un bol – et elle eut de la chance de ne pas se couper les doigts ou de renverser leur dîner par terre.

Elle n'avait d'attention que pour M. Yale. Lui aussi l'observait, des ombres sous les yeux. Mais il semblait agité.

Ils mangèrent sans cérémonie dans la cuisine. Owen s'enfila la moitié des œufs, du pain et de la confiture.

Diantha prépara une assiette pour M. Yale et, chose incroyable, il mangea. Puis, après avoir remercié Mme Polley et les avoir salués, il se retira.

Inquiète, Diantha s'empressa de terminer ce qui restait de son repas pour aller le rejoindre. Elle le trouva dans le salon, face à l'âtre où se consumait lentement la tourbe, les mains enfoncées dans les poches, les yeux clos. Lorsqu'elle entra, il les ouvrit et les tourna vers elle.

— Je vous prie de me pardonner d'être parti si précipitamment, mademoiselle Lucas.

— Vous êtes vraiment malade.

Elle s'avança vers lui, mais il s'éloigna d'un pas. Elle s'arrêta net, consternée.

— Je ne vais pas très bien, c'est vrai.

Sa mâchoire semblait crispée.

— Vous avez peut-être attrapé le coup de froid de Mme Polley.

— Vous vous répétez.

— C'est possible. Car même si j'ai toujours pensé avoir beaucoup de courage, je ne m'imagine pas rester ici, impuissante, dans ces contrées sauvages du pays de Galles, à vous regarder dépérir.

Il arqua un sourcil.

— Vous avez une aptitude naturelle pour le drame, mademoiselle Lucas. Elle est généralement en sommeil, par bonheur. Mais lorsqu'elle se manifeste, c'est très impressionnant.

Elle se tordit les mains.

— Il est parfois frustrant de converser avec vous. Dites-moi ce qui ne va pas.

Il tourna les yeux vers la fenêtre.

— Rien que quelques doigts de brandy ne pourraient arranger... Ah ! Il se remet à pleuvoir.

— Vous avez l'air de vous en féliciter.

— Lorsqu'on a passé une nuit dehors sous la pluie sans dormir, c'est un bonheur d'être à l'intérieur.

Il sourit.

Elle sentit un frisson remonter le long de sa colonne vertébrale.

— Vous avez passé la nuit dehors, sous la pluie ? Après m'avoir exhortée à trouver une chambre où dormir ?

— J'admets tout à fait que je suis un hypocrite. Mettez-moi aux fers et emmenez-moi à la corde du bourreau, si vous le souhaitez. De toute façon, j'y serai bientôt.

Elle esquissa une grimace, agacée.

— Vous dites n'importe quoi. Vous devriez aller dormir.

— Merci, cependant je vais rester ici. Mais n'hésitez surtout pas à vous retirer, de votre côté.

— Ce n'est que le crépuscule.

L'espace d'un instant, ses yeux s'assombrirent d'un voile de désespoir, comme l'autre nuit dans le couloir de l'auberge à Knighton quand il l'avait touchée – cette nuit dont il avait tout oublié, elle en était sûre, parce qu'il avait trop bu.

Brusquement, elle comprit.

— Mais vous n'allez pas prendre quelques doigts de brandy, dit-elle lentement. Pas même un seul. N'est-ce pas ?

Il reporta le regard sur son visage, sans un mot.

— Vous avez arrêté de boire, c'est cela ? Complètement.

— Vous…

Il s'interrompit et sembla y réfléchir, puis il acquiesça :

— C'est ça.

— Et c'est ce qui vous rend malade.

Un moment de silence, puis :

— Oui.

Un autre silence s'étira, pendant lequel elle fut totalement incapable d'exprimer tout ce qui se bousculait sur sa langue.

— C'est à cause de ce qui s'est passé entre nous à l'auberge de Knighton, parvint-elle enfin à dire.

— C'est à cause de ça, admit-il.

Ses mains tremblantes trouvèrent une chaise, et elle s'y assit.

— Vous devriez vous asseoir également.

— Je suis très bien debout.

— Vous avez l'air aussi à l'aise que ma sœur Charity lorsque ma mère a essayé de la marier à lord Savege. C'est-à-dire, avant qu'il épouse Serena.

Un sourire se dessina sur cette bouche qu'elle trouvait absolument parfaite.

— Je n'ai pas eu vent de cette histoire.

— C'est l'une des raisons pour lesquelles ma mère est partie, à mon avis. Les grands espoirs qu'elle avait placés en Charity ont été déçus.

Elle marqua une pause.

— Et qu'en est-il de ses espoirs en ce qui vous concerne ? demanda-t-il.

— Oh ! Elle n'en a jamais eu à mon égard. Charity est très belle et réservée, bien sûr.

— Ah !

Ce beau gentleman, élégant et bien élevé, ne pouvait comprendre. Elle changea de sujet :

— Mon père a toujours dit qu'il cesserait de boire. Il l'a fait une fois, mais il n'a pas tenu une semaine. J'étais très jeune, mais je m'en souviens parce que, après plusieurs jours, lorsqu'il a voulu prendre du whisky, il m'a demandé d'aller lui chercher la bouteille.

— Et vous l'avez fait ?

— J'ai refusé, dit-elle avec un haussement d'épaules. Je préférais quand il ne buvait pas. C'était plus agréable de parler avec lui. Ce jour-là, il était furieux, et quand ma mère est rentrée à la maison, elle m'a enfermée dans ma chambre et ils se sont disputés. Peu après, mon père est tombé malade. Ma mère m'a dit qu'il avait bu au point de précipiter sa fin.

Il y eut à nouveau un long silence, ponctué par les bruits étouffés venant de la cuisine et les doux ronflements de Ramsès sur le tapis.

— Ce n'est pas la première fois que j'arrête, dit Wyn.

Elle retrouva une respiration plus apaisée. Il semblait qu'il allait se confier à elle, après tout.

— Comment était-ce les autres fois ? demanda-t-elle.

— Plus facile que cette fois-ci. Beaucoup plus.

Elle prit une grande inspiration et se leva.

— Cela va à l'encontre de mes opinions sur le sujet, mais vous ne devriez pas faire cela. Pas maintenant, du moins. Si je promets de ne pas...

— Non. Restez tranquille.

— Rester *tranquille* ?

— Autant que faire se peut.

Il sembla vouloir sourire, mais il avait l'air vraiment mal en point, malgré l'élégance de sa lavallière et de son manteau, et la beauté parfaite de son visage. Ses yeux étaient perçants, comme si le prédateur en lui cherchait quelque chose qu'il ne pouvait obtenir. Comme si le désespoir menaçait de l'engloutir à jamais.

— Vous avez l'air bizarre.

Elle fit un pas vers lui et, cette fois, il ne recula pas.

— Vous pensez, en ce moment, à me ramener à la maison, devina-t-elle.

Ce serait tellement plus facile pour lui si elle n'était pas sous sa responsabilité. Il pourrait alors faire ce que bon lui semblait, aller où bon lui semblait, boire ce que bon lui semblait sans craindre qu'elle se jette sur lui comme l'autre nuit.

— C'est ce que je ferais si j'étais à votre place, ajouta-t-elle.

— Alors c'est aussi bien que vous ne le soyez pas.

Mais elle ne pouvait se contenter de cela, pas quand son regard semblait la consumer.

— Alors à quoi pensez-vous ?

Son attention s'arrêta sur sa bouche.

— À la...

Elle n'arrivait plus à respirer normalement.

— Oui ?

— Je n'arrête pas de penser... (son regard revint se poser sur les yeux de la jeune femme)... à la cave.

— La cave ?

Il déglutit et elle vit le mouvement de sa glotte au-dessus de sa lavallière.

— Hier soir, j'ai jeté les bouteilles qui étaient dans le salon et dans la bibliothèque, mais...

Oh !

— Mais il y a une cave à vin au sous-sol, c'est cela ?

Il répondit d'un hochement de tête, un frisson agitant visiblement ses épaules. Elle n'avait pas réellement compris ce qui se passait jusqu'à présent.

Maintenant, elle comprenait.

— Alors nous devons aussi jeter ces bouteilles, dit-elle, les mains sur les hanches.

— Non.

— Voulez-vous renoncer après tous ces efforts ? Ce serait plus facile, bien sûr, au moins pendant que nous...

— *Non*.

Ils se regardèrent.

— Je peux y aller seule, si vous voulez, proposa-t-elle.

— Non.

— Je devrais compter le nombre de fois où vous me dites ce mot.

En commençant par ce moment où il avait arrêté de l'embrasser, dans l'auberge de Knighton.

14

En fin de compte, ils descendirent ensemble. La cave à vin, sombre et exiguë, et cependant remarquablement sèche, était éloignée de la cuisine où Mme Polley était endormie.

Appuyé de l'épaule contre le montant de la porte, il semblait un peu plus à l'aise à présent. Mais il suivait d'un regard fiévreux le contenu de la bouteille qu'elle était en train de vider dans un coin.

— Le bordeaux doit passer en premier, murmura-t-il.

— Pourquoi ? Serait-ce le plus fort ?

— Mon Dieu, non. Je n'aime tout simplement pas ce vin.

— Alors nous devrions le jeter en dernier.

Elle prit une bouteille de brandy et examina les casiers de bouteilles couchées.

— Déboucher chacune d'elles est une vraie corvée. Je me demande bien comment les maîtres d'hôtel parviennent à le faire chaque jour. Mes doigts seront bientôt couverts d'ampoules.

— Cassez les goulots, dit-il, la voix tendue.

Elle ne le regarda pas. Elle l'aurait volontiers supplié de remonter, mais elle savait qu'il ne le ferait pas. C'était un homme de fort tempérament.

— Et sur quoi les casser ?

— Une pierre.

Il avait la mine sombre.

— Dehors ?

— Dehors.

— Sous la pluie ?

— Sur la margelle du puits.

— Le puits ? Alors l'eau sera...

— Il est à sec.

— Qu'en savez-vous ?

Il la regarda fixement, les yeux légèrement vitreux à présent.

— D'accord, marmonna-t-elle. Mais il faudra que je les transporte toutes là-bas.

— Je vais vous aider.

Elle enfila sa cape et lui son manteau, et, brassée après brassée, ils transportèrent le contenu de la cave – cent bouteilles au total – jusqu'au puits situé au-delà de la porte menant à la cuisine.

Il s'assit sur le muret au bord de la cour, sous la pluie, et la regarda faire claquer le goulot de chaque bouteille contre la pierre, puis en vider le contenu.

— Celle-là sentait mauvais, dit-elle, le nez froncé.

— Ce n'est pas vrai.

— Vous ne pouvez rien sentir, de là où vous êtes.

— Vous voulez parier là-dessus ?

— Je suppose que non.

Elle secoua la bouteille avant de la jeter.

— Nous devrons dédommager ces pauvres gens pour avoir vidé ainsi leur cave.

— En effet.

La pluie tombait doucement sur les pierres grises et luisantes du puits et sur l'étendue d'herbe qui les séparait, le crépuscule cédant la place à la nuit.

— Vous pouvez rentrer, vous savez. Je peux très bien finir seule.

— Je ne veux pas rentrer.

Elle poussa un soupir.

— Vous ne voulez pas quitter des yeux toutes ces bouteilles de vin, je suppose.

— Je ne veux pas quitter des yeux une aussi jolie fille.

Son pouls fit un petit bond – ce qui était idiot. Même si elle s'était débarrassée de ses boutons et de ses rondeurs, elle était loin d'être jolie. Mais il était possible qu'il n'ait pas toute sa tête.

— Si vous pouvez sentir le vin de là-bas, dit-elle, espérant que les battements de son cœur ralentissent, que pouvez-vous sentir d'autre ?

— Vous.

Un autre bond.

— V... vraiment ? Qu'est-ce que je sens ?

— L'air frais.

S'il avait dit quelque chose de stupide, comme la rose, elle aurait su que ce n'était qu'une flatterie vide de sens. Au lieu de cela, un flot de chaleur l'envahit. Il lui donnait le sentiment d'être déstabilisée, sans pouvoir rien faire pour y remédier.

— Vous parlez en termes métaphoriques, n'est-ce pas ?

— Non. Vous sentez réellement l'air frais.

Ses propos lui plaisaient beaucoup trop. Peut-être que Mme Polley avait raison et qu'il était un démon envoyé pour la soumettre à la tentation.

Tout le vin à présent versé, elle secoua ses mains et ses poignets fatigués et le suivit dans la maison.

— Je suis épuisée.

— Moi aussi, et pourtant je n'ai fait que regarder.

Il alla tirer le gros verrou de la porte d'entrée qui s'enclencha avec un bruit sourd.

— Comment vous sentez-vous ? s'inquiéta-t-elle.

— Ne me le demandez pas.

— Et pourquoi pas ?

— Parce que je ne veux pas vous voir jouer la garde-malade. Pas pour moi.

— Et pourquoi pas ? répéta-t-elle.

Il baissa les yeux vers elle, doucement argentés à la lueur des bougies.

— Vous posez trop de questions, chipie.

— J'aime que vous m'appeliez chipie. Personne ne l'a jamais fait, vous savez.

— J'avoue en être surpris.

— Personne autour de Glenhaven Hall ou de Savege Park ne m'appellerait ainsi. Sauf vous. Mais vous êtes rarement venu me voir.

Elle se dit alors que, peut-être, elle n'avait pas été tout à fait honnête avec elle-même au sujet des souvenirs qu'elle avait gardés de lui. Elle se rappelait parfaitement toutes leurs brèves rencontres.

— Irez-vous vous coucher maintenant ? parvint-elle à dire malgré le martèlement soudain de son cœur. Vous avez l'air fatigué, effectivement.

— Je le suis, dit-il en s'inclinant. Bonne nuit, chipie.

Il se tourna et s'engagea dans l'escalier.

Diantha se rendit dans la cuisine et enveloppa Mme Polley dans une couverture. Elle monta ensuite l'escalier et trouva le lit dans lequel elle et sa dame de compagnie avaient dormi la nuit précédente. Les draps étaient secs. S'étant pelotonnée sous des couvertures de laine parfumées au camphre, elle resta là à ruminer ses pensées et à s'inquiéter pour lui.

Au lever du jour, elle se réveilla avec un courage et une confiance accrus. Le sommeil guérissait tous les maux, et ses idées idiotes lui étaient sorties de la tête. Les jeunes filles avaient de tendres penchants insensés pour les gentlemen, et elle ne pouvait se réprimander d'en avoir elle-même, d'autant plus que M. Yale s'était montré fort galant. Aujourd'hui, ils reprendraient la route et lorsqu'ils auraient retrouvé sa mère, il partirait de son côté et elle ne penserait plus à lui.

Ayant chipé un bout de pain dans la cuisine, elle revint d'un pas léger dans le vestibule. Il se tenait au pied de l'escalier, les yeux enfoncés et les traits tirés.

— Mademoiselle Lucas, si vous en avez la gentillesse, j'aurais besoin de votre aide.

— Pour rester debout ?

Il esquissa un pâle sourire.

— Pour me conduire faire une petite course.

— Une course ?

Il ne s'était pas remis dans la nuit. Ce constat lui étreignit atrocement le cœur.

— Owen m'a informé qu'il y a un village non loin d'ici, où je pourrai acheter plusieurs articles dont j'ai besoin. Je crains de ne pas être au mieux de ma forme, ce matin. J'apprécierais votre aide.

Elle ravala sa détresse et l'envie irrésistible de se jeter dans ses bras.

— Bien entendu.

Il fit un geste en direction de la porte, s'agrippant de l'autre main à la boule de la rampe de l'escalier, au point d'en avoir les jointures blanchies.

— Après vous, madame.

— Mais il n'y a pas de voiture.

— Dans la remise, il y a un modeste cabriolet.

— Nous n'avons pas de cheval d'attelage.

— Galahad l'a déjà fait.

— Il l'a fait ?

Elle traversa la cour à son côté pour se rendre à l'écurie.

— À l'occasion. Cela vous dérange-t-il ?

— Bien sûr que non. Mais pourquoi n'avez-vous pas envoyé Owen ?

— Il dort. Il a travaillé dur et mérite un peu de repos.

— C'est très prévenant de votre part.

Le cabriolet était modeste, en effet : sur le siège, ils se touchaient de l'épaule à la cuisse. Elle fut incapable de trouver un sujet de conversation convenable, troublée par sa proximité.

Le village se trouvait non loin de là, le long de la route qui longeait le ruisseau, niché au cœur de la vallée. Ce n'était pas un village, en vérité, seulement quelques maisons et une église en pierre qui, par rapport à l'abbaye, semblait bien modeste.

De toute évidence, il savait précisément quelle était leur destination. Il lui indiqua un cottage avec un treillis orné de plantes grimpantes, scintillant de pluie. Il descendit de voiture et lui tendit la main.

Lorsqu'elle la prit, celle-ci manquait de fermeté.

— C'est plutôt moi qui aurais dû vous aider à descendre.

— Comme c'est vous qui portez des jupes, c'est mieux ainsi.

Elle serra ses doigts entre les siens.

— Vous me direz si je peux vous aider, n'est-ce pas ?

— Vous m'aidez en ce moment même.

Deux hommes sortirent de la maison voisine et les regardèrent. M. Yale offrit son bras à la jeune femme et les salua d'un signe de tête.

— Bonjour, monsieur, dit l'un d'eux, un œil plissé.

C'était un homme d'un certain âge, moustachu, ce qui lui donnait un air bourru. Il était habillé avec soin.

Wyn ouvrit la porte de la maison, ce qui déclencha un tintement de clochette.

À l'intérieur régnait un parfum de rose, de romarin et de sauge. De petites bouteilles brunes étaient alignées sur des étagères. Des bougies de diverses nuances étaient empilées un peu partout, près de bocaux remplis d'herbes et de fleurs séchées joliment colorées. Dans un coin de la pièce, une femme à la chevelure grisonnante serpentant autour de sa tête coiffée d'un énorme bonnet se leva d'un fauteuil à bascule pour venir les accueillir.

— Eh bien, monsieur... bien le bonjour ! dit-elle en faisant une courbette. Ainsi qu'à vous, mademoiselle.

Mais elle ne quittait pas M. Yale des yeux – ce que Diantha n'aurait pu lui reprocher, d'ailleurs.

— Qu'est-ce qui amène une lady et un gentleman tels que vous dans ma modeste boutique, je me le demande ?

Puis elle regarda Diantha, d'un regard évaluateur ne reflétant rien de méprisant, seulement de la curiosité.

— Bonjour, madame, dit M. Yale en sortant un feuillet plié de la poche de son gilet. Auriez-vous l'amabilité de me fournir ces articles, si vous les possédez ?

Elle le fixa en dépliant le papier, puis y jeta un coup d'œil. Ses sourcils se froncèrent.

— Millepertuis... chardon-Marie... poudre de Cayenne...

Elle releva d'un coup les yeux.

— Vous avez de la chance, monsieur. Je les ai, ainsi que d'autres articles qui pourraient vous intéresser.

— Ah ! Je l'espérais.

Elle le regarda attentivement, puis s'en fut en hâte par une porte au fond de la boutique.

— Qu'est-ce que la poudre de Cayenne ? s'enquit Diantha lorsqu'elle fut revenue.

— Un piment des Amériques, mademoiselle. Séché et moulu.

— Un piment ?

Elle lança un coup d'œil à M. Yale, mais il semblait intéressé par les petits sachets de papier que la propriétaire de la boutique s'employait à préparer sur son comptoir.

— À quoi cela sert-il ?

— C'est pour certaines affections, dit la femme, dont les doigts habiles déposaient de minuscules cuillerées de poudre rouge dans un sachet.

Puis elle ouvrit un grand bocal et en tira plusieurs brins d'herbes séchées dont les fleurs flétries avaient conservé un soupçon de pourpre.

Diantha se pencha sur les herbes.

— Celle-ci doit être le chardon-Marie. Mais je n'en reconnais pas beaucoup d'autres ici. Quelle merveilleuse boutique vous avez ! Comment se fait-il que vous ayez toutes ces plantes ?

— C'est un jeune gentleman qui vivait ici il n'y a pas si longtemps, mademoiselle, qui me les a fait découvrir, dit-elle en regardant vivement M. Yale. Oh, ne vous méprenez pas, mademoiselle. Molly Cerwydn a appris le métier d'herboriste auprès de sa mère, et personne dans la région n'a été meilleur dans ce domaine depuis cent ans. Mais ce jeune homme, lui, a voyagé dans le monde entier, dans des contrées où il existe des plantes que je ne connaissais pas, vous voyez. Alors, enthousiaste à l'idée d'améliorer mon savoir, je l'ai prié de me raconter ce qu'il avait appris. Les gens de ce village, les fermiers, et même les animaux, s'en félicitent depuis.

— Qu'est-il arrivé à ce jeune homme ? s'enquit Diantha en passant le bout de son doigt sur la paroi d'un bocal.

— Il est parti on ne sait où, mademoiselle. Mais il est invité à revenir quand bon lui semble. Tout le monde ici serait heureux de le revoir.

M. Yale s'éclaircit discrètement la gorge.

— Mesdames, si vous voulez bien m'excuser, je vais voir si le cheval va bien.

Il déposa une poignée de pièces sur le comptoir et sortit de la boutique. Mme Cerwydn enveloppa les sachets dans une feuille de papier et attacha le tout avec une ficelle.

— Voilà, mademoiselle.

Elle regarda attentivement Diantha. Puis elle fouilla dans une poche de sa jupe et en sortit une petite bouteille en verre brun.

Diantha regarda l'objet. Elle avait déjà vu ce genre de bouteille lorsque son père était malade. Avant qu'il meure. C'était du laudanum.

L'herboriste lui prit la main, y glissa le flacon et hocha la tête.

— Veillez à ce que votre jeune homme reçoive les soins dont il a besoin.

Diantha la salua, prit le paquet et sortit de la boutique. M. Yale se tenait de l'autre côté de la rue, en compagnie de l'homme moustachu. Il revint vers le cabriolet, Ramsès trottinant à côté de lui. Il prit le paquet et elle vit clairement la tension sur son front.

— Retour à la maison ? dit-elle doucement.

— Retour à la maison.

Sa voix était tendue.

— De quoi parliez-vous avec cet homme ?

M. Moustache les regardait toujours, et Diantha aperçut l'herboriste qui jetait un coup d'œil par la fenêtre, ainsi qu'un autre visage à celle de la maison voisine.

— Tout le monde ici est très curieux à notre sujet, commenta-t-elle.

— Les villageois sont toujours comme ça.

Il prit les rênes.

— Ne voulez-vous pas que je conduise ? s'enquit-elle.

— Un peu plus tard, si nécessaire.

Il fit claquer les rênes, et Galahad se mit en route.

M. Moustache les suivit du regard alors qu'ils s'éloignaient.

— Vous ne voulez pas que cet homme me voie conduire, c'est cela ?

— Je me fiche de ce que cet homme pourrait voir.

Ses mains étaient crispées sur les rênes.

— Alors, pourquoi...

— L'activité a son utilité, mademoiselle Lucas. Cela me permet de me concentrer sur quelque chose.

Elle reporta son attention sur son beau visage empreint de tension.

— Est-ce aussi grave que cela ?

Un muscle de sa mâchoire se contracta.

— C'est aussi grave que cela.

De retour à l'abbaye, après avoir libéré Galahad de son harnais, il prit le paquet et le flacon de l'herboriste, remercia la jeune femme et entra dans la maison sans même l'attendre. Elle le suivit jusqu'à la cuisine, où elle trouva Mme Polley qui reniflait devant la table sur laquelle était étalée de la pâte à biscuit.

— Il semble que vous ayez trouvé du sucre, dit Diantha en resserrant le châle autour des épaules de sa dame de compagnie.

— C'est le garçon qui en a trouvé, répliqua Mme Polley en étalant la pâte. Il est futé. Mais je préfère ne pas savoir à qui appartient la cuisine qui va dorénavant en manquer.

— Il a volé du sucre chez quelqu'un ? s'exclama Diantha en s'asseyant à côté de sa dame de compagnie. Dieu du ciel ! Je n'ai quitté la maison de mon amie que depuis un peu plus d'une semaine, et j'ai enfreint plus de lois que je ne peux en compter.

Et Mme Polley en ignorait la moitié, notamment les règles de bienséance qu'elle avait transgressées.

Elle prit un bout de pâte à un coin, alléchée par les cristaux de sucre roux, et le goba.

— Je suppose que c'est le destin qui l'a voulu, soupira-t-elle. Comme pour ma mère.

— Allons, allons, mademoiselle. Vous allez la retrouver et tout va s'arranger.

— Vous aurez le temps de vous rétablir complètement de votre rhume, je pense. Nous allons rester ici plus longtemps que prévu. Et si les villageois commencent à se demander où sont passés leur sucre et leurs poules, ou si quelqu'un vient chercher la vache ou reconnaît le cabriolet qui nous a permis ce matin de nous rendre au village, nous serons probablement arrêtés.

— Cet homme ne mérite rien de moins !

— Peut-être. Et moi aussi. Mais pas vous.

Diantha prit les petites mains dodues de sa dame de compagnie dans les siennes, la farine tourbillonnant dans les airs autour d'elles.

— Je ne veux surtout pas que vous ayez de la peine à cause de moi. Mais je ne peux reprendre la route sans M. Yale. Je crains, cependant, qu'il ne soit pas en mesure de voyager avant quelques jours. Il est très souffrant et je m'inquiète terriblement pour lui. Je ne vous en voudrais pas si vous décidiez de nous quitter.

Mme Polley retira ses mains des siennes afin de reprendre le rouleau à pâtisserie.

— Elizabeth Polley n'est pas du genre à abandonner sa maîtresse pour une broutille !

Diantha regarda vers la porte qui donnait sur l'escalier. Où se trouvait-il en ce moment ? Elle crispa les doigts au bord du banc, se retenant d'aller voir.

— Je crains que cela soit plus compliqué qu'une broutille.

15

— Elle veut qu'on la traie, mademoiselle.

— Il me semble bien, oui.

Diantha se tenait à côté d'Owen, en appui sur les coudes sur la demi-porte de la stalle. La vache poussa un mugissement éploré, emplissant l'écurie de sa détresse. Les mamelles de la pauvre créature semblaient assurément lourdes. Mais la jeune femme ne connaissait rien aux vaches.

— Je suppose que tu ne saurais pas la traire ?

— Non, mademoiselle. Mais je connais une ou deux choses pour m'occuper des moutons.

— Mais pas, je suppose, comment traire une brebis ?

Il la regarda, quelque peu perplexe.

Elle croisa les bras. L'écurie était humide, le mauvais temps persistant comme s'il allait pleuvoir indéfiniment. La robe et les sous-vêtements de Diantha étaient trempés, ses cheveux étaient un horrible enchevêtrement de boucles, et ses souliers ne ressemblaient plus à rien. Après trois nuits, elle était fatiguée de dormir sans oreiller et sans feu digne de ce nom. Elle avait l'impression que le monde n'était plus qu'une vaste tourbière.

— Je suppose qu'il ne sert à rien d'espérer que Mme Polley sache traire une vache, marmonna-t-elle.

— Je le suppose aussi, mademoiselle.

— Mais hier, elle a fait ces délicieux biscuits, et avec si peu d'ingrédients à disposition ! Nous devrions nous en féliciter.

— Ça, c'est sûr, mademoiselle.

— Et le savoureux porridge aux fruits secs de ce matin, même sans lait.

— C'était vraiment du bon porridge, mademoiselle.

— Elle a dit que nous aurons des légumes verts pour dîner. Malgré sa toux, elle est allée les chercher au potager.

— J'aime bien les légumes verts bouillis, mademoiselle.

La vache gémit. Les chevaux mâchonnaient leur foin.

— Qui va traire la vache, Owen ? soupira Diantha en se mordant le bord de la lèvre.

Il porta la main à son menton, tel un homme d'une grande dignité, et le caressa comme s'il s'agissait d'une barbe. Diantha réprima un petit rire. Mais c'était bon d'avoir envie de rire. Elle n'avait pas vu M. Yale de la journée. Owen lui avait dit qu'il était parti sur Galahad juste après l'aube, et elle l'avait seulement entendu rentrer. S'il désirait sa compagnie, il ne manquerait pas de la solliciter.

— Mademoiselle, dit le garçon, et si on demandait au maître ?

Elle gloussa.

— Oh ! Owen, c'est un gentleman londonien, rien de moins. Les gentlemen qui vivent à Londres savent valser et jouer aux cartes avec une facilité déconcertante.

Et rester parfaitement de marbre en braquant un pistolet sur un autre homme, apparemment.

— Mais ils ne savent pas traire les vaches ou ce genre de chose.

Owen haussa les épaules.

— D'accord. Mais quelqu'un doit le faire, sinon elle sera malade, nous devrons l'emmener au village et le pot aux roses sera découvert.

— Tu as raison ! s'écria-t-elle en frappant les mains contre ses jupes. Même si c'est peut-être la chose la plus stupide que j'aie jamais faite, je vais aller poser la question à M. Yale.

Et le voir. Le prétexte était tout trouvé !

Elle entra comme une flèche dans la maison et monta l'escalier en colimaçon jusqu'au petit salon, impatiente comme elle ne l'avait pas été de toute la journée. Il n'y était pas. Elle se rendit à la porte suivante dans le couloir. Beaucoup plus grand que le précédent, ce salon lui avait semblé trop luxueux pour être dérangé, et elle n'y avait pas remis les pieds depuis le jour de leur arrivée. Elle frappa à la porte et l'entrouvrit.

Le museau hirsute de Ramsès apparut, reniflant par l'ouverture. Elle écarta le battant.

Une lumière blafarde filtrait dans la pièce, jetant une lueur fantomatique sur les draps blancs qui recouvraient les meubles et les tableaux, et sur l'homme dont la silhouette se détachait devant la fenêtre maculée de poussière, lui tournant le dos.

— Il faut que je demande à Owen de nettoyer ces vitres, dit-elle dans le silence. Ou m'en occuper moi-même, je suppose. C'est le moins que je puisse faire pour ces gens qui ne savent même pas…

Il pivota vers elle. Diantha en eut la gorge nouée. La lumière scintillait sur l'arme qui pendait de ses doigts.

— Qu… qu…, balbutia-t-elle.

Sa voix s'éteignit alors qu'elle le regardait s'approcher, les battements de son cœur emplissant sa gorge à présent, son regard rivé sur le pistolet.

Il s'arrêta devant elle. Des cernes sombres soulignaient ses yeux.

— Qu'allez-vous faire avec ça ? murmura-t-elle.

Il lui saisit la main, pressa le pistolet contre sa paume et lui referma les doigts dessus. Le métal était lourd et froid ; sa grande main était brûlante autour de la sienne.

— Cachez ceci, dit-il, la voix très basse, empreinte de tension.

Elle acquiesça avec de petits hochements de tête. Il fouilla dans la poche de son manteau, puis l'incita à retourner son autre main. Les balles tombèrent en tintant au creux de sa paume.

— Et ceci. Mais pas ensemble.

Il la lâcha.

— N'oubliez pas où vous allez les cacher, mademoiselle Lucas. On pourrait en avoir besoin.

— Ne pensez-vous pas, dit-elle en tremblant, qu'après tout cela vous pourriez m'appeler Diantha ?

— N'oubliez pas où vous allez les cacher, Diantha. Maintenant...

Il respirait difficilement, la fièvre faisant luire ses yeux assombris.

— Laissez-moi. Et si, par hasard, je viens vous trouver et que je ne suis pas tout à fait moi-même... fuyez.

Elle eut l'impression que son cœur s'arrêtait.

— Je ne fuirai pas.

— Diantha, je vous en conjure ! dit-il, sa main se crispant en poing à son côté.

Elle partit, mais lui envoya Owen. Puis elle regagna l'écurie où la vache mugissait un triste soliloque. Caressant le museau blanc et ébène de Galahad, elle s'appuya contre lui et se laissa submerger par la peur et le désarroi.

Le jour était un supplice, une recherche sans fin d'activités qui mobiliseraient suffisamment son esprit pour le distraire du manque et du dysfonctionnement de son corps. Le jour lui offrait de la lumière pour lire. Le jour lui offrait la compagnie d'Owen, s'il n'était pas occupé ailleurs, qui n'en finissait pas de papoter. Le jour lui permettait d'imaginer Diantha se promenant dans la maison, apprivoisant les lieux en en faisant son foyer, tout comme elle faisait un trône de chaque tronc couché et une sœur de chaque âme abandonnée.

Le jour se prolongeait démesurément, semblait-il, le poussant à fouiller les placards de la bibliothèque et du salon pour trouver des cartes, un échiquier, tout ce sur quoi il pourrait focaliser son attention, suant sang et eau à chaque respiration, sachant que, dans cet état de confusion et d'agitation, seule sa force d'esprit lui permettrait de venir à bout de la situation. Comme il avait vaincu la souffrance qu'on lui avait infligée, il y avait tant d'années, son esprit pourrait surmonter cette épreuve.

Le jour était une torture.

Mais la nuit était un enfer.

La nuit n'en finissait jamais, lui déchirant les entrailles de ses griffes et insinuant qu'il pouvait y mettre fin. La nuit s'éternisait, heure après heure de ténèbres et d'horreur.

Il se rendit à l'écurie, mais même la présence de Galahad ne parvint pas à atténuer sa panique. Il retourna alors sous la pluie, grimpa jusqu'à la bergerie et, sur une crête, s'endormit. Mais le sommeil ne fut qu'une autre version de ses tourments, le corps tremblant, les os brûlants, cette atroce douleur dans la tête l'aveuglant. Pires encore étaient les visions de ces personnes qu'il avait depuis longtemps abandonnées, de ces lieux qu'il avait quittés.

Dans l'obscurité, il s'agenouilla pour boire l'eau du ruisseau, s'étant réveillé avec une soif que rien ne pouvait apaiser.

Par moments, il se rendait compte qu'il avait de la fièvre. Qu'il délirait. Quand Owen arriva et que Wyn se força à parler, essayant de ne pas trembler, il se vit lui-même comme à une certaine distance. Mais le garçon ne s'attarda pas, et les ténèbres revinrent aussitôt s'abattre sur lui.

Cependant, les ténèbres n'étaient pas son seul horizon. Au-delà, en un lieu qu'il ne percevait que par bribes, se trouvait le soulagement.

Un soulagement aussi plaisant et doux que le sourire d'une lady aux lèvres rouges comme des cerises.

À la fin du troisième jour, Diantha ne put plus le supporter.

— Je monte.

Elle s'essuya les mains sur le torchon qu'elle avait noué autour de sa taille et l'enleva.

Mme Polley, qui récurait une casserole, la regarda, l'air désapprobateur.

— Il vous a dit de ne pas le faire. Vous devriez l'écouter. Pour une fois qu'il se comporte en gentleman...

— Ce n'est pas vrai, madame Polley.

Diantha disposa sur un plateau une tasse sur sa soucoupe, une théière et une assiette de biscuits.

Elle prit la bouilloire.

— Owen a dit qu'il n'avait rien mangé aujourd'hui.

— Je monte avec vous, décréta Mme Polley avec un hochement de tête également désapprobateur.

— Non. Finissez de nettoyer, puis allez vous coucher. Votre toux n'est pas passée et vous avez besoin de repos.

Elle versa de l'eau bouillante dans la théière, puis y posa le couvercle.

— Et vous, une belle demoiselle qui court dans tous les sens pour épousseter et balayer. Quelle misère...

— J'ai besoin d'occupation. Je vais monter ce plateau avant d'aller me coucher aussi. Bonne nuit, madame Polley.

Elle gravit l'escalier, une bougie sur le plateau lui permettant de voir où poser les pieds. La poussière s'élevait à chacun de ses pas. La maison était si grande qu'il lui faudrait des semaines pour tout nettoyer. Des semaines qu'elle n'avait pas. Ses quinze jours s'écoulaient et elle n'était pas plus près de Calais, perdue dans le sauvage pays de Galles.

Elle frappa à la porte de la chambre de Wyn. Aucune réponse ne lui parvint. Elle frappa encore, plus fort.

La porte s'ouvrit, et elle eut le cœur serré. Il avait les traits tirés, les pommettes saillantes, le noir de ses pupilles l'emportait sur le gris de ses iris. Les manches de sa chemise trempées de sueur lui collaient aux bras.

— Je vous ai dit de rester à l'écart.

— Bien le bonsoir à vous aussi, monsieur.

Elle passa à côté de lui avec détermination et il la laissa entrer, puis il recula d'un pas pour s'appuyer contre le chambranle de la porte. Elle traversa la pièce et posa le plateau sur la coiffeuse, se penchant pour caresser la tête de Ramsès.

— Vous ne m'avez pas dit de rester à l'écart. Vous m'avez dit de fuir si vous vous approchiez de moi. Mais vous n'avez pas l'air en état de pourchasser une tortue.

Elle prit une chandelle sur le manteau de cheminée et l'alluma à la flamme de la bougie sur le plateau, puis elle se pencha pour enflammer le bloc de tourbe dans l'âtre.

— Pourquoi la fenêtre est-elle ouverte ? dit-elle en allant la fermer. Vous allez attraper la mort.

Il inclina la tête contre le mur, et ses yeux se fermèrent.

— Il est tout à fait possible que je sois déjà mort.

— Pas tout à fait.

— Les feux du purgatoire et tout ça, avec vous, ma Béatrice de Dante, qui me faites signe depuis le paradis.

— Hum. Il ne fait aucun doute que vous êtes en plein délire et que vous serez probablement bientôt mort si vous ne mangez rien.

— Je préférerais l'être, en ce moment.

Des mots prononcés dans un murmure à peine audible.

Le cœur de Diantha battait si fort qu'elle pouvait l'entendre dans le silence.

— Sans aucun doute.

Elle alla le rejoindre, chaque nerf de son corps ridiculement conscient qu'elle était seule dans cette chambre avec un gentleman.

— J'ai apporté du thé et les biscuits de Mme Polley.

Les yeux de l'homme s'ouvrirent, reflétant la lueur du feu.

— Partez.

— Non.

Ses mains s'élancèrent alors et ses doigts se crispèrent sur ses épaules, s'enfonçant dans sa chair.

Il l'attira près de lui. Les traits anguleux de son visage, lorsqu'il la regarda, étaient durs. Ses yeux brillaient de fièvre.

— *Je vous en prie.*

Ces mots venaient de si profondément dans sa poitrine qu'elle les comprit à peine.

Elle tenta de reprendre son souffle, carrant les épaules sous ses doigts.

— Pourquoi m'avoir demandé de cacher votre pistolet, alors que vous avez de toute évidence l'intention de vous laisser mourir de faim ?

— Vous... êtes... une fille pénible.

— Je ne suis pas une « fille », et j'essaye de vous aider. Mais vous devez me laisser faire.

L'espace d'un instant, quelque chose qu'elle reconnut s'alluma dans ses prunelles. Puis, comme si cela lui demandait un effort surhumain, il la lâcha. D'un pas décidé, il traversa la pièce et s'empara de la théière, qui tinta contre la tasse, la vapeur s'échappant dans l'air froid.

— Faites attention ! C'est encore assez ch...

Il avala le thé brûlant d'un trait, puis s'en versa une autre tasse qu'il but à son tour.

— N'oubliez pas les biscuits, dit-elle.

Il lui tourna le dos.

— Allez-vous-en.

— Non.

— Tant que je vous le permets encore.

— Je pensais que les remèdes que nous avons achetés chez l'herboriste étaient destinés à...

— Il faut du temps pour que ça fasse son effet.

Le regard de la jeune femme se porta sur le flacon brun posé sur le bureau.

— Vous n'avez pas pris le laudanum ?

— Cela rend un homme inconscient, dit-il, la tête basse.

— Je pense que l'inconscience et la vie sont préférables à la mort.

— C'est du pareil au même...

Il s'appuyait sur la coiffeuse du bout de ses doigts blanchis, et elle comprit qu'il se soutenait ainsi. Elle ressentit l'envie irrépressible d'aller vers lui, de l'entourer de ses bras et de le soutenir.

— Wyn, murmura-t-elle, je crois que vous devriez vous asseoir, pour ne pas vous écrouler.

— Pas... en présence... d'une...

— Ne soyez pas stupide... *Oh !*

Il vacilla. Elle s'élança alors vers lui et l'entoura de ses bras comme elle l'avait imaginé - mais pas assez vite, et elle n'était pas assez forte. Il s'effondra à genoux, l'entraînant dans sa chute.

— Vous êtes stupide, prononça-t-elle contre son épaule, le tissu contre sa joue recouvrant un muscle dur.

Wyn tremblait de tout son corps. Il était brûlant.

— Vous êtes un homme vraiment stupide, monsieur Yale.

Elle pressa les lèvres sur son épaule, les doigts écrasés dans l'étau de sa poigne, son corps calé tout contre le sien, et elle l'embrassa. Ses lèvres effleurèrent le lin fin. Elle aurait voulu s'imprégner de sa souffrance.

— Vous ne vous en souviendrez sans doute pas, murmura-t-elle en lui embrassant encore l'épaule. C'est une consolation.

Elle n'avait pu s'en empêcher. Un désir qu'elle n'avait jamais imaginé l'assaillait : le désir d'être avec lui, de le toucher et de se laisser envelopper sensuellement par lui.

Puis elle s'arrêta, parce qu'il ne s'agissait pas de ce dont elle avait besoin, maintenant. C'était lui qui avait besoin d'elle. Elle lui consacrerait ses jours et ses semaines, si c'était nécessaire.

— Vous savez, dit-elle en posant la joue contre son large dos, sentant sous sa main les battements rapides de son cœur, vous ne devez pas mourir. Et vous ne devez pas rester dans cet état plus longtemps.

— Je m'en souviendrai, Diantha, dit-il, ses mots si faibles à son oreille, mais elle les sentait vibrer à travers son corps. Je me souviens de tout.

Elle ferma très fort les yeux.

— Pas de tout, murmura-t-elle.

— Peut-être.

— Il y a une vache qui a désespérément besoin d'être traite. Et je ne sais pas comment faire. Vous devez donc vite vous rétablir et résoudre ce petit problème pour qu'elle ne tombe pas malade. Vous voyez ? Vous voilà maintenant avec deux vies sous votre responsabilité.

Elle lui souleva le bras, qui était remarquablement lourd, mais elle parvint à placer l'épaule sous son aisselle pour le soutenir.

— Venez, maintenant. Nous allons vous conduire à ce siège. Il est plus près que le lit.

— J'ai déjà dormi à même le sol. Un certain nombre de fois.

— Vraiment ?

— Ce n'est pas si mal.

— Pourtant, j'ai l'impression que depuis notre arrivée ici, vous n'avez pas du tout fermé l'œil. Alors, quitte à ne pas dormir, vous pourriez aussi bien le faire sur ce siège plutôt que par terre.

Ils finirent on ne sait comment par arriver au grand fauteuil en cuir confortablement rembourré. Une fois assis, il ferma les yeux et, l'espace d'un instant, sembla s'assoupir. Elle l'observa, le léger soulèvement de sa poitrine à chaque respiration, ses belles joues creusées aux pommettes saillantes, et elle ressentit un titillement de honte à l'idée que, même maintenant, le regarder diffusait une onde de chaleur là où cela n'aurait pas dû se produire.

— Vous n'avez pas besoin de vous attarder, dit-il.

Elle sursauta, puis se tordit les doigts.

— J'ai peur que vous ne glissiez de ce fauteuil et que vous ne vous blessiez.

— Je ne me casserai pas en deux, rétorqua-t-il, ses mots n'étant qu'un soupir entre ses dents qui claquaient. Je ne suis pas en verre.

Plutôt en acier. En acier chauffé à blanc. Elle jeta un coup d'œil au lit, et ses joues s'échauffèrent. C'était totalement idiot pour une femme s'occupant d'un malade. Mais c'était la première fois qu'elle regardait le lit d'un homme.

Il n'y avait aucune couverture visible à travers les rideaux du lit.

— Quel homme stupide ! maugréa-t-elle.

Elle se rendit dans la chambre à coucher qu'elle partageait avec Mme Polley, y prit quelques couvertures et revint vers lui.

— Je vous croyais partie.

— Je suis allée chercher ceci.

Elle drapa sur lui une couverture, qui retomba d'un côté sur le sol. Mais elle n'osait plus – avec un peu de retard – le toucher, même pour le border.

— Maintenant, vous devez manger.

— Mais n'hésitez surtout pas à partir le plus vite possible, ajouta-t-il sur le ton imparable, bien qu'un peu mal assuré, qu'il avait employé avec elle en maintes occasions.

— Vous êtes merveilleusement drôle, monsieur. Mais je ne me laisserai pas si facilement intimider.

Elle versa une autre tasse, prit plusieurs biscuits et les lui mit dans les mains. Cette opération lui ayant coupé le souffle, elle recula vers le petit bureau et prit place sur la chaise en bois qui s'y trouvait.

— Maintenant, mangez. Et buvez. En attendant, je vais lire ce livre, afin d'être sûre que vous ne les donnerez pas à Ramsès.

Elle prit le volume.

— *Blaise Pascal et les axiomes curieusement non fondés de la géométrie euclidienne.* Eh bien, monsieur

Yale, vous avez une fois encore réussi à me stupéfier ! À moins, bien sûr, que ce ne soit le choix de Ramsès.

— Sommes-nous revenus à M. Yale et Mlle Lucas, alors ?

Il avait les yeux fermés, la tasse vide dans sa main posée sur son genou.

— Non.

Elle reposa le livre, déboucha le flacon de laudanum et s'approcha de lui. Prenant la tasse, elle y versa une cuillerée du liquide sirupeux, puis la remit au creux de sa paume.

— Merci, Diantha, dit-il en refermant sa main sur la sienne.

— Vous pourrez me remercier une fois que la mort vous aura épargné, marmonna-t-elle.

Un léger sourire se dessina à la commissure de ses lèvres.

— Buvez, murmura-t-elle doucement pour dissimuler son émotion.

Les yeux de Wyn étaient sombres, inquisiteurs, alors qu'ils scrutaient son visage, et reflétaient une vulnérabilité qu'elle n'aurait pu imaginer percevoir chez cet homme. Ainsi que de la confiance.

Il fit ce qu'elle lui demandait. Ensuite, elle alla déposer la tasse vide sur le plateau à thé. Elle regarda la jolie porcelaine peinte de fleurs de lavande, de minuscules lianes vertes et bordée d'argent. Une porcelaine de lady. La lady chez qui ils vivaient maintenant comme une troupe de bohémiens. Perdus dans les contrées sauvages du pays de Galles.

Ses deux semaines se terminaient dans trois jours. Son beau-père enverrait une voiture la chercher au manoir de Brennon, mais on ne l'y trouverait pas. Elle n'était pas plus près de Bristol ou de Calais qu'une semaine plus tôt.

Ces jours sur la route en compagnie d'un homme qu'elle ne comprenait pas tout à fait, en vivant une aventure qu'elle n'aurait pu imaginer, n'avaient pas émoussé son désir de voir sa mère. Maintenant, elle voulait d'autant plus ces retrouvailles. Elle avait besoin de lui poser des questions. Elle avait besoin de *savoir*.

Mais le désespoir qui couvait en elle n'avait rien à voir avec le fait de reprendre au plus vite la route, mais plutôt avec cet homme qu'elle ne connaissait pas vraiment, mais qu'elle avait parfois le sentiment d'avoir connu toute sa vie.

Il semblait enfin s'être endormi. Elle entreprit de remettre la chambre en ordre, même si, en vérité, il n'avait touché quasiment à rien. Son manteau, ses bottes et sa lavallière étaient bien disposés sur le valet de nuit. Une coupelle contenait un blaireau blanc, un savon et une lame à l'aspect on ne peut plus redoutable, sans aucun doute son matériel de rasage, ce qui suscita en elle un petit frisson de nervosité – autant parce qu'elle n'avait jamais vu les affaires personnelles d'un homme et qu'il lui semblait très audacieux de voir les siennes en ce moment, que parce qu'il n'avait manifestement nul besoin du pistolet s'il avait l'intention de se faire du mal ou d'en faire à quelqu'un d'autre.

Elle détourna le regard et entreprit de ranger les sachets d'herbes sur le petit bureau, y plongeant le nez un par un pour en humer le parfum. Le piment de Cayenne lui fit monter les larmes aux yeux et elle éternua, mais Wyn ne tressaillit pas.

Elle retira la housse d'une table d'appoint, puis une autre d'un tableau encadré au mur. On y voyait une lady aux cheveux noirs sur un cheval gris. Mais ses yeux, assortis à la robe de sa monture, étaient sombres – trop sombres pour Diantha, qui recouvrit le tableau. Finalement, elle se dirigea vers le lit dont elle écarta complètement les rideaux. Une pile de linge plié trônait au pied du matelas. Le cœur battant la chamade, elle entreprit de faire le lit.

Ceci terminé, elle s'agenouilla sur le sol poussiéreux. Pour la première fois en quatre ans, elle joignit les mains en prière et pencha la tête.

— Permettez-moi de vivre cela, murmura-t-elle, un reste de piment emplissant à nouveau ses yeux de larmes. Permettez-moi de vivre quelque chose d'important dans ma vie.

16

Mes chers compatriotes,

Loyaux Sujets de Grande-Bretagne !

En raison de circonstances imprévues, mon agent dans le Shropshire est une fois de plus retardé dans la poursuite de sa cible du Falcon Club. En bref, je commence à désespérer de cette mission. Mais je ne cesserai pas de chercher la justice ! Je traquerai les membres de ce maudit club jusqu'à ce qu'ils soient tous démasqués !

Alors que j'attendais que mon agent me communique son rapport, j'ai acquis un enseignement précieux : le subterfuge n'est pas mon domaine de prédilection. Je préférerais m'adresser directement à un homme, l'accuser d'un acte répréhensible de manière justifiée et sans recourir au secret, et l'entendre se défendre de mes propres oreilles. Mes méthodes doivent demeurer irréprochables, afin que ma victoire le soit aussi.

Je n'ai toutefois pas rappelé mon agent ; ses ennuis sont suffisamment dommageables pour que j'intervienne également. Mais quand il sera à nouveau opérationnel, je lui ferai part de mon désir d'abandonner ce projet. Momentanément. Car lorsque ce membre du Falcon Club sera de retour à Londres, je le confronterai et il sera obligé de répondre devant vous, peuple britannique, de ses débordements criminels.

Lady Justice

Milady des plus chères,

Je pousse un profond soupir de soulagement. Cessez de poursuivre mon camarade du club, en effet. Mais sachez ceci : je suis moi-même à Londres. Je vous en conjure, poursuivez-moi plutôt. Si vous deviez me trouver, je promets de me soumettre à votre interrogatoire de façon tout à fait profitable.

Dans cette attente impatiente,
Faucon Pèlerin
Secrétaire du Falcon Club

17

Wyn ne se rétablit pas cette nuit-là, ni la suivante, ni le jour d'après. Les quinze jours de Diantha touchèrent à leur fin.

Ce soir-là, elle étalait la pâte dans la lumière déclinante, en prévision d'une nouvelle fournée de biscuits à l'avoine. Elle jeta un coup d'œil à Owen qui actionnait la vieille baratte à beurre qu'ils avaient trouvée dans le cabanon. D'une manière ou d'une autre, il avait réussi à traire la vache et à ramener un seau de lait ayant un goût de paradis. Elle avait l'eau à la bouche en pensant au beurre dont ils allaient bientôt pouvoir se régaler. Elle repensa à Glenhaven Hall, aux biscuits aux graines de la cuisinière, à l'oie rôtie dans sa graisse, à la limonade, au fromage accompagné de pommes croustillantes, au hachis Parmentier de mouton…

— Les tartes que je pourrais faire avec une dizaine de pommes, si seulement j'en avais…, marmonna Mme Polley comme si elle venait de lire dans ses pensées.

— Il y a des pommes, madame, dit Owen, penché sur son travail. Dans le verger, un peu après l'échalier.

— Pourquoi ne pas l'avoir dit plus tôt, mon garçon ?

— Je verrai demain ce que je peux récolter, dit Diantha.

Le lendemain matin, elle avait donc une excellente raison de s'échapper de la maison, pour se rendre au bosquet. En entrant dans la cuisine pour le petit déjeuner, elle découvrit Wyn et Mme Polley à table, et en fut fort étonnée. En chemise et gilet, pantalon et bottes, il avait meilleure mine. Aucune fièvre n'assombrissait ses joues, et la lueur dans ses yeux lorsqu'il se tourna vers elle lui était familière.

— Vous allez mieux !

— Jusqu'à un certain point.

Elle s'attendait à le voir sourire. Il ne le fit pas. Il se leva.

— Non ! Vous avez été si malade. Vous ne devez pas vous lever parce que je viens d'entrer dans une pièce, dit-elle en tendant vivement la main, prête à le soutenir.

— En fait, je le dois, répondit-il en s'inclinant. Je dois me retirer.

Déjà ?

— Oh !

Un silence tomba. Mme Polley grommela entre ses dents et entreprit de faire la vaisselle.

Diantha dut fournir un effort pour retrouver l'usage de la parole.

— Pour aller où ?

Après un moment, il répliqua :

— Au salon.

Il était gêné. Aucune gêne n'avait pourtant jamais existé entre eux auparavant, pas même après l'épisode de l'auberge de Knighton. Maintenant, il semblait étrangement prudent. Presque méfiant.

— Bien, alors...

Elle contourna la table d'un pas tranquille, comme si passer aussi près de lui n'avait pas pour effet de gélifier chacune de ses articulations.

— Je suis très heureuse que vous vous sentiez assez bien pour vous être levé. Nous nous sommes inquiétés, assura-t-elle en lui lançant un coup d'œil. Et, naturellement, nous sommes impatients de nous remettre en route.

Mme Polley renifla.

— Nous partirons bientôt, promit-il.

Ayant remarqué une intonation particulière dans sa voix, elle se retourna.

— Pas trop tôt, s'empressa-t-elle de préciser. Pas avant que vous soyez complètement rétabli.

Son cœur battait ridiculement vite.

— Je vous remercie, dit-il.

Et il sortit de la pièce.

Elle fixa la porte. Au bout d'une minute, elle ne put plus supporter la tension dans son ventre et le silence désapprobateur de sa dame de compagnie.

Elle sortit, et se mit en route le long du canal en direction de l'échalier, armée d'un seau, les pensées confuses. Ses chaussures s'enfonçaient profondément dans la mousse sur la berge. L'abbaye n'était pas si différente de Glenhaven Hall, où elle s'occupait en faisant de menues tâches et passait ses journées avec sa jeune sœur et les domestiques. Son beau-père était pour l'essentiel accaparé par ses livres. En ce qui concernait ses enfants, il se souciait surtout de ses propres filles : Serena, Viola, et la petite Faith. En tant que belle-fille, Diantha l'avait très vite compris. Mais les habitants du village de Glen étaient très gentils, et ses visites hebdomadaires à Savege Park lorsque Alex et Serena y résidaient étaient toujours joyeuses.

Londres serait différent, avec une pléthore de musées, de sites historiques et de boutiques. Il y aurait aussi de grandes ladies comme celles qu'elle avait parfois rencontrées à Savege Park, mais en plus grand nombre. Des dames élégantes et convenables. Sveltes, au teint de porcelaine. Belles comme lady Constance Read, l'amie de M. Yale.

Mon Dieu. Que devait-il penser d'elle, avec sa robe toute froissée et ses souliers trempés, sa chevelure aux boucles rebelles et ses manières laissant à désirer, un peu trop familières ? Il n'était guère étonnant qu'il ait voulu désormais la tenir à distance.

Elle laissa échapper un long soupir et leva les yeux pour découvrir le verger juste devant elle. Des tas de pommes jonchaient le sol ; d'autres étaient encore accrochées aux branches, ne demandant qu'à être cueillies. Elle en détacha une d'une branche basse.

Ferme, sucrée, juteuse. *Le paradis !* Elle la croqua, adossée à un vieux tronc tacheté de lichen en observant au-dessus d'elle les nuages qui se délitaient.

Peut-être qu'après tout son beau-père ne serait pas fâché. Elle pourrait aller en ville comme prévu, et Serena l'habillerait à la manière d'une lady. Elle assisterait à des bals et ferait bon usage de ces pas de danse qu'elle avait appris mais à peine pratiqués dans le Devon. La seule occasion dont elle se souvenait était lorsqu'elle avait dansé avec un beau gentleman sur la terrasse de Savege Park...

Elle se promena dans le verger, à la recherche des plus belles pommes. Lorsque le seau fut rempli aux trois quarts, elle en passa l'anse sur son bras, cueillit une pomme pour s'en régaler sur le chemin du retour et commença à s'éloigner.

C'est alors qu'elle le vit.

Les battements de son cœur s'arrêtèrent. À grandes enjambées, il approchait de l'autre côté de la pente, en direction de la route.

Comme l'autre fois au moulin, M. Eads avait l'air d'un colosse. Il était trop loin pour qu'elle voie nettement son visage, mais elle le reconnaissait bien avec sa stature et sa silhouette caractéristiques.

Le pistolet ! Elle devait aller voir Wyn – le prévenir ! Ayant lâché le seau, elle se mit à courir. Mais elle perdit un soulier et son pied s'enfonça dans la terre molle. Ses poumons pulsaient, ses jupes humides s'enroulant autour de ses mollets. Elle regarda derrière elle. L'homme l'avait repérée et s'était mis à courir, lui aussi, ayant réduit de moitié la distance qui les séparait.

Elle s'élança à toute allure, et se jeta sur l'échalier pour le gravir, une prise pour son pied, une autre, tentant péniblement de remonter ses jupes... Il la retint par sa cape. Elle essaya de la dégager et se débattit. En vain. Elle tomba. Il la rattrapa, l'entourant de ses bras et l'attirant contre sa poitrine massive. Elle se débattit de plus belle, martelant ses bras de ses poings jusqu'à ce qu'il les emprisonne à leur tour.

— Vous avez du caractère, *lass*, dit-il, imperturbable. Mais je ne veux pas vous faire de mal, alors cessez de vous débattre.

Elle lui donna un coup de pied dans le tibia, et il grogna. Ses bras étaient aussi durs que le roc. Mais au lieu de la lâcher, il la fit pivoter face à lui.

— Bon sang, allez-vous cesser ?

Il la regardait, le visage totalement dénué de menace. Ses traits étaient bien dessinés, remarquablement séduisants. Mais Diantha préférait de loin les silhouettes plus élancées.

Elle se raidit dans ses bras.

— Je cesserai de me débattre si vous me lâchez !

Un sourcil sombre se haussa.

— C'est ce que je vais faire, à condition que vous n'essayiez pas de me fausser compagnie.

— Si je ne m'enfuyais pas, ne serais-je pas une parfaite idiote, à votre avis ?

Pendant un moment, il l'étudia comme il l'avait fait au moulin.

— Je suis venu chercher mon cheval.

— Je suppose que c'est vrai, mais je ne doute pas que vous êtes également venu pour M. Yale. Je ne vous permettrai pas de lui faire du mal. Vous devrez au préalable m'attacher, me bâillonner et me jeter dans le cabanon avec les poules, sans oublier d'en verrouiller la porte.

Elle se mordit la langue, un peu tard. C'était stupide de sa part de lui donner cette idée ! Mais elle avait l'esprit confus. Ce n'était pas agréable d'être ainsi serrée contre un torse masculin, et elle crut qu'elle allait défaillir. Les étreintes des hommes n'étaient pas toutes excitantes.

— Maintenant, lâchez-moi.

Étonnamment, c'est ce qu'il fit. Elle recula d'un pas chancelant et jeta un regard vers la maison au loin. L'homme plissa les yeux. Puis il enjamba l'échalier et s'en fut dans cette direction.

Elle se précipita pour franchir à son tour l'échalier.

— Qu'est-ce que vous faites ? Où allez-vous ?

Elle dut se mettre à courir pour garder le rythme, avec ses grandes enjambées.

— Vous aviez promis !

— Je n'ai rien promis d'autre que de vous lâcher.

— C'est vrai. Mais s'il vous plaît, je vous en prie... Je vous en *supplie*, dit-elle en lui saisissant le bras et en tirant dessus de toutes ses forces. Vous ne devez pas lui faire de mal.

Il s'arrêta. Elle se jeta sur lui. Il la repoussa, et ses sourcils s'abaissèrent sur des yeux bleus d'une grande fixité.

— Je me demande, mademoiselle, pourquoi vous vous imaginez que je peux faire du mal à un homme qui m'a vaincu en une occasion sous vos yeux, en une autre occasion hors de votre vue, et en une demi-douzaine d'autres par le passé.

Elle desserra la mâchoire.

— Je suppose que je n'avais pas tout à fait compris.

— Qu'est-ce qui ne va pas chez lui, alors ?

— Qui ne va pas ?

Oh, mon Dieu !

— Il n'y a rien qui ne va pas chez M. Yale, assura-t-elle. C'est seulement que je ne veux pas que... que vous le surpreniez.

— Si vous voulez mon avis, il n'a pas été surpris un seul jour de sa vie.

Il croisa ses énormes bras.

— Je ne suis pas un imbécile, *lass*. Vous allez me dire dans l'instant ce qu'il en est vraiment, ou je ne me contenterai pas de repartir avec mon cheval aujourd'hui.

Il la scruta de la tête aux pieds. Une menace sans équivoque.

— J'irai voir le duc, s'il le faut.

— Le *duc* ?

Parlait-il du duc qu'avait mentionné Wyn ?

— Sa Grâce n'appréciera pas que vous vous mettiez en travers de son chemin.

La peur obstruait la gorge de la jeune femme ; un cri ne pourrait en sortir. Et même si elle criait, Wyn ne pourrait pas venir la sauver. C'était elle qui devait le sauver.

— Monsieur Eads, déclara-t-elle en s'efforçant de reprendre une respiration normale. Je vais vous dire ce que vous voulez savoir.

La satisfaction se dessina sur ses traits durs.

— Vous allez le faire ?

— Oui.

Elle détestait manipuler ainsi un homme, mais Dieu ne pouvait pas l'avoir dotée d'un esprit rusé et lui reprocher ensuite d'en faire usage pour le bien d'autrui.

— Mais, avant tout, j'aimerais que vous me parliez de votre sœur.

— La tour prend la reine. Échec.

La lumière du soleil qui traversait la bibliothèque tombait sur l'échiquier et le visage d'Owen, enveloppé de la fumée du cigare.

Wyn étudiait l'échiquier. L'odeur de la fumée soulageait un peu la soif qui le tenaillait encore, même si cela n'apaisait en rien son désir. Chaque fois que Diantha entrait dans une pièce, comme dans la cuisine ce matin-là, il ne pouvait la quitter des yeux. Elle se déplaçait avec une grâce inconsciente, ne se rendant apparemment pas compte qu'elle l'éblouissait. Elle lui donnait une faim du diable.

Il savait que c'était le manque dont son corps souffrait qui le poussait à la désirer avec une telle intensité. Mais il savait aussi qu'il n'avait jamais été ébloui à ce point par une femme.

— Tu oublies mon autre cavalier, mon jeune ami.

Il jeta un coup d'œil au cigare dans la coupelle, le dernier qui lui restait et qu'il devait déguster, comme il avait pu autrefois déguster à petites gorgées un verre de brandy.

— Je te recommande vivement de reconsidérer ta décision, ajouta-t-il.

Owen siffla entre ses dents.

— C'est un jeu difficile, monsieur.

— Tu le maîtriseras. Tu en as naturellement l'intelligence, dit Wyn en faisant glisser le cavalier noir sur l'échiquier. Tu as aussi tendance à défier l'autorité, ce qui peut s'avérer utile pour un homme.

Le garçon secoua la tête et saisit sa tour.

— Mais je ne savais même pas qu'on devait traire la vache.

— Pensais-tu que les vaches laissent couler leur lait simplement comme ça ?

— J'aurais dû apprendre à le faire, je suppose, fit le garçon en étudiant l'échiquier. Mon oncle n'arrêtait pas de dire qu'un homme ne peut pas gagner sa vie avec sa tête.

— Mouais. J'ai déjà entendu ça.

Tellement de fois quand il était enfant qu'il en avait perdu le compte.

— Ton oncle avait tort.

Le garçon se concentra à nouveau sur la partie. Sa main vint se poser sur le fou blanc.

Wyn se racla la gorge et dit :

— Et mon cavalier ?

— Mon *chevalier* ! s'exclama Diantha en faisant son entrée dans la bibliothèque dans les rayons de soleil. Monsieur Yale, on m'a dit qu'en fait c'était vous qui aviez trait la vache !

Owen se leva d'un bond et retira sa casquette.

— B'jour, mademoiselle.

— Bonjour, Owen. Et bonjour, Ramsès.

Elle se pencha pour caresser la tête du chien.

— Owen, puisque le soleil brille enfin, peux-tu aller donner un bain à ce pauvre Ramsès ?

— Oui, mademoiselle. Tout de suite, dit-il, les joues marbrées de rouge, avant de s'adresser au chien : Allez, viens !

Il sortit précipitamment de la bibliothèque, Ramsès sur ses talons.

— Comment avez-vous fait ? Comment avez-vous trait cette vache ? demanda-t-elle, son regard lapis se posant sur Wyn.

Des rubans scintillaient dans ses cheveux, ses fossettes étaient adorables, et il ne pouvait s'empêcher de la regarder. Elle était tout simplement fascinante.

— Comme on le fait habituellement, parvint-il à répliquer.

Le rose sur les joues de la jeune femme s'intensifia, et il se souvint de la dernière fois qu'il avait employé cette expression : lorsqu'il lui avait appris comment respirer sous ses baisers.

Mais elle se ressaisit rapidement.

— D'ordinaire, un gentleman ne trait pas les vaches. Mme Polley vient de me dire que ce n'était pas Owen, mais vous qui vous en étiez occupé. J'ai eu du mal à le croire.

Son sourire ne pouvait être bridé, même par l'embarras.

Il fixa un instant l'échiquier. Il ne s'était pas levé à son entrée, non par faiblesse, mais parce qu'il ressentait une vibration remarquable dans une certaine partie de son corps lorsqu'elle apparaissait.

— J'ai de nombreux talents, semble-t-il.

— Absolument. Je n'ai jamais rencontré un gentleman tel que vous, Wyn.

— Compte tenu des circonstances, Diantha, je me demande comment interpréter ces mots. Bien qu'évidemment vous ayez admis que vous connaissiez fort peu de gentlemen.

— C'est vrai, ma vie sociale a été limitée.

Elle passa un doigt sur la vitre de l'une des bibliothèques.

— Mme Polley a épousseté par ici.

Elle ouvrit la porte vitrée et en sortit un volume.

— Elle ferait une excellente gouvernante. Bess, à Glenhaven Hall, ne s'endort pas à l'improviste, bien sûr, mais elle n'est pas aussi douée en cuisine. Ou Mme Polley pourrait ouvrir un restaurant.

Elle lui lança furtivement un coup d'œil, un sourire naissant sur ses lèvres.

— Et Owen pourrait ouvrir une école pour les mauvais élèves qui rougissent devant les femmes.

Wyn afficha un grand sourire.

— Vous lui plaisez beaucoup, dit-il.

— C'est un chapardeur.

— Il veut vous faire plaisir.

— Il risque de nous faire repérer.

Elle remit le livre sur l'étagère, en sortit un autre et, les lèvres pincées, souffla sur la reliure. Un nuage de poussière s'éleva.

— Mais nous aussi, nous avons été des chapardeurs ces derniers temps, bien entendu, dit-elle en tournant rapidement les pages du bout des doigts. À propos, M. Eads vient de passer récupérer son cheval.

Elle tendit le livre devant elle, tel un bouclier, comme si elle craignait sa réaction.

— Nous avons parlé, puis il est parti sur sa monture.

Wyn se leva. Avec précaution – car même si son état s'était considérablement amélioré, son pouls battait en ce moment à un rythme inaccoutumé –, il s'approcha d'elle.

— De quoi avez-vous parlé, exactement ?

Sa voix était passée au grave.

Le regard vacillant de la jeune femme le parcourut de la tête aux pieds.

— Vous ne devriez pas vous en soucier outre mesure. Vous ne vous portez pas bien.

Il s'arrêta. L'odeur qui flottait autour d'elle n'était pas habituelle, tout en étant familière.

— Vous avez mis du parfum.

— En effet, dit-elle en battant des paupières. Vous savez, je crois que vous étiez sur le point de me réprimander. Délirez-vous toujours, dites-moi ?

Il grimaça.

— Je suis juste facilement distrait, semble-t-il. Pourquoi Eads est-il reparti sans venir me parler ?

— Il a dit qu'il serait beaucoup trop facile de vous donner une correction dans l'état où vous êtes. Comme il se targue d'être un homme d'honneur, il a pensé qu'il valait mieux partir et revenir quand vous serez redevenu vous-même.

— Il a dit ça ?

— Pas avec autant de mots. Mais pour l'essentiel, c'est ce qu'il a dit.

Bien sûr. Duncan Eads n'était pas un homme sans honneur, seulement malavisé. Comme il l'était d'ailleurs lui-même, se tenant maintenant bien trop près d'une jeune femme dont les lèvres rouges vous donnaient des baisers à vous damner.

Il s'écarta d'elle et retourna à la table. Maudit soit Carlyle de ne pas être chez lui ! Si Kitty Blackwood n'arrivait pas bientôt, il risquait fort d'attacher Diantha Lucas, de la jeter en travers du dos de Galahad et de l'emmener à Londres lui-même.

— Où avez-vous trouvé le parfum ? demanda-t-il, même s'il le savait très bien.

— Si vous pensez que c'est Owen qui l'a volé, il n'en est rien. Je l'ai trouvé ici, dans la chambre des maîtres.

Elle rangea le livre dans la bibliothèque et passa le bout des doigts sur la rangée de reliures gaufrées et dorées à l'or fin, puis choisit un autre volume.

— Mme Polley a préparé un savoureux gâteau à l'avoine au babeurre imbibé de brandy, à partir d'une recette que j'ai trouvée ici hier.

Elle ouvrit le livre et le parcourut.

— Avez-vous faim ? demanda-t-elle en battant des cils sans lever les yeux. Je veux dire, voulez-vous un peu de ce gâteau ?

Dans la lumière qui traversait la fenêtre, ses cheveux brillaient comme du chêne poli.

— Je suis gallois, Diantha. C'est à cause des gâteaux au brandy que j'ai commencé à boire.

— Vraiment ?

— Non.

Elle pencha la tête, interloquée.

— Pourquoi avez-vous *donc* commencé à boire ?

— Pour pouvoir parler à mon père et à mon frère aîné.

Elle fronça les sourcils, intriguée.

— Ils buvaient tous les soirs, dit-il simplement. Quand je ne buvais pas, ils étaient... indifférents à ce que j'avais à dire.

— Pourquoi ne pas les avoir envoyé promener ?

Il arqua un sourcil. Elle se mordilla les lèvres.

— Je ne les ai pas « envoyé promener », comme vous dites, parce que si je ne me mettais pas à leur disposition pour les divertir, ils s'en prenaient systématiquement à ma mère.

— Oh !

— Oh, en effet...

Il plaça la reine blanche du jeu d'échecs dans la mallette tapissée de velours, et le roi noir juste à côté, comme sa grand-tante aimait les disposer. Il était remarquable de constater à quel point ce geste pouvait repousser les autres souvenirs.

— Mais c'est de l'histoire ancienne, qu'il vaut mieux oublier.

Elle alla à la fenêtre, un livre à la main.

— Eh bien, voilà qui est merveilleux !

Elle retira une page détachée du volume et lut à haute voix :

— « Règles qu'il est conseillé à un homme de suivre pour être un parfait gentleman. »

Le souffle coupé, Wyn rabattit le couvercle de la mallette.

Elle gagna un siège et s'y installa sans quitter la page des yeux.

— Oh, il faut absolument que je vous lise ça ! Vous allez adorer !

Elle leva les yeux.

Il ne put que lui indiquer d'un signe de tête de continuer. Son cœur battait fort à présent.

— Elles sont classées par ordre décroissant. « Règle n° 10, lut-elle, un gentleman doit toujours agir avec honneur et honnêteté envers les autres hommes – qu'ils soient de rang inférieur, de rang égal ou de rang supérieur. » Je suppose que c'est un bon conseil, qu'en pensez-vous ?

— Tout à fait.

— « Règle n° 9 : un gentleman doit toujours donner la priorité au bien-être d'une lady avant le sien. » Celle-là me plaît beaucoup.

Ses fossettes apparurent.

— « Règle n° 8 : un homme n'est un gentleman qu'en veillant toujours à avoir un comportement adéquat. »

Elle fronça les sourcils.

— Vous avez dit quelque chose de très similaire une fois, je crois…

— Ah bon ?

Il aurait dû partir. Ou s'approcher d'elle, lui prendre la page des mains et la distraire en lui proposant une autre activité. Jouer aux échecs. Ou promettre de manger du gâteau à l'avoine. Ou l'embrasser jusqu'à ce qu'elle oublie tout le reste.

— Règle n° 7 ? dit-il.

— « Un gentleman ne doit jamais jurer en présence d'une lady. » Oh ! Très juste. Les ladies peuvent être si facilement offensées.

Ses fossettes firent leur réapparition.

— « Règle n° 6 : toutes les ladies aiment être reconnues pour leurs accomplissements, mais une lady vertueuse est immunisée contre les louanges vides de sens. Complimentez-la sur ce en quoi elle excelle, mais ne cherchez pas à la flatter. » Celle-ci est formidable, ne trouvez-vous pas ?

— Ces dames n'aiment pas qu'on les flatte à tort et à travers.

— Pas seulement les ladies. *Toutes* les femmes. La règle n° 2 l'indique clairement : « Un gentleman doit traiter une lady avec le plus grand respect, la plus grande considération et la plus grande révérence, qu'elle soit roturière ou de haute naissance, laideur ou beauté, aussi pauvre qu'une indigente ou aussi riche qu'une princesse. »

Elle laissa tomber ses mains sur ses genoux, un sourire malicieux recourbant ses lèvres pulpeuses.

— Vous ne devez donc pas aller flatter Mme Polley à tort et à travers.

— Je m'y efforcerai.

— Je compte sur vous. Sinon, elle vous réprimandera pour cela. C'est la règle n° 1 qui me plaît le plus : « Si une lady a bon cœur, est généreuse et vertueuse, un gentleman doit se plier à toutes ses requêtes ; il ne doit rien lui refuser », lut-elle, et ses épaules s'affaissèrent. Mais bien sûr, vous suivez cette règle même pour les ladies qui ne possèdent pas toutes ces qualités, et par conséquent, vous êtes un gentleman encore plus accompli que ces règles ne l'indiquent. Vraiment, ceci aurait pu être écrit en ayant votre exemple à l'esprit.

Sa voix était devenue de plus en plus douce, moins animée.

— Et voilà, conclut-elle.

Wyn ressentit une brûlure au creux de l'estomac.

— Qu'en est-il de la règle qui stipule qu'un gentleman ne doit pas séduire une jeune fille innocente lorsqu'il est ivre ?

— Non. Celle-ci ne figure pas sur cette liste, dit-elle en levant vers lui ses yeux bleus. Mais nous pourrions l'ajouter.

Wyn se leva et sortit de la bibliothèque.

Il ne se souvenait pas de tout au sujet de cette nuit à l'auberge de Knighton. Il se souvenait de l'avoir touchée, mais pas exactement de ce qu'il avait ressenti en tenant son corps entre ses mains. Dans l'obscurité de son esprit, il se souvenait seulement de son incapacité à profiter d'elle comme il en avait eu l'intention, en proie à un désir aveuglant. Y repenser maintenant le rendait malade. Cela l'avait fait souffrir au cours de ces sept derniers jours de torture fiévreuse, mais il l'avait bien mérité, se disait-il.

Il s'arrêta sur le seuil de la suite de sa grand-tante. Dans la poussière recouvrant le sol, les empreintes de pas de Diantha se rendaient à la coiffeuse. Toujours curieuse et animée par son goût de l'aventure, elle était venue explorer les lieux.

Il prit le flacon de parfum, un cristal taillé du violet le plus profond qui, même dans la pénombre, brillait tel un joyau. Il l'avait acheté à Vienne. Il s'y était rendu, prétendument à la recherche d'une jeune noble disparue, ayant reçu ses ordres de Colin qui l'avait envoyé cette fois-ci sans Leam, son partenaire s'étant lassé de ce travail. Mais il avait compris qu'on le préparait pour une autre fonction que cette mission. La fille n'était qu'un prétexte. La véritable cible, c'était lui.

Là, dans les coulisses du congrès de Vienne, les hommes qui défendaient les intérêts de l'Angleterre à l'étranger l'avaient convoqué. Ses compétences étaient trop précieuses pour les gaspiller à la recherche de fugueuses, avaient-ils dit. Le directeur du Falcon Club le laisserait partir et il viendrait travailler pour eux. Son avenir s'annonçait en or. Le garçon qui avait été battu maintes fois pour ses capacités intellectuelles en était maintenant, à l'âge adulte, récompensé. Pendant trois mois à Vienne, il s'était enivré des louanges énoncées par ces hommes puissants. Il avait profité du meilleur tabac, de liqueurs exquises, de femmes au sang aristocratique qui lui semblaient plus séduisantes que les autres parce qu'elles lui avaient été auparavant interdites. Tandis qu'elles lui offraient leur corps, leurs époux parlaient avec arrogance d'idéaux, de victoires, et des peuples du monde entier que la Grande-Bretagne asservirait. Mais pendant tout ce temps, le sang gallois en lui – le sang qui avait combattu des centaines d'années pour rester indépendant de l'Angleterre – continuait à lui dire que les promesses de ces hommes, aussi étincelantes que des diamants, empestaient le cloaque.

Il s'était échappé, partant après le Nouvel An en Angleterre sous le prétexte que sa grand-tante était souffrante, pour découvrir que c'était en fait la vérité.

Il était resté auprès d'elle jusqu'à ce qu'elle ait recouvré la santé. Tout ce temps, elle l'avait exhorté à ne pas redouter l'orgueil dont son père et ses frères l'avaient toujours accusé. Il devait en être fier ; il avait accompli des prodiges grâce à son intelligence. Elle lui avait conseillé de faire le choix le plus en accord avec son cœur.

Finalement, il avait accepté de travailler pour eux. Le duc de Yarmouth lui avait confié sa première mission : retrouver une traîtresse et l'éliminer.

Mais il ne s'agissait en rien d'une traîtresse. Ce n'était guère plus qu'une jeune fille, qui l'avait supplié de croire à son histoire. Qui l'avait imploré de l'aider.

Il déboucha le flacon, et le parfum l'enveloppa. Fermant les yeux, il revit ceux de sa grand-tante, si semblables à ceux de sa mère : gris, sages et bienveillants. Mais pas toujours sérieux. Elle lui avait appris à rire. Elle lui avait appris beaucoup de choses, mais rire, il l'avait presque oublié. Jusqu'à ce qu'il rencontre une jeune femme déterminée, loyale et forte, mais qui n'en aimait pas moins rire, qui savait se réjouir, qui cherchait le bonheur dans tous les recoins de la vie. Elle avait montré une sorte de bravoure qu'il avait également oubliée.

Il reposa le flacon de parfum et regagna la bibliothèque. Elle se tenait près de la fenêtre, regardant le crépuscule, immobile comme une sylphide sur la pointe des pieds prête à s'élancer dans les airs – mais attentive à son retour : elle se retourna immédiatement.

— Lorsque j'ai croisé M. Eads, j'ai laissé tomber le seau de pommes que j'avais ramassées, dit-elle. Je l'avais complètement oublié, si enthousiaste que j'étais de le voir repartir avec son cheval. Mais il fait maintenant trop sombre pour aller le récupérer. J'attendais avec impatience de me régaler de tarte aux pommes, et me voilà privée de dessert.

Ses yeux bleus étincelaient dans la lumière déclinante, malicieux. Elle n'était pas plus une jeune innocente qu'il n'était ce garçon que son père punissait par cruauté. Au contraire, c'était une femme déterminée. Elle ne cherchait pas à ignorer ce qui se passait entre eux.

— Demain, nous irons au verger et vous pourrez encore en cueillir, dit-il. Avant notre départ, vous aurez le temps de goûter à la tarte de Mme Polley.

Elle tourna son visage de côté et le regarda du coin de l'œil.

— Et j'aimerais apprendre à traire la vache.

— Ah bon ?

Ses lèvres tressaillirent. Puis elle sourit franchement, et ce sourire eut des effets dans tout son corps. Bon sang, quel imbécile il était !

Il vaudrait mieux que Kitty Blackwood se dépêche d'arriver pour se charger d'emmener Diantha, sinon il risquait fort de faire quelque chose de peu judicieux et qui ne serait dans l'intérêt de personne. Quelque chose de tout à fait contraire aux manières dignes d'un gentleman.

Et cette fois, rien ne l'arrêterait.

18

— Ma robe est en train de moisir.

Elle la tenait dans la lumière du matin devant la fenêtre.

— C'est toute cette pluie, dit Mme Polley en prenant l'autre robe de Diantha. Et celle-ci est en piteux état, sans fer à repasser de disponible.

— Il serait peut-être possible de la nettoyer ?

Diantha frotta la tache brumeuse sur l'ourlet de la mousseline à rayures, en vain. Et la robe verte était en effet en piteux état, déchirée à l'ourlet et affreusement froissée, depuis qu'elle avait grimpé l'échalier, poursuivie par M. Eads.

Elle poussa un soupir. Elle aurait voulu particulièrement ressembler à une lady, aujourd'hui. Aussi élégante que la lady dans la maison de laquelle ils séjournaient.

— Nous n'avons pas encore regardé le grenier !

— Je ne vais pas fouiller dans les placards des autres.

— Madame Polley, vous avez frappé un inconnu sur la tête avec un pot de fromage, et vous ne voulez pas maintenant aller jeter un œil dans un grenier à la recherche d'un fer à repasser ?

— C'était dommage d'avoir cassé ce pot, admit Mme Polley en secouant la tête. Si j'avais eu un fer à repasser, ce bandit y aurait eu droit à la place.

Diantha étouffa un rire et s'engagea dans le couloir pour se rendre au grenier. Wyn avait emmené Galahad en promenade, et Owen était occupé à ramasser les œufs. Elle pouvait se promener dans sa longue chemise et son jupon sans se soucier des convenances. De toute façon, même si Wyn avait déjà vu ses seins nus, il ne s'en souvenait plus.

Elle monta l'escalier jusqu'à la pièce située au sommet de la maison, le plafond se rétrécissant en pointe. Comme dans le grenier de Glenhaven Hall, il y avait des malles de voyage et des vieux meubles partout. Elle trouva une malle non fermée à clé, et l'odeur très forte des boules de camphre s'en échappa. Elle soupira alors de pur plaisir. Elle en sortit l'une après l'autre des robes raffinées, caressa tendrement la mousseline, la soie et la laine, et ne put retenir un autre soupir. Sa garde-robe lui manquait terriblement.

Son regard se porta sur une autre malle. Elle tendit le bras pour l'ouvrir. Chaussons, bottes, fichus, jupons, chemises, baleines, rubans, réticules, jarretières, bas, châles, pelisses et mouchoirs brodés d'initiales – le tout sentant fortement le camphre – lui passèrent entre les mains. Mais elle ne se souciait pas de l'odeur. Elle pourrait vivre en fronçant le nez pendant une journée, si ses vêtements n'étaient pas froissés.

Elle prit une robe et la tint devant elle. Elle était trop courte de quelques centimètres. Son jupon se verrait. Mais pas si elle portait aussi le jupon de la lady.

Elle s'arrêta un instant dans son exploration effrénée, le temps d'y réfléchir. Mais elle ne voyait pas où était le mal. Elle remettrait ces vêtements à leur place avant qu'ils quittent l'abbaye. De plus, Wyn ne se formaliserait pas s'il voyait ses chevilles. Il l'avait caressée intimement alors qu'il était dans un état d'ébriété, et avait marché sous une pluie torrentielle pendant toute une journée en menant par la bride le cheval qu'elle chevauchait. Et elle l'avait vu - elle l'avait même *touché* - alors qu'il était en manches de chemise, sans lavallière.

Avant de pouvoir se sentir coupable, elle s'empara d'une robe en tissu bleu à motifs et d'une brassée de sous-vêtements, referma les malles du bout du pied et s'empressa de redescendre.

Elle pila net.

Wyn se tenait dans le couloir, en manteau, pantalon et bottes, semblant aller remarquablement mieux. Son regard tomba sur ses seins.

Diantha découvrit à cette occasion encore quelque chose d'utile : se tenir devant un gentleman, en longue chemise et jupon, et à la lumière du jour, n'était pas la même chose que de se laisser furtivement dévêtir par ses soins dans l'obscurité. Sous son regard si sérieux, elle ne se sentait pas légèrement vêtue, mais entièrement nue. Chaque centimètre de son corps en rougissait en s'embrasant.

Il détourna les yeux, et les vêtements qu'elle venait d'emprunter lui permirent de dissimuler ses seins.

— Bonjour, mademoiselle Lucas, dit-il à une lame de plancher près des pieds nus de la jeune femme. Il semblerait que vous ayez visité le grenier.

— Oui, dit-elle, la langue contre son palais pareille à un bout de papier collant. À la recherche de vêtements propres. Les miens sont un peu... sales.

— Ah !

Lentement, son regard remonta le long de ses jambes, passa sur ses hanches et les vêtements qu'elle avait dans les bras, avant de s'arrêter sur son visage. Mais il ne dit rien de plus.

— Ces vêtements sentent fortement le camphre, expliqua-t-elle. Mais je peux probablement en masquer l'odeur avec du parfum.

La nervosité l'incita à hausser les épaules. Wyn reporta alors son attention sur son épaule, puis sur son bras dénudé.

— C'est... une idée, répondit-il, la voix un peu rauque. Beaucoup de parfum sera nécessaire, sans doute.

— Je suppose que oui.

— En grande quantité.

— Oh oui.

Encore cette horrible gêne, comme dans la cuisine la veille. Elle en éprouvait un certain malaise. S'étant faufilée à côté de lui dans l'étroit couloir, elle courut jusqu'à sa chambre, ferma la porte et s'y adossa.

— Qu'est-ce qui s'est donc passé qui vous a effrayée, mademoiselle ? s'étonna Mme Polley en accourant. Auriez-vous vu un fantôme ?

Seulement un homme.

— Madame Polley, j'aimerais essayer de me faire belle, aujourd'hui.

Sa dame de compagnie fronça les sourcils. Mais elle fit ce que Diantha souhaitait pour cela.

En fin de compte, peu importait que Mme Polley ait passé un quart d'heure à arranger les cheveux de Diantha, ou que sa robe, qui lui arrivait à peine aux chevilles, soit d'une couleur assortie à ses yeux, ou encore que les franges de son châle flottent sous la brise telles des ailes de papillon et que ses chaussures soient parfaites. Lorsqu'ils sortirent de la maison, Wyn lui accorda à peine un regard.

Owen les accompagna, lançant un bâton à Ramsès et bavardant à propos de la mine.

— Je pense qu'avoir perdu sa sœur a été très dur pour lui, dit-elle lorsque le garçon s'élança le long du canal à la suite du chien. Il parle si souvent de son passé.

— C'est un passé récent.

Wyn marchait à côté d'elle, les mains croisées dans le dos, le manteau noir et la lavallière immaculée de toute élégance, comme toujours, et les bottes étincelantes. Le soleil brillait à nouveau, aussi doré qu'une pêche mûre, et la brise effleurait les joues de Diantha, qui semblaient constamment chaudes lorsqu'il était près d'elle.

— Elle est toujours dans les histoires qu'il raconte. Elle doit beaucoup lui manquer.

— Bien sûr.

— Vous parlez rarement de votre vie.

Il la regarda rapidement.

— Je n'ai aucune raison d'en parler.

— Pourtant, un homme vous suit et vous menace. Ce ne doit pas être sans raison.

— Puisque vous vous êtes débarrassée de ce problème hier sans mon aide, cela n'a pas d'importance.

— Je sais que je ne suis pas censée m'enquérir de votre santé, mais... auriez-vous pu m'aider à ce moment-là ?

— Je suis sûr que vous connaissez la réponse à cette question.

En effet. S'il avait appris qu'elle était en danger, il aurait fait tout son possible pour la protéger – comme il la protégeait maintenant contre lui-même, en s'abstenant de boire.

— Alors, vous vous sentez mieux ?

— Aussi bien que faire se peut.

— Voulez-vous récupérer votre pistolet et vos munitions ?

— Oui, merci.

Arrivé à une clôture sur laquelle grimpaient des plantes avec de grandes fleurs blanches, il en cueillit une qu'il lui offrit en s'inclinant.

— Pour m'avoir sauvé de la colère de Duncan Eads.

Elle la glissa dans ses cheveux.

— Eh bien, je ne pouvais pas le laisser vous tuer, quand même.

— Naturellement.

Mais il ne souriait plus, à présent.

Pendant leur promenade jusqu'au verger, il fut d'une politesse sans faille. Il resta à son côté, et ne dit rien qu'il n'aurait pu dire à une lady dont il venait de faire la connaissance. Il l'aida à franchir l'échalier, ne tenant sa main que le temps nécessaire. Lorsqu'ils tombèrent sur le soulier perdu qui dépassait de l'herbe, il le lui rendit sans faire de commentaire, comme si les gentlemen trouvaient tous les jours dans la campagne des chaussures de ladies.

Owen était parti devant. Il récupéra le seau, mais il s'intéressait plus à croquer les pommes qu'à les cueillir, et se lassa vite de cette activité. Il traversa le canal dont l'eau s'écoulait rapidement sous l'effet des pluies, et se laissa tomber dans l'herbe sur la colline de l'autre côté. Ramsès le suivit et se coucha, la langue pendante.

Puis le garçon s'endormit et tout changea, comme si la main d'un dieu avait tiré un rideau sur la scène des héros.

— Il semblerait qu'après tout vous n'ayez pas mis de parfum, dit Wyn, s'étant approché par-derrière, sous les branches d'un vieil arbre noueux.

En entendant sa voix grave, elle fut parcourue d'un frisson.

— C'est exact.

Elle se retourna. Sous la lumière du soleil s'infiltrant entre les branches, les yeux de Wyn semblaient scintiller.

— Je suppose que je dégage une odeur de camphre des plus horribles.

— Je ne dirais jamais cela, assura-t-il, un pli d'amusement se dessinant sur sa joue.

Il sortit son dernier cigare entamé.

— Mais c'est probablement ce que vous pensez, répliqua-t-elle.

— Non, ce n'est pas à quoi je pense en ce moment.

Il s'éloigna. Elle ne put s'empêcher de le suivre ; cela lui semblait tout naturel.

— Vous voulez bien m'apprendre à fumer ?

Il lui lança un regard par-dessus son épaule, les sourcils froncés, un sourire au coin des lèvres.

— Si vous le souhaitez.

— J'ai toujours voulu fumer le cigare, mais je n'en ai jamais eu l'occasion. Je veux dire, l'occasion de le demander à un gentleman qui n'irait pas en conclure que je suis un garçon manqué. Mais ce n'est plus un secret pour vous, pour ainsi dire.

— Je ne pense pas que vous soyez un garçon manqué.

Il ne la regardait pas en lui disant cela, mais plutôt le cigare.

— Cela fait deux fois que vous dites ce que vous ne pensez pas. Mais vous ne dites jamais ce que vous pensez.

Ce que Wyn pensait, c'est qu'il pourrait facilement allonger cette fille dans l'herbe et lui faire l'amour toute une semaine. Ses yeux étincelaient du bleu le plus pur sous le ciel d'automne, ses joues étaient éclatantes sous l'effet de la marche, et il avait envie de la toucher. Il commencerait par l'endroit où ses chevilles fines émergeaient de la robe trop courte ; il enlèverait ses bas et passerait les mains le long de ses jambes galbées. Et il ne s'arrêterait pas en si bon chemin.

— Ah bon ?

Elle fronça les sourcils.

— Oui. Vous êtes évasif.

— Et vous, vous êtes bien trop curieuse, chipie.

— Garçon manqué, corrigea-t-elle en faisant une courbette.

Ses fossettes firent subitement leur apparition et, comme on pouvait s'y attendre, il sentit son corps réagir face à ce délicieux spectacle.

Il lui proposa le cigare. Peut-être que si elle fumait, elle ne sourirait pas ainsi et il cesserait d'être ridicule, comme lorsqu'il l'avait découverte au sortir du grenier, sa belle poitrine débordant de ses sous-vêtements.

En quelques instants, il avait imaginé ses seins sortir complètement de la longue chemise, leurs mamelons parfaits pour sa bouche.

— Celui-ci est à vous, dit-elle en refusant le cigare. Vous n'en avez pas un autre ?

— C'est mon dernier.

Seules des années de pratique à dissimuler ses émotions lui avaient permis de garder une voix normale.

— Apprenez avec celui-ci, ou n'apprenez rien du tout, ajouta-t-il. Comme il vous plaira.

— Bon, d'accord. Je n'en aurai probablement plus jamais l'occasion...

Elle mordilla le bord de ses lèvres et, brusquement, toutes ces années de pratique s'effacèrent.

— Probablement pas, dit-il, la voix horriblement rauque.

La jeune femme le regarda, intriguée, mais il ne put détourner les yeux de ses lèvres. De belles lèvres, rose foncé, à peine entrouvertes... Dieu ! Comme il aurait voulu les goûter à nouveau ! Il aurait voulu sentir sa langue contre la sienne et la faire gémir.

Elle referma ses lèvres, qui n'en étaient pas moins adorables.

Il imagina ce qu'il faudrait faire pour les inciter à s'entrouvrir encore.

S'il l'embrassait maintenant...

Au lieu de cela, il s'éclaircit la gorge et alluma le cigare.

— Voici, mademoiselle Lucas.

— Merci, monsieur Yale, dit-elle en le prenant. Que dois-je faire ?

Presser son beau corps contre le sien et se laisser aimer.

— Inspirez, mais très légèrement, et essayez de ne pas respirer.

— Comment peut-on inspirer sans... *Ach !*

Elle toussa et plaqua la main sur sa bouche, des volutes de fumée s'échappant entre ses doigts.

— Je n'ai pas dû le faire correctement, marmonna-t-elle.

— Vous en avez assez ?

— Non ! Si faire une autre tentative signifie que vous me sourirez encore comme vous venez de le faire, je n'hésiterai pas à recommencer.

Mon Dieu, il avait perdu toute maîtrise de lui-même face à cette femme !

— Comment vous ai-je souri ?

— Comme si vous m'aimiez bien.

Elle avait dit cela sans la moindre coquetterie.

Il répondit donc honnêtement.

— Je vous aime bien, Diantha.

Elle sourit et remit le cigare dans sa bouche.

Ses lèvres se pincèrent et la fumée s'éleva entre elles. Il faillit lui arracher le cigare pour le remplacer par sa bouche.

Quelle torture ! Peut-être pire que ces nuits en proie à la fièvre auxquelles il venait de survivre. Tout du moins, il avait eu le réconfort d'imaginer qu'il ne tarderait pas à mourir.

Elle toussa à nouveau.

— Je ne serai pas malade, dit-elle dans un souffle, si cela vous inquiète.

— Pas d'inquiétude.

— Pourquoi diable fumez-vous ça ?

Il haussa une épaule.

— Parce que c'est ce que font les gentlemen. Et cela dissipe un peu l'envie d'un brandy.

— Oh !

Elle semblait accepter cela sans problème, comme elle avait tout accepté de cette aventure - avec beaucoup de questions, certes, mais sans manifester de détresse. Si ce n'est à un moment, dans l'auberge de Knighton.

— J'aimerais bien y arriver, dit-elle.

— Vous êtes tenace.

La jeune femme esquissa un sourire incertain.

— Mais je pense que nous le savions déjà tous les deux, ajouta-t-il en lui tendant à nouveau le cigare.

Elle fit une nouvelle tentative. Elle finit par y arriver, comme elle avait surmonté chaque épreuve et conquis tout ce dont elle avait eu envie, lui y compris. Il contempla son charmant visage, d'autant plus charmant qu'il était irradié par un esprit vif. Depuis l'âge de quinze ans, il avait parcouru des milliers de kilomètres, traversé des jungles et des salons, ne s'arrêtant pas longtemps au même endroit, et cette existence ne l'avait jamais troublé. Pourtant, maintenant qu'il plongeait dans ces yeux bleus, il se sentait irrésistiblement perdu.

— Félicitations, mademoiselle Lucas, dit-il, la voix mal assurée. Vous pouvez à présent devenir membre de l'un de ces fameux clubs de gentlemen londoniens.

— Splendide ! dit-elle en lui rendant le cigare, effleurant ses doigts au passage, puis elle s'éloigna. Il m'est arrivé d'ardemment souhaiter être un gentleman, savez-vous ? Ils vivent toutes sortes d'aventures...

Elle lui fit signe alors qu'elle posait le pied sur la branche la plus basse d'un arbre, puis elle chercha à en attraper une autre plus haut.

— Et on peut même compter sur certains gentlemen pour sauver une damoiselle en détresse.

Il vint la rejoindre au pied de l'arbre, en proie à ces tremblements qui l'avaient saisi quelques jours plus tôt. Mais c'était nouveau. Ce n'était pas de la souffrance.

— Pourtant, malgré tout ce qu'ils ont pu connaître dans leur vie bien remplie, certains gentlemen sont quelque peu surpris de voir lesdites damoiselles se mettre soudainement à grimper aux arbres.

— Oh ! Un gentleman ordinaire pourrait l'être, répliqua-t-il. Mais un héros n'est jamais surpris par des événements inattendus.

Elle se hissa sur une nouvelle branche et grimpa sur la suivante, lui offrant une vue délectable de ses mollets.

— Surtout quand la damoiselle ne fait que chercher un trésor dans l'arbre en question.

Elle pointa du doigt un nid d'oiseau au creux d'une branche, s'étirant pour regarder ce qu'il y avait dedans.

— Vous voyez ?

— En effet. Maintenant que vous avez trouvé votre trésor, allez-vous descendre avant que je sois témoin d'une chute qui risquerait de vous briser le cou ?

— Je suppose que vous n'aimeriez pas que ma mort soit aussi peu romanesque, après tous les ennuis que je vous ai causés.

— Surtout pas, assurément !

— Vous pensez que les parents sont loin ?

— Pourquoi ? Voulez-vous voler les œufs et les rapporter à Mme Polley pour qu'elle nous les serve au dîner ? Ce n'est pas très bon, je vous préviens.

Elle pencha la tête de côté.

— Vous parlez par expérience ?

— Effectivement.

— Quel âge aviez-vous ? demanda-t-elle avec une petite torsion des lèvres.

— J'étais assez jeune pour être pardonné pour ce méfait. Bon, voulez-vous bien descendre avant que je monte vous chercher ?

Ses fossettes réapparurent.

— Vous ne le feriez pas.

Il posa les mains sur le tronc.

Elle se dépêcha de descendre. Lorsqu'elle arriva à la dernière branche, il lui tendit la main. Toute jeune femme capable de grimper à un arbre avec autant de célérité pouvait en redescendre seule. Mais il voulait la toucher. Il la saisit par la taille et la déposa au sol.

Une semaine auparavant, elle aurait profité de cette opportunité pour l'inviter à continuer de la toucher. Mais cette fois, malgré ses cils qui papillonnaient, ses seins qui se soulevaient au rythme de son souffle emballé, elle se dégagea de son étreinte avec un petit sourire. Il la laissa aller.

Elle lança un coup d'œil vers le nid.

— Alors je dois en déduire que vous êtes un voleur depuis l'enfance, comme Owen ?

— Non.

Elle arqua un sourcil, sceptique.

Il sourit.

— Pas continuellement, disons. Maintenant, venez. Mme Polley nous attend et il y a une vache à traire.

— Encore des œufs et du pain. Elle n'aura pas le temps de faire la tarte. Lorsqu'il y aura un changement de menu, j'en serai bien contente. Allons-nous partir demain ?

— Oui.

Kitty et Leam seraient déjà arrivés, s'ils avaient reçu sa lettre à Londres. Il faudrait sans doute qu'il se charge de l'y emmener. Mais elle était trop intelligente pour être dupée. Bientôt, il l'informerait de leur destination. Elle rechignerait, de toute évidence, mais finirait par admettre qu'elle n'avait pas d'autre choix.

— Pour un gentleman de Londres, Wyn, vous semblez très à l'aise dans une grange.

— C'est une écurie, Diantha, et je vous ai dit que je n'étais pas de Londres.

Il approcha un tabouret du flanc de la grosse vache brune.

— Pas *de* Londres, d'accord.

Elle balançait le seau vide contre son genou sous sa jupe à rayures. La mousseline tachée était plus adaptée aux tâches de la ferme que la robe bleue du grenier, et elle ne sentait pas le camphre.

— Mais vous y passez beaucoup de temps, n'est-ce pas ?

— Là, et ailleurs.

Il lui prit le seau.

— Où ça, ailleurs ?

— Je crois que si vous persistez à faire montre d'indiscrétion, je pourrais recourir à l'esquive.

Il s'assit sur le tabouret bas et plaça le seau sous la lourde mamelle de la vache. Diantha le regarda sans honte aucune. Elle n'avait nullement le sentiment qu'il était mal d'attarder autant son regard sur lui.

Elle s'humecta les lèvres.

— Croyez-vous au destin ?

— Non, dit-il en retirant son manteau et en le posant sur un banc, sa chemise blanche s'étirant sur ses épaules. Mais je n'ai aucun doute que vous, vous y croyez.

— Pourquoi ?

— Un plan divin pour chacun...

Il déboutonna ses manchettes et retroussa ses manches.

— Ah.

Que dire d'autre ? Si Dieu avait inventé une image pour lui donner des frissons partout, c'était bien celle de Wyn Yale en train de se déshabiller. Elle s'agrippa à la porte de la stalle pour garder l'équilibre.

— Mais le destin aurait tendance à perturber les plans des individus, marmonna-t-elle. C'est donc compliqué.

— Je ne vous le fais pas dire.

Elle se rapprocha de lui. Il l'attirait comme un aimant. C'était peut-être dû à la façon dont le tissu de sa chemise enveloppait ses épaules, ou à ses avant-bras puissants révélés par les manches retroussées. Elle ne parvenait plus à respirer normalement. Ce n'était guère surprenant. Il avait placé ses mains sur les mamelles de la vache, et bien que ce soit parfaitement ridicule et un peu bizarre, elle ne pouvait s'empêcher de se rappeler ces mains fortes et musclées sur ses tétons.

— Et la réincarnation ? Y croyez-vous ?

— Pas particulièrement.

Les muscles de ses bras se contractèrent, et des jets de lait atterrirent dans le seau en produisant des petits bruits métalliques.

— Allons-nous nous lancer dans une discussion sur les philosophies du monde, mademoiselle Lucas ? demanda-t-il avec un léger sourire.

Elle croyait à la réincarnation. En cet instant, elle était sûre et certaine d'être déjà venue ici, avec lui. Pas pour traire une vache, bien sûr. Mais ensemble, occupés à des tâches ordinaires. Seuls ensemble. Son *cœur* le sentait, et c'était incroyablement déconcertant.

— J'ai beaucoup lu ces derniers jours, expliqua-t-elle. J'ai toujours pensé que la collection de journaux archéologiques de mon beau-père était assez particulière. Mais la bibliothèque ici est très curieuse. Une sélection remarquable pour une lady, vraiment.

— Peut-être que la lady ne vivait pas seule ici.

— Vous avez sans doute raison. Hier, je suis tombée sur un livre au sujet des religions des Indes orientales.

— D'où l'idée de réincarnation.

— Le jour d'avant, j'ai trouvé un ouvrage sur un homme nommé Bouddha qui se promenait souvent torse nu, apparemment. Il y avait des planches illustrées.

Elle regarda les bras aux muscles tendus de Wyn et se dit qu'il ne fallait peut-être pas, après tout, reprocher à Annie de s'être enfuie avec ce garçon de ferme. À cet instant, elle comprenait la servante de son amie Teresa.

Chaque fois que la main de Wyn fléchissait, un muscle tendait la manche au-dessus de son coude. Elle frémit.

— Il semble que Bouddha ait été à l'origine de toute une religion très intéressante, avec quelques idées vraiment merveilleuses.

— Vous lisez ce livre ?

— Vous ne le feriez pas ?

Il sourit. Elle en éprouva une vive chaleur au niveau du ventre. Elle voulait qu'il la touche encore. *À cet endroit.*

— Je n'en ai pas compris la moitié, en vérité, dit-elle d'une voix semblant essoufflée.

Le lait faisait maintenant un léger bruit d'éclaboussure.

— Vous êtes très doué pour ce travail, commenta-t-elle.

— J'ai eu l'occasion dernièrement de m'entraîner. Voulez-vous essayer ?

Il lui céda le tabouret, et s'accroupit dans la paille à côté.

La vache tourna la tête et la regarda de ses yeux ronds.

— Est-ce plus facile que de fumer un cigare ? demanda-t-elle.

— À peu près du même niveau de difficulté, dirais-je. Traire cette vache vous intéresse-t-il vraiment ? Parce que...

— Ça m'intéresse.

Elle saisit un trayon. Il était chaud et doux. Elle tira dessus.

— Il ne se passe rien.

— Ce n'est pas une poignée de sonnette, chipie. On ne peut pas appeler un domestique avec ça.

— Vous êtes très drôle, monsieur Yale.

— C'est ce qu'on dit, mademoiselle Lucas.

Le plaisir de la jeune femme s'en retrouva aussitôt atténué.

— Qui donc ? Toutes les ladies de Londres ?

— Non.

Il tendit la main vers elle et en entoura la sienne – et toutes les ladies londoniennes s'évanouirent, tout simplement. Sa paume était large et merveilleusement chaude. Elle aurait voulu rester ainsi, main dans la main avec lui, pour toujours. Il repositionna ses doigts, mais elle pouvait à peine y répondre. Il était si proche maintenant, près de son épaule, aussi proche qu'il l'avait été lorsqu'il l'avait aidée à descendre de l'arbre et qu'elle avait failli plaquer sa bouche sur la sienne.

— Alors qui ? demanda-t-elle, la voix un peu faible.

Il recourba sa main sur ses doigts.

— Les gentlemen de Londres, bien sûr. Appliquez une pression comme ça.

Sa voix était rauque. Ce n'était donc pas seulement elle... Il ressentait cela aussi, cette chose qui faisait palpiter le cœur de la jeune femme et affaiblissait son corps.

Si elle continuait dans cette voie, elle le supplierait sous peu de l'embrasser.

— Pensez-vous qu'il est naïf de croire à la fois au destin et à la réincarnation ? dit-elle au hasard.

— Je ne traiterais jamais quelqu'un de naïf s'il exprime ses croyances les plus chères.

Sa main, guidée par la sienne, avait pris le rythme. Mais elle regretta bientôt d'avoir appris trop vite, car il la lâcha.

— Mais vous croyez en Dieu, dit-elle, se sentant un peu prise de vertige. N'est-ce pas ?

— J'avoue que je ne suis pas tout à fait convaincu de son existence.

— Alors en quoi croyez-vous ?

— Aux bonnes actions, aux facultés de la raison humaine, et à l'enfer.

Le mot tomba comme un couperet.

Les doigts de Diantha cessèrent de bouger. L'envie de pleurer l'assaillit.

D'une voix claire et calme, il ajouta :

— Et, dernièrement, je crois à l'espoir.

Diantha ôta sa main du pis de la vache et se retourna pour lui faire face. Son visage ne reflétait aucune morosité. Le désir illuminait ses yeux argentés et quelque chose d'autre qu'elle ne comprenait pas, mais qui lui fit passer toute idée de se mettre à pleurer. Un muscle de sa mâchoire se contracta et elle le vit prendre une inspiration, l'entendit dans le silence ponctué du doux bruit des animaux et du bavardage des oiseaux au-dehors.

Le regard de Wyn se porta sur sa bouche, et elle ne souhaita plus rien d'autre qu'il l'embrasse. Plus rien d'autre au monde.

Elle ne put s'en empêcher : elle se pencha en avant. Il fit de même. Leurs respirations se mêlèrent.

Il combla le peu d'espace qui les séparait encore. Ce n'était qu'un frôlement de lèvres, la plus innocente des caresses.

Et puis, ce ne fut plus le cas. Ce fut bien plus que cela.

Ayant pris sa nuque dans sa main, il plaqua la bouche contre la sienne et l'embrassa comme elle en avait rêvé tous les soirs, au cours de nuits sans fin, comme s'il ne désirait rien d'autre que l'embrasser, la sentir comme elle l'avait senti dans chaque partie de son être. Il la goûta, écarta ses lèvres du bout de la langue, et elle succomba.

Elle l'accueillit dans sa bouche, le laissa la toucher comme il l'avait déjà fait. Mais ce n'était plus la même chose. La caresse de sa bouche lui rappelait ses mains sur son corps, et les siennes sur le sien alors qu'il était en proie à la fièvre. Tout était différent.

Elle voulait plus que des baisers. Elle le voulait, *lui*. Elle brûlait du désir qu'elle éprouvait pour lui.

Wyn caressait du pouce sa joue, ses doigts s'immisçant dans ses cheveux. C'était sublime, le contact le plus tendre, révérencieux et délectable du monde. Elle leva la main et fit passer ses doigts le long de son avant-bras. Cette étreinte l'affamait, la rendait folle. Un son sortit de sa poitrine, et il captura sa langue, la rendant fébrile, exigeant d'en recevoir davantage. Elle glissa vers l'avant sur le tabouret.

La vache meugla.

Wyn s'écarta, et sa main retomba.

Diantha prit une profonde inspiration et ouvrit les yeux. Les siens semblaient perdus. Puis quelque chose étincela dans le gris, quelque chose de troublant qui la percuta au creux de l'estomac.

Elle se leva d'un bond.

— Ne... ne dites pas non, bégaya-t-elle. Je vous en prie.

— Quoi ? fit-il, confus. Je n'allais pas...

— Je ne vous ai pas demandé de faire ça, le coupa-t-elle en appuyant le bout de ses doigts sur ses lèvres humides. Vous ne pouvez pas me mettre dans ma malle de voyage et me ramener à la maison.

Il pencha la tête et se passa la main sur la nuque. Chacun de ses mouvements était d'une beauté insoutenable aux yeux de Diantha.

Elle le *désirait*. Pas seulement depuis le cœur de sa féminité. Ce désir se répandait dans sa poitrine et dans ses membres. Elle se sentait émue et, au plus profond d'elle-même, elle avait le sentiment que tout cela était juste, qu'elle devait l'embrasser, lui et lui seul.

— Ne dites pas d'horreurs et ne proférez pas de menaces, dit-elle en reculant.

Il releva subitement les yeux, dans lesquels se reflétait une étincelle de colère.

— Je ne le ferai pas. Bon Dieu, Diantha...

— Et ne me dites pas de mots grossiers. C'est contraire aux règles. La n° 7.

Elle s'élança et empoigna l'anse du seau.

— Merci de m'avoir appris à traire une vache. Je m'en vais, maintenant.

En portant péniblement le seau, elle s'empressa de sortir de l'écurie, sachant fort bien qu'elle devait fuir. Sinon, elle se jetterait sur lui. Et la première solution lui semblait la meilleure si elle voulait arriver un jour à Calais.

Mais, dans l'instant, elle ne désirait pas être à Calais. Elle désirait être dans ses bras.

19

Si Mme Polley avait remarqué que ses employeurs ne s'étaient pas adressé la parole au souper, elle s'était montrée remarquablement discrète à ce sujet. Heureusement, Owen n'arrêtait pas de papoter – comme à l'accoutumée –, et le repas prit fin quand Wyn s'excusa courtoisement – comme à l'accoutumée.

Mme Polley ordonna à Owen de filer dans la loge, où il dormait.

— Cet homme nous fera partir tôt demain, et nous allons nous retrouver sous la pluie, dans la gadoue et avec Dieu sait quels problèmes encore. Alors tu ferais mieux de bien dormir, mon garçon.

— Bonsoir, mademoiselle, dit-il en inclinant sa casquette après avoir pris un dernier biscuit, puis il siffla pour que Ramsès le suive.

Diantha alla déposer son assiette dans l'évier.

— Nous devons tout remettre en ordre avant de partir.

— J'y ai déjà veillé, mademoiselle.

Mme Polley essuya la table.

— Merci, madame Polley. Vous avez été d'une grande aide au cours de ce séjour, et je me félicite vraiment que vous ayez accepté de venir avec nous.

— Eh bien, mademoiselle, je ne pouvais pas laisser une belle jeune lady courir après la lune avec cet homme ténébreux et mal intentionné.

Mal intentionné. Si cela signifiait qu'il avait eu *l'intention* qu'elle développe une préférence marquée pour les caresses qu'il savait lui prodiguer avec sa bouche et ses mains, alors effectivement, on pouvait dire qu'il avait été mal intentionné.

— Il ne s'agit pas de courir après la lune, madame Polley. Et malgré tout ce que j'ai exigé de lui, M. Yale s'est efforcé de se comporter en gentleman.

— S'efforcer se révèle parfois insuffisant, marmonna sa compagne en rangeant les biscuits à l'avoine qui restaient.

Dans leur chambre à coucher, Mme Polley délaça son corset, puis Diantha alla poser sur une chaise sa robe froissée et tachée. Elle se souvenait à peine de ce que c'était que de vivre dans la maison de son beau-père, de porter des vêtements propres... et de ne pas connaître un beau Gallois ténébreux.

Sans converser plus avant, sa dame de compagnie s'assoupit. Diantha s'y était habituée. Le bavardage nocturne de sa sœur Faith lui manquait, et il lui arrivait de se parler pour s'endormir, puisque de toute façon cela ne réveillait jamais Mme Polley. Mais elle ne pouvait pas se reposer maintenant. Aujourd'hui, bien trop de choses étaient arrivées et elle avait les nerfs à fleur de peau.

Elle enfila sa robe verte qu'elle noua à la taille avec une ceinture, puis elle s'en fut à pas feutrés vers la cuisine.

L'odeur de la fumée de tabac lui parvint dans le vestibule. Elle aurait dû s'y attendre ; la nuit où il l'avait touchée, il était resté éveillé tard lui aussi. Mais ce soir-là, il avait été ivre.

Des papillons affolés dans le ventre, elle longea le couloir jusqu'à la cuisine. Il se tenait près de l'âtre. Un cigare brûlait sur les braises frémissantes du feu de tourbe.

— Bonsoir, lança-t-il.

Sans l'avoir vue, il avait deviné qu'elle était là. Il semblait avoir une étrange intuition pour ce genre de chose.

— Je pensais que le cigare que vous m'avez laissée fumer aujourd'hui était votre dernier, dit-elle.

— C'est celui-là.

— Pourquoi ne le fumez-vous pas ?

Il se tourna alors vers elle, et ses yeux argentés scintillèrent bizarrement. *Ardemment.*

La peur la saisit.

— Elle n'est pas tout à fait passée, n'est-ce pas ? La maladie. Elle est revenue.

— Non.

— Mais vous avez à nouveau ce regard fiévreux. Vous voulez un brandy, c'est cela ?

— Bien sûr que je veux un brandy, dit-il en se passant la main dans les cheveux. Mais je vous veux bien plus encore.

Elle se sentit rougir.

— Vous pouvez m'avoir, dit-elle, la voix tremblante, avant d'ajouter devant l'éclair de panique dans ses yeux : Seulement pour le moment, bien sûr, car je devrai retrouver M. H. puisque c'est ce qui est convenu. Mais... vous pouvez m'avoir d'abord.

— Non. Je ne peux pas.

— Je me suis de toute façon compromise. Mais j'étais parfaitement consciente que cela m'arriverait lorsque je suis partie de chez mon amie Teresa. Donc, si quelqu'un devait découvrir...

— Personne ne le découvrira, dit-il fermement.

— Ma famille le saura.

Ils constateraient sous peu son absence du manoir de Brennon et se lanceraient à sa recherche.

— Certains membres de votre famille ont des raisons de me faire confiance en cela.

Il semblait sûr de lui.

— Je savais qu'il y avait quelque chose de plus à propos... à propos de tout ce qui vous concerne, dit-elle d'une voix étouffée. M. Eads vous a appelé Corneille, et ce genre de surnom n'est pas habituel. Mais je ne sais pas pourquoi cela voudrait dire que ma famille vous ferait confiance si elle découvrait que j'ai passé ces dernières semaines en votre compagnie. Quoi qu'il en soit, ils sont parfaitement conscients que j'ai tendance à avoir un comportement inapproprié. C'est ce que mon beau-père me fait remarquer presque chaque jour.

Il avait du mal à respirer, les épaules contractées.

— Sauver des filles comme vous, c'est ce que je fais.

— *Sauver* des filles ? Comme moi ?

— Les filles perdues. Les fugueuses. Parfois une enfant ou une amnésique. Ou même une pouliche, dit-il sur un ton ironique. Mais ce sont surtout les filles qu'ils m'assignent. Je suis, semble-t-il, doué pour encourager les jeunes femmes à rentrer au bercail.

— *Qu'ils* vous assignent ? Qui sont-ils ?

— Il n'y a rien de plus à ajouter, rétorqua-t-il en se détournant. Maintenant, si vous aviez la gentillesse de quitter cette pièce et de ne pas réapparaître avant demain matin, je vous en serais très reconnaissant.

— Mais je *veux* que vous m'embrassiez !

— Vous ne vous rendez pas compte de ce que vous me demandez. Vous êtes une innocente.

— Je suis tout à fait prête à ne plus l'être. Peut-être que j'ai ça dans le sang, ma mère étant ce que...

Elle s'interrompit, le désespoir lui oppressant la poitrine.

— Je ne demande vraiment pas grand-chose, marmonna-t-elle.

— Pas grand-chose ?

Il s'efforçait manifestement de se maîtriser.

— Permettez-moi de m'exprimer en des termes que vous comprendrez peut-être mieux : les héros ne déflorent pas les innocentes damoiselles.

— Oh, de grâce ! s'écria-t-elle en claquant des mains sur ses jupes. J'en ai assez d'essayer de vous persuader de m'embrasser et… euh… de faire tout le reste !

— Oui, eh bien, c'est précisément « tout le reste » qui pose problème.

Il passa à nouveau la main sur sa nuque, le tissu se resserrant sur son bras musclé. Diantha faillit se jeter sur lui pour l'enlacer.

— Je ne peux plus supporter que ma fierté… et ma maîtrise de soi… soient ainsi mises à mal, s'écria-t-elle, les poings crispés.

Elle pivota sur elle-même, mais refit aussitôt volte-face et ajouta confusément :

— Quand vous m'avez embrassée… la façon dont vous… et vous m'avez regardée si intensément, à certains moments. Comme un loup qui jauge sa proie.

— C'était l'alcool, dit-il doucement.

Elle déglutit, le cœur battant.

— L'alcool ?

— J'ai soif d'ivresse. Dans mon sang, il y a une faim qui dépasse tout entendement, celle de me perdre dans quelque chose qui n'est pas moi. Pour éprouver du plaisir, de la satisfaction et du soulagement à tout prix, dit-il en soutenant son regard. Ce ne serait pas vous. Vous ne seriez qu'un corps de femme pour moi.

— Oh ! fit-elle.

C'était cruel à entendre.

— Diantha, dit-il en baissant la voix. Vous savez que je vous trouve belle.

— Vous m'avez qualifiée de jolie, mais les gentlemen ont souvent tendance à enfreindre la règle n° 6.

Cela faisait mal. Terriblement.

— Et en fait, ajouta-t-elle, ce serait réciproque, ce que... ce que vous avez dit à propos de vouloir éprouver du plaisir et de la satisfaction. C'est donc peut-être approprié ?

Elle essayait d'ignorer la boule de nausée dans son ventre.

— Non, dit-il. Permettez-moi de me comporter comme le gentleman que vous voyez en moi.

Elle aurait voulu le maudire pour se comporter en gentleman au moment même où elle le souhaitait le moins. Mais elle avait la gorge serrée. Elle croisa les bras sur son abdomen, pivota à nouveau sur ses talons et trébucha sur le seau de lait qu'elle avait oublié dans le couloir un peu plus tôt. Elle s'étala avec fracas en renversant le lait crémeux, ses jupes s'entremêlant sur le sol en pierre.

— Vous vous êtes fait mal ? demanda-t-il en se précipitant, l'examinant rapidement.

— Je suis seulement embarrassée. Horriblement. Ce n'est pas la grande sortie que j'avais prévue.

— De toute façon, les grandes sorties sont souvent trop affectées.

Il lui saisit la main. Elle aurait pu rester assise dans cette flaque pour toujours s'il avait continué de la regarder avec une telle intensité.

— Qui aurait cru que cette vache aurait le dessus sur moi, finalement ? marmonna-t-elle.

Il eut un large sourire. Après l'avoir aidée à se relever, il la lâcha.

— J'avais pensé que la boue et la moisissure étaient les seules indignités que cette robe aurait à subir, dit-elle en riant nerveusement parce qu'il ne s'était pas éloigné. Je me suis manifestement trompée.

— Ce n'est pas grave, répondit-il, la voix grave.

Elle releva les yeux. Il posa la paume sur le mur derrière elle et se pencha.

Diantha ouvrit et referma la bouche, ne sachant comment réagir, sa gorge s'efforçant de retenir une supplication. Non, elle ne supplierait plus. Elle ferma les paupières, tentant de se défendre contre la tentation, avant de les rouvrir dès qu'elle sentit l'effleurement de son souffle sur sa joue, puis – *oh, mon Dieu !* – ses lèvres. Il respirait contre sa peau, et son corps frémit de le sentir si près.

Il recula un peu et, du regard, parcourut son visage, ses prunelles étincelant dans l'obscurité. Lentement, il se pencha de nouveau sur ses lèvres.

— Dieu me vienne en aide. Je voudrais ne jamais vous ramener chez vous.

Elle secoua la tête.

— Je v…

La bouche de Wyn s'empara de la sienne, sans douceur, pour en prendre possession. Il l'embrassa profondément. Il l'embrassa, alors qu'elle se sentait si vulnérable, sans toucher aucune autre partie de son corps.

Puis ses mains plongèrent dans ses cheveux, et il embrassa sa joue, puis sa mâchoire.

— Je vous désire beaucoup trop, murmura-t-il, taquinant l'endroit le plus sensible sous son oreille.

On aurait dit une prière, une supplication émanant de son âme. Il l'embrassa dans le cou, la caresse lui faisant l'effet d'un scintillement intérieur.

— Je ne suis pas un homme bien.

Elle le laissa lui relever le visage pour embrasser sa gorge et frissonna d'un plaisir sublime. Comment cela pouvait-il être aussi *bon* ?

— Je sais pourtant que vous l'êtes, répliqua-t-elle.

Elle l'attrapa par son gilet et l'attira contre elle, plaquant sa bouche sur la sienne. Il était dur partout. Elle passa les mains le long de ses bras, et le toucher ne fit qu'intensifier son désir de le sentir encore plus, surtout entre ses cuisses.

Elle fit glisser les paumes sur son torse et gémit doucement en sentant ses muscles tendus, si virils – précisément ce que son corps appelait. Ses doigts s'attaquèrent au bouton supérieur de son gilet jusqu'à ce qu'il se détache. Elle chercha le suivant, la douleur délicieuse devenant si intense entre ses jambes qu'elle ne put retenir une plainte.

Il lui saisit les mains.

— Non, Diantha, dit-il, sa voix pareille à un grondement. Ne faites pas ça.

— Plus de non.

Elle dégagea l'une de ses mains et défit un autre bouton.

— Si vous continuez, je perdrai rapidement toute maîtrise de moi-même.

— Dieu soit loué.

Elle lui mordilla la lèvre inférieure comme il l'avait fait à l'auberge, et glissa le bout de sa langue entre ses dents. Il gémit et ses mains descendirent vivement le long de son dos, s'arrêtant sur ses fesses.

— Où avez-vous appris ça ? demanda-t-il, la respiration difficile.

— De vous. Je vous l'ai dit, vous êtes mon premier. Mon seul.

Le dernier bouton fut défait. Folle de désir, elle explora des mains son torse et ferma les yeux pour s'imprégner de cette sensation.

— Oh, Wyn ! Apprenez-m'en plus. S'il vous plaît.

Elle se pressa contre lui, le cherchant avec ses hanches. Il fit glisser sa main à l'arrière de sa jambe, et alors qu'il se penchait pour prendre possession de sa bouche, il souleva sa robe et répondit à sa faim avec son corps dur et parfait.

— Oooh...

Elle l'accueillit dans sa bouche et entre ses cuisses avec impatience, prête à *mourir* pour ce qui allait suivre.

Il s'écarta, lui saisit vivement la main et l'entraîna vers l'escalier. Elle trébucha derrière lui, humide de lait et la vue brouillée. Au milieu des marches, il s'arrêta, l'attira brusquement contre lui et l'embrassa encore.

Puis il la souleva dans ses bras et finit de monter les marches. Dans la chambre qu'il occupait, il la remit sur ses pieds, et elle s'accrocha à lui tandis qu'il parcourait de ses mains son dos et ses hanches. Elle se pressa tout contre lui et il se pencha pour s'emparer une nouvelle fois de ses lèvres.

Ayant entendu la porte se refermer, elle s'écarta un peu. Elle regarda ce qui l'entourait, le bureau sur lequel s'empilaient des livres, le lit à baldaquin dont les rideaux étaient ouverts.

— Je suis dans la chambre d'un homme.

Dans sa chambre à lui.

— Vous êtes déjà venue ici.

Il prit le lobe de son oreille entre ses dents et le taquina de la langue, la faisant presque défaillir de plaisir.

— Pour vous soigner. Pas pour... pour...

— Pour me donner votre corps.

Il l'empoigna par la taille et pressa son front contre le sien, la respiration rauque.

— Dites-le, Diantha, pour qu'il n'y ait pas de malentendu possible.

— Pour vous donner mon corps.

Elle était terrifiée, mais elle le voulait de tout son être.

Les mains de Wyn remontèrent le long de son dos, s'attaquant à la ceinture qui fermait la robe.

— Nous devrons nous marier, après cela.

Devrons ? Autrement dit, ils y seraient obligés. Maintenant qu'elle se trouvait dans sa chambre à coucher, prête à lui offrir sa virginité, elle se rendit compte avec une remarquable clarté que, chaque fois qu'elle avait pensé à ce qu'un homme et une femme faisaient dans l'intimité, elle les avait toujours imaginés ensemble.

Toujours.

Contrairement à lui, manifestement.

— Je ne peux pas me marier avec vous. Ni avec M. H., d'ailleurs, ni avec qui que ce soit tant que je n'aurai pas retrouvé ma mère.

La ceinture tomba au sol.

— Il ne vous aura pas après moi.

— Je ne le lui dirai pas.

Elle frémit lorsqu'il fit glisser les manches de sa robe le long de ses bras.

— Un homme a d'autres moyens que sa seule parole pour savoir s'il a affaire à une jeune femme vierge.

Sa voix était rauque, son regard posé sur ses seins. Couverts à présent uniquement par sa longue chemise, ses tétons serrés ressortaient, sombres sous le tissu fin.

Se sentant prise de vertige, elle se força à ne pas croiser les bras sur sa poitrine.

— Alors je trouverai une ruse pour le faire croire. Les femmes sont plus intelligentes que la plupart des hommes.

— Mais peu d'entre elles ont votre détermination et votre courage.

Il sourit, mais son regard était enfiévré. Affamé. Elle pensa que si elle devait se noyer, ce serait dans ces yeux. Il approcha la main de son visage.

— Je suis tout à coup excessivement nerveuse. Ou peut-être pas tout à coup, simplement à nouveau. Et ne me dites pas que je n'ai pas l'air excessivement nerveuse, comme vous l'avez fait ce soir-là chez sir Henry, parce que je saurai que c'est un mensonge pur et simple.

— Vous avez l'air…

Il déglutit, son regard se posant à nouveau sur ses seins.

— … parfaite.

Elle avait la sensation d'être en train de fondre comme du beurre. Elle devait probablement en avoir aussi l'odeur, ainsi couverte de lait. Mais il semblait s'en moquer. Il l'entoura d'un bras et l'attira contre lui.

Leurs corps se frôlèrent. Il approcha sa bouche de son cou, puis lui caressa du nez le lobe de l'oreille.

— Nous n'avons pas besoin de le faire, dit-il, remontant de la main sa longue chemise sur ses jambes, puis la faisant glisser sur ses fesses. Nous pouvons nous arrêter, si vous le souhaitez. À tout moment.

— Si vous pensez que je me suis jetée sur vous pour exiger maintenant que nous arrêtions, je vais devoir reconsidérer mon opinion sur votre intelligence.

Et après avoir marqué une pause, le souffle coupé, elle reprit :

— Mais comment pouvez-vous imaginer que je veuille arrêter au moment même où vous me faites cela ?

Il avait couvert sa fesse de sa main et la caressait. Elle sentit que ses articulations se liquéfiaient.

— Dieu, que vous êtes douce !

Elle se hissa sur la pointe des pieds pour poser les lèvres sur sa joue.

— Règle n° 5 : « Toujours respecter les souhaits d'une lady. »

Elle était une dévergondée. Et elle s'en fichait, maintenant qu'elle était dans ses bras.

— C'était justement ce à quoi je pensais.

— À quoi, exactement ?

— À me conduire en gentleman, dit-il, ses mains la quittant, et il retira son gilet. Il serait fort peu courtois, en tant que gentleman, d'attendre qu'une lady se dévêtisse et de rester habillé.

Elle le regarda, hypnotisée, tandis qu'il ôtait sa lavallière.

Ses yeux étincelèrent tandis qu'il retirait les pans de sa chemise de son pantalon et la faisait passer par-dessus sa tête.

— Eh bien, fit-elle, incapable de le quitter des yeux. Je...

Il approcha les mains de son visage, ses doigts se faufilant dans ses cheveux.

— Maintenant, chipie, murmura-t-il contre ses lèvres, en tant que gentleman, je dois laisser à la lady l'honneur de commencer.

Le cœur de Diantha s'apparentait à une baguette de tambour qui battait contre la paroi de sa gorge.

— De co... commencer ? fit-elle – on aurait dit un croassement. Je ne peux m'empêcher de bégayer. C'est très gênant.

— De commencer les caresses, dit-il, avant de l'embrasser à nouveau.

Une vive chaleur enveloppa Diantha, des joues aux orteils. Dans ses rêves, elle n'avait jamais imaginé toucher son corps dénudé. Quelle naïveté.

— Commencer les caresses ?

Les étincelles dorées du feu illuminaient les yeux de Wyn, et un léger sourire recourba le coin de sa bouche.

— Allons, allons. Lady Intrépide serait-elle trop timide pour s'y essayer ?

— Non !

Il était grand, beau et terriblement viril, tout en muscles : ses bras, ses larges épaules, et son torse magnifique s'affinant jusqu'à sa taille baignée par la lumière ambrée du feu. À la vue de la toison de poils sombres qui s'étendait de son nombril jusqu'à son pantalon, elle frémit à nouveau. Elle leva une main et posa deux doigts dans le creux à la base de sa gorge. Il inspira lentement, sa poitrine se soulevant. Ayant posé sur lui ses cinq doigts, elle les fit glisser sur sa peau.

Ses cils papillonnaient, son entrejambe était aussi humide que sa bouche à présent. La peau de Wyn était brûlante, et elle sentait le martèlement de son cœur sous sa main. Elle traça des doigts un mamelon brun et plat. Il ferma les yeux, inspira fortement et l'attira plus près.

— J'ai peut-être surestimé mon côté gentleman, dit-il, la voix tendue.

— Surestimé ?

— Diantha, touchez-moi encore.

Il n'avait pas ouvert les yeux.

— Vos mains..., reprit-il, la voix grave. Je vous en prie.

Elle obéit. Les paumes plaquées contre son torse, elle savoura la douceur de sa peau, la forme de ses muscles qui la rendaient toute faible de désir, les martèlements de son cœur. Ses mains se déplaçaient comme si elles savaient où le toucher, enveloppant ses épaules, longeant la ligne de sa clavicule, passant sur le chaume de sa barbe, puis dans ses cheveux. Il sentait bon la fumée de l'âtre et l'homme.

Elle se hissa sur la pointe des pieds pour suivre de ses doigts le contour de ses lèvres. Il la maintenait contre lui, les mains ouvertes sur son dos, et elle se sentait protégée. Elle savait qu'il la protégerait. Elle l'avait su dès le début.

Le tissu de sa longue chemise se froissait sous son étreinte.

— Un gentleman ne devrait pas compromettre la pudeur d'une lady pour lui faire l'amour, murmura-t-il. Je devrais vous permettre de rester habillée. Mais je veux vous voir, chipie. Je veux tout voir de vous.

Un sentiment d'alarme la prit subitement à la gorge.

— Vous voulez... ?

— Quand j'avais la fièvre, la pensée que je pourrais un jour voir votre corps, si je m'en sortais vivant, m'a aidé à ne pas perdre la raison.

— Mais...

Personne ne l'avait jamais vue nue, pas même ses sœurs ou sa femme de chambre. À quatorze ans, elle avait même tourné son miroir vers le mur. Il n'était pas nécessaire qu'elle s'inflige ce spectacle tous les jours.

— Peut-être que si nous soufflions d'abord la bougie... ?

— Diantha, ne me le refusez pas.

Ses yeux étaient ardents à présent.

Elle ferma les siens pour ne pas voir sa réaction lorsqu'elle retira sa chemise, et il l'y aida.

Le silence s'éternisa.

— Mon Dieu ! dit Wyn, la voix étranglée.

Elle se couvrit vivement le ventre des bras.

— Je sais que je ne suis pas... c'est-à-dire que si je pouvais...

— Si on demandait à Dieu de façonner une femme d'une pure beauté, il refuserait cette requête. Car Il vous a déjà créée.

Elle ouvrit subitement les paupières et vit son regard posé sur elle, captivé. Il la toucha alors en suivant des doigts les affreuses rayures blanches sur ses hanches et son ventre. Sa femme de chambre lui avait dit que ces marques, ainsi que celles qui flanquaient ses seins, révélaient les zones où sa peau s'était étirée lorsqu'elle était bien en chair, et qu'elle en garderait toujours le souvenir. À présent, du bout des doigts, Wyn les caressait tendrement.

— Magnifique, unique Diantha !

C'était un rêve. Un sanglot échappa à la jeune femme. Il ne fallait pas qu'elle pleure maintenant, même de joie.

— Le pensez-vous vraiment ? Dites-vous la vérité ?

— Oui, je le pense vraiment. Pourquoi mentirais-je ? Vous êtes là, consentante. Je n'ai rien à gagner en mentant, mais tout à gagner en vous regardant simplement, en disant ce que je pense et en attendant que ces adorables fossettes apparaissent.

— Vous ne regardez pas mes fossettes, en ce moment.

— Hum. Je suis facilement distrait.

Il captura ses lèvres, ses mains chaudes l'attirant à lui et, enfin, ils se retrouvèrent peau contre peau. Ses seins s'aplatirent contre son torse et son bas-ventre se heurta à une dureté qui l'enchanta.

— Grands dieux, Diantha !

Il lui prit les fesses au creux des mains et attira ses hanches tout contre lui.

— Si vous voulez une preuve de combien je vous trouve séduisante, patientez ne serait-ce qu'un instant de plus avant de monter sur ce lit, et je vous prendrai ici, à même le plancher. Je ne peux plus attendre !

Elle se dégagea de ses bras, amusée.

— Au lit ! dit-elle.

Il se débarrassa de ses bottes, puis se retint à la colonne de lit comme pour garder son équilibre. Elle ne savait pas si elle devait s'asseoir ou s'allonger, se retrouvant entre ces deux positions, et il la contempla.

— Qu'attendez-vous ? demanda-t-elle, la voix chevrotante.

— De revenir à la réalité, répondit-il sérieusement.

Un petit sanglot d'exaltation échappa à Diantha.

— C'est la réalité.

Il déboutonna son pantalon, avant de le retirer. Ce fut au tour de Diantha de le regarder fixement. Elle ne pouvait s'en empêcher, effrayée, choquée, et si sensible entre ses jambes qu'elle ne doutait pas de ce qui allait suivre : son corps le lui disait.

Il s'approcha d'elle et, sous son regard affamé, elle se sentit à cet instant vraiment belle.

— Vous êtes à croquer, murmura-t-il. Chaque centimètre de votre corps.

Il caressa son mamelon du pouce, passant dessus une fois, puis encore une fois, doucement, délicieusement. Il se pencha pour le prendre dans sa bouche.

— Oh oui…, soupira-t-elle. J'avais envie de revivre ceci depuis Knighton.

— Je vous ai maltraitée, cette nuit-là.

Sa langue effleura la pointe de son sein.

— Je vous ai touchée alors que vous ne l'aviez pas sollicité…

— Si, je l'avais sollicité.

Elle se cambra sous sa main descendant le long de sa taille, puis souleva les hanches, l'invitant à poursuivre.

— Pourquoi ne m'avez-vous pas prise, alors ?

— Je n'ai pas pu.

Ses caresses s'arrêtèrent, et il ajouta :

— L'alcool m'en avait rendu incapable.

Elle cligna des yeux.

— Vous comprenez ? murmura-t-il contre sa joue d'un ton un peu hésitant.

— Je crois que oui.

Puis elle jeta un coup d'œil vers le bas.

— Ce… ce n'est pas toujours comme ça, n'est-ce pas ?

Un sourire se dessina au coin des lèvres de Wyn.

— C'est comme ça quand vous êtes près de moi, dit-il, puis son sourire s'effaça. Excepté cette nuit-là.

Il resserra sa prise sur sa taille.

— Allez-vous me retirer votre pardon pour cette offense, maintenant… maintenant que vous savez que ce n'est pas par sens de l'honneur, mais par incapacité que je vous ai laissé cette nuit-là votre virginité ?

— Je ne le crois pas.

— Diantha…

— Je ne crois pas que vous l'auriez fait. Pas si je vous avais dit non.

Elle caressa du bout des doigts son torse et ferma les yeux.

— Et ce soir, murmura-t-elle en descendant la main sur sa taille, vous n'avez pas bu.

Il respirait difficilement. Elle enroula les doigts autour de son membre viril. Il était aussi dur qu'il en avait l'air. Aussi chaud que ce désir qui palpitait en elle.

— Si je vous le refusais maintenant, à cet instant, l'accepteriez-vous ?

— Vous ne le refuserez pas.

Il y avait de la rudesse dans son ton.

— Non.

La voix de Diantha tremblait autant que son corps. Mais elle avait mal et elle avait besoin qu'il réponde à cette étrange douleur. Elle écarta les genoux et il se glissa entre eux, sa peau caressant la sienne à tel point qu'elle ne parvenait plus à reprendre son souffle.

— Je ne vous ferai pas mal, assura-t-il avec douceur.

— Je sais, dit-elle en un murmure.

Il embrassa son front, le côté de sa bouche, sa gorge, puis ses lèvres, si merveilleusement.

— Jamais.

— Mais...

Il la toucha de ses doigts, délicatement, intimement. Elle se figea. Puis il reprit ses caresses avec assurance et habileté. Longuement. Le corps de la jeune femme semblait lui répondre, et il s'ouvrit avec un tressaillement. Sur ce tressaillement, il la pénétra de son membre.

Puis il s'immobilisa, le souffle court.

— Mon Dieu ! s'exclama-t-il, sa voix semblant à la fois rauque et tendue. Ça va ?

— Oui, je crois.

Pas tout à fait à l'aise, elle était sidérée que son corps puisse le recevoir ainsi. Elle laissa sa main glisser sur son épaule. Il était tout autour d'elle, et en elle, il l'enveloppait de sa chaleur. Elle n'avait jamais imaginé une telle intimité. Bien qu'elle ait rêvé de ces étreintes, elle n'avait jamais imaginé une telle chose.

— Ce n'est pas douloureux. Pas vraiment. Cela ne devrait-il pas l'être, la première fois ?

Il passa les doigts dans ses cheveux.

— Votre hymen a peut-être été rompu à Knighton.

— Je croyais que vous ne vous souveniez pas de ce qui s'était passé.

Il embrassa doucement sa bouche avant de dire :

— Je ne pourrais pas l'oublier.

Elle se mordit la lèvre.

— Il y a plus que cela, n'est-ce pas ?

Elle inclina la tête en arrière, acceptant ses baisers sur sa gorge, glissant ses orteils le long de la courtepointe, le sentant si solide en elle.

— Y a-t-il plus, dites-moi ?

— Beaucoup plus.

Les yeux de son amant étaient aussi étincelants que des diamants.

— Laissez-moi vous montrer.

— Oui.

Il lui montra. Il fut très patient, et c'était un excellent professeur. Elle apprenait vite. Et tandis qu'il la touchait, qu'il affamait son corps puis apaisait sa faim, ce qu'elle apprit surtout, c'est que sa chair pouvait être taquinée, tourmentée jusqu'au bord de l'abîme, mais que cela ne pouvait pas être séparé de son cœur. Car parmi ces caresses et ces baisers, lorsqu'il murmura son prénom, c'est à cet instant qu'elle perdit tout contrôle.

Un plaisir dévastateur l'emporta, au point qu'elle se mit à gémir sans pouvoir se retenir, puis à geindre, et enfin à crier.

— Oh, non !

Elle s'agrippa à sa taille, le rapprochant d'elle de plus en plus près, de plus en plus fort, voulant que cela continue encore et encore.

— Embrassez-moi pour que je cesse de faire ces bruits.

Il obéit. D'une main ferme, il fit remonter son genou près de sa hanche, et elle aima cette intimité nouvelle, le frôlement de la peau contre la peau, l'enveloppant de ses cuisses tandis qu'il se mouvait en elle. Ses poussées étaient plus rapides, ses muscles aussi durs que le roc. Il plongea au plus profond d'elle et fut pris d'un soubresaut.

— *Oooh !*

Les yeux clos, il relâcha brusquement la tension et ne bougea plus, toujours en elle.

— Mon Dieu ! grogna-t-il, puis dans un souffle laborieux : Diantha...

Elle aspira goulûment l'air, le front humide. Il se cala sur les coudes, sa poitrine frôlant l'extrémité dressée de ses seins, et l'embrassa encore. C'étaient des baisers de contentement et ils avaient un goût différent, le sel s'accrochant aux lèvres de la jeune femme. Il passa son pouce sur sa lèvre inférieure, puis descendit le long de sa gorge et de son épaule, effleurant tout son corps qui était d'une sensibilité insoutenable.

Alors il se retira d'elle, sa main s'attardant le long de sa taille. S'étant laissé tomber sur le matelas à son côté, il ferma les yeux et laissa échapper un souffle qui ne semblait pas plus régulier que les battements erratiques du cœur de Diantha.

Elle se tourna pour le contempler, l'angle de ses joues et de sa mâchoire, ses épaules puissantes et ses bras qui l'avaient étreinte. Elle sentait ses poumons étonnamment contractés. Elle avait tenté et réussi de nombreuses entreprises remarquables, ces temps derniers. Il était étrange de constater que, dans cet effort le plus naturel qui soit – simplement respirer –, elle échouait presque à présent.

20

Wyn écouta la respiration saccadée de la jeune femme qui lui avait donné son corps avec passion et générosité, et une sensation tout à fait inédite le paralysa. Il resta immobile un instant, puis un autre, laissant le froid de la chambre repousser le sommeil pour parvenir à réfléchir, à comprendre. Il ouvrit les yeux, fixa le baldaquin au-dessus de lui, distinguant les détails grâce à la clarté de la lune.

Il pouvait voir les imperfections dans le grain du bois, le nœud sur la troisième planche. Son esprit était clair. Parfaitement clair. Et pourtant, il était comblé.

Plus que comblé. Physiquement satisfait comme il ne l'avait été aussi loin que remontaient ses souvenirs. Aucune soif ne persistait, aucun manque ne mijotait dans ses veines, aucune colère ne s'emparait de lui parce qu'il ne parvenait pas à assouvir ce manque. Il n'avait envie de rien de spécial. Cela faisait si longtemps qu'il n'avait ressenti autre chose qu'un désir désespéré. Le sentiment de paix lui était devenu étranger…

— Pour être honnête, murmura la douce beauté près de lui, les histoires de Teresa ne m'avaient pas tout à fait préparée à cela.

Il tourna la tête en ébauchant un sourire. Elle s'était mise sur le côté, les genoux remontés, ce qui arrondissait la courbe de sa hanche. Ses mains étaient jointes sous sa joue, et des boucles châtains retombaient. Des cils épais ombrageaient ses yeux magnifiques.

— Mlle Finch-Freeworth semble bien informée.

— Pas autant que je le pensais, dit-elle d'une voix ensommeillée, mais ses lèvres tressaillirent, puis ses yeux s'ouvrirent tout grands. Je n'ai mentionné le nom de famille de Teresa que le premier jour, lors de notre rencontre. Comment se fait-il que vous vous en rappeliez ?

Il attrapa une couverture et l'étendit sur elle, se permettant de caresser à nouveau sa peau soyeuse. Cela faisait longtemps qu'il ne s'était pas permis de toucher ainsi une femme. Il n'avait pas cru mériter un plaisir aussi simple.

— Je vous l'ai dit, chipie, dit-il en passant le dos de ses doigts sur sa joue, aussi douce que la rosée. J'ai une mémoire remarquable.

— Wyn, murmura-t-elle en inclinant son visage sous la caresse. Allez-vous me parler maintenant de ces filles que vous avez sauvées ?

— Ce n'est pas à moi de raconter ces histoires. Elles appartiennent à ceux que je sers.

Elle leva les yeux vers lui.

— Seriez-vous un espion ?

— Non.

Elle se redressa pour s'asseoir, la couverture basculant sur ses genoux et dénudant ses seins généreux, aux tétons d'un rose somptueux.

— Mais si vous étiez un espion, vous n'auriez pas le droit de le dire à qui que ce soit. Vous vous contenteriez d'effectuer des missions secrètes, et peut-être abominables.

Ses yeux pétillaient et il essayait de se concentrer sur eux, mais le froid dans la chambre transformait les pointes de ses seins en pics qu'il aurait voulu prendre dans sa bouche.

— Est-ce une autre histoire de Mlle Finch-Freeworth ? se moqua-t-il.

Elle arqua un sourcil et sourit, ce qui creusa ses fossettes.

— De ses frères.

— Ah ! Ses frères avec qui vous avez passé votre séjour au manoir de Brennon ?

Les fossettes ne faisaient qu'attiser son désir. Il les explorerait chacune avec la langue. Puis il l'explorerait partout. Il saurait tout d'elle.

— Ai-je raison d'être jaloux ? demanda-t-il.

Elle le dévisagea, étonnée.

— L'êtes-vous vraiment ?

Il entoura soudain sa taille d'un bras et plongea le regard dans ses yeux pétillants.

— Oui.

Elle méritait plus qu'un scandale et un voile de veuve. Depuis cinq ans, il n'avait eu qu'un objectif : le duc devait mourir. Mais maintenant, il ne se rappelait plus très bien pour quelle raison.

Il posa le menton sur la courbe de son épaule et huma son parfum. Cette odeur de femme et d'air frais faisait plus que l'enivrer. Elle lui donnait un sentiment de complétude.

— Vous êtes à moi, chipie, murmura-t-il contre sa peau. À moi, pour le meilleur et pour le pire.

Diantha n'avait pas beaucoup d'expérience, mais elle se doutait qu'il s'agissait là seulement des mots d'un amant. Après tout, elle-même aurait eu envie de parler d'amour, parce que son corps était comblé. Mais cela n'avait rien à voir. Elle dit donc ce qui lui semblait la stricte vérité.

— J'ai apprécié ce que nous venons de faire.

— Ah oui ?

Les lèvres de Wyn contre son cou esquissèrent un sourire.

— Pouvons-nous le refaire ? demanda-t-elle.

— Tout de suite ?

Il embrassa son menton, puis chaque côté de sa bouche, lentement, puis enfin ses lèvres, et elle se blottit tout contre lui.

— S'il vous plaît, murmura-t-elle.

— Pas tout de suite, chipie. Un homme a besoin de temps pour...

Sa main gracieuse vint alors s'enrouler autour de son membre viril, leur démontrant à tous les deux qu'il avait besoin de beaucoup moins de temps qu'il ne l'avait cru jusqu'à présent.

Wyn se réveilla à l'aube, la désirant encore.

Ébouriffée et rayonnant d'une douce vulnérabilité dans son sommeil, Diantha respirait régulièrement, profondément endormie. Il ne pouvait la réveiller.

Il s'habilla et se rendit à l'écurie, où Galahad et Lady Priscilla l'accueillirent avec des hennissements. Perché sur le tabouret à côté de la vache, Owen souleva sa casquette.

— Bonjour, milord.

— Nous partons aujourd'hui. Si tu préfères rester ici, je te confierai la pouliche et je dirai à M. Guyther de t'en laisser la responsabilité.

Le garçon en resta bouche bée.

— Ça me ferait bien plaisir, monsieur.

— C'est un animal précieux.

Owen était doué avec les chevaux. Et Wyn ne serait pas absent bien longtemps.

— Es-tu sûr et certain de vouloir assumer cette responsabilité ?

— Oh oui, milord !

Il plaça sur le dos de Galahad la couverture puis la selle.

— Quand tu auras fini de traire cette vache, va au village et demande à Mme Cerwydn de renouveler les herbes qu'elle m'a dernièrement préparées. Rapporte-les ici.

Wyn se rendit à cheval à la maison de Guyther. L'intendant de l'abbaye l'accueillit avec une mine plus affable que lors de leur précédente rencontre. Les villageois ne comprenaient pas pourquoi il n'était pas revenu lorsque sa grand-tante était tombée malade la dernière fois, pas plus qu'il n'était venu assister à ses funérailles. Ils ne savaient pas, évidemment, qu'entre le moment où ils l'avaient vu pour la dernière fois et le déclin rapide de sa grand-tante il avait été responsable de la mort d'une fille – une fille qu'il avait essayé d'aider –, qu'il avait tuée parce qu'il avait agi à la va-vite, sous l'empire de l'alcool. Il n'aurait pas supporté de le dire à la femme qui lui avait tout appris.

Wyn s'entretint avec l'intendant au sujet du domaine, puis retourna à l'abbaye à travers la brume qui se dissipait en ce petit matin argenté. Owen étant parti, il s'occupa de nourrir Galahad. Plus loin dans l'écurie, une pile de foin l'attira, placée près d'une fenêtre haute et sous les rayons du soleil qui s'était levé. Comme s'il était redevenu un enfant, il retira son manteau, s'allongea sur le dos dans le foin, les bras croisés derrière la tête, attentif aux bruits que faisaient les animaux, au murmure du ruisseau au loin, aux gazouillis des oiseaux dans les haies.

Il l'entendit approcher avant de la voir, ses pas légers sur le sol.

— Je vous ai vu revenir avec Galahad... Non, ne vous levez pas.

Elle se laissa tomber à genoux à côté de lui, l'éclat du soleil se reflétant dans ses cheveux.

— J'ai été surprise de vous voir partir à cheval, puisque nous devons voyager aujourd'hui.

— Je vous croyais encore endormie.

Il prit sa main et la porta à ses lèvres. Elle posa l'autre sur son torse.

— Je n'arrivais plus à dormir.

Elle se hissa sur lui.

— Mes rêves me faisaient revivre ce que nous avons fait cette nuit, et ils m'ont simplement réveillée.

Il se mit à rire.

— Avez-vous pris votre petit déjeuner, chipie ?

Elle se plaça à califourchon sur ses hanches, ses jupes pareilles à de l'écume autour de ses cuisses.

— Je n'ai pas faim.

— Voilà qui est sans précédent !

— Je veux que vous me fassiez encore l'amour. Maintenant. Dans une écurie, là où j'ai reçu mon premier baiser.

Le sourire de la jeune femme était éblouissant.

— Votre dame de compagnie…

— Mme Polley n'est pas réveillée, et je n'ai pas encore vu Owen.

Elle trouva avec la douceur de sa féminité son membre viril à travers son pantalon. Il posa les mains sur ses hanches et gémit. Puis, les paumes sur ses épaules, elle se pencha en avant et se balança contre lui, les paupières battantes.

— Vous faites en sorte que ce soit si bon…, chuchota-t-elle, presque timidement à présent, les cils baissés.

Il glissa la main à l'arrière de sa tête et l'attira vers lui. Ses lèvres n'étaient pas moins douces, ce matin.

— C'est fait pour que ce soit bon, chipie, murmura-t-il en passant les doigts dans ses boucles.

Ses yeux lapis s'écarquillèrent.

— Vous ne vous attribuez jamais le mérite de ce qui est bon ?

— S'attribuer le mérite du plaisir sexuel serait un péché d'orgueil dont même moi suis incapable.

— Vous n'êtes pas un homme très orgueilleux, même si je pense que vous l'imaginez. Et si faire l'amour est naturellement agréable, pourquoi y a-t-il tant de dames mariées qui se promènent avec le visage pincé d'insatisfaction ?

Il rit et l'embrassa. Pendant un long moment, il goûta la chaleur des lèvres et du corps de Diantha sous ses mains, les doigts de la jeune femme pétrissant ses épaules. Lorsqu'elle laissa échapper de doux murmures de désir du fond de sa gorge, enserrant ses hanches de ses cuisses tandis qu'elle se mouvait contre lui, cherchant le plaisir, il glissa la langue dans sa bouche.

Diantha essaya de lui arracher son gilet et sa chemise de ses doigts impatients.

— Oh, s'il vous plaît, enlevez ça ! dit-elle en soupirant fortement. Je veux vous toucher.

— Il y a une chambre à coucher à moins de vingt mètres d'ici.

— Je suis en train de réécrire la règle n° 1.

Elle déboutonna son gilet et le fit passer sur ses épaules.

— Ça donnerait ceci : « Ne lui refusez rien, même si elle n'est pas particulièrement vertueuse. »

— Je suis obligé de me soumettre, en raison de votre grand cœur et de votre générosité à revendre, Diantha Lucas.

Elle se laissa glisser à son côté et il retira son gilet. Ses yeux gris pétillaient de malice.

— Et il va sans dire que je suis complice de la perte de votre vertu, ajouta-t-il.

— Uniquement parce que je vous y ai contraint.

Elle le toucha, et un frisson la parcourut de la tête aux pieds. Le toucher était au-delà du sublime.

— Personne ne me contraint à faire ce que je ne veux pas.

Il releva le bas de sa chemise.

— Admettez tout du moins que je vous ai harcelé.

Elle l'aida à se dévêtir.

— Il est vrai que si les autres ne répondent pas d'emblée à mes désirs, je les convaincs généralement d'une manière ou d'une autre..., ajouta-t-elle, le bout de ses doigts s'arrêtant soudain sur sa colonne vertébrale. Qu'est-ce que...

Il lui empoigna brutalement le poignet.

— Ne touchez pas !

Des cicatrices circulaires partaient de la base de sa colonne vertébrale, chacune de la taille d'un pouce, leur texture dure, rugueuse.

— Pourquoi pas ? s'enquit-elle, la voix rauque.

— Diantha, je vous demande pardon..., dit Wyn en desserrant sa poigne de fer.

Il prit une profonde inspiration.

— Ces blessures ne sont pas récentes. Cela vous fait encore mal ?

— Non.

— On dirait... des brûlures.

Des marques cruelles.

— Infligées intentionnellement, continua-t-elle.

— En effet.

— Avec un tisonnier ?

— Simplement des cigares, les outils de châtiment les plus prisés de mon père et de mon frère aîné.

— Pourquoi ont-ils fait ça ?

Il fixa le sol.

— Parce que je lisais des livres, contrairement à eux, dit-il avant de laisser échapper un rire rauque. Parce que je lisais, un point c'est tout.

— Parce que vous lisiez des livres ? Mais... c'est horrible !

— Diantha, fit-il d'une voix calme, c'est de l'histoire ancienne. Ça remonte à vingt ans.

— Si c'est vraiment de l'histoire ancienne, pourquoi ne puis-je pas vous toucher là ?

Son regard argenté se porta sur elle, scrutant son visage. Il tendit la main, l'entoura d'un bras et l'attira à lui. Il l'embrassa, et ce n'était pas un baiser destiné à la distraire de ses questions, mais quelque chose d'autre, quelque chose de plus fort. Au bout d'un moment, il se contenta de la tenir, leurs cœurs battant l'un contre l'autre.

— Permettez-moi de toucher, murmura-t-elle.

Il posa les lèvres sur son front et resta immobile tandis qu'elle glissait la main dans son dos, sous sa chemise.

— Un. Deux. Trois.

Elle explorait du bout des doigts la peau abîmée sur l'os, là où la douleur avait dû être atroce.

— Quatre. Cinq. Six.

— Sept, dit-il en effleurant sa joue de la sienne. La première fois, je lisais un livre sur les Sept Merveilles du monde antique.

— Quelles sont les Sept Merveilles du monde antique ?

— De magnifiques édifices créés par l'homme. J'ai dit à mon père et à mon frère que j'avais l'intention de visiter un jour les pyramides de Gizeh, dit-il avant de rester silencieux un moment. Je crois que j'avais six ans à l'époque.

— Vous étiez précoce, dit-elle en glissant sa main le long de son large dos, sous la chemise. Trop intelligent pour eux.

— Trop intelligent pour mon propre bien.

Ses pouces frôlèrent le dessous de ses seins libérés.

— Votre intelligence me plaît beaucoup, monsieur Yale.

— Et cela me plaît beaucoup que vous vous asseyiez sur mes genoux, chipie.

Elle embrassa son épaule, repoussant le tissu pour poser les lèvres sur sa peau.

— Voulez-vous me faire l'amour maintenant ?

— Me permettrez-vous de vous le faire dans un lit, plutôt que sur un tas de foin moisi ?

— J'aime le foin moisi.

Elle mordilla sa mâchoire pas rasée.

Le toucher et le voir ainsi lui faisait bondir le cœur.

— Bien que je suppose que je devrais acquiescer face à l'expérience d'un élégant gentleman londonien.

— L'élégant gentleman londonien faisant la sieste dans une meule de foin.

Il passa le pouce sur son mamelon. Elle frissonna et bascula la tête en arrière. Non loin de là, les aboiements du chien se mêlaient aux gazouillis des oiseaux.

— Avez-vous déjà fait l'amour dans une meule de foin, monsieur Yale ?

— Si je réponds par la négative, cela vous causera-t-il une grande déception, mademoiselle Lucas ?

— Je ne sais pas.

Il glissa son pouce sous son corsage.

— Je dois veiller à ne pas vous décevoir, ajouta-t-il.

Il la caressa, et elle en eut le souffle coupé.

Les aboiements de Ramsès se faisaient frénétiques. Les mains de Wyn s'immobilisèrent.

— Diantha.

Elle déposa un autre baiser sur ses lèvres.

— Devons-nous partir d'ici ce matin ? s'enquit-elle en faisant descendre ses mains sur son torse. Je souhaite être à Calais dès que possible, mais j'aime cet endroit. Ce sera difficile de le quitter, surtout maintenant que le soleil brille.

Elle sourit contre sa mâchoire.

— Je suis contente que nous nous soyons perdus dans cette région.

— Diantha.

Il la prit par la taille et l'écarta de lui.

— Levez-vous. Recoiffez-vous et rajustez votre robe.

— Quoi ?

— Tout de suite. Quelqu'un arrive.

— Quelqu'un ?

Il lui prit la main et elle se leva, puis il l'aida à ôter la paille sur ses jupes et reprit son gilet et son manteau. Elle entendit alors le fracas de sabots et le cliquetis des roues d'une voiture dans l'allée caillouteuse.

— Oh, non ! Pensez-vous que les propriétaires sont de retour ? Si seulement nous étions partis il y a une heure...

Il la scruta.

— Passez par le chemin qui va à l'arrière de la maison, et demandez à Mme Polley de vous habiller convenablement.

Elle se rendit à la porte.

— Je veux d'abord voir qui c'est.

— Ce n'est pas nécessaire.

— Mais s'il s'agit d'une grande dame ou...

La voiture s'arrêta dans l'allée devant la maison, un cabriolet de voyage noir et brillant, tiré par quatre chevaux magnifiquement assortis.

Le serviteur assis à côté du cocher était en livrée bleue.

— Il y a des armoiries sur la portière, murmura-t-elle. Notre hôtesse est noble !

Il n'avait pas bougé, affichant une mine grave, et l'inquiétude chatouilla le ventre de Diantha. Elle jeta un coup d'œil au cabriolet.

— Et... il a des roues cerclées de bleu. C'est très étrange, mais je... je crois que ce cabriolet me dit quelque chose.

— Je pense que vous l'avez déjà vu à Savege Park, dit-il enfin. Il appartient au comte et à la comtesse de Blackwood.

Descendant de la voiture avec l'aide de sa servante, lady Katherine Blackwood apparut dans l'allée, la belle-sœur de Serena et l'épouse du plus proche ami de Wyn. Son mari la suivait.

Il ne fallut que quelques instants pour que la joie qu'éprouvait Diantha cède la place à une chape de glace. Un cri de surprise lui échappa, puis un gémissement de douleur pure, déchirant. Lorsqu'elle se tourna vers Wyn, il était impassible.

— Rentrez à la maison, Diantha. Je vais accompagner nos visiteurs au petit salon. Rejoignez-nous dès que possible.

Bien qu'elle ne comprenne pas tout ce qui se passait, elle partit sans un mot, car rien de ce qu'elle aurait voulu dire n'aurait pu être exprimé sans hurler. Ou pleurer. Et comme avec tous ceux qui l'avaient blessée par le passé – les enfants du voisinage, ses camarades de classe, sa mère –, elle n'allait surtout pas pleurer devant lui.

21

— Milady, dit Wyn en acceptant la main que lui tendait la comtesse. Comme vous êtes ravissante, même après les désagréments de la route !

— Il n'y en a pas eu d'épouvantable, en l'occurrence. Le cabriolet a de bonnes suspensions, c'est un véritable plaisir.

Elle sourit, le dévisageant de ses yeux gris tempête avant de tourner son attention vers la maison.

— Où est-elle ? Avez-vous réussi à la retenir aussi longtemps ?

— Elle est à l'intérieur. Nous devions partir aujourd'hui.

— Nous arrivons donc juste à temps.

Le sourire de Kitty était radieux.

— Vous semblez aller bien, Wyn, et votre demeure est sublime, ainsi nichée dans cette vallée. Que signifie Abbaty Fran Ddu ?

— Abbaye des Corneilles.

Le comte de Blackwood toussota derrière son épouse.

Kitty connaissait l'existence du Falcon Club, mais elle ne savait pas tout ; elle ignorait notamment ces noms de code que le directeur avait attribués aux cinq agents, des années auparavant. À l'époque, Wyn n'avait donné cette information qu'à sa grand-tante, et cette coïncidence les avait beaucoup amusés.

Il indiqua du geste la porte d'entrée.

— Je vous en prie, venez à l'intérieur, et nous vous offrirons des rafraîchissements. L'abbaye dispose d'un personnel plutôt réduit.

— Bien sûr, dit Kitty. Vous, messieurs les espions, voulez rester discrets.

— Il n'y a pas d'espion, répliqua son époux. Yale, de quel problème s'agit-il ?

— C'est un plaisir de te voir aussi, Leam. Comme ton regard noir m'a manqué. Ta mèche blanche s'est élargie depuis notre dernière rencontre. Ce doit être les soucis.

— Constance m'a dit que Gray t'avait envoyé chercher un cheval, il y a plus d'un mois, fit Blackwood, une pointe d'écossais teintant sa voix. Un maudit *cheval* ?

— Leam, calmons-nous, intervint Kitty en passant le bras sous celui de son époux. Mais vraiment, Wyn, je suis aussi curieuse qu'un chat. Leam l'est aussi, sinon il ne serait pas venu. Vous disiez si peu de choses dans votre lettre, que nous avons trouvée quand nous avons ouvert la maison en ville. Nous n'y sommes arrivés que mercredi.

— Merci d'être venus si vite, milady, dit Wyn en jetant un coup d'œil à Leam. Et toi, si tu m'appelles « lad » à cause de ce cheval, je dégaine mon arme.

— Tu n'en portes pas, Wyn.

— Elles sont dissimulées. J'en ai partout sur moi. Des couteaux. Des pistolets. Que sais-je encore ?

— C'est ce « que sais-je encore » que je trouve le plus préoccupant, commenta Kitty, les yeux brillants. Il va sans dire que nous sommes venus en toute hâte pour le bien de Diantha. Maintenant, faites-nous visiter cet endroit charmant. Des rosiers en fleur en automne ! Tout à fait délicieux. Pourquoi ne pas nous y avoir invités plus tôt ?

Parce que, depuis qu'il connaissait Kitty, il n'était plus revenu ici. Et avant cela, pendant les années où il avait travaillé avec Leam pour le Falcon Club, la maison appartenait à sa grand-tante, la femme qui l'avait sauvé, qui lui avait offert un refuge, un foyer, et qui lui avait enseigné tout ce qu'il chérissait. La femme qui lui avait appris à être le contraire de son père et ses frères.

Mme Polley les accueillit dans le vestibule.

— Lord et lady Blackwood, permettez-moi de vous présenter Mme Polley, actuellement au service de Mlle Lucas. Elle fait d'excellents biscuits à l'avoine. Madame Polley, auriez-vous l'amabilité d'apporter des rafraîchissements au petit salon pour nos invités ?

Les yeux de Mme Polley semblèrent sortir de leurs orbites, mais elle fit une courbette et s'éclipsa.

En entrant dans le petit salon, Leam parcourut la pièce du regard.

— J'ai comme l'impression que Mme Polley ne t'apprécie guère, Yale.

— Tu n'en sais pas la moitié.

— Je m'en doutais.

L'accent écossais avait disparu, le lord éduqué à Cambridge prenant de nouveau le dessus.

— Quelle est donc l'autre moitié du problème, Wyn ? s'enquit Kitty en allant regarder par la fenêtre.

Leam prit place dans un fauteuil et demanda :

— Combien de temps me faudra-t-il attendre avant de devoir aller me chercher du whisky ?

— Indéfiniment, répondit Wyn. Je crains qu'il n'y en ait pas du tout ici. Et, soit dit en passant, il n'est que 9 heures du matin. Tes articulations t'embêteraient-elles, mon vieux ?

— Aurais-tu tout bu avant notre arrivée, Yale ?

Agacé, Wyn se tourna vers Kitty.

— N'auriez-vous pas pu le laisser à Londres ?

— Il a refusé, expliqua-t-elle en riant. Il a dit qu'il ne fallait pas laisser une jeune fille et une matrone voyager depuis ces régions sauvages jusqu'à Londres avec un Gallois.

— Tous mes remerciements pour ta confiance, mon vieil ami.

Une lueur illumina les yeux de Leam.

— Est-elle encore une jeune fille, Wyn ? demanda Kitty en penchant la tête de côté. Je veux dire : est-ce dans ce genre d'ennui que vous l'avez trouvée ?

Leam tapotait du bout des doigts l'accoudoir de son fauteuil, son regard sombre posé sur son épouse.

— Non, dit Diantha dans l'embrasure de la porte. Ce n'était pas ce genre d'ennui.

Elle entra dans la pièce et fit une révérence.

— Bonjour, lady Blackwood. Milord.

— Combien de fois devrai-je vous prier de m'appeler Kitty ? répliqua celle-ci en prenant la main de Diantha. Nous sommes de la même famille, vous et moi. C'est bien sûr pour cela que M. Yale nous a demandé de l'aide.

— Je suis désolée que vous ayez dû faire tout ce chemin.

Les joues blêmes, elle s'adressait à Kitty, ignorant Wyn.

— J'ai peu de bagages et je suis prête à partir quand vous le souhaiterez, même si je suppose que vous aimeriez vous reposer un peu.

— En fait, la nuit dernière, nous nous sommes arrêtés dans une auberge. J'y ai merveilleusement bien dormi.

Kitty tourna les yeux vers Wyn, puis les reporta sur Diantha.

— Pourquoi ne prendrions-nous pas un peu de thé ?

— Comme il vous plaira, fit Diantha.

Sa voix était presque inaudible, mais elle regarda rapidement Wyn, avant de baisser à nouveau les yeux.

La comtesse prit sa main et la glissa sous son bras.

— Mais d'abord, j'aimerais beaucoup aller me promener, si vous voulez bien m'accompagner.

— Ce sera avec plaisir. Les jardins n'ont pas été entretenus ces derniers temps, mais le chemin est en grande partie praticable.

Elle avait complètement disparu, la fille qui s'était assise sur sa malle de voyage au bord de la route, sous la pluie, et qui l'avait mis au défi, songea Wyn. À sa place se trouvait une pâle lady tout à fait convenable.

— Gentlemen, lança Kitty, nous revenons sous peu.

Elles s'en allèrent.

— Tu as remis ça, n'est-ce pas ? demanda Leam en se passant la main sur la mâchoire.

— Quoi donc ? s'enquit Wyn, le regard fixé sur la porte.

— Tu as ravi le cœur d'une fille et l'as menée par le bout du nez pour arriver à tes fins.

Lentement, Wyn se tourna vers lui.

— Je suis stupéfait qu'un homme qui s'est fait passer pendant des années pour un veuf éploré, alors qu'il n'en était rien, afin d'amadouer les femmes pour qu'elles lui fassent confiance, se permette de critiquer mes actions à l'égard du beau sexe.

Leam fronça les sourcils, la mèche blanche dans ses cheveux d'autant plus prononcée sous la lumière du soleil filtrant par les fenêtres.

— Wyn...

— Leam, lance-moi encore une accusation de ce genre et je te ferai avaler de force le ragoût de Mme Polley.

Le comte eut un grand sourire, mais ses yeux sombres l'observaient attentivement. Des années de camaraderie les unissaient.

— Aurais-tu égaré en chemin ton rasoir ?

— Aurais-tu égaré ton bon sens pour me poser pareille question ?

— Un inconnu se tient devant moi, pas rasé, sans lavallière et sans bouteille de whisky en vue dans la maison, et il parle de bon sens, dit Leam en haussant les sourcils. Que diable as-tu fait ?

Wyn croisa les mains dans son dos.

— Souhaite-moi d'être heureux, Blackwood.

Leam le dévisagea. Il ne réagit pas immédiatement.

— Je crois avoir constaté qu'elle n'est pas vraiment heureuse, de son côté.

— Elle ne s'attendait pas à vous voir arriver ici aujourd'hui. Elle est contrariée dans ses projets. Et furieuse contre moi, sans doute. Merci d'être venus, ajouta-t-il. Kitty s'occupera bien d'elle.

— Mieux que toi, j'espère.

— Je n'étais pas au meilleur de ma forme, je dois l'avouer.

L'inquiétude de ses amis à son égard avait été justifiée : l'alcool avait failli le tuer. Qu'il ait pu tenir aussi longtemps sans commettre d'autres erreurs comme celle qui avait coûté la vie à Chloé Martin relevait du miracle.

— Sinon, je ne vous aurais pas demandé de venir.

— Tu es sûr qu'elle ne cherchera pas à nous fausser compagnie ?

— J'en suis sûr.

Pendant des années, Wyn avait pris l'habitude d'étudier les gens afin d'anticiper leurs actions. Il avait commis avec Diantha des erreurs qu'il n'avait jamais commises auparavant. Mais l'alcool avait embrouillé sa raison. Ce n'était plus le cas.

Il alla regarder par la fenêtre.

— Je soupçonne que vous allez trouver une histoire pour expliquer à lord Carlyle pourquoi Kitty et toi revenez en ville avec sa belle-fille ?

— Avant de quitter Londres, Kitty a envoyé un message à lady Savege. Serena dira à Carlyle qu'elle a demandé que nous fassions un détour, lors de notre voyage pour Londres, afin d'aller chercher Mlle Lucas au manoir de Brennon et de la lui ramener.

— Ah.

— Kitty a jugé bon d'informer Serena de l'escapade de sa demi-sœur, mais apparemment pas de l'objectif qu'elle poursuivait.

— Et le baron ? demanda Wyn.

— Il est peu probable que Carlyle soupçonne quoi que ce soit, répondit Leam. Il est indifférent.

— Dès que j'aurai réglé les problèmes ici, j'irai vous retrouver en ville, annonça Wyn.

Quelques minutes plus tard, il se rendit dans le jardin où, au milieu des plantes grimpantes, les dames se promenaient bras dessus, bras dessous. Diantha le vit et s'écarta de Kitty.

— J'aimerais m'entretenir avec vous en privé, monsieur Yale.

— Bien sûr, dit-il en s'inclinant.

— Je vais goûter les biscuits de Mme Polley, déclara Kitty en leur jetant tour à tour un bref regard. Je vous laisse.

Elle s'éloigna prestement.

— Kitty a dit que vous lui aviez écrit pour lui demander de venir ici.

La voix de Diantha était tendue, et elle se tenait avec raideur dans l'ombre du gigantesque chêne qui dominait le jardin.

— Oui. J'ai envoyé un message à Londres le matin de notre départ de Knighton.

— Knighton ? répéta-t-elle en battant des cils. D'accord. Je comprends.

— Sans doute pas tout à fait.

— Je sais que M. Eads nous suivait, mais ce n'est pas un hasard si nous sommes venus précisément ici, n'est-ce pas ?

— Je devais vous emmener dans un endroit d'où vous ne chercheriez pas à partir. C'est ce qui m'a semblé le mieux.

— Vous n'étiez donc jamais perdu.

— Il y a cinq ans, avant sa mort, ma grand-tante m'a légué ce domaine. L'abbaye est à moi.

— À vous ? s'exclama-t-elle, son regard semblant perdu. Lorsque Kitty et lord Blackwood sont arrivés, j'ai deviné que vous connaissiez les lieux. Mais…

Elle prit une inspiration rapide, laborieuse, puis se détourna de lui en pivotant sur ses talons.

— Les villageois que nous avons rencontrés… ils devaient vous connaître.

— Certains d'entre eux m'ont quasiment élevé. Cette maison a été la mienne pendant quatre mois tous les étés, depuis l'âge de sept ans.

— Alors ils étaient tous…

— … d'accord pour ne pas vous révéler la vérité.

Ses yeux bleu lapis reflétaient son désarroi.

— Alors tout ce que je… (Elle marqua une pause, le front plissé.) La bibliothèque… Tous ces livres qu'une lady n'aurait pas pu posséder… ce sont les vôtres. Et les règles du gentleman… ?

— Dictées par ma grand-tante et griffonnées par ma main d'enfant, pour mon bénéfice lorsque je serais devenu un homme. Vous pouvez donc constater que ma grand-tante n'a pas eu le succès escompté, puisque je choisis plutôt de les appliquer au gré de mes envies.

Diantha, je vous ai dit que je n'étais pas un homme bien.

— Savez-vous ce que je pense ? répliqua-t-elle, ses yeux lançant des éclairs. Je pense que vous aimez prétendre que les règles comptent pour vous, tout en vivant dans la malhonnêteté et le secret. C'est de la duplicité. Ces règles concernent la gentillesse et la décence, mais vous ne voulez aucune règle… alors vous jetez au vent tout ce qu'elles signifient, et ensuite vous vous sentez justifié de vous qualifier de méchant homme !

Elle secoua la tête, dépitée.

— Ma mère avait l'habitude de faire cela avec mes sœurs, mon frère Tracy, et *moi*, en prenant ce qui était bien et en le manipulant jusqu'à ce que ce soit mal.

— Alors pourquoi essayez-vous de la sauver ?

L'espace d'un instant, le visage de la jeune femme fut dénué de toute expression.

— Parce qu'elle a des ennuis.

Derrière ses yeux bleus brillait quelque chose qui avait jusqu'ici échappé à Wyn lorsqu'elle s'adressait à lui, mais qu'il avait remarqué lorsqu'elle s'adressait aux autres.

Elle lui cachait quelque chose. Que cela ne le frappe que maintenant prouvait la folie qui l'habitait en ce qui la concernait. Il l'avait vue inventer des histoires pour dicter aux gens les actions à entreprendre, mais dans son arrogance et sous l'emprise du désir qu'il éprouvait pour elle, il n'avait pas imaginé qu'elle procéderait de même avec lui.

Elle lui cachait *quelque chose.*

— Diantha, vous…

— Je me sens tellement idiote, dit-elle en reculant. Pendant tout ce temps, vous m'avez prise pour une idiote.

— Non. Jamais je n'ai eu cette idée.

— Où pensiez-vous m'emmener aujourd'hui ? Dans le Devon ?

— À Londres.

En réalité, à Calais. Il avait perdu tout bon sens, toute raison avec elle. Il avait été sur le point de l'emmener à Calais à la recherche de sa mère. Parce que tout ce qu'il souhaitait vraiment maintenant, c'était rester avec elle, laisser derrière lui la vie qu'il avait menée pour prendre un nouveau départ. Seule l'arrivée de Kitty et de Leam l'avait ramené à la réalité, à la responsabilité qui pesait sur lui - à jamais.

— Votre demi-sœur et lord Savege sont déjà en ville, attendant votre arrivée. Votre beau-père aussi.

— Comment le savez-vous ?

— J'avais envoyé un messager dans le Devon.

— Quand ça ? demanda-t-elle, son visage devenant pâle.

— Juste après que Mme Polley s'est jointe à nous.

Elle semblait avoir des difficultés à respirer.

— Et l'idiote ne s'en sent que plus idiote… Pourquoi ne m'avez-vous rien dit ?

— Lorsque je vous ai parlé de mon intention de vous raccompagner chez vous, vous vous êtes enfuie et vous vous êtes retrouvée sur la route sans autre protection que celle d'un chien. Je ne pouvais pas permettre que cela se reproduise.

Elle soupira.

— Je comprends.

Puis sa voix baissa jusqu'au murmure :

— Mais vous auriez dû me le dire quand…

Elle détourna les yeux.

— Hier, ajouta-t-elle.

Oui. C'est ce qu'il aurait dû faire. Il n'avait aucune idée précise de la raison pour laquelle il s'en était abstenu, si ce n'est qu'il avait craint de la perdre. Il avait eu peur qu'elle ne s'enfuie à nouveau, alors qu'il n'était pas au mieux de sa forme pour se lancer à sa recherche. Mais il ne pouvait plus revenir en arrière. Elle se sentait trahie à juste titre.

— J'ai été absent de l'abbaye un certain temps, et j'ai quelques affaires à régler ici. J'irai ensuite à Londres et vous rendrai visite dès que j'aurai parlé à votre beau-père.

— Je suppose que vous n'avez plus le choix en la matière, à présent, dit-elle avec une fermeté tranquille. Un gentleman ne reviendrait jamais sur sa parole, quelles que soient les circonstances. Vous êtes plus lié par les règles de votre grand-tante que vous ne sembliez le croire.

— Les règles n'ont pas grand-chose à voir avec tout cela. Pas en ce qui vous concerne.

— En ce qui me concerne ? répéta-t-elle, les yeux embrasés. Eh bien, soit ! Si la luxure était la seule raison d'être d'un mariage, je serais heureuse de vous épouser, car c'est ce que je ressens pour vous. Mais après avoir vu ma mère à l'œuvre, j'ai appris que le mariage est une parodie sans honnêteté et pas plus de considération.

Sa voix se brisa.

— Comment avez-vous pu me mentir tout ce temps ?

Elle pivota en direction de la maison. Puis s'arrêta.

— Et pourquoi m'avoir fait l'amour la nuit dernière, après m'avoir si longtemps repoussée ?

— Vous le savez.

Elle inspira avec difficulté.

— Voulez-vous savoir où j'ai caché votre pistolet et vos munitions ? Dans le tiroir du bureau de votre chambre. Vous voyez ? J'avais plus confiance en vous que vous-même.

Les épaules redressées, elle s'en fut vers la maison d'un pas précipité.

22

Ma très chère Lady Justice,

Mon admiration pour vous est telle que je ne peux vous cacher la nouvelle : j'ai encore perdu un membre du Falcon Club. Puisque vous êtes devenue si habile à traquer mes camarades, je me demande si je ne pourrais pas vous convaincre de rechercher celle-ci et de la ramener au bercail. Il est difficile de la rater : elle marche voûtée, appuyée sur une canne, et est affectée par la myopie. Je n'ai aucune idée de l'endroit où elle est allée. Peut-être que vos talents de détective me sauveraient la mise ?

Avec toute ma gratitude
et une affection toujours plus grande,
Faucon Pèlerin,
Secrétaire du Falcon Club

À Faucon Pèlerin,

Vous êtes une tête de chou. Je n'avais pas la moindre idée que l'un de vos membres était une femme. Je ne suis pas une idiote, monsieur l'homme-oiseau. Vous avez choisi de décrire une femme de piètre apparence pour ridiculiser ma mission. Mais votre tentative vous a trahi : vous n'auriez pas mentionné une lady s'il n'y en avait pas dans votre club.

Un point pour Lady Justice.

Vous êtes arrogant et vous vous ennuyez : vous cherchez donc à me narguer pour vous divertir. La richesse oisive corrompt aussi rapidement que le pouvoir absolu. Vous, monsieur Faucon Pèlerin, vous êtes corrompu.

Lady Justice

Milady des plus chères,

Me corrompre avec vous serait vivre au paradis sur terre. Indiquez-moi le lieu, le jour et l'heure. J'apporterai une seule rose rouge, et mon ardeur.

Tout à vous,
Faucon Pèlerin

Cher Faucon Pèlerin,

Je ne suis pas perdue. Je suis ici à Londres. Vous ne m'avez pas vue parce que je suis toujours fâchée contre vous pour avoir abusé Corneille en lui confiant cette mission insultante. Je viendrai vous voir, mais sans plaisir, car je ne vous aime plus, maintenant.

Cordialement,
Moineau

P.-S. : Que vous est-il arrivé, bon sang ? Vous vous ridiculisez en correspondant publiquement avec lady Justice. Je pense que vous êtes mordu. J'ose dire que cela s'avérera plutôt inopportun si elle se révèle être septuagénaire.

23

Pour les servantes et valets de pied en livrée or et noir de l'hôtel particulier du comte de Savege, la réunion de trois ladies s'apparentait à une rencontre privée, entre sœurs qui s'adoraient.

En réalité, il s'agissait d'un conclave de menteuses patentées.

— Mon père n'a pas à connaître la vérité, dit lady Savege d'une voix étouffée. Nous lui dirons que Diantha et Wyn se sont croisés en ville et qu'il lui a immédiatement proposé de l'épouser.

— Ce sera le mieux, répondit la comtesse de Blackwood d'un ton feutré.

Diantha se détourna vivement de la fenêtre par laquelle elle regardait la rue. Kitty était assise en face du plateau à thé, à l'opposé de Serena, la tête brune penchée vers la blonde.

— Vous allez mentir à papa sur l'endroit où j'étais ?

Elle fixa les deux ladies, le choc initial cédant la place à la résignation. Après tout, elle avait récemment appris qu'un élégant gentleman était capable, sans le moindre scrupule, de mentir effrontément. Pourquoi pas d'élégantes ladies ?

— Mais j'ai toujours eu l'intention de lui dire la vérité par la suite, précisa-t-elle.

— Oui, ma chérie, fit Serena en inclinant la tête. Mais maintenant que l'acte est accompli, nous devons élaborer un autre plan.

L'acte n'avait pas été « accompli ». Elle n'avait pas parlé à sa mère. Mais Kitty n'avait pas dit à Serena toute la vérité sur son petit voyage. Elle avait prétendu que Diantha s'était enfuie du manoir de Brennon pour une simple aventure. C'était peut-être plus prudent. Serena et sa mère ne s'étaient jamais entendues lorsqu'elles résidaient toutes les deux à Glenhaven Hall.

— Je croyais être la seule à mentir à papa pour me lancer dans des escapades téméraires, dit-elle enfin.

Kitty prit la théière.

— Personne d'autre que nous trois, ainsi qu'Alex et Leam, n'a besoin d'être mis au courant de ton voyage. Wyn m'a assuré que Mme Polley était également digne de confiance.

Elle lança un regard intrigué à Diantha. Elles n'avaient pas beaucoup parlé pendant le trajet jusqu'à Londres, mais Kitty devait être curieuse de connaître les détails de son séjour à l'abbaye.

Diantha se retourna vers la fenêtre et essaya de se concentrer sur les arbres et non sur la rue, où elle espérait bêtement voir approcher un pur-sang ébène avec un cavalier vêtu d'un manteau noir. La fenêtre du salon donnait sur un immense square au centre de Londres. Ils n'étaient arrivés que la veille au soir et elle n'avait pas encore vu grand-chose de la ville, mais de toute façon le cœur n'y était pas. Elle se sentait particulièrement malmenée, nullement en état de faire ses débuts dans la société, et encore moins de se fiancer.

Le doux bruissement des jupes de Serena se fit entendre à côté d'elle. Sa demi-sœur passa son bras sous le sien.

— C'est l'une des personnes que j'aime le plus au monde, Diantha. Et il en est de même pour Kitty et notre sœur Viola, dit Serena avec cette douceur gracieuse que Diantha avait toujours admirée. J'ignore pourquoi tu as souhaité t'échapper de chez Teresa alors que vous êtes si proches, et je te sens réticente à l'égard de la requête de M. Yale.

— J'ai beaucoup d'affection pour Teresa, plus que jamais.

Son amie serait stupéfaite d'apprendre ce qui était advenu de son plan.

— Et je suis sensible à l'honneur que me fait M. Yale, ajouta Diantha. Je sais que j'ai de la chance. Mais je n'apprécie pas le fait qu'il ait proposé de m'épouser simplement parce qu'il estime que c'est son devoir.

Elle refusait de leur avouer à quel point il l'avait compromise.

— Plus d'un gentleman a fait ce genre de proposition à une lady pour des raisons bien moins honorables, dit Kitty avant de boire son thé à petites gorgées, puis d'ajouter : Et Wyn n'est pas le genre d'homme à s'engager dans une telle alliance à la légère.

Les sourcils de Serena se froncèrent.

— Aurais-tu peur qu'on ne s'imagine que tu l'as piégé pour qu'il demande ta main ? Personne d'autre n'a besoin de savoir comment cela s'est passé. Pas même notre frère Tracy.

La demi-sœur de Diantha n'était pas une beauté classique ; elle était bien trop grande, ses épaules étaient trop carrées, et la blondeur de ses boucles ne se rapprochait pas de l'or étincelant de celles de Charity ou de Tracy. Leur mère avait toujours dit que Serena ne ferait jamais un bon parti, mais elle et son époux formaient un couple exceptionnel. Alex la traitait avec une remarquable sollicitude, et lorsqu'il la regardait, ses yeux brillaient de fierté et d'une émotion que Diantha n'avait jamais vue dans les yeux de l'un ou l'autre de ses pères lorsqu'ils regardaient sa mère. Une affection et un désir sincères.

Il lui vint à l'esprit qu'elle avait toujours ignoré ce qu'il fallait penser de cette expression dans les yeux d'un homme. Maintenant, elle savait. Wyn avait dit qu'il l'aimait bien. Il avait dit qu'il la désirait. Mais il lui avait aussi menti sur un point très important.

— Je te remercie.

Que pouvait-elle dire d'autre ? Qu'elle se moquait que toute la haute société sache qu'elle l'avait piégé ? Qu'elle l'avait manipulé, que de son côté il lui avait menti, et que maintenant ils devaient se marier ? Elle prit une inspiration pour retrouver du courage.

Serena lui étreignit la main.

— Nous devons maintenant nous rendre chez la modiste afin que, lorsque M. Yale arrivera, tu sois parée pour te présenter en société avec autant d'élégance que lui.

— Je ne pense pas que ce soit possible.

De toute façon, elle se sentait confuse et blessée, et aucune tenue de qualité ne pourrait masquer sa tristesse.

Le lendemain, pendant que Serena faisait la sieste avec son bébé, Tracy arriva à la maison, revenu de la campagne. Diantha s'habilla d'une robe de promenade à un seul volant et d'une élégante pelisse de velours, et son frère l'emmena dans son phaéton pour faire les boutiques. Londres semblait n'être que rues et bâtiments, chevaux, charrettes et calèches, vendeurs et gamins des rues en mouvement constant. Cela aurait pu être agréable si, à chaque coin de rue, elle ne s'était pas demandé si un certain Gallois avait déjà parcouru le même pâté de maisons et regardé les vitrines des commerces qu'elle regardait en ce moment.

— Tu es très jolie, Di, lança Tracy avec un beau sourire sous ses boucles dorées, alors qu'elle marchait à son bras. Beaucoup plus jolie qu'avant, avec tous ces boutons. Pas comme Charity, bien sûr...

— Charity est magnifique, dit-elle en jetant un coup d'œil à la vitrine d'une boutique où un présentoir de cigares semblait la narguer. Ce sont seulement mes yeux qui me donnent du charme. C'est ce que maman disait toujours.

— Eh bien, elle ne t'a pas vue récemment.

Il lui fit un clin d'œil, mais ses yeux bleus, clairs et limpides comme ceux de Charity, laissèrent transparaître la gêne qui se manifestait invariablement lorsqu'ils parlaient de leur mère.

— Je voudrais lui parler, Tracy.

Et la revoilà, la douleur de devoir mentir qui persistait au creux de son ventre... Si elle avait dit la vérité à Wyn sur la raison pour laquelle il lui fallait retrouver sa mère, il aurait peut-être compris.

Le visage de Tracy s'était assombri.

— Il y a peu de chances, tu sais. Je ne pense pas que ce soit possible, vu que nous ignorons toujours où elle est.

Il lui tapota la main, puis salua d'un signe de tête deux gentlemen qui arrivaient dans leur direction. L'un d'eux toucha le bord de son haut-de-forme et adressa un sourire à Diantha en passant.

— Tracy, les gentlemen de la ville ont-ils le droit de sourire ainsi à toutes les ladies qu'ils croisent ?

— Pas n'importe quelles ladies. Je viens de te dire que tu es particulièrement charmante. Tu t'y habitueras, avec le temps. C'est le cas de toutes les jeunes ladies attirantes, assura-t-il avec un large sourire.

Diantha avait vu beaucoup de ces jeunes femmes au cours de leur promenade. De belles ladies élégantes, des demoiselles magnifiquement vêtues et dont le visage rayonnait de pureté, venues en ville dans un seul but : se trouver un mari. Un mari comme Wyn. C'était le genre de femmes qu'il aurait dû épouser, plutôt qu'un garçon manqué comme elle.

— Maman ne m'appréciait pas, murmura-t-elle. Elle disait toujours que j'étais un cas désespéré. « Indocile. »

Tracy tourna vivement les yeux vers elle, avant de les reporter sur la rue. Il s'éclaircit la voix.

— Allons, Di. Il n'y a aucune raison de ressortir ces vieilles histoires...

— Charity était docile, elle.

— J'ai autant d'affection pour Charity que pour toi, mais elle aussi a eu ses problèmes, crois-moi.

— Je suppose que le départ de maman avant son mariage a dû la blesser.

— En parlant de mariage..., dit Tracy, sa bonne humeur reprenant le dessus. Même si je refuserais que certains dons juans s'approchent de toi à moins de trois mètres, j'ai quelques amis respectables. Ce serait bien pour toi de les rencontrer.

Il sembla y réfléchir un instant.

— Ce que je veux dire, c'est que, quoi qu'en disait notre mère, je t'aime bien, Di. Je t'ai toujours aimée, même quand tu étais une petite sylphide qui se jetait dans les jambes de notre père en l'empêchant de s'asseoir dans le fauteuil qu'il aimait tant.

— C'est ce que je faisais ?

— Une fois, tu as caché son brandy, dit-il avant de glousser. Tu ne devais pas avoir plus de cinq ou six ans. Il était dans tous ses états lorsqu'il s'est aperçu de sa disparition. Il a cru que c'était encore ce vieux valet chapardeur. Mais quand il a découvert que c'était toi, il a ri et t'a emmenée faire du canot sur le lac.

Elle avait toujours été un garçon manqué.

— Je l'avais oublié.

— Tu étais toujours prête à plaisanter, même avec Carlyle, quand notre mère s'est installée à Glenhaven Hall. Et tu faisais savoir aux autres ce que tu voulais, sans la moindre hésitation.

Il la regarda, les sourcils froncés.

— Di, je suis déterminé à te trouver un bon parti. C'est pourquoi Carlyle et moi voulions que tu viennes en ville. Serena va te faire rencontrer toutes les matrones. Ces ladies savent quels sont les hommes respectables, ceux qui n'auraient jamais l'idée de blesser les sentiments d'une jeune fille.

Elle aurait dû lui parler de la demande de Wyn, mais sa langue refusait de fonctionner.

— C'est juste que tu as vécu tant de choses, avec le départ de notre mère, enchaîna Tracy, la voix empreinte de sérieux à présent. Tu mérites d'être heureuse. Nous allons t'offrir une jolie dot qui attirera tous les chasseurs de fortune habituels, mais que je sois damné si je te donne à un homme qui aura autre chose à cœur que tes meilleurs intérêts !

À la ferme des Bates, Wyn avait dit « qu'il ne faisait pas partie de ses meilleurs intérêts ». Mais peut-être avait-il essayé de lui faire comprendre – avec délicatesse – qu'elle-même ne pourrait jamais, en aucun cas, servir ses intérêts...

Une heure plus tard, Tracy se tenait debout au milieu du salon, le visage blême, le regard fixé sur Diantha.

— Je ne le permettrai pas !

Sa voix trahissait une tension inhabituelle.

— Allons, Tracy, dit le comte de Savege qui se tenait près du buffet. Yale est un candidat idéal pour obtenir la main de votre sœur, et ils se sont déjà mis d'accord à ce sujet.

Alex remplit un verre du contenu d'une carafe et s'approcha de Tracy. C'était un homme séduisant, de grande taille, dépassant de quelques centimètres le frère de Diantha, doté d'une autorité naturelle.

— Il n'est pas nécessaire de leur mettre des bâtons dans les roues maintenant, conclut-il en lui tendant le verre.

— Tracy, as-tu une raison précise de ne pas donner ton accord ? s'enquit Serena en fronçant les sourcils.

Tracy posa le verre sur la table.

— Je n'ai nul besoin de raison précise, dit-il fermement, les sourcils froncés. Je veux ce qu'il y a de mieux pour ma sœur, et Yale n'est pas ce qu'il y a de mieux. J'ai bien peur que ce ne soit mon dernier mot sur la question. Et à propos, Savege, vous avez votre mot à dire dans la plupart des affaires concernant ma famille, et cela a très bien fonctionné la plupart du temps. Mais cette fois-ci, c'est moi qui décide et vous ne me direz pas ce que je dois faire.

Puis il se tourna vers Diantha.

— Je suis désolé, Di. Jusqu'à ce que tu aies vingt-cinq ans, tu ne peux te marier sans mon consentement. Je ne le donnerai pas pour Yale.

Il s'inclina abruptement, gagna la porte et sortit.

Hébétée, la jeune femme avait le regard perdu dans le vide.

— Cela fait des années que je ne l'ai pas vu aussi agité, commenta Serena. Que peut-il bien reprocher à Wyn ?

— Je l'ignore totalement, répliqua Alex. Diantha ?

Elle fit non de la tête.

— Nous devons dire la vérité à Tracy, déclara Serena dans un souffle.

— Non !

Diantha serrait ses mains sur ses genoux. Tracy offrait ainsi à Wyn un moyen d'échapper à ses responsabilités envers elle. N'était-ce pas préférable ?

— Votre frère fait de l'esbroufe, dit Alex, mais je peux lui faire entendre raison si vous le souhaitez.

— Je ne le souhaite pas, répondit Diantha. Il vaut mieux que tout cela s'arrête là.

Serena se leva.

— Il faudrait donc tout oublier ? Cela ne me plaît pas. Diantha, tu commets une erreur.

— Que fait Yale ? Ne devrait-il pas être déjà en ville ? grommela Alex, s'adressant de nouveau à Diantha.

Elle prit une inspiration.

— Il souhaite peut-être retarder l'inévitable.

— Cela ne lui ressemble pas, dit Serena en secouant la tête. Tu n'as rien entendu de ce que Kitty et moi t'avons dit l'autre jour ?

— Oui, j'ai bien compris. Mais je pense qu'après quinze jours de voyage en sa compagnie, j'en sais peut-être un peu plus que vous deux sur ses désirs en la matière, déclara Diantha en se levant, les jambes chancelantes. Il a fait de son mieux pour me convaincre de retourner au manoir de Brennon. Franchement, il a tout essayé, si ce n'est m'attacher et me ramener de force à la maison. Il m'a aidée parce qu'il s'est senti dans l'obligation de le faire, et il a proposé de m'épouser parce que c'était ce qui lui semblait honorable. Mais il ne veut pas de ce mariage, et je ne souhaite pas l'y contraindre. Tracy est peut-être insensé, mais chercher à lui faire changer d'avis sur la question le serait encore plus.

Elle avait du mal à respirer.

— J'espère que vous le comprendrez tous les deux. Je suis sûre que M. Yale sera satisfait de ce dénouement.

Elle sortit à grands pas de la pièce et se rendit dans sa chambre, où elle se posta à la fenêtre pour regarder la rue, se demandant pourquoi, en fait, il n'était toujours pas arrivé en ville...

Il n'arriva pas le lendemain, ni même cette semaine-là.

Serena conduisit Diantha dans des salons où elle fit la connaissance de gentlemen, dont les flatteries indiquaient très clairement qu'aucun d'entre eux n'avait jamais considéré les mérites de la règle n° 6.

Kitty et son amie proche, lady Emily Vale, lui firent découvrir les musées de Londres.

— Je ne comprends pas les gentlemen, dit Diantha devant un tableau représentant un vieux Vénitien souffleur de verre.

— Les hommes sont irrationnels, affirma lady Emily à côté d'elle, comme s'il s'agissait d'une évidence.

— *C'est vrai**[1] ! intervint la dame de compagnie de lady Emily, Mme Roche, qui soupira en rajustant sur ses épaules son châle de dentelle noire et en pinçant ses lèvres rouges sur un visage poudré. Les gentlemen ne disent pas toujours la vérité. C'est parfois *tragique**, dit-elle en français.

Puis elle s'en fut contempler un tableau représentant un paysage d'hiver auquel Kitty s'intéressait, apparemment.

---

1. Les mots suivis d'un astérisque sont en français dans le texte. *(N.d.T.)*

Diantha observait lady Emily, les contours nets de son profil, la clarté de son teint, les boucles platine que retenaient des épingles à cheveux. Emily, qui s'était autoproclamée bas-bleu et vieille fille à vingt-trois ans, s'habillait avec économie malgré la fortune de ses parents, exigeait qu'on l'appelle Cléopâtre et se déplaçait avec la dame de compagnie la plus chic que Diantha ait jamais croisée.

— Pensez-vous vraiment que les hommes sont irrationnels, Cléopâtre ?

— Oui, je le pense. La plupart d'entre eux sont restés des petits garçons, enclins à des jeux insensés, à une grande complaisance et à des cruautés occasionnelles envers leurs amis comme envers des inconnus.

— Des petits garçons..., répéta Diantha avant d'inspirer longuement. Vous souvenez-vous du mariage de lady Katherine et lord Blackwood à Savege Park ?

Emily détourna ses yeux émeraude du tableau.

— Oui.

Elle avait une façon de regarder les gens comme si elle était engagée dans une réflexion profonde, avec toujours un petit pli entre les sourcils au-dessus de ses lunettes cerclées d'or.

— Le soir du mariage, ma demi-sœur avait organisé un bal, continua Diantha. Je n'avais pas encore seize ans, mais j'ai mis ma plus belle robe et je suis allée à la fête. C'était splendide. Les ladies et les gentlemen, tous venus de la ville, dansaient si bien. Personne ne m'a remarquée, bien sûr, et j'ai fini par sortir sur la terrasse.

— J'aurais aimé me joindre à vous. Je n'aime pas danser, mais Kitty étant une amie chère, j'ai dû le faire ce soir-là.

— Ce soir-là, j'avais plus envie de danser que de respirer.

— Intrigant.

Diantha eut un léger sourire.

— La terrasse était déserte, alors je me suis mise à danser toute seule. C'est alors qu'un groupe de jeunes hommes est sorti et m'a vue. Je connaissais la plupart depuis des années... c'étaient tous des garçons de la région... et j'ai donc demandé si l'un d'entre eux voulait danser. Je savais qu'une lady ne doit pas être aussi directe dans ses requêtes, mais j'étais tellement transportée par la musique et l'excitation de ce jour de mariage que je ne me souciais plus de... des règles.

— L'un d'entre eux vous a-t-il répondu favorablement ?

— Ils ont dit qu'ils ne voudraient jamais danser avec moi, même s'il n'y avait pas d'autres filles à des kilomètres à la ronde. Ils ont dit que je ressemblais à un mouton, tout blanc et boutonneux, et ils ont fait des gestes grossiers. Je n'aurais pas dû m'en préoccuper, en fait.

Sauf que, peu de temps avant que sa mère quitte la maison, elle-même lui avait dit qu'elle était aussi grosse qu'un mouton.

— Et j'ai fondu en larmes, là, pendant qu'ils se moquaient de moi.

— C'est ignoble, décréta Emily. Je suis étonnée qu'ils aient été invités chez lady Savege.

Diantha haussa les épaules.

— En temps normal, ils étaient corrects. Mais ce soir-là, ils étaient complètement ivres.

— Mademoiselle Lucas, un homme dont la langue s'égare lorsqu'il est ivre n'est pas un homme convenable lorsqu'il est sobre. Mais il est vrai que les alcools forts transforment les hommes en idiots et en goujats.

— Tous les hommes ?

Lady Emily haussa ses fins sourcils.

— Connaîtriez-vous une exception ?

— Cette nuit-là, quand ces garçons ont dit ces choses horribles, reprit Diantha en s'entortillant les doigts dans le cordon de son réticule, M. Yale est venu à mon secours. Vous le connaissez, je crois.

— Un peu.

— Il était lui-même ivre ce soir-là. Mais il m'a aidée.

Depuis l'ombre d'un arbre à côté de la terrasse, il avait tout entendu et était intervenu.

— Il leur a dit de partir, ce qu'ils ont fait. Ensuite, il s'est montré d'une extrême courtoisie à mon égard.

Il l'avait invitée à danser et il était devenu, irrévocablement, son héros.

Lady Emily semblait réfléchir.

— Peut-être un homme doit-il être cruel au fond de lui pour l'être en ayant bu de l'alcool.

— L'avez-vous vu ?

Diantha n'aurait pas dû se préoccuper de lui. Après la décision de Tracy, cela n'avait plus la moindre importance, de toute façon. Mais la peur pour sa vie la tenaillait, le spectre de M. Eads n'étant jamais loin de ses pensées.

— Dernièrement, précisa-t-elle. Ici, en ville.

— Non. Et vous ?

— Je l'ai vu il y a quelques semaines. Il m'a aidée à résoudre un problème. J'avais perdu ma servante en cours de route. Il s'est occupé de me trouver une dame de compagnie pour le voyage et m'a escortée jusqu'à... (un endroit magique, qu'elle aurait voulu ne jamais quitter)... ma famille.

Lady Emily reporta son attention sur le tableau.

— Je n'en doute pas le moins du monde, mademoiselle Lucas. Il y a quelques années, il m'a également aidée dans une situation difficile. Je n'arrivais pas à convaincre mes parents que je ne souhaitais pas me marier avec la personne de leur choix. M. Yale a prétendu me courtiser pour que leurs espoirs se détournent de ce gentleman.

— C'est ce qu'il a fait ? Et avez-vous...

— Quoi donc ?

Diantha ne pouvait poser la question qui lui brûlait les lèvres. Emily était une aristocrate de quatre ans son aînée, et un bas-bleu. Rien ne permettait de savoir si elle avait conservé sa vertu. Diantha n'avait pu passer une poignée de jours avec lui sans abandonner la sienne avec grand empressement.

— Ce que je veux dire, c'est que vous avez dû être satisfaite d'être ainsi courtisée... prétendument ou non... par un tel gentleman.

Les yeux émeraude d'Emily reflétèrent un grand intérêt.

— Mes parents ont cessé d'insister pour que j'épouse leur ami.

— Mais ne souhaitaient-ils pas que vous épousiez M. Yale à la place ?

— Oui. Mais il les a tellement charmés qu'ils ne lui en ont à peine voulu lorsque sa demande n'a pas abouti.

— Oh ! Ils vous en ont fait le reproche.

Emily sourit, mais son regard scrutait toujours Diantha avec attention. Ses cheveux étincelaient dans la lumière du soleil qui se déversait par la fenêtre. Lady Emily était riche, mais ce n'était pas une femme sophistiquée comme son amie Kitty, pas plus qu'une beauté. Elle avait presque toujours un livre à la main, comme en ce moment : un catalogue d'exposition du musée.

— A-t-il..., se risqua Diantha. Je suppose qu'il vous admirait beaucoup.

— Il a été remarquablement gentil avec moi. Mais non, je ne crois pas qu'il m'admirait de la manière que vous suggérez. Je pense qu'il se sentait responsable de moi, même si je n'ai jamais compris pourquoi – ce qui nous ramène à mon commentaire initial sur l'irrationalité de la gent masculine.

Elle ouvrit le catalogue.

— Bien, mademoiselle Lucas, assez parlé des hommes pour aujourd'hui ! J'espère que vous ne verrez aucun inconvénient si nous orientons notre conversation vers un sujet plus intéressant.

Diantha savait déjà qu'il s'était senti responsable d'elle. Mais c'était plus que cela. Il « sauvait des filles », comme il avait essayé de le lui faire comprendre. Et elle avait été une parmi d'autres.

Wyn se rendit chez Yarmouth, voyageant vers le nord-est aussi rapidement que la pouliche pouvait le supporter. C'était de la folie, car il était mal en point. Les préparations de Molly Cerwydn continuaient en partie à le soulager, mais sans le remède de la présence de Diantha, il s'affaiblissait. Si Duncan Eads l'attendait au détour de la route, c'en serait fait de lui.

Mais Duncan ne se montrerait pas, il en était sûr. S'il avait vraiment voulu lui faire la peau, il aurait agi à l'abbaye.

Il chevaucha jusqu'à ce qu'il atteigne le château, perché sur une falaise au-dessus de l'océan, tout de grès et de tourelles, et d'une imposante majesté médiévale. Le portier le conduisit dans la cour centrale et l'invita à attendre dans le salon de réception.

Wyn refusa. Il confia la pouliche au valet d'écurie et, sans un regard en arrière, quitta les lieux rapidement. Il ne tuerait pas le duc de Yarmouth, même pour venger une jeune fille. Avec sa détermination et sa compassion, Diantha lui avait fait changer d'avis. Elle avait bouleversé sa vie. Mais maintenant qu'il n'allait pas être pendu pour avoir tué un membre de la famille royale, il allait faire ce qu'il pouvait de cette vie, en commençant par son domaine. L'abbaye était une belle propriété, qui pouvait être lucrative. Elle méritait son attention, et il devait la préparer pour la nouvelle maîtresse de maison.

Pendant son absence, Mme Polley s'était rendue au village, où elle avait froissé la plupart des habitants qu'elle avait croisés. Mais les repas qu'elle préparait compensaient son caractère de cochon, et elle dirigeait avec efficacité le personnel de maison qui était revenu.

— Je vous suis reconnaissant d'être restée, madame Polley.

— Un grand gentleman ne doit pas se montrer dans la cuisine, milord.

— Il y a quinze jours, vous ne pensiez pas que j'étais un si grand gentleman.

Elle se renfrogna et lui fit signe de sortir de son domaine.

Alors qu'il préparait son sac pour le voyage à Londres, deux lettres lui parvinrent.

Cher monsieur Yale,

J'ai reçu votre lettre et l'ai lue avec grand intérêt, ainsi que deux autres propositions similaires pour la main de ma belle-fille qui m'ont été présentées au cours de la semaine passée. Malheureusement, je ne peux rien vous promettre. J'ai déjà tenté à trois reprises d'améliorer les perspectives matrimoniales de mes filles, sans le moindre succès ; chacune d'elles est aujourd'hui mariée à un homme que je n'ai pas choisi. Heureusement, j'apprécie ces hommes et je laisserai donc Diantha décider de son futur bonheur conjugal. En fin de compte, la volonté féminine l'emportera toujours.

Je vous souhaite bonne chance. Sachez toutefois que son frère, sir Tracy Lucas, est son tuteur légal et que c'est à lui, plutôt qu'à moi, qu'il faudra vous adresser pour obtenir un accord.

Sincères salutations,
Baron Charles de Carlyle

L'autre lettre, rédigée sur du papier sans fioritures, avait été envoyée par lady Emily Vale.

Quelques minutes après l'avoir lue, Wyn sellait Galahad et prenait la route de Londres.

24

— Ah ! La beauté et l'esprit réunis dans une même personne. C'est bon d'être de retour à Londres.

Occupée à ranger un classeur, lady Constance Read se retourna vivement et écarquilla ses yeux d'un bleu intense.

— Wyn ! Vous êtes là !

Elle lui tendit la main, et il la baisa. Le sourire de la jeune femme, qui transformait les hommes intelligents en nigauds bafouillants, était radieux.

— Si j'avais su que vous seriez la première lady que je verrais à mon retour en ville, je serais revenu plus tôt.

Il avait été déçu par sa visite précédente. Chez les Savege, le majordome l'avait informé que Diantha serait absente quelques heures encore. Il était donc venu ici, au Secret Office.

Constance lui étreignit la main en riant.

— Vous êtes une fripouille, mais vous le cachez bien derrière de charmantes flatteries, comme toujours, dit-elle en le regardant de la tête aux pieds. Vous avez l'air en forme. Où étiez-vous passé ?

— Je suis honoré, milady, dit-il en s'inclinant.

Fille d'un duc, Constance était reçue partout. Elle mettait cette popularité à profit dans le travail qu'elle effectuait pour le Falcon Club.

— Alors ? insista-t-elle.

— Je suis allé voir un homme à propos d'un cheval. Mais je suppose que vous le savez déjà.

— Je suis navrée que Colin vous ait confié cette mission. Lady Priscilla est-elle aussi belle qu'on le dit ?

— Plus encore. Notre auguste secrétaire vous aurait envoyée à ma place, je suppose, s'il avait pensé que vous aimiez les cartes, le brandy et les filles de petite vertu légèrement vêtues.

— Je vois. Mais vous avez réussi à récupérer la pouliche, semble-t-il, sans trop céder aux distractions, dit-elle en lui lançant un regard interrogateur.

Avec ses cheveux d'or, voluptueuse et fortunée, elle incarnait le fantasme de n'importe quel homme. Mais les raisons pour lesquelles Constance Read avait rejoint le Falcon Club – et y était restée après que son cousin, Leam, l'eut quitté – demeuraient mystérieuses.

— Seriez-vous jalouse de moi, Constance ?

Il gagna le bureau de la modeste pièce aux murs chaulés. Peu meublé, avec un seul portrait du roi au mur et une fenêtre à barreaux, le Secret Office n'avait vraiment rien d'extraordinaire. Mais dans les tiroirs de classement qui tapissaient les murs étaient rangées toutes les lettres de tous les informateurs de l'Empire britannique qui étaient parvenues jusqu'à Londres. Pour la plupart, ces correspondances n'avaient jamais été lues.

— Auriez-vous aimé vous voir confier cette mission, ajouta-t-il, ou vous occupez-vous ici d'affaires plus importantes ?

— Oh, pas vraiment ! dit-elle en feuilletant le dossier qui se trouvait devant elle. Mais vous avez été absent longtemps. Il n'aurait pas dû vous falloir un mois entier pour récupérer un cheval et le ramener au duc.

Son regard passa sur les papiers, sans s'y attarder.

— Ma chère Constance, pourquoi ne pas me demander ce que vous désirez vraiment savoir ? Nous pourrions alors passer à d'autres sujets plus plaisants.

Elle pinça ses lèvres pulpeuses et l'observa attentivement.

— Vous n'êtes pas allé directement chez Yarmouth en quittant la fête.

— Vous savez, vous êtes particulièrement belle quand vous êtes gênée. J'aimerais vous gêner plus souvent.

— Comment pensez-vous que j'ai eu vent de ce détour que vous avez fait ?

Il s'assit sur le bureau.

— Je l'ignore. À moins que ce ne soit Colin Gray, dit-il en croisant les bras. Qu'avez-vous donc fait tous les deux de votre côté ?

Elle soutint son regard un moment. Puis elle prit place sur l'unique fauteuil du bureau, passant légèrement la main sur son front.

— Je ne peux vous le dire. Sinon je devrais vous tuer, et cela ruinerait ma robe. J'ai horreur des taches de sang.

Il fit claquer sa langue.

— C'est une trop jolie robe pour perpétrer un meurtre, vous avez raison.

Elle laissa retomber sa main, son visage redevenant grave.

— Wyn, je me suis inquiétée pour vous. Comme toujours. Vous avez été si peu en contact avec nous, même lorsque vous étiez ici, en ville. Et même avec Leam. Allez-vous rester à Londres un certain temps ?

Ses amis l'imaginaient déterminé à s'autodétruire, et peut-être cela avait-il été le cas la dernière fois qu'il les avait vus. Mais plus maintenant.

— Colin est sur le point de me renvoyer du club, savez-vous ?

— Je ne le pense pas. Lorsque vous n'êtes pas revenu immédiatement, il n'a envoyé personne à votre recherche. Il m'a dit que vous réapparaîtriez quand bon vous semblerait et qu'il ne fallait pas s'en faire. Il a une grande confiance en vous.

— Il n'a envoyé personne à ma recherche parce qu'il voulait savoir si lady Justice connaissait vraiment mon identité.

— Vous en avez entendu parler ?

— Cela fait au moins trois heures que je suis de retour en ville, ma chère.

Elle haussa les épaules.

— Croyez ce que vous voulez au sujet des motivations de Colin. Mais ces quinze derniers jours, depuis que Leam est revenu, il a semblé dans un état de pure ébullition. Je pense que c'est à cause de vous, mais il refusait d'en parler.

— Le poète n'est qu'angoisse dramatique lorsqu'il manipule ses personnages.

Le rire de la jeune femme emplit la petite pièce d'une sonorité musicale. Puis, brusquement, son amusement s'estompa.

— Pourquoi êtes-vous parti si longtemps, Wyn ? Leam était-il mécontent de vous pour une raison particulière ?

— Si vous souhaitez connaître les sentiments de votre cousin à ce sujet, je vous recommande de vous adresser à lui, ma chère. Bon, même si je suis ravi de vous avoir revue, j'ai une mission à accomplir cet après-midi. Merci de me laisser ce bureau.

Elle se leva, entraînant dans son sillage un parfum de rose. Sa poitrine effleura sa manche.

— Je suis heureuse de vous voir, murmura-t-elle.

— Constance, votre art de la séduction ne m'incitera pas à vous faire des confidences, dit-il sans la regarder. Je suis meilleur que vous à ce jeu.

Meilleur que tout le monde, en réalité, sauf une fille avec un sourire à fossettes. En fait, ses amis ne le reconnaissaient pas parce qu'il était devenu méconnaissable, transformé du tout au tout. Et c'était bien ainsi.

— Vous êtes sans cœur, maugréa Constance en posant la joue contre son épaule. Je vous adore.

— Je serai éternellement à vous.

— Vous n'avez jamais été à moi, dit-elle avec douceur. Et maintenant, je pense que vous ne le serez jamais.

Il se tourna vers elle.

— Que dois-je en déduire précisément ? dit-il d'une voix traînante, mais sur ses gardes.

— Seulement que Colin a une lettre à vous faire lire. Mais je vais lui en laisser le soin, dit-elle en allant à la porte. Si vous quittez encore une fois Londres sans me prévenir, je jure que j'enverrai quelqu'un vous traquer. Ou il se pourrait que je me lance en personne à votre poursuite. Colin a concentré mon travail en ville, mais si vous me contrariez encore de cette manière, je deviendrai un chasseur errant comme vous, et comme Jin et mon cousin l'ont été. J'en fais le serment.

— Votre serment m'honore. Maintenant, partez, milady des plus chères.

La porte se referma sur elle avec un déclic. Il tira le verrou, puis revint au dossier posé sur la table. En partie haute, quelques mots avait été griffonnés : *Davina Lucas, baronne de Carlyle*. Il ouvrit le dossier et lut.

— Tu as tout inventé ?

Diantha était assise derrière une plante en pot, dans un coin de la gigantesque salle de bal qui débordait d'invités, cascadant depuis les escaliers de l'entrée jusqu'aux portes biseautées menant à la terrasse. Les notes enjouées d'un orchestre résonnaient dans l'air, les murmures et les rires se mêlant comme les arômes des parfums et d'eau de Cologne, de champagne et de cire d'abeille.

Teresa était installée à côté d'elle sur un autre siège brodé, ses courtes boucles flamboyantes scintillant de minuscules perles ornant un filet assorti à sa robe d'une blancheur de neige. Elle acquiesça, la mine sombre.

Diantha secoua la tête.

— J'avais bien pensé que tu enjolivais en partie.

Ce « en partie » relevait considérablement de l'euphémisme.

— Mais... *tout* ? Toutes les histoires que tu m'as racontées ? Toutes tes aventures ?

Les yeux de Teresa étaient aussi ronds que de jolis nénuphars.

— Pas exactement tout, admit-elle. Annie m'avait raconté ses escapades amoureuses avec des valets de pied ou d'écurie.

Ses doigts se tortillaient d'embarras sur ses genoux.

— J'ai simplement raconté ces escapades comme s'il s'agissait des miennes.

Diantha se sentait étourdie. C'était à cause des histoires de son amie qu'elle avait décidé de partir à la recherche de sa mère. Elle pensait être capable de l'imiter et de se lancer à l'aventure.

— Mais pourquoi as-tu fait une chose pareille ?

— Pourquoi ne m'as-tu pas écrit pour me dire où tu étais ? rétorqua Teresa. Après le retour d'Annie au manoir de Brennon, j'ai terriblement culpabilisé pour t'avoir aidée à partir. J'aurais bien envoyé mes frères à ta recherche, mais ils étaient partis à la chasse avec papa. Je ne pouvais pas le dire à maman, bien sûr.

Sa santé en aurait été affectée. Mais surtout, je savais que tu ne me parlerais plus jamais si je te dénonçais. Tu m'avais fait promettre de me taire !

Diantha la regarda.

— Certes, je ne t'aurais pas facilement pardonné si tu m'avais trahie, dit-elle en prenant la main de son amie. Je suis désolée de ne pas t'avoir écrit. J'étais très... occupée.

Occupée à se jeter dans les bras d'un homme qui lui avait menti tout du long, comme sa mère lui avait menti pendant des années, et comme Teresa l'avait fait aussi. Peut-être était-ce son destin d'être trahie par ceux qu'elle aimait.

— Je crois que je vais me mettre à pleurer de soulagement, dit Teresa, au bord des larmes. Diantha, je suis tellement heureuse que tu ailles bien...

— Allons, allons, retiens tes larmes. Et pardonne-moi, je t'en prie...

— Tu es ici, saine et sauve. Tu es pardonnée, dit son amie en esquissant un sourire. Maintenant, veux-tu me raconter ton aventure ? Tu n'es pas allée à Calais, je suppose, puisque ta mère n'a pas réapparu.

— Je ne suis pas allée à Calais. Je suis allée... Oh ! C'est une histoire trop longue à raconter pour le moment. Gardons-la pour plus tard.

Comment pourrait-elle raconter cela à Teresa ?

— Maintenant, il faut que tu me parles de ton séjour en ville depuis que tu y es arrivée. Cela a-t-il été merveilleux ?

— Tout ce dont ma mère parle jour et nuit, c'est de me trouver un mari le plus vite possible, expliqua Teresa, les sourcils froncés. Mais depuis trois jours qu'elle et tante Hortensia me présentent ici et là, il me reste encore à rencontrer ne serait-ce qu'un gentleman avec lequel je serais tentée de faire le genre de chose qu'Annie fait avec le fils du forgeron.

Diantha sentit la chaleur lui monter aux joues, ce qui ne s'était pourtant jamais produit lorsque Teresa lui racontait ses histoires. Mais maintenant qu'elle savait ce que c'était de partager ce genre d'intimité avec un homme, tout avait changé.

— En fait, murmura Teresa, j'ai embrassé un gentleman.

— Vraiment ? Après que je suis partie du manoir de Brennon ?

Teresa hocha la tête.

— Il était venu voir mes frères avant qu'ils partent à la chasse, et comme je me sentais coupable de t'avoir menti à propos de tout ça, je l'ai laissé m'embrasser.

— Comment qualifierais-tu cette expérience ?

Excitante ? Délicieuse ?

— Déplaisante, fit Teresa, ses sourcils se plissant sous ses boucles cuivrées. Sa bouche était baveuse et il m'a dit que j'avais une très grosse poitrine.

— Ta poitrine est effectivement généreuse.

— Il a dit que c'était ce qu'il préférait chez moi et qu'il voulait me peloter.

— Quel nigaud !

Ce qu'elle avait ressenti lorsque Wyn l'avait touchée était désormais inscrit sur sa peau. Elle ne pourrait pas l'oublier, quels que soient les sentiments confus qu'elle éprouvait à son égard.

— Mais bon, tu sais maintenant que ce n'est pas un gentleman et que tu ne dois pas le laisser te faire la cour, ajouta Diantha.

Wyn, lui, était un gentleman. Il était aussi un homme, et il avait dit qu'il avait besoin de son corps.

Teresa soupira.

— Ça va aller, dit Diantha en lui tapotant la main. Nous allons te présenter au plus beau gentleman de la soirée, et ce sera lui qui louchera sur ta poitrine.

Le soupir de son amie céda la place à un petit gloussement, ce dont Diantha se félicita. Elle jeta un coup d'œil au-delà des feuilles de palmier vers la salle de bal qui fourmillait de ladies et de gentlemen d'une grande élégance.

— Il doit y avoir un certain nombre de célibataires convoités par ici.

— C'est *le* bal de la saison. Tante Hortensia dit que lady Beaufetheringstone a tout décoré d'or pour célébrer le nouveau roi, et de noir parce que nous pleurons encore l'ancien. Mais à en croire la rumeur, les guirlandes noires ne sont pas vraiment pour l'ancien roi, mais pour la parodie de procès que notre nouveau souverain a imposée à la reine pour infidélité. Tout le monde dit que Sa Majesté est innocente.

— Oh ! Vraiment ?

Diantha n'en avait pas entendu parler. Ou peut-être que si, mais elle n'y avait pas prêté attention. Chaque jour, elle trouvait de plus en plus difficile de s'intéresser aux commérages. Deux semaines s'étaient écoulées, et Wyn n'était toujours pas à Londres. Soit il avait menti sur son intention de l'épouser, soit M. Eads s'était occupé de lui. À cette pensée, elle sentit son estomac se retourner.

— Tu n'as pas l'air d'aller bien, dit Teresa en se levant, l'invitant à l'imiter. Allons te chercher un verre de limonade.

Elle sortit de derrière la plante, puis s'arrêta net. Diantha se cogna contre son dos.

— Oh ! s'exclama celle-ci en reprenant son équilibre.

Elle regarda par-dessus l'épaule de Teresa, et sa poitrine retomba comme un soufflé.

— C'est *lui*, dit Teresa, les yeux ronds.

Ceci avait été prononcé d'un ton faible évoquant la stupeur mêlée d'admiration face à une divinité.

Mais l'homme qui se tenait seul près de la porte-fenêtre, le regard fixé sur Teresa, n'avait rien d'une divinité. C'était un Highlander, un colosse à l'œil bleu méfiant.

Diantha n'avait jamais vu M. Eads aussi bien mis. Ses longs cheveux bruns étaient rassemblés en queue de cheval. Il portait une veste de soirée et un kilt écossais, des bas et des chaussures brillantes.

Mais… s'il est à Londres, Wyn pourrait y être aussi.

Cette idée suscita en elle autant de joie que d'angoisse.

— Teresa, viens, murmura-t-elle, mais son amie était sourde à ses paroles.

Elle et M. Eads se dévisageaient comme s'il n'y avait eu personne autour d'eux. Le regard de l'homme n'était plus méfiant, à présent. Il était aussi émerveillé que celui de Teresa. Puis, en un mouvement des plus impeccables, comme s'il était en effet un gentleman, il s'inclina. Teresa se pencha en avant.

Diantha lui saisit le bras et l'entraîna vivement à travers la foule d'invités dans les profondeurs de la salle.

— Que voulais-tu dire par « c'est lui » ?

Elle arrêta son amie au bord de la piste de danse.

— Quoi ? dit Teresa en faisant battre ses cils cuivrés.

— Tu as dit « c'est lui ». Connais-tu cet homme ?

— Non. Mais j'ai tout de suite vu que ma poitrine lui plaisait.

— Ne sois pas stupide. Une telle poitrine plairait à tous les hommes.

Le bon sens se refléta à nouveau sur le visage de Teresa.

— Attends un peu. Tu m'as dit que je rencontrerais ce soir un beau gentleman qui loucherait sur ma poitrine.

Elle tendit le cou pour regarder vers les portes menant à la terrasse. M. Eads ne l'avait pas quittée des yeux. Elle laissa échapper un petit soupir de plaisir.

— Un *gentleman*.

Non, un assassin. Diantha crispa les doigts sur le tissu de ses jupes.

— Oh, mon Dieu !

Son cœur s'était emballé. Elle ne pouvait plus mentir, surtout dans ces circonstances.

— Teresa, je dois te prévenir…

— Di, si tu cherches à me détourner de lui, tu n'y parviendras pas.

Le visage de Teresa semblait parfaitement serein, à présent.

— Te *détourner* de lui ? Mais tu viens de le voir pour la première fois ! Tu ne l'avais jamais croisé.

— Attends un peu ! Toi, tu te lances dans une aventure épique pour sauver ta mère, et moi je n'ai pas le droit de tomber amoureuse d'un gentleman au premier regard ? dit Teresa en serrant ses mains gantées devant elle. Tu es une véritable hypocrite, Diantha Lucas.

— C'est vrai.

— Tu l'admets ?

— Bien sûr que je l'admets. Mais, vois-tu, il faut ignorer ce gentleman. En fait, je le connais. Un peu. Et je ne pense pas…

— Oh ! s'exclama Teresa, ses yeux redevenant vitreux. Présente-moi à lui !

— Vous présenter à qui, ma chère ?

À l'instar du plafond et des murs, la lady qui s'approchait portait des mètres de tulle en cascade. Sur sa tête, un turban était surmonté d'une plume d'autruche dorée et d'une grande épingle ornée de pierreries. Entre le pouce et l'index gainés d'un gant aux couleurs irisées évoquant une queue de paon, elle agitait un éventail oriental.

— À qui voulez-vous que je vous présente, mon enfant ? Ce grand échalas, là-bas, ne vaut pas la peine d'en avoir le souffle emballé : c'est mon cousin au quatrième degré, et joueur invétéré. Mais tout autre gentleman présent ce soir mériterait l'adoration d'une fille aux charmes aussi généreux.

Teresa contourna du regard lady Beaufetheringstone.

— Il se tient près de ces portes, milady. C'est un très... (elle en suffoquait)... grand homme aux longs cheveux.

Leur hôtesse fit claquer sa langue.

— Celui-ci, ma chère, c'est le comte d'Eads, un barbare sans le sou. Il n'a pratiquement pas fréquenté la société depuis son retour des Indes orientales il y a sept ans. Je m'étonne d'ailleurs qu'il soit ici ce soir, à moins que ce ne soit en quête de maris pour ses innombrables sœurs. Ou demi-sœurs. Il doit en avoir au moins sept, le pauvre homme. Mais il a des jambes remarquables.

Teresa et lady Beaufetheringstone acquiescèrent de concert avec un grand sérieux.

— Je ne vous le présenterai pas, mademoiselle Finch-Freeworth, reprit la lady en pinçant les lèvres. Vous êtes trop jeune et innocente pour qu'on vous laisse vous jeter dans la gueule du loup, dit-elle en prenant le bras de Teresa. Venez donc avec moi, mon enfant. Je vais vous présenter des gentlemen plus convenables. Cette idiote d'Hortensia Piffle parviendra à vous trouver un mari satisfaisant quand les poules auront des dents. Comme deux pois dans une cosse, elle et votre mère...

Diantha les regarda s'éloigner. Elle ne s'inquiétait pas pour Teresa. Si l'une des plus grandes hôtesses de la société la prenait sous son aile, cela ne pouvait être que bénéfique pour son amie. Et quelqu'un d'autre lui occupait le cœur et l'esprit.

Que savait Wyn au sujet de M. Eads – lord Eads – qu'il ne lui avait pas dit ? Cette idée lui faisait mal. Et elle ne voulait pas souffrir à cause d'un homme qui l'avait apparemment abandonnée à son sort.

Pourquoi n'était-il pas venu ?

Le regard vide, elle gagna les portes-fenêtres. Elle devait parler à lord Eads. Elle devait s'assurer que Wyn était sain et sauf, même s'il ne voulait plus d'elle. Elle lui aurait pardonné s'il était venu à Londres. Elle lui aurait tout pardonné. Et aurait imploré son pardon en retour.

Son frère vint à elle avec un grand sourire.

— Te voilà, ma sœur. Tu es très jolie, ce soir. Musgrove et Halstead ici présents m'ont supplié toute la soirée de te les présenter.

Elle salua les amis de Tracy, sourit à leurs flatteries et leur promit des danses, mais elle n'était pas très attentive. Elle laissait son regard errer et, lorsqu'un groupe d'invités s'écarta, elle rencontra le regard de lady Emily Vale. Elle se força à esquisser un sourire.

Les yeux verts d'Emily restèrent empreints de sérieux lorsqu'elle les tourna de l'autre côté de la piste de danse, vers la porte de la salle de bal. Diantha suivit son regard… et son cœur manqua un battement.

Car c'était assurément son cœur que M. Yale commandait. Et qu'il soit assis sur un tabouret en manches de chemise en train de traire une vache ou qu'il se tienne dans une salle de bal en tenue de soirée, d'une beauté à couper le souffle, celui-ci était entièrement à sa merci.

25

Sous les chandeliers où scintillaient des centaines de bougies, elle étincelait, vêtue non pas d'un blanc seyant à une jeune fille mais d'or, comme la lueur des flammes qui étincelait dans ses cheveux. Ses jupes superposées voltigeaient au-dessus de ses pieds sous la brise que créait le passage des danseurs à ses côtés. Elle semblait indifférente aux autres invités, ses lèvres entrouvertes, le rose de ses joues descendant le long de son cou et sur les douces rondeurs de ses seins.

Il alla la rejoindre, regrettant de ne pas être venu directement à Londres, et prenant subitement conscience de la véritable raison pour laquelle il ne l'avait pas fait. La voir annihilait sa capacité de réflexion.

Elle s'approcha de lui, les sourcils froncés.

— Lord Eads est ici.

— Bonsoir, mademoiselle Lucas.

Il s'inclina et ne put s'empêcher de sourire. Malgré le mécontentement qu'elle semblait exprimer, elle était divine.

— Avez-vous entendu ce que je viens de dire ? *Lord* Eads ?

— J'ai bien entendu. Je me tiens juste devant vous.

Mais pas assez près. Son parfum de soleil sauvage l'enveloppait ; ses mains fines qui avaient exploré son corps se crispaient dans ses jupes.

— Je le vois bien. Je soulignais simplement mon point de vue en disant *lord* Eads par deux fois. Et maintenant encore une fois.

— J'avais compris.

— J'insiste de cette manière ridicule, voyez-vous, parce que je m'efforce de dissiper l'inquiétude que je ressens, puisqu'il se trouve au même endroit que vous. Que faites-vous ici ?

— Je vous ai contemplée en train d'éblouir ces gentlemen que vous venez de quitter sans un regard en arrière. Non, ne les regardez pas. Ils n'apprécieraient peut-être pas que vous les surpreniez alors qu'ils pansent leurs blessures.

Elle poussa un soupir agacé.

— Et vous disiez que j'étais absurde.

— Qui sont-ils, Diantha ? Votre frère, je le connais, contrairement aux autres. L'un d'eux est-il M. H. ?

— Tracy vient seulement de me les présenter, dit-elle, une étincelle dans les yeux. Mais je suis entourée chaque jour de tant de soupirants qu'il est difficile de retenir précisément leurs noms, de toute façon, dit-elle avec un geste désinvolte de la main. Je les appelle donc tous Georges.

— Et ce système vous suffit-il ?

— S'il me suffit à quoi ?

— À tous les remettre à leur place comme vous essayez de me remettre à la mienne ?

— Vous m'avez entendue dire à trois reprises que lord Eads est ici, non ?

— Je crois me souvenir que vous l'avez mentionné, en effet.

Elle tordit son carnet de bal, nerveuse.

— Et pourquoi n'en semblez-vous pas aussi préoccupé que moi ?

Son ton avait changé, sa détresse étant désormais palpable. Le sourire de Wyn s'estompa.

— Je connais Duncan Eads depuis des années, Diantha. S'il avait vraiment voulu me faire du mal, il l'aurait fait au pays de Galles.

Elle cligna rapidement des yeux, son souffle court soulevant ses seins en les pressant contre le corsage de sa robe. Ses fossettes étaient invisibles.

— Vous êtes une personne malhonnête.

— Je l'ai été.

— Je n'aurais pas dû vous faire confiance.

— Certes. Mais vous me l'avez accordée, et nous devons tous les deux vivre avec ce fait avéré.

Les joues de la jeune femme avaient pâli. Elle le sonda du regard, incertaine. Wyn aurait voulu la soulever dans ses bras, la porter hors de cette salle de bal, s'immerger en elle et rester avec elle, jusqu'à ce qu'il découvre chaque secret qu'elle gardait précieusement et qu'elle connaisse chaque vérité concernant sa vie à lui, chacun de ses actes crapuleux et de ses désirs héroïques.

Elle ferma les yeux.

— J'ai quelque chose à vous dire.

— Je vous écoute.

— Il semble que M. H. ne se préoccupe pas de ma vertu, ni même de son absence. Il estime qu'une femme d'esprit a forcément vécu des aventures de nature amoureuse, tout comme lui.

La jalousie, brûlante et féroce, s'empara de lui – ce dont elle devait se douter, la coquine. Carlyle n'avait pas mentionné Highbottom dans sa lettre, mais peut-être son prétendant s'était-il adressé à Tracy Lucas ? Ce jeu de coquetterie était nouveau, et il voulait en découvrir la raison.

— Un libre penseur, c'est ce qu'il est ? dit-il entre ses dents serrées.

— Je n'en suis pas tout à fait certaine. J'aurais dû le lui demander, mais depuis mon arrivée en ville, j'ai été très occupée.

Il essaya de lire dans ses yeux.

— Je viens d'arriver aujourd'hui.

— Oh. C'est bien.

Elle sourit poliment, comme si cela ne signifiait rien pour elle, mais sa fragilité était perceptible.

— Je suis allé chez Yarmouth, Diantha.

— Chez Yarmouth ? répéta-t-elle, maîtrisant sa surprise. Et comment se porte le duc ?

— Je ne l'ai pas vu. J'ai livré Lady Priscilla et je suis aussitôt reparti.

— Oh !

Ses sourcils se contractèrent, puis elle pinça ses lèvres pulpeuses. Et sa façade nonchalante s'effondra.

— N'allez surtout pas imaginer que vous pouvez vous présenter ici outrageusement beau dans toute votre élégance londonienne, et que j'oublierai tout. Je suis fâchée contre vous.

— Diantha…

— Je souhaiterais que vous ne vous adressiez plus à moi de cette manière. Je suis Mlle Lucas pour ces gentlemen, et il aurait sans doute mieux valu que je le reste pour vous.

— Ces gentlemen, je suppose, ne vous ont jamais vue sur la route, trempée de pluie.

— Bien sûr que non.

— Ou à genoux dans la poussière en pleine prière.

Elle tressaillit.

— Vous avez vu cela ?

— Quel était l'objet de vos prières, chipie ? Que je ne tarde pas à rendre l'âme pour pouvoir reprendre votre mission ?

Elle ne répondit pas tout de suite. Autour d'eux, les danseurs tourbillonnaient sur la musique entraînante.

— J'ai prié pour demander de rester forte pour vous. Car vous en aviez besoin.

Le cœur de Wyn eut comme un à-coup, une sensation des plus déconcertantes. Mais il avait été déconcerté depuis l'instant où il avait rencontré Diantha Lucas dans cette malle-poste.

— On peut dire que votre prière a porté ses fruits.

Les yeux de la jeune femme étincelèrent. En un instant, elle redevint la femme qu'il avait regardée grimper à un arbre, la femme qui lui avait soutiré dans une écurie son premier baiser, la femme qui avait changé sa vie… bien qu'à chaque instant il y ait résisté.

— Vous semblez aller bien, murmura-t-elle.

— Je vais bien. À présent.

Et mieux qu'il ne l'avait jamais été.

— Je veux dire, vous avez l'air en forme. Vous avez l'air…, dit-elle, ses yeux s'attardant sur ses épaules puis sur son torse, et le rouge lui monta aux joues. En pleine forme.

— J'ai l'intention de venir vous voir demain. J'aurai une question à vous poser.

— Une question ?

— Oui, mais ce n'est pas le meilleur moment d'en parler. Votre frère me foudroie du regard.

Et s'il devait endurer celui de Diantha plus longtemps, attentif et passionné, il risquerait de l'entraîner dans une alcôve pour se livrer à une activité bien plus satisfaisante.

Elle fronça les sourcils.

— J'ignore ce qui ne va pas chez Tracy.

— Peut-être n'aime-t-il pas que je vous détourne de ses amis. Je vais me retirer et laisser le champ libre à vos soupirants enthousiastes. Pour le moment.

— Mais…

Elle posa la main sur son bras, et il sentit son corps s'embraser.

— Qu'en est-il de lord Eads ? M'avez-vous dit toute la vérité ?

Wyn saisit ses doigts gantés, s'inclina sur eux et murmura :

— Chipie, si vous me touchez encore de manière inappropriée dans une salle de bal… si vous me touchez de quelque manière que ce soit… je ne pourrai être tenu responsable de ce qui se passera sous les yeux de tous ces gens.

Sa gorge tressaillit délicatement. Elle retira sa main.

— Je vous prie de me dire la vérité à son sujet. Je veux vous aider, si j'en ai la possibilité.

— Je vous ai dit la vérité. Je ne crois pas qu'il représente une menace pour moi.

— Mais vous n'en êtes pas tout à fait certain.

— Le fait que je sois en vie en est une excellente preuve.

— Peut-être n'attend-il que la bonne occasion.

— Il l'a eue à maintes reprises sur la route menant chez Yarmouth.

En dépit du regard noir de son frère, Wyn se rapprocha d'elle pour lui dire à mi-voix, sous couvert de la musique et du brouhaha des conversations :

— Diantha, soyez rassurée.

— Je crains de ne pouvoir l'être. Avec cette affaire, j'ai les nerfs à fleur de peau. Lorsque vous n'êtes pas venu à Londres immédiatement, j'ai imaginé toutes sortes de… toutes sortes de…

Elle détourna le visage.

La poitrine de Wyn se serra. Il ne voulait pas provoquer sa confusion ou sa détresse. Il voulait son sourire magnifique, son rire franc, et son corps chaud et généreux – au plus vite.

Puis les lèvres de la jeune femme s'entrouvrirent en formant un petit O et elle murmura :

— Mon Dieu !

Il aurait dû regarder ce qui avait ainsi retenu son attention, mais il ne pouvait détourner les yeux de cette bouche parfaitement ronde et rose. De ses lèvres entrouvertes s'échappait un souffle doux ; il l'imagina effleurant sa peau. Il pouvait déjà la goûter, sentir son corps sous ses mains, les siennes sur le sien. Le souvenir de ces mains habiles effaçait tout, si ce n'était le désir pressant de l'avoir sous lui.

— Les demoiselles Blevins ! s'exclama-t-elle.

Tiré de sa rêverie, il pivota. Deux dames fantomatiques surgies d'une époque révolue faisaient leur entrée dans la salle d'un pas mal assuré, drapées de dentelle jaunie et parées de bijoux ternis.

— Je n'aurais jamais pensé les voir ici.

Par réflexe, Diantha posa la paume contre le torse de Wyn, et il ne vit qu'une solution pour sauver les apparences – et pour échapper aux deux dames.

— Madame Dyer, m'accorderez-vous cette danse ?

Il saisit sa main, passa son bras autour de sa taille et l'entraîna sur la piste. Diantha aurait pu rire, si un sentiment d'inquiétude n'avait cessé de la tenailler. Mais le frisson de bonheur qui montait en elle s'avéra plus fort que tout. Wyn était là, il n'était pas en danger, et il dansait avec elle.

Avec grâce, il les fit contourner d'autres couples sur la piste, s'éloignant des demoiselles Blevins. Ce n'était pas vraiment une danse : c'était une fuite effrénée.

— Monsieur Dyer, nous allons attirer l'attention, dit-elle, incapable de résister à la joie qu'elle éprouvait. Les dames patronnesses de l'Almack's ne m'ont pas encore donné la permission de valser.

— Lady B est une hôtesse bien plus libérale, dit-il en la guidant hors de la piste de danse, puis entre les groupes d'invités.

Une porte-fenêtre était ouverte, laissant entrer l'air frais. Il la franchit en l'entraînant par la main, et elle le suivit d'un pas léger dans le jardin. Une demi-lune brillait. L'air de la nuit hérissait de chair de poule ses bras nus tandis qu'ils longeaient une fontaine flanquée d'une rangée de hauts rosiers.

— Qu'allons-nous faire ?

— C'est un jardin sombre, répondit-il tout bas. Devinez.

Elle n'arrivait pas à penser.

— Dites-moi.

— Pour commencer, nous occuper de ces enfants que les demoiselles Blevins nous ont encouragés à concevoir.

Il l'attira derrière une haie, mais la relâcha.

Diantha ravala un cri de déception.

— Vous n'êtes pas sérieux !

— Une écurie est une chose. Une soirée dansante à laquelle assiste la moitié de la haute société en est une autre.

Heureusement, songea-t-elle, il se tenait très près, ses yeux brillant dans l'ombre.

— Il nous faut un plan.

Elle déglutit.

— Un plan pour concevoir des enfants ?

— Un plan pour s'occuper des demoiselles Blevins, dit-il patiemment, mais elle l'entendait à peine en raison des battements tapageurs de son cœur.

Le regard de Wyn glissa sur son cou et ses épaules, pour se poser sur sa bouche, comme s'il avait l'intention de l'embrasser. La respiration de la jeune femme devint erratique. Il avait envie d'elle. Entouré de toutes ces élégantes ladies de Londres, c'était *elle* qu'il voulait.

— Je vais prétexter une migraine et demander à Serena de me raccompagner, parvint-elle à murmurer.

— Cela suffira, le temps que je trouve une solution plus durable.

— Nous ne sommes pas dans une salle de bal maintenant, fit-elle observer sans pouvoir s'en empêcher. Si je vous touche ici de manière inappropriée, me ferez-vous des choses dont vous ne serez pas tenu responsable ?

— Je me suis mal exprimé, dit-il, la voix rauque. Je devrai en être tenu responsable. Avec vous, toujours.

Elle posa la paume sur son torse. Sentir les battements rapides de son cœur mit son corps en émoi. Elle fit glisser ses doigts le long du tissu fin jusqu'à sa taille. Il ne bougea absolument pas.

— Toujours le gentleman, commenta-t-elle.

— Non. Le gentleman n'est plus là.

Sa main descendit plus bas.

— Parce que vous m'avez entraînée dans un jardin sombre ?

— Parce que je ne vais pas vous empêcher de faire ce que vous êtes sur le point de faire.

Sa paume glissa sur le rabat de son pantalon. Il était déjà en érection, rien qu'en la regardant, en ayant dansé avec elle, et cela la rendait brûlante. Battant des paupières, elle le prit en main. Elle le caressa et son corps réagit, un son de pur plaisir masculin s'échappant de sa poitrine. Elle ne put se retenir de gémir doucement. C'était si bon de le caresser.

— Oh, Wyn, dit-elle dans un souffle, pensez-vous que nous pourrions concevoir ces enfants dès à présent, tout compte fait ?

La bouche de Wyn était si proche de la sienne. Il saisit sa main et l'emprisonna sur son sexe dur pendant ce qui sembla une éternité. Puis, dans un halètement rauque, il se libéra et recula d'un pas. Ses yeux étaient lourds de désir.

— Je passerai vous voir demain, mademoiselle Lucas.

— Wyn...

— Diantha, si vous ne retournez pas dans cette salle de bal immédiatement, je...

— Vous allez me ravir ici même, jusqu'à ce que la moitié de la société nous surprenne, comme le ferait un méchant digne de ce nom ? dit-elle avec un sourire coquin.

— Quelque chose comme ça. Partez. Tout de suite.

La tension crispait sa mâchoire et ses épaules, mais son regard fiévreux était rieur.

Le cœur de Diantha émit une série de petits trilles délicieux. Elle l'attrapa par les revers de son manteau, se plaqua contre lui et inclina le visage vers lui pour murmurer contre son cou :

— Vous me plaisez comme ça. Vous me plaisez... sans le brandy.

Le désespoir qui avait hanté l'argenté de ses yeux dans le Shropshire avait disparu. Avant Knighton, les aperçus qu'elle avait eus de cet homme avaient suscité son désir. Maintenant, elle était folle de lui. Elle avait *besoin* de lui. Il la faisait se sentir chérie. Elle effleura sa mâchoire de doux baisers, ses mains glissant sous son manteau, s'appropriant les contours fermes de son corps.

— Mon Dieu, Diantha ! gémit-il, ses paumes glissant sur son postérieur et l'attirant au plus près de son membre érigé. J'étais sérieux, fit-il en pressant de fervents baisers sur son front, ses joues, ses paupières. Maintenant, partez !

Il l'écarta brusquement de lui.

Elle ne pouvait plus bouger. Les battements de son cœur s'emballaient, sa peau semblait surchauffée.

Il ressemblait à de la pierre. De la pierre enfiévrée.

— *Partez.*

Elle déglutit avec difficulté.

— Bonne nuit alors, monsieur Yale. Je me réjouis de vous revoir demain. Peut-être dans la matinée ?

— Peut-être.

Elle partit. Ou courut, plutôt. Elle craignait sinon de se jeter à nouveau dans ses bras et de le forcer à lui faire l'amour sous la demi-lune. Mais elle ne voulait pas l'obliger à agir à l'encontre de son tempérament. Il avait souffert pour elle, et elle respecterait l'honneur qu'il lui faisait en se comportant comme une vraie lady – même un peu tardivement.

Elle trouva son frère devant les portes-fenêtres menant à la terrasse.

— Tracy, j'ai une horrible migraine. Veux-tu me raccompagner ?

Il jeta un coup d'œil renfrogné dans le jardin, puis acquiesça.

26

Duncan sortit de derrière la dernière calèche garée au bout de la file le long du pâté de maisons. Non loin de là, un trio de valets jetait des dés au bord du trottoir, des lumières flamboyaient depuis le manoir des Beaufetheringstone, et des cochers s'occupaient des chevaux dont les harnais cliquetaient. C'était une soirée typique à Mayfair. Tout semblait normal, à l'exception de l'assassin highlander qui s'approchait de Wyn et de la légèreté du pas de ce dernier.

— Vous êtes plutôt bien habillé pour rôder dans l'ombre. Pas vrai, Eads ?

— Vous la jouez plutôt décontracté pour un homme à abattre. Pas vrai, Yale ?

— À abattre ? Êtes-vous sûr de ne pas me prendre pour un autre type que vous pourchassez, mon vieux ?

Sous la faible lueur du bec de gaz, le rictus du Highlander était à peine perceptible.

— Bon sang, mais vous avez des nerfs d'acier ! Vous ne vous demandez même pas pourquoi je suis ici.

— Pas vraiment.

Wyn fouilla dans la poche de son manteau, en sortit un étui à cigares et en proposa un au comte. Duncan ayant décliné de la tête, il remit l'étui dans sa poche. Il ne voulait plus de cigare. Il ne voulait que la femme aux yeux pétillants qu'il avait eue entre les mains bien trop brièvement ce soir.

— Mais en fait, si, je m'interroge. Pourquoi me suivez-vous, cette fois ?

— Parce que Yarmouth me paye pour ça.

Wyn sentit les cicatrices sur sa colonne vertébrale l'élancer. Par réflexe, il vérifia la présence du couteau caché dans sa manche.

— Vous ne travaillez plus pour Myles ?

Le fait qu'il n'ait pas réussi à apprendre ce détail jusqu'ici prouvait les profondeurs du gouffre dans lequel il avait sombré avant de rencontrer Diantha sur la route, profondeurs dont il émergeait peu à peu.

Duncan plissa les yeux.

— Elle ne vous a pas dit que je travaillais pour le duc ?

— Elle ?

— La fille.

— Si vous voulez parler de Mlle Lucas, répondit Wyn avec une nonchalance feinte, elle ne m'a rien dit. Mais je suis quelque peu surpris que vous lui ayez donné cette information. Ce soir même ?

— Chez vous, quand je suis venu récupérer mon cheval.

Duncan l'observait. Wyn n'aimait pas ce regard insistant, pas plus qu'apprendre que Diantha lui avait caché quelque chose. Il ne faisait aucun doute qu'elle avait essayé de le protéger, et il n'était pas surprenant que son arrivée tardive en ville l'ait inquiétée.

— Je vais me dispenser des futilités, dit-il, et me contenter de vous demander pourquoi Yarmouth veut que vous continuiez à me filer alors que je lui ai remis son précieux cheval.

— Il ne se soucie pas du cheval, sacré imbécile. C'est vous qu'il veut.

Wyn se pinça avec deux doigts l'arête du nez.

— Ne me dites pas, Duncan, que vous avez l'intention de me tuer au coin de cette rue maintenant. Pas ce soir.

Pas avant d'avoir dit à Diantha ce qu'il avait appris au cours de ses recherches de l'après-midi. Pas avant de l'avoir informée de la situation de sa mère – et de l'état dans lequel se trouvait son propre cœur.

Ou peut-être, s'il devait mourir ensuite, serait-il préférable qu'elle ne sache rien de ce dernier détail.

Ses mains ne tremblaient plus, mais elles étaient glacées. Il ne pouvait pas être arrivé jusque-là pour qu'on lui prenne la vie.

— Il ne veut pas que je vous tue, gronda Duncan. Seulement que je vous transmette un message.

— Ah ! dit Wyn avec un léger soupir de soulagement. C'est une bonne nouvelle. De quoi s'agit-il ?

Le regard de Duncan se fit grave.

— Il veut que vous passiez le voir.

— Pour le rencontrer personnellement ?

Le Highlander hocha la tête.

— Et si je décidais de ne pas obéir à Sa Grâce ?

Le visage de Duncan s'assombrit encore.

— Il aura la fille.

Aussitôt, tout devint glacial, à l'exception de ses entrailles brûlantes. Wyn n'avait pas besoin de demander quelle fille, ou comment le duc l'aurait. Au moulin, Duncan avait deviné que Diantha représentait pour lui bien plus qu'une simple mission, et Wyn avait appris il y a longtemps comment le duc de Yarmouth traitait les jeunes femmes.

Il en resta le souffle coupé.

— Bon sang, Eads, espèce de salopard !

Duncan secoua la tête.

— Je lui ai dit que je ne lui ferais pas de mal.

— Vous n'auriez pas dû lui dire quoi que ce soit. Elle n'a rien à voir avec tout ça !

— Il m'a refusé l'or qu'il m'avait promis. Il m'en voulait de ne pas lui avoir ramené votre cul gallois.

— Alors il a engagé quelqu'un d'autre pour la menacer, devina Wyn, réfléchissant à toute allure. Vous êtes maintenant ici non parce qu'il vous a envoyé, mais pour m'en avertir. C'est le moins que vous puissiez faire. Qui est-ce ?

— Il a placé un homme dans la maisonnée des Savege.

— Un serviteur ? Un balayeur, peut-être, ou le garçon livreur d'un commerçant si nécessaire, dit Wyn, sachant qu'il aurait procédé de même s'il avait voulu avoir accès à la maison d'un lord. Assez facile à repérer s'il est nouveau dans le personnel.

Duncan secoua la tête.

— Il est déterminé. Yale, cet homme vous hait.

— Alors pourquoi ne me fait-il pas simplement tuer ? Pourquoi insiste-t-il pour me rencontrer ?

Wyn rassembla l'air dans ses poumons oppressés. Il se détourna et se dirigea vers l'écurie où il avait laissé Galahad. Mais il s'arrêta en chemin et regarda par-dessus son épaule. Un halo de lumière entourait l'imposante carrure du Highlander.

— Duncan, mieux vaudrait que notre prochaine rencontre se passe en enfer. Sinon, vous seriez avisé de détaler dès que vous me verrez !

Wyn se rendit chez Brooks. Le vicomte Gray était présent au club de gentlemen la plupart des soirs. Célibataire, disposant d'un large cercle d'amis et de connaissances politiques, Colin cultivait son apparence de gentleman oisif, tout en surveillant, observant, et élaborant la stratégie de son prochain projet pour le Falcon Club.

Il était encore tôt. Les hommes se prélassaient dans la salle principale, conversant, jouant aux cartes, dînant et buvant. L'odeur de la fumée de tabac se mêlait au parfum d'eau de Cologne.

Le vicomte n'était nulle part en vue. Peut-être était-il dans la cohue du bal donné par les Beaufetheringstone. Mais de toute façon, Gray ne pourrait pas vraiment l'aider. Il était impératif que Diantha ne reste pas exposée au danger. Se livrer au duc de Yarmouth ne lui semblait être qu'en partie la solution. Il ne pouvait croire que, se doutant de l'importance qu'elle avait pour lui, celui-ci ne lui fasse aucun mal. Wyn avait déplu à beaucoup d'hommes au cours de ses années en tant qu'agent de la Couronne. Mais il n'y en avait qu'un qu'il avait menacé de tuer.

Il se tourna vers la sortie. Tracy Lucas se tenait là, ses compagnons de bal derrière lui.

— Monsieur Yale.

— Sir Tracy. C'est un plaisir.

Wyn s'inclina, gagné par l'impatience. Mais c'était le seul homme à Londres qu'il ne pouvait se permettre de congédier rapidement.

— Messieurs, dit-il en saluant les autres d'un signe de tête.

— J'aimerais m'entretenir avec vous en privé, sir, dit Lucas en l'invitant du geste à se mettre à l'écart.

— Bien sûr.

Il n'en avait pas le temps. Mais si Lucas était du genre raisonnable, il pourrait peut-être lui demander de l'aider, de faire sortir Diantha de la maison sous le couvert de la nuit pour l'emmener à la campagne. Le duc ne s'y attendrait pas. Il pourrait ainsi gagner du temps pour trouver une solution plus durable.

Lucas ne fit que quelques pas avant de prendre la parole.

— J'avais cru comprendre que vous n'étiez pas en ville.

— En effet, j'étais dans ma propriété jusqu'à aujourd'hui.

— Alors peut-être l'ignorez-vous, mais Carlyle m'a dit que vous avez proposé d'épouser ma sœur, et à en juger par la façon dont vous l'avez regardée ce soir, je pense qu'il vaut mieux que vous le sachiez : elle n'est pas... eh bien, il n'y a pas d'autre façon de le dire... elle ne cherche pas un type comme vous.

Wyn resta parfaitement immobile. L'odeur de vin d'une bouteille qu'on venait de déboucher sur une table à côté, la sonorité du breuvage versé dans les verres lui étaient si familiers...

— Monsieur, je dois vous demander quelques explications, si vous me le permettez.

— Écoutez-moi bien, dit le frère de Diantha, dont la mine renfrognée s'accentua. Si vous l'aviez sincèrement voulue, ce que je viens de dire vous aurait incité à me jeter le gant. Mais vous n'avez même pas cligné des yeux. Vous êtes un personnage terriblement indifférent, Yale, comme le soir du mariage des Blackwood où vous avez laissé ma sœur en larmes sur la terrasse de Savege Park.

À Savege Park ?

— J'ai vu comment vous l'avez laissée seule dans l'obscurité, reprit Tracy. Elle n'avait même pas seize ans, pour l'amour de Dieu ! J'ai failli y aller et vous cogner, mais j'étais en compagnie d'une lady que je ne pouvais pas laisser en plan. Ma sœur en a eu les yeux rougis jusqu'au matin après ça, espèce de canaille !

Wyn finit par retrouver la parole.

— Lucas...

— Je ne vous épargnerai pas mes propos, monsieur, même si vous êtes le bienvenu chez les Savege. Je ne vous fais pas confiance. Pas depuis cette nuit-là. Et j'ai vu comment elle était ce soir quand vous parliez ensemble, comme si elle était encore prête à fondre en larmes. Puis je vous ai perdus de vue tous les deux, avant de la voir revenir en courant du jardin de lady Beaufetheringstone, très agitée. Bon sang, Yale, ce n'est pas bien de traiter ainsi une lady !

— Vous vous méprenez, sir.

Lucas bomba le torse.

— Je ne pense pas, et je veux que vous cessiez de la taquiner. Elle n'a pas eu la vie facile, avec ma... notre mère..., bégaya-t-il avant de s'interrompre et d'ajouter : Le fait est qu'elle a besoin de mon consentement pour se marier, et je ne vous le donnerai pas.

— Ses souhaits n'auraient-ils aucune importance ?

— C'est une fille impétueuse. Mais elle ferait n'importe quoi par amour. Loyale comme personne, ne le savez-vous pas ?

Il avait dit ces mots d'une voix rauque ; il se souciait beaucoup d'elle, Wyn ne pouvait en douter.

— Elle mérite un meilleur compagnon que vous, conclut Tracy.

De toute évidence, il n'avait pas vu les autres garçons sur la terrasse le soir de ce bal. Mais cela n'avait pas d'importance. Diantha courait à présent un danger bien plus grand, et cette fois, c'était bien Wyn qui en était responsable.

— Je vois, dit-il, ses pensées s'imbriquant les unes dans les autres avec une clarté singulièrement froide.

— Elle est têtue et imprudente. Mais cela ne veut pas dire pour autant qu'elle doit se contenter d'un homme comme vous.

— Lucas, dit Wyn en baissant la voix, votre sœur n'a qu'un souhait, et vous êtes, je pense, le seul en mesure de l'exaucer.

Les yeux bleus de Tracy s'écarquillèrent.

— Qu'est-ce que vous...

— Vous savez où se trouve en ce moment lady Carlyle, n'est-ce pas ?

Tracy Lucas en resta bouche bée, puis bafouilla :

— Eh bien...

— J'ai des raisons de penser que votre mère est à Londres pour un court séjour, et qu'elle vous a fait parvenir un message afin de solliciter une aide financière pour une nouvelle entreprise.

Cet après-midi-là, au Secret Office, il avait lu des dizaines de rapports avant de tomber sur la note d'un informateur, qui citait la baronne comme l'une des personnes cherchant des investisseurs pour financer un réseau de prostitution haut de gamme. L'informateur précisait que la baronne semblait être une fumeuse d'opium invétérée, associée à un homme de la City, mais qu'elle vivait par ailleurs modestement, et qu'elle n'inquiétait guère le gouvernement à l'heure actuelle. On soupçonnait qu'elle et son partenaire avaient l'intention de repartir en France.

— L'avez-vous vue ?

— Oui, je l'ai vue. Une seule fois, avoua Lucas d'un ton dur. Mais comment pourriez-vous la connaître ?

— Je ne la connais pas. Je ne sais même pas où elle se trouve à Londres. C'est pour cela que je vous demande votre aide.

— *Mon* aide ? De tous les...

— Taisez-vous, Lucas. Et écoutez-moi maintenant.

Les sourcils de Tracy se haussèrent sous ses boucles dorées.

— Votre sœur souhaite voir sa mère. C'est son désir le plus cher.

Tracy fronça les sourcils.

— Elle m'en a parlé, l'autre jour. Comme plusieurs fois auparavant, admit-il à contrecœur. Mais elle ne comprend pas.

— Elle comprend. Et vous devez lui permettre de la voir. Vous devez organiser une rencontre en lieu sûr, afin que la sécurité de votre sœur ne soit pas compromise. Pouvez-vous faire ça avant que votre mère reparte pour le continent ?

— Non, dit Lucas, buté. Si vous savez ce qu'est devenue ma mère, vous savez qu'une fille comme ma sœur ne doit pas être exposée à ce genre d'individu.

— Votre sœur n'est plus une fille. C'est une femme. Et elle est déjà au courant des affaires de votre mère.

Les épaules de Lucas s'affaissèrent.

— Elle...

— Elle est têtue et téméraire, mais elle est aussi pleine de ressources et d'un bon sens inouï.

Et belle, et généreuse de cœur. Et elle l'avait rendu fou de désir.

— Demain, ajouta-t-il, j'irai la voir pour lui demander sa main, et elle acceptera...

Lucas en resta bouche bée.

— Vous...

— ... à moins que vous ne me promettiez de l'emmener voir lady Carlyle avant qu'elle reparte de Londres.

— Et si je fais cette promesse ? demanda Tracy, les sourcils froncés.

— Je ferai en sorte qu'après l'avoir vue demain elle soit aussi convaincue que vous que je ne suis pas l'homme qu'il lui faut.

Il en éprouva un profond sentiment de vide, ses poumons semblant n'avoir plus aucune volonté de fonctionner.

Lucas le regardait d'un œil méfiant.

— Et je suppose que vous comptez également assister à cet entretien ? Histoire de vous assurer que je ne suis pas revenu sur ma parole.

— Je suis un homme de parole, Lucas. Je vous ferai le compliment de croire que vous l'êtes aussi.

— Jolies phrases, Yale. Mais je ne suis pas une vierge rougissante qui se laisse embobiner.

— Alors, veuillez me croire : je ne pourrais pas rester pour l'entretien même si je le souhaitais. Je dois quitter la ville de bonne heure demain, et je n'ai aucune idée de quand je reviendrai.

Mais après cette matinée, l'homme de Yarmouth infiltré dans la maison des Savege n'aurait aucun doute sur le fait que Diantha n'avait représenté pour lui qu'un simple plaisir passager. Avant même que Wyn soit arrivé chez Yarmouth, elle ne courrait plus aucun danger.

— Non, fit Lucas en secouant la tête. Elle est tenace. Si elle vous veut, elle ne vous lâchera pas.

— Pas après ça. Je vous le garantis.

Lucas sembla y réfléchir. Ses yeux se plissèrent.

— Définitivement ? Sans aller implorer son pardon le lendemain ?

— Pas plus que la semaine suivante ou le mois prochain. Je vous donne ma parole. En tant que gentleman.

Ce fut avec une sorte de soulagement qu'il vit Lucas acquiescer, tout d'abord avec hésitation, puis avec plus de conviction.

— D'accord, dit-il enfin. Ai-je votre parole, Yale ?

— Vous l'avez.

Tout comme une lady aux yeux couleur lapis-lazuli avait le reste de sa personne.

Wyn laissa derrière lui Lucas et les odeurs du club, mais il ne put se défaire du sentiment d'une profonde perte. Il se rendit à Dover Street. Il était probable qu'il serait mort dès qu'il aurait atteint le château du duc, et il souhaitait régler au préalable toutes ses affaires.

Les chiffres en bronze et le heurtoir en forme de faucon de la porte du numéro 14 scintillaient à la lueur du réverbère. Wyn toqua et le battant s'ouvrit, révélant un géant au visage poupin.

— Bonsoir, sir.

— Y a-t-il quelqu'un, ou suis-je le seul oiseau dans le perchoir ce soir, Grimm ?

— Milord est à l'intérieur.

— Grimm, j'ai une mission à vous confier. Seriez-vous disponible ces prochaines heures ?

L'imposant homme de main du Falcon Club acquiesça. Wyn lui donna l'adresse de la maison des Savege, lui demandant de monter la garde jusqu'à son arrivée le lendemain et d'apprendre des commerçants et des domestiques ce qu'il pourrait sur les nouveaux venus dans la maisonnée.

Grimm se coiffa de son chapeau avec détermination.

— Vous pouvez compter sur Joseph Grimm, sir.

Lorsque Wyn se détourna de la porte qui se refermait sur le géant, le secrétaire du Falcon Club se tenait dans l'entrée du salon.

— Bienvenue chez toi, Yale.

Wyn prit la main tendue du vicomte Colin Gray. La poigne de celui-ci était à l'image de tout ce qui le caractérisait : puissante, stable, assurée. Dix ans auparavant, Colin l'avait trouvé à Cambridge, surpassant ses professeurs dans toutes les matières, frustré et agité comme un animal en cage. Colin l'avait amené ici afin de réaliser un travail pour lequel il serait rarement remercié et encore moins honoré. Désireux de faire quelque chose de sa vie en utilisant son intelligence, de prouver à son père et à ses frères qu'ils s'étaient trompés, Wyn avait saisi cette opportunité.

— J'ai réquisitionné Grimm.

Il libéra sa main et entra dans le petit salon, une modeste pièce lambrissée d'une élégance tranquille, conçue pour n'accueillir que cinq personnes.

Les cinq membres du club de la première heure, dont ne restaient plus que Constance et lui, ainsi que Gray. Mais pas pour longtemps.

Le vicomte alla au buffet.

— Que puis-je te servir ?

— Rien, merci.

Les yeux bleu acier de Gray restèrent indifférents devant cette étonnante réponse. Il se servit et s'installa sur une chaise, le verre à la main.

— Qu'est-ce qui t'amène ici ce soir, Yale ?

— La belle-sœur d'Alex Savege, Diantha Lucas, est surveillée par un larbin. J'ai besoin de Grimm pour veiller sur elle en attendant de pouvoir établir qu'elle est hors de danger.

Gray acquiesça.

— C'était Diantha Lucas, alors ?

— À quel sujet ?

Le vicomte se leva et alla ouvrir un coffret posé sur le manteau de la cheminée. Il en retira une feuille de papier pliée, qu'il tendit à Wyn.

L'écriture était ferme et féminine.

Au secrétaire du Falcon Club
Dover Street, Londres

Monsieur,

Malgré les difficultés que mon assistant a rencontrées sur la route en suivant le membre de votre club appelé Corneille, je connais désormais l'identité de cet homme. Je ne la dévoilerai pas ici, de crainte que des regards indiscrets interceptent ce message.

Je vous raconte cela – plutôt que de le rendre public pour le peuple d'Angleterre qui, après tout, aurait mérité de le savoir – étant donné qu'en compagnie de Corneille dans le Shropshire voyageait une jeune femme de qualité. Je ne souhaite pas exposer des personnes innocentes à la censure de la société, mais seulement mettre au jour des injustices. Mais si je révèle l'identité de votre camarade du club, cette lady n'en sortira pas indemne. J'ai par conséquent les mains liées.

J'ai jugé nécessaire de porter cela à votre attention, non seulement pour vous informer que je souhaite toujours que votre établissement soit soumis à une inspection publique et que ses livres de comptes soient examinés, mais aussi afin que vous sachiez que je suis tout à fait sincère dans mes intentions. Quant à vous, je pense que vous ne connaissez pas grand-chose à l'honneur, et d'autant moins à la bienséance. Mais peut-être que votre ami Corneille est un autre genre d'homme.

C'est sur cela que je compterai.

L.J.

Wyn replia la feuille.

— Nous n'avons donc plus besoin d'atermoyer. Il est clair que c'est terminé pour moi ici. Mais j'ai quand même besoin de Grimm pour veiller à ce que rien ne lui arrive.

Gray rangea la lettre dans le coffret et reprit place sur son siège.

— Ce sera sa seule tâche jusqu'à ce que tu en décides autrement, dit-il en récupérant son verre. Mais ce n'est pas forcément terminé pour toi ici.

— Je dois quitter le club, puisque mon nom a été divulgué.

— Le directeur ne souhaite pas te libérer de tes fonctions. Tu es précieux pour cette organisation.

— Allons, milord. M'envoyer chercher Lady Priscilla pour le duc était une sorte de sanction. Bien que cela ne m'ait pas dérangé, puisque cela m'a donné l'occasion de passer un séjour des plus agréables dans un pavillon de chasse, avec un certain nombre de gentlemen et de femmes de petite vertu.

Ainsi que l'occasion de rencontrer dans une malle-poste une certaine lady déterminée.

— Que tu souhaites quitter le club de ton plein gré est, bien sûr, une autre question, dit Gray comme s'il ne l'avait même pas écouté.

Wyn fixa le verre dans la main du vicomte.

— Tu n'es jamais d'humeur à la plaisanterie, dis-moi ?

— Rarement, répondit Gray, le regard sérieux incarnant un flegme tout britannique.

Le feu crépitait doucement dans l'âtre, et dans la rue, au-delà des fenêtres renforcées de plomb du siège du Falcon Club, on entendait le fracas étouffé d'une voiture.

— Le directeur n'a pas choisi cette mission pour te punir, Wyn. C'est Yarmouth qui a insisté pour qu'on te la confie.

Wyn prit une profonde inspiration. Il s'en était douté, mais cela n'avait aucun sens.

— Tu as rendu d'admirables services à l'Angleterre. Plus qu'admirables. Et tu as commis fort peu d'erreurs.

— Colin, tu sais précisément combien d'erreurs j'ai commises.

— Une seule, dit le vicomte, ses yeux sombres s'illuminant. Car la rencontre avec l'homme de lady Justice ne peut être considérée comme une erreur. Cette femme fait surveiller ce bâtiment depuis près de trois ans. Blackwood et Seton n'en ont pas franchi le seuil au cours de cette période, et Constance y arrive masquée et encapuchonnée dans un fiacre. Je ne doute pas que lady Justice ne connaisse également mon identité et qu'elle n'attende le moment opportun pour la révéler à tout le royaume. Mais jusqu'à ce jour, je poursuivrai notre travail. Comme tu devrais le faire aussi.

Gray savait. Pas tout, mais il était au courant des circonstances de la mort de Chloé. Le directeur en savait davantage, et pourtant il avait continué à lui confier des missions. Mais à présent, cela ne signifiait plus rien pour Wyn, ni leurs louanges, ni leurs grands projets pour l'avenir. Seule lui importait la sécurité d'une femme aux yeux d'un bleu lapis.

— Colin, je te remercie.

Il s'inclina et quitta le club pour la dernière fois.

Son appartement était tel qu'il l'avait laissé plus tôt, à deux détails près. Avant que son serviteur se retire pour la nuit, il avait, comme à l'accoutumée, soigneusement préparé les bottes de Wyn. Et sur la table près de l'âtre étaient posés, comme à l'accoutumée, une pleine carafe de brandy et un verre.

Wyn enleva son manteau et desserra sa lavallière. La carafe de cristal étincelait à la douce lueur de la lampe. D'une main plus sûre que depuis des mois, il en ôta le lourd bouchon, et le riche arôme du vin lui parvint. Il sentait remarquablement bon. Mais pas aussi bon qu'elle. Loin de là.

Il prit la carafe et versa le brandy dans le verre. En le faisant tourner, il apprécia ce poids familier dans sa main, la chaleur réconfortante de l'attente, la certitude que ce verre, cette carafe lui apporteraient la paix.

Il porta le verre à ses lèvres, l'inclina et prit une gorgée de brandy. Le goût évoquait pour lui un lointain souvenir de salut. Mais il savait maintenant quel était le véritable goût du salut, qui n'avait rien à voir avec le contenu de ce verre.

L'espoir dans les yeux de la jeune femme ce soir même, alors qu'elle était en proie à la consternation et à l'inquiétude, lui disait qu'elle ne se laisserait pas facilement décourager. Elle le considérait comme un homme bien, un homme parfaitement digne de son cœur. Par conséquent, bien que ce soit la mission la plus difficile à laquelle il ait été confronté, le matin venu, il lui prouverait qu'il ne l'était en rien.

27

Trop excitée pour bien dormir, Diantha se réveilla avec des cernes sous les yeux. La servante insista pour qu'elle y pose des tranches de concombre, et elle s'y plia – même si, Wyn l'ayant déjà vue dans un état bien pire, elle n'y attachait que peu d'importance.

Pourtant, lorsque la femme de chambre arrangea soigneusement ses cheveux et l'habilla d'une robe de mousseline jaune pâle à la jupe ornée de boutons de rose, elle sourit. Dans le miroir, elle ressemblait presque à une vraie lady londonienne – à l'exception de la lueur d'anticipation dans ses yeux qui n'avait absolument rien de sophistiqué, elle le savait.

La sophistication pouvait aller au diable ! Il allait se présenter pour lui faire sa demande en bonne et due forme, et d'une manière ou d'une autre ils parviendraient à convaincre Tracy de cesser de se comporter comme un idiot.

Serena et Alex étaient rentrés chez eux à l'approche de l'aube et n'étaient pas encore venus prendre leur petit déjeuner. Diantha chipota dans son assiette, mais elle n'avait pas d'appétit.

L'horloge sonna 10 h 30, et elle était en train d'enlever un autre point raté dans son cadre de broderie, tout en s'efforçant d'ignorer les ronflements de la servante dans un coin, lorsque la porte s'ouvrit et qu'un valet de pied annonça :

— M. Yale.

Ce qui lui mit le cœur dans les pantoufles et fit remonter son estomac dans sa gorge.

Il entra, chapeau et cravache à la main, et après avoir parcouru du regard le salon, il s'inclina avec une extrême élégance.

— Bonjour, madame.

Elle se leva d'un bond pour l'accueillir.

— J'ai oublié de vous demander hier soir comment se portent Mme Polley, Owen et Ramsès. Comme ils me manquent ! Il me semble que cela fait une éternité que je ne les ai vus.

— Une petite chipie au cœur tendre.

Il sourit, mais son sourire n'atteignit pas ses yeux. Ce matin, leur couleur argentée semblait atténuée. Ou plutôt voilée.

— Ils se portent comme un charme dans une contrée sauvage au milieu de nulle part.

Il jeta son chapeau et sa cravache sur une chaise, et prit place sur le siège à côté, croisant nonchalamment les jambes en laissant pendre un bras sur son genou. Il était beau, de cette façon anguleuse, masculine, qui faisait battre le cœur de Diantha. Il portait un manteau et un pantalon noirs parfaitement taillés et une chemise en lin d'une blancheur immaculée, avec un gilet en soie bordeaux.

— Vous avez l'air en pleine forme, lança-t-elle alors qu'il ne disait rien, parcourant à nouveau du regard la pièce avec un semblant d'intérêt, passant sur la femme de chambre puis sur la porte ouverte devant laquelle était resté le valet de pied. Les contrées sauvages au milieu de nulle part semblent vous avoir été bénéfiques, ces dernières semaines.

— La rusticité bucolique fait des merveilles pour la santé, marmonna-t-il, son attention se reportant enfin sur elle, puis sur son corsage. La vie citadine est toutefois on ne peut plus préférable.

Elle eut un petit rire.

— Je ne sais si je suis d'accord avec vous. Londres est une ville intéressante, mais il y a tant de monde ! Je crois que je préfère la campagne.

À la campagne, il ne l'avait jamais regardée ainsi, aussi fixement.

Il se retourna vers la porte.

— La famille est-elle réveillée ?

— Pas encore. Mais...

Il tapota l'accoudoir de son siège.

— Alors je vous recommande de vous hâter vers ce fauteuil, mademoiselle Lucas.

— Ce fauteuil ? Celui dans lequel vous êtes assis ?

Elle voulait qu'il l'embrasse. Elle voulait le laisser l'emmener au paradis comme il l'avait fait à l'abbaye. Mais quelque chose n'allait pas. À présent, les paupières tombantes, il étudiait son corps avec un intérêt calculateur.

— Allons, allons. Allez-vous jouer les effarouchées ? Je ne l'aurais pas imaginé de votre part, chipie. Mais certaines filles tiennent bon le temps d'avoir la bague au doigt. Peu importe ce qui s'est passé avant, je suppose.

Il détourna le regard, cette fois vers la fenêtre, et l'invita à s'approcher d'un geste langoureux de la main.

Diantha, sentant que ses genoux se dérobaient, dut s'agripper au dossier d'un siège.

— Wyn, que vous arrive-t-il ?

Son attention se reporta sur elle, brusquement concentré et – comme à Knighton – prédateur.

Il se leva et, chancelant légèrement, s'inclina.

— Vous avez exigé ma présence ce matin, mademoiselle Lucas. Je suis là, dit-il, un sourire de loup retroussant ses lèvres. Je dois admettre qu'après votre empressement d'hier soir je me suis dit que cela en vaudrait la peine.

Elle recula, l'estomac noué, imaginant qu'elle faisait peut-être un mauvais rêve et qu'elle allait se réveiller d'un moment à l'autre. Mais les rêves qu'elle avait faits la nuit dernière avaient été magnifiques. Que se passait-il ? Dans son coin, la femme de chambre, complètement réveillée maintenant, les fixait avec des yeux grands comme des soucoupes.

— Est-ce que...

Diantha parvint à faire sortir les mots de sa gorge nouée.

— Êtes-vous venu ici ce matin pour demander ma main ?

Il se mit à rire.

— J'ai dit que je le ferais. Et pourquoi pas ?

Maintenant, ses yeux redescendaient vers ses seins.

— Vous êtes une fille plutôt jolie, Diantha Lucas. Un homme aurait de la chance de vous avoir tous les soirs dans son lit.

Elle porta les mains à son ventre, le visage empourpré.

— Vous êtes ivre.

— Ça se pourrait, admit-il en haussant les sourcils et en hochant la tête. Je le suis probablement, en effet.

— Je... J'avais cru que vous aviez l'intention...

Cela lui faisait mal au creux de l'estomac. Elle essaya de réprimer la douleur, de se comporter comme une lady. Elle devait lui demander de partir et de revenir lorsqu'il serait sobre. Ou alors elle devait lui demander de partir et de ne plus revenir. Mais elle en était incapable. Elle l'aimait. Oh, mon Dieu, elle l'aimait !

— Il... il n'est même pas encore midi, bégaya-t-elle.

— Je disais aux collègues du club hier soir que vous êtes une fille intelligente. Une lady qui sait lire l'heure mérite d'être admirée.

Il hocha la tête avec un sourire idiot.

— Vous parliez de *moi* ? s'insurgea-t-elle. À votre club ? Quand vous avez bu, après...

Un sanglot lui obstrua la gorge.

Mais elle ne devait pas pleurer. Elle ne pleurerait pas.

— Pas seulement à mon club, si vous voulez la vérité, marmonna-t-il.

Un autre sourire recourba ses lèvres.

— Plutôt dans un couvent français. C'est ainsi qu'on l'appelle, précisa-t-il en lui faisant un clin d'œil.

Un gémissement de détresse échappa à Diantha.

— Allons, allons, ma belle. On ne peut pas mettre un homme dans tous ses états et s'attendre à ce qu'il s'endorme en sifflotant sans avoir obtenu satisfaction, pas vrai ? dit-il en haussant les épaules.

Elle pressa le bout de ses doigts sur ses yeux et constata que, malgré sa détermination, les larmes avaient commencé à couler.

— Ce n'est pas possible...

Elle s'était inquiétée de ne pas être une lady assez élégante pour retenir son attention. Elle avait souffert des mensonges qu'il avait proférés, comme des siens. Mais elle avait passé ses journées à s'interroger et à s'angoisser pour de mauvaises raisons. Elle s'en rendait compte, à présent. Trop tard.

— Allons, ne pleurez pas, chipie. Un homme boit forcément un peu trop lorsqu'il est avec ses amis. Si vous le souhaitez, je ne boirai plus, une fois les vœux prononcés. Seulement le dimanche, disons. N'est-ce pas là une belle promesse ?

Sa voix semblait étrangement rauque.

— Je pleurerai si je le veux, dit-elle en cherchant son mouchoir. Et vous resterez là à me regarder pleurer, monsieur Yale. Vous me le devez bien.

— Je ne vous dois rien d'autre qu'une bague, vraiment.

Elle releva brusquement la tête et essuya ses joues.

— Vous deviez honorer la promesse de redevenir celui que vous êtes vraiment. Mais il est clair que vous n'y êtes pas parvenu.

Il se tenait debout, inexpressif, l'observant.

— Facile pour une fille de parler d'honneur.

— Savez-vous ce que j'ai pensé de vous à un moment ? J'ai pensé qu'il n'y avait pas un autre homme aussi galant et honorable. Mais j'avais tort, enchaîna-t-elle en ravalant vaillamment un sanglot, ce que Wyn vécut comme une véritable torture. Je ne souhaite pas vous épouser. Pas en ce moment. Plus maintenant !

Voilà, songea-t-il, il avait réussi. La regardant lutter pour retenir ses larmes, Wyn éprouva douloureusement le besoin de lui dire la vérité. Mais ce n'était pas ce qu'il était venu faire ici. Il était venu pour convaincre l'homme du duc qu'il n'y avait rien entre eux, rien qui puisse encourager Yarmouth à se servir d'elle pour s'en prendre à lui. Il ne pouvait permettre qu'une autre fille soit blessée à cause de lui – et assurément pas celle-ci.

Mais il devait s'assurer d'une chose, avant d'en terminer avec cette mascarade.

— Allons, allons, chipie. N'en faites pas toute une histoire !

Il devait se faire violence pour lui tenir ces propos, chaque syllabe représentant un suprême effort.

— Ce n'est pas comme si vous étiez prête à fonder une famille, après tout, dit-il en indiquant d'un geste désinvolte sa taille, puis il cligna des yeux et la regarda de plus près. Ou alors, le seriez-vous ?

— Non, dit-elle en écrasant son poing contre sa poitrine, ses beaux yeux lançant des éclairs. Vous savez, je ne crois pas à l'amour… du moins, à celui qui existe entre un homme et une femme. Vous ne m'avez donc pas brisé le cœur. Mais si j'y avais cru, je pense que vous auriez été l'homme dont je serais tombée amoureuse. Je constate que mon scepticisme était justifié car… tout ce que vous êtes, c'est… c'est in… indigne. De nous deux.

Elle se trompait. S'il ne savait rien d'autre en cet instant, cela, il le savait. Il croyait au genre d'amour qu'elle décriait parce que, tout simplement, il lui appartenait corps et âme.

Il faillit parler, les mots sur sa langue cherchant désespérément à s'échapper, pour revenir sur tout ce qu'il venait de raconter et lui dire enfin la vérité. Mais il serra les mâchoires et la suivit des yeux lorsqu'elle alla rapidement à la porte, la main plaquée sur la bouche.

Sir Tracy se tenait dans l'ouverture. Derrière lui se trouvaient trois serviteurs qui ne prenaient même pas la peine de dissimuler leur curiosité. Wyn aurait pu applaudir son propre plan, qui se révélait un franc succès. Quelques minutes après son départ, toute la maisonnée serait au courant de cette scène. Dans les heures qui suivraient, le duc de Yarmouth en serait informé. Et la jeune femme ne courrait plus aucun danger.

— Yale, gronda Lucas, le visage empourpré. Vous avez remis ça !

— Tracy ! s'écria Diantha, les yeux écarquillés. Qu'as-tu entendu ?

— Je n'ai pas besoin d'avoir entendu quoi que ce soit, rétorqua-t-il, le regard noir. Tes larmes parlent d'elles-mêmes. Comprends-tu maintenant pourquoi je ne voulais pas de cela pour toi ? Ce parfait gentleman ? Monte dans ta chambre. Je viendrai te parler après l'avoir escorté hors de la maison.

— Il n'est pas nécessaire de la chasser, mon vieux, dit Wyn en se rendant d'un pas nonchalant à la porte après avoir récupéré son chapeau et sa cravache. J'étais de toute façon sur le point de partir.

— Vous n'êtes plus le bienvenu ici ! lança Tracy, la voix rageuse. Je vous serais reconnaissant de bien le garder à l'esprit.

— Votre serviteur, sir. Madame.

Wyn s'inclina en un mouvement laissant quelque peu à désirer, mit son chapeau en le penchant selon un angle élégant, et sortit dans la rue retrouver son cheval… et un avenir sans elle.

Diantha, enserrant sa taille de ses bras, se sentait tout engourdie. Elle entendit vaguement Tracy congédier les domestiques et fermer la porte du salon.

— Sœurette, ne laisse pas cette canaille…

— Les choses qu'il a dites…

Des choses blessantes. S'il s'était agi de quelqu'un d'autre, elle aurait pensé qu'on avait eu *l'intention* de lui faire du mal.

— Viens. Assieds-toi, dit Tracy en la guidant vers le sofa. Prends une tasse de thé.

Elle lui saisit le poignet, renversant du thé sur sa jupe.

— Tracy, comment les hommes se comportent-ils habituellement lorsqu'ils sont pris de boisson ?

— Comme des goujats. Comme des bêtes, pour certains. Ou des imbéciles, tout du moins. Et puis il y a ceux qui sont plus discrets, comme notre père.

Comme pour leur père, l'attrait de la bouteille s'était avéré trop fort pour Wyn. À cause d'elle ? Parce qu'elle l'y avait incité après l'avoir caressé dans le jardin, comme cette nuit-là à l'auberge, en le suppliant de la toucher alors qu'il essayait de se comporter en gentleman ?

Non. Ce n'est pas possible.

Il avait renoncé à la bouteille après Knighton à cause d'elle. Pour elle. Afin de s'assurer qu'elle reste en sécurité. Son père avait été un homme aimant mais faible, découragé par les critiques incessantes et la désapprobation de son épouse. Mais Wyn avait un fort tempérament.

Pourquoi avait-il fait cela ?

Peut-être… parce qu'elle n'en était pas digne ?

Mais ce n'était pas vrai. La voix de sa mère ne résonnait plus dans sa tête, lui rappelant ses lacunes.

— Diantha ? insista Tracy pour qu'elle reprenne du thé.

Elle se leva d'un bond et se précipita à la fenêtre. Devant la maison, un garçon tenait les rênes de Galahad. L'attention du grand cheval était tournée vers son maître qui se tenait à quelques pas de là, à côté d'une voiture fermée tirée par quatre magnifiques chevaux gris. Marquée d'armoiries, la portière était ouverte, ne laissant apparaître que des ombres à l'intérieur.

— Diantha, répéta Tracy, et elle entendit ses pas approcher derrière elle. Si tu penses que Yale est comme notre père, tu te trompes. Notre père a fait de son mieux pour nous tous jusqu'à la fin.

Sir Reginald Lucas avait été un ivrogne tranquille, non pas hurlant et débauché, mais épuisé et triste. Wyn s'était plutôt contenu, jusqu'ici. Sur la route, il n'avait jamais crié ni fulminé, et il ne lui avait pas infligé de cruautés. Ce n'est que cette nuit-là, à l'auberge, que la noirceur et le désespoir dans ses yeux lorsqu'il l'avait touchée l'avaient effrayée. Mais il avait dit par la suite qu'il n'avait eu aucune intention de lui faire peur. Il n'avait fait que la désirer.

Un bras sortit de la voiture, et une main saisit Wyn par l'épaule. Il s'en dégagea, puis monta dans le carrosse, qui se mit en route. Diantha le suivit du regard jusqu'à ce qu'il disparaisse à l'angle de la rue.

— Ne me dis pas que tu espères qu'il revienne, dit Tracy derrière elle. S'il ose le faire, je ne le permettrai pas.

Dans la rue, le garçon tendit la main pour caresser l'encolure ébène de Galahad et le pur-sang baissa la tête, se prêtant à la caresse.

— Sœurette, j'ai des nouvelles qui vont te faire oublier ce goujat, dit Tracy en jetant un coup d'œil vers la fenêtre. C'est à propos de notre mère. Vois-tu, elle est ici, à Londres...

Diantha songea à l'ironie d'avoir perdu l'homme qu'elle aimait, avant d'apprendre ensuite où était la mère qui ne l'avait jamais aimée.

— À Londres ? dit-elle, la voix faible. Mais je la croyais en France. En tout cas, c'est ce que papa prétendait.

— Eh bien, je ne sais pas si notre beau-père sait qu'elle est ici, expliqua Tracy en passant la paume sur sa mâchoire. Si elle le lui avait dit, il aurait pu alerter les autorités.

— Les autorités ? Que veux-tu dire par là ?

Les yeux de Tracy s'écarquillèrent.

— Je pensais que tu savais.

— Quoi ?

— À propos de ce problème avec la justice, il y a quatre ans.

— La justice ? répéta-t-elle, restant bouche bée, puis elle reprit : Tracy, est-ce que maman est *en exil* ? C'est pour ça qu'elle est partie ?

— Pour ça, et parce que Carlyle ne voulait pas qu'elle reste avec lui. Pas après l'histoire de contrebande.

— De contrebande ? Pourquoi ne me l'as-tu pas dit plus tôt ?

— Tout le monde le savait, répondit-il en hochant la tête.

— J'étais la seule à ne pas le savoir, parce que tu ne me l'as jamais dit !

— Je pensais que Serena t'avait mise au courant, ou que tu l'avais lu dans le journal et que tu ne souhaitais pas en parler.

Diantha s'affala dans le fauteuil que Wyn venait de quitter quelques minutes plus tôt.

— Je ne le savais pas, murmura-t-elle.

Ce jour était propice aux prises de conscience éprouvantes, semblait-il.

La baronne avait souvent dit que Diantha n'était pas assez docile, pas assez réservée, pas assez belle. Mais la plus grande cruauté que sa mère avait perpétrée à son égard – la cruauté que seules Bess, la gouvernante, et Teresa connaissaient, et dont elle n'avait pas eu le courage de parler à Wyn –, cette cruauté-là, elle ne l'avait apprise que deux ans plus tôt. En allant retrouver sa mère à Calais, elle avait voulu la confronter à la réalité, lui dire qu'elle était au courant.

Wyn n'était pas le seul à avoir proféré des mensonges.

— Oh, Tracy ! dit-elle en se couvrant le visage des mains. Rien ne s'est passé comme je l'avais prévu.

— Elle repart ce soir pour la France, et je ne pense pas qu'elle reviendra. Veux-tu ou non la voir ?

La bouche sèche, Diantha acquiesça d'un hochement de tête.

— Bien, fit-il avec raideur. Je vais m'en occuper. Je serai de retour à l'heure du dîner. Mais ne le dis pas à Serena. Cela doit rester entre nous, d'accord ?

Diantha dévisagea son frère, et perçut sur ses traits de l'incertitude et de la faiblesse. Il était le fils de sir Reginald, après tout. Rien à voir avec Wyn.

— Je ne lui dirai rien.

Wyn ne saurait jamais qu'elle avait retrouvé sa mère. Il n'avait pas voulu qu'elle aille à Calais ; il était peut-être au courant des problèmes de sa mère avec la justice, comme tout le monde semblait l'être. C'était mieux ainsi. Qu'il ne sache plus rien d'elle, comme elle ne saurait plus rien de lui.

Pourquoi alors avait-elle l'impression que son cœur était en train de sombrer ?

28

L'image du carrosse avec la portière ornée d'armoiries tourmenta Diantha toute la journée. Dans le salon, après une promenade au parc, elle faisait les cent pas. Elle s'approcha de la fenêtre et regarda dans la rue. Le garçon de ce matin était assis sur un perron, à deux maisons de là.

— Serena, je crois que j'ai laissé mes gants dans la voiture.

Serena écrivait une lettre, la tête penchée.

— Demande à John d'aller les chercher.

— Oh, pas la peine ! Il est probablement occupé à polir l'argenterie ou quelque chose de ce genre, dit Diantha en gagnant la porte. Je vais y aller moi-même.

Elle sortit précipitamment dans le vestibule. Elle adressa un sourire radieux au valet de pied qui se tenait dans l'entrée, puis posa un doigt sur ses lèvres pour qu'il reste silencieux.

— Je n'irai pas loin, John, murmura-t-elle avant de s'éclipser par la porte.

Il se tint sur le perron et la suivit des yeux alors qu'elle courait sur le trottoir.

Le garçon releva les yeux, une pièce brillant entre deux doigts. Il se leva d'un bond et souleva sa casquette.

— Bonjour, mademoiselle.

Il n'avait pas plus de huit ou neuf ans.

Elle sourit.

— À quoi joues-tu avec ta pièce ?

Le visage du garçon se tordit en une grimace anxieuse.

— Oh, je n'ai aucune intention de te la prendre ! assura-t-elle. Seulement, je t'ai vu jouer et je me suis demandé de quel jeu il s'agissait. J'aime beaucoup les jeux intelligents.

Et les mensonges, comme celui qu'elle avait raconté à Serena, disant qu'elle se rendrait chez lady Emily ce soir, pour en fait rencontrer en secret sa méchante mère.

Les épaules du garçon se détendirent et il fit à nouveau tourner la pièce entre ses doigts.

— Vous voyez, mademoiselle, ce jeu est bon pour ce qu'on appelle « l'agilité », dit-il en hochant la tête d'un air entendu.

Elle releva ses jupes avant de s'asseoir sur le perron.

— Veux-tu m'en faire la démonstration ?

Il tendit la main, et la pièce sauta entre ses doigts telle une créature vivante, passant trois fois sur ses jointures avant de tomber avec un tintement sur la marche. Le garçon fronça les sourcils.

— Je n'ai pas encore tout à fait le coup de main.

— Je suis certaine que tu y parviendras bientôt. Tu viens d'apprendre à faire ça ?

— Le gentleman qui est passé ce matin me l'a appris, avant de me demander de garder son cheval.

Il fixa à nouveau la pièce, paraissant mécontent.

— Tu ne sembles pas en être satisfait. N'est-ce pas suffisant pour veiller sur un cheval ?

Les sourcils du garçon se haussèrent.

— Oh si, mademoiselle, c'est bien assez ! Et c'est une belle bête, on peut le dire.

— Son maître n'est pas revenu le chercher ?

Elle ne pouvait s'empêcher de se tordre les mains, en proie à la nervosité.

— Non, mademoiselle. Je l'ai emmené à l'écurie et j'ai laissé le vieux Pomley s'en occuper. C'est un trop bel animal pour que je le fasse attendre si longtemps dans la rue. Pourtant, au début, le gentleman avait dit qu'il en avait pour un quart d'heure.

Un quart d'heure. Le temps de lui rendre cette visite déplorable. Mais il n'avait pas prévu qu'un carrosse l'attendrait devant chez elle.

La panique lui tenailla le ventre.

— Tu sais, j'ai aperçu le cheval tout à l'heure. Il est magnifique, en effet.

— Et fort. C'est un cheval de course, bien qu'il n'ait pas le tempérament pour la piste - c'est ce qu'a dit le gentleman, précisa le garçon en secouant la tête avec regret.

— Veux-tu bien me le montrer ?

Il se remit debout d'un bond. Diantha le suivit jusqu'aux écuries, trop fébrile pour se donner la peine de contourner les flaques. Le palefrenier en chef avait installé Galahad dans une stalle. Mâchouillant de l'avoine dans un seau, l'animal tourna la tête et la regarda.

Diantha se mordit la lèvre. D'ordinaire, Wyn n'aurait jamais laissé Galahad ainsi derrière lui. Mais peut-être était-il trop ivre pour s'en soucier. Ou peut-être que les hommes dans cette voiture étaient des amis et l'avaient emmené quelque part boire encore, ou s'amuser dans un « couvent français ».

Elle pressa les mains sur ses joues. Cette négligence ne lui ressemblait tout simplement pas. Mais elle n'avait aucune raison de penser cela. L'espoir naïf, né dans son cœur dès l'instant où elle l'avait reconnu dans cette malle-poste, était anéanti. Elle avait été une parfaite idiote.

Wyn finirait par revenir chercher Galahad. Ensuite, elle devrait se résigner à le croiser en société à l'occasion. Mais après l'entretien prévu ce soir avec sa mère, c'en serait fini de ses projets inconsidérés. Cette partie de sa vie prendrait fin. Une nouvelle femme émergerait, plus triste mais plus sage, après ce qu'elle avait appris sur elle-même et sur les hommes.

Lorsque Tracy vint la chercher à 19 h 30, Diantha était à bout de nerfs. Ils roulèrent en silence à la lueur des réverbères dans les rues encombrées. Enfin, ils s'arrêtèrent dans un étroit chemin. À une centaine de mètres de là, les mâts des navires se dressaient, et des charrettes lourdement chargées circulaient en tous sens, enveloppées de tourbillons de brume qui s'élevaient à mesure que la nuit fraîchissait.

— Les docks, expliqua-t-il. Le bateau de notre mère part dans une heure.

— Il va naviguer de nuit ?

Il haussa les épaules, comme pour éviter de préciser que leur mère était une criminelle s'échappant à la faveur de l'obscurité. Le long de la rue, des portes laissaient entendre des rires et de la musique. Des hommes entraient et sortaient, aux visages burinés et aux vêtements élimés. Des marins, supposa-t-elle. Une femme repoussa la capuche de sa cape en entrant dans un pub, ses cheveux cuivrés et ses joues fardées paraissant éclatants à la lueur de la torche. Ce monde était bien différent de celui du Devon, ou même du pays de Galles.

Après avoir jeté un coup d'œil à gauche et à droite, Tracy l'entraîna vers une porte, qui s'ouvrit sur un homme chauve d'âge moyen, le torse engoncé dans un gilet rouge.

— Eh bien, eh bien, dit-il avec un large sourire, regardez-moi cette jolie chose !

— Laissez ma sœur tranquille et mêlez-vous de vos affaires, Baker, dit sèchement Tracy. Voulez-vous prévenir ma mère ?

M. Baker posa une main sur son menton, l'air songeur.

— Eh bien, sir, votre mère n'est peut-être pas en mesure en ce moment de recevoir des visiteurs.

— Elle ferait mieux de l'être ! Je lui ai annoncé cet après-midi notre venue.

M. Baker fit un geste en direction de l'escalier.

— Je vous en prie, dit-il, son regard se reportant sur Diantha. Mais je ne sais pas si cette petite lady appréciera le spectacle.

Tracy rougit. Il se tourna vers elle.

— Je vais lui dire que nous sommes là.

Elle acquiesça, et il se rendit à l'étage.

Le regard de M. Baker glissa lentement sur Diantha, du sommet de sa tête à l'ourlet de sa robe. Son sourire s'élargit. Elle resserra sa cape autour d'elle et gagna l'étroite fenêtre près de la porte. Dans la rue brumeuse, une charrette passa, puis un vieux fiacre, quelques cavaliers et d'autres véhicules. Ses mains étaient de plus en plus froides et moites. Elle ferma les yeux, et l'image d'un carrosse et d'un cheval noir sans cavalier se matérialisa.

Elle rouvrit subitement les yeux. Il lui fallait un plan, n'importe quoi pour la distraire et ne plus penser constamment à Wyn.

Sa gorge se serra. Au-dehors, un homme traversa le halo de lumière d'un réverbère, un homme à la taille imposante portant un pardessus et un chapeau, mais dont les cheveux longs, la mâchoire carrée et la masse impressionnante étaient reconnaissables.

Elle saisit la poignée de la porte.

— Allons, mademoiselle ! fit M. Baker. Où pensez-vous aller comme ça ?

— Il n'y a pas de temps à perdre !

Les battements de son cœur s'accéléraient.

— Votre frère va redescendre dans un instant avec votre mère.

— Dites-leur... dites-leur que je reviens bientôt.

Elle ouvrit vivement la porte.

Il la retint par le bras.

— Attendez, mademoiselle...

Lord Eads disparut derrière un groupe de personnes. Elle se retourna brusquement.

— Non ! Dites à mon frère que je ne peux pas la voir. Que j'ai changé d'avis. Il y a un fiacre libre, là-bas. Je vais le prendre pour me rendre chez une amie. Je ne peux plus voir ma mère.

Son cœur martelait dans sa poitrine.

— Vous n'aurez plus cette occasion. Elle et moi, nous prenons la mer d'ici une heure.

— Je... sais.

Elle dégagea d'un coup sec son bras et ouvrit la porte à la volée.

Se précipitant dans la rue, elle sentit des relents nauséabonds de poisson et d'excréments, mais elle s'en fichait ; ses sens étaient de nouveau en éveil, après des heures d'engourdissement. Ses jupes la ralentissaient, et le large dos du Highlander s'éloignait rapidement.

Deux hommes l'apostrophèrent depuis l'embrasure d'une porte :

— Viens donc par là, ma jolie ! On te fera faire de belles galipettes !

L'un d'eux s'élança et lui saisit le bras.

— Non ! s'écria-t-elle en se débattant. Lâchez-moi !

Lord Eads s'arrêta, se retourna, et le cœur de Diantha manqua un battement.

En un instant, il fut sur eux, repoussant l'homme qui venait d'accoster rudement la jeune femme.

— Ta mère ne t'a pas appris comment traiter une lady, espèce de ruffian ?

Il tourna son regard noir vers elle, tandis que l'homme battait en retraite.

— Et vous, personne ne vous a appris qu'une lady ne doit pas se promener seule dans les rues ?

Tremblante, elle saisit son bras.

— Où est-il ? Lui avez-vous fait du mal ? Vous devez me le dire, sinon je crois que je vais en mourir. Vraiment. Cette sensation dans ma poitrine est indescriptible. C'est la pire chose que j'aie jamais ressentie. Toute la journée, j'ai essayé de me dire que je ne ressentais rien, en vain. Lui avez-vous fait du mal ? Et si ce n'est pas le cas… *où est-il ?*

Il fronça les sourcils.

— C'est une hyène qui lui veut du mal, *lass*. Mais j'ignore où il est.

— J'ai besoin que vous me disiez la vérité, implora-t-elle. Si vous savez qu'il est simplement parti quelque part avec des amis pour s'adonner à la débauche, alors je l'accepterai. Mais ce matin, il est monté dans un carrosse avec des armoiries sur la portière, tiré par quatre chevaux gris magnifiques, et il a laissé son pur-sang derrière lui. Cela ne lui ressemble pas, et je me rends compte…

— Un attelage de chevaux gris, dites-vous ?

Le cœur de Diantha fit un énorme bond.

— Savez-vous de qui il s'agit ?

— Oui.

Le regard de l'Écossais s'assombrit.

— S'agit-il..., dit-elle avant de s'interrompre un instant, ne parvenant plus à respirer. Du duc ?

Il répondit d'un hochement de tête.

— Je vous en prie, dites-moi où le trouver, fit Diantha en s'agrippant à sa manche.

— Je ne peux pas, répliqua-t-il en secouant la tête. Il me trancherait la gorge.

— Le duc ?

Il la regarda comme si elle était stupide.

— Dites-moi où le duc l'a emmené ! Je vous en supplie !

Il resta un moment silencieux, le tapage de la rue les enveloppant. Finalement, il hocha la tête.

— Je vais voir ce qu'il est possible de faire. Je vous enverrai un message.

— Non ! s'écria-t-elle en le retenant par le bras. Vous devez m'emmener !

— Non, *lass*.

— Il n'y a pas de « non » qui tienne ! Je ne vous quitterai pas !

Il regarda la rue autour d'eux.

— Que faisiez-vous par ici toute seule ?

— J'étais à la recherche de la vérité. Encore une fois. Maintenant, vous devez me conduire à lui. Je veux l'aider. Je *dois* l'aider ! Si j'étais l'une de vos sœurs, vous comprendriez, n'est-ce pas ?

Le Highlander la considéra de toute sa hauteur. En proie à la panique, Diantha se mit à prier.

Bien qu'il ait longtemps travaillé pour le gouvernement, et brièvement pour Myles, le lord des bas-fonds, Wyn était surpris de découvrir qu'un grand aristocrate possédait un cachot – en ville –, un sombre sous-sol dans une maison médiévale où il était à présent attaché au mur, des chaînes aux poignets. Difficile de se convaincre qu'il avait pris la bonne décision en montant volontairement dans le carrosse du duc. Ils lui avaient confisqué son couteau. Il est vrai qu'il le leur avait remis sans faire d'histoires ; l'esprit engourdi et le cœur déchiré après cette petite mascarade avec Diantha, il n'avait pas eu les idées claires lorsque la portière de la voiture s'était ouverte et que le sous-fifre du duc l'avait invité :

— Montez, ou je vous tire une balle en plein cœur.

Comme il ne souhaitait pas finir dans une mare de sang sur le trottoir devant la maison de Diantha, il avait obtempéré. Un homme doit avoir une certaine fierté, après tout.

Un garde somnolait dans un coin, les lèvres agitées par des ronflements, les clés des chaînes pendant à sa ceinture. Wyn avait essayé de l'amadouer, puis de le corrompre pour obtenir ces clés. Il avait même tenté de lui tordre le bras lorsque le grand gaillard s'était approché, ce qui lui avait valu des bleus aux poignets et une entaille de la longueur de Piccadilly sur le côté du visage. L'entaille n'était sans doute pas aussi longue, mais saignait abondamment. Il se sentait un peu étourdi et avait la bouche aussi sèche qu'un désert. Manifestement, il était clair à présent que s'il était allé au château de Yarmouth, il se serait retrouvé tout aussi enchaîné. Au moins, il avait épargné le voyage à Galahad.

Il s'éclaircit la voix.

— Vous me suiviez depuis longtemps avant de venir me chercher ?

Le garde se réveilla en sursaut et se frotta les yeux.

— Depuis hier soir.

— Seulement depuis hier soir ?

Un grognement.

— Le duc ne doit vous confier que les tâches les plus ingrates. Quelle injustice.

Un marmonnement mécontent.

— Je vous demande pardon ? fit Wyn.

— Rufus a eu droit à une belle maison, grommela le gaillard. Il a dit à Chopper qu'elle n'était rien pour toi.

Wyn sentit son cœur s'emballer.

— Je dois admettre que je ne vous suis pas tout à fait.

— Et maintenant, qui est parti s'enfiler une bouteille à deux pence en me laissant ici ? reprit l'homme avec un hochement de tête exprimant une vive indignation, le regard noir.

— Rufus, je suppose ?

Un brusque mouvement de tête. Suivi d'un repli dans le silence.

Wyn en déduisit avec satisfaction que Rufus était l'homme qui s'était introduit dans la maison des Savege. Il avait été payé pour ses services et congédié par le duc. La ruse de Wyn avait donc porté ses fruits : Diantha n'était plus en danger.

Des pas se firent entendre sur les marches, et un homme entra.

— Ah ! Enfin de retour, se moqua Wyn. Vous êtes parti si vite après cette charmante promenade en voiture. Vous commenciez presque à me manquer.

Ce type n'était pas aussi grand que le garde, mais il avait de nombreuses cicatrices ; il avait gagné quelques méchants combats. Mais si Wyn avait eu le libre usage de ses bras, il aurait pu le vaincre. Et les deux, s'il avait eu son couteau.

— Il veut te voir, dit l'homme, qui devait être Chopper.

Ils l'escortèrent dans l'escalier, passant un seul palier avant que le garde ouvre la porte en haut. Une odeur de pourriture les accueillit. Faiblement éclairée, la chambre avait des allures de forteresse, avec ses fenêtres murées de briques, ses tapisseries flamandes et son lit massif caché par des rideaux ornés de cordons et de glands dorés. Sur une table près du lit, un plateau d'argent chargé de porcelaine témoignait d'un repas non consommé. Dans un fauteuil à côté de la table se blottissait une femme menue, d'âge indéterminé, enveloppée d'une cape noire et d'un voile. Elle ne leva pas les yeux lorsque les gardes amenèrent Wyn au pied du lit, mais elle se redressa et en écarta les rideaux.

La puanteur de la mort le saisit. Dans l'ombre, un spectre aux longs cheveux blancs le dévisagea, ses yeux caverneux dans l'obscurité. Son visage était parsemé de plaies sanguinolentes, qui tachaient de rose la chemise de nuit sous sa robe de chambre en velours. Au château de Yarmouth, Wyn avait vu un portrait du duc – celui d'un homme au milieu de sa vie, grand, d'une sveltesse aristocratique dans une pose indolente, le coude en appui sur le buste d'un empereur romain. Caligula, probablement.

La monstruosité qui se trouvait sous ses yeux ne ressemblait guère au noble du portrait.

— Votre Grâce, je m'inclinerais volontiers, mais ces types m'ont ligoté trop serré. Ou, attendez..., ajouta-t-il en penchant la tête de côté, l'air pensif. Non, somme toute, je ne m'inclinerais pas.

Il haussa les épaules, les chaînes s'enfonçant dans ses poignets.

Le duc hocha la tête, et la femme écarta encore plus les rideaux. Deux pistolets de duel étaient posés au pied du matelas, parfaitement présentés sur le couvre-lit en satin.

Wyn sentit sa gorge se serrer.

— Ah ! Vous avez l'intention d'en finir avec cette affaire d'une manière digne d'un gentleman, commenta-t-il sur un ton badin.

Yarmouth semblait à peine capable de lever la main, et encore moins de saisir une arme.

— Le deu... deuxième...

La voix du vieillard était celle d'un malade. La syphilis, sans doute, à en juger par l'aspect des lésions. Si c'était le cas, cette créature avachie sur le matelas souffrait depuis un certain temps.

Wyn haussa les sourcils et s'enquit :

— Le deuxième ?

— Le deuxième... est... pour... si vous ratez la première fois.

Dans les yeux du duc, Wyn percevait maintenant la folie. La folie qui avait peut-être été présente lorsqu'il avait violé et torturé sa jeune pupille, Chloé Martin, une fille qui n'avait pas plus de seize ans lorsque Wyn l'avait retrouvée, fuyant son tuteur après être parvenue à lui échapper. La folie causée par la maladie, ou aggravée par celle-ci.

— Compte tenu de l'hospitalité qui m'a été offerte aujourd'hui, je suppose que vous n'avez pas l'intention de me payer pour ce service, comme vous l'avez fait pour le précédent, dit-il. Informez-moi donc, Votre Grâce, de vos intentions. Si vous en êtes capable.

— Tuez-... moi.

— Si on me donne l'un de ces pistolets, je vais tirer dans la rotule du grand, là, à ma gauche. Si on me donne l'autre, je vais tirer sur le balafré. Ce serait stupide de ma part de faire autre chose.

Une lueur sauvage illumina les yeux de Yarmouth.

— Je vous avais engagé... pour assassiner... une Française...

— Une espionne. C'est ce que vous aviez dit. Et, me croyant intelligent, j'ai accepté votre proposition, avant d'apprendre que la soi-disant espionne n'était pas plus française que vous et moi, mais qu'il s'agissait simplement d'une fille sur laquelle vous aviez exercé votre dépravation jusqu'à ce qu'elle en soit tellement marquée qu'elle puisse à peine marcher. Pourtant, elle a trouvé le courage de vous échapper. Remarquable, la volonté humaine, n'est-ce pas ?

Les doigts du duc se crispèrent en froissant les draps du lit.

— *Tuez-moi.*

— Pour vous donner satisfaction ? Pour mettre fin à votre misérable existence, tout en me condamnant à l'échafaud, tout cela pour vous avoir défié il y a cinq ans ?

— Votre lettre... Vous... avez juré...

Sa tête s'agitait, en proie à des tremblements incontrôlables.

— J'ai fait le serment de vous tuer la prochaine fois que je vous verrais, admit Wyn. Pour m'avoir poussé à la tuer. Pour m'avoir menti. Pour...

Il ne pouvait plus retenir sa colère.

— Elle était sous votre protection. Une *fille* ! Qu'on vous avait confiée après la mort de ses parents. Mais vous lui avez fait du mal !

Il serrait les poings, les chaînes entaillant sa chair.

— La vanité... a eu raison de vous, dit le duc, la bouche tordue en un rictus. C'est vous qui l'avez tuée.

Par accident. Un message envoyé au duc – Chloé étant l'appât volontaire pour attirer Yarmouth dans un piège –, Wyn accroupi dans une ruelle après minuit – la main ferme, mais la tête embrumée par le brandy –, Chloé franchissant la porte la première – ce qui n'était *pas prévu*.

Comme le duc avait ri ! Son hilarité s'étant propagée dans ce sombre couloir de l'enfer alors qu'il s'en était sorti indemne.

Des semaines plus tard, émergeant du gouffre de l'oubli dans lequel il s'était laissé sombrer après que Jin l'eut aidé à creuser une tombe convenable, Wyn avait écrit au duc, en effet. Puis, après cinq années passées à attendre de pouvoir percer sa forteresse imprenable, Lady Priscilla lui avait donné l'occasion de tenir la promesse faite à Chloé Martin alors qu'elle agonisait dans ses bras.

— Le cheval était un autre mensonge, n'est-ce pas ? Lady Priscilla était un stratagème pour m'inciter une fois de plus à répondre à vos ordres. Vous voulez mettre fin à vos souffrances, mais vous n'avez pas le courage de vous en charger vous-même. Pour avoir tenté de vous défier il y a cinq ans, j'aurai donc l'honneur d'appuyer sur la gâchette, c'est bien cela ?

Il fixa le visage décharné de Yarmouth et, avec une clarté soudaine, il reconnut à cet instant que lui-même avait eu tort. Il n'aurait pas dû blesser Diantha ce matin-là. Disposée à lui faire confiance, elle aurait pu faire ce qu'il souhaitait s'il lui avait expliqué le danger qui la menaçait. Pour une fois, elle l'aurait écouté en lui permettant de la protéger.

Il murmura :

— Il n'y a pas de plus grand honneur que de se voir confier la sécurité et le bonheur d'une femme.

Un léger soupir s'éleva de la femme voilée assise dans le fauteuil. Mais Wyn ne détourna pas son attention du duc.

— Vous êtes un homme tordu, Votre Grâce. Vous méritez de croupir dans cette souffrance jusqu'à ce que votre folie vous emporte entièrement. Car je ne vous aiderai pas.

— Elle s'est rebellée contre moi, dit le duc, les mots doucement prononcés, à peine un souffle s'échappant de ses lèvres. Chère Chloé… s'est rebellée… à chaque fois.

Sa bouche se déforma en une sorte de sourire.

Wyn détourna les yeux.

— Emmenez-moi loin d'ici ! dit-il au garde.

Chopper jeta un coup d'œil vers le lit.

Wyn se demanda si le duc avait acquiescé, ou si les gardes ne pouvaient plus supporter la présence de leur employeur. Ils le poussèrent en direction de l'escalier, et tandis qu'il descendait vers un destin incertain, il pensa à Diantha... en sécurité. Il sourit.

Elle ne l'aurait pas écouté. S'il lui avait tout dit, elle ne l'aurait pas laissé la mettre à l'abri. Elle aurait insisté pour l'aider, et à présent elle serait ici, prisonnière du duc, tout comme lui. Au lieu de cela, elle était en sécurité chez les Savege, Grimm veillant sur elle.

Ils arrivaient sur le palier au-dessus du sous-sol, au moment où la porte s'ouvrit, révélant le Highlander.

Et, derrière Duncan, Diantha.

Les yeux écarquillés, les cheveux retombant de son bonnet de travers, bâillonnée et les poignets liés par une corde, elle trébucha en découvrant Wyn.

Duncan la retint contre son flanc.

— Qu'est-ce que c'est ? s'exclama Chopper, l'air renfrogné. Vous nous amenez votre catin, Duncan ?

— Est-ce qu'elle a l'air d'être ma catin, espèce d'abruti ?

Le regard de Duncan se reporta sur Wyn, et il ajouta :

— Non, les gars. Cette fille est ici pour le plaisir de Sa Grâce.

29

Diantha manqua s'étouffer. Elle savait que le mensonge visait à faire baisser la garde aux ruffians du duc, mais cette idée la révoltait. Ravalant la bile autant que le lui permettait la bande de tissu coincée entre ses lèvres, elle s'efforça de se redresser contre lord Eads, luttant de toutes ses forces pour ne pas regarder Wyn. Si elle le regardait - si elle le regardait franchement -, elle risquait de véritablement s'évanouir.

Des chaînes de fer. *Du sang.* Tout en elle lui hurlait d'arracher les yeux de ces ruffians.

Paupières mi-closes, elle gémit, puis secoua la tête en signe de faible protestation, jouant le rôle que lord Eads lui avait assigné dans le fiacre alors qu'ils rejoignaient cette maison.

— Bon sang, Eads ! s'exclama Wyn.

Le grand ruffian regarda la jeune femme de haut en bas comme si elle était pour son dîner.

Mais l'autre semblait sceptique.

— Écoutez, Duncan, dit-il en secouant la tête. Le duc n'est pas…

C'est alors que la bagarre éclata. Wyn heurta de plein fouet le garde à sa gauche, qui, déséquilibré, vacilla au bord des marches, agitant les bras en tous sens. Lord Eads poussa Diantha derrière lui, faisant barrage au grand garde qui s'apprêtait à se jeter sur Wyn. La jeune femme s'efforça de ne pas perdre l'équilibre tout en dénouant la corde de ses poignets et en retirant le bâillon de sa bouche. Le Highlander se jeta sur son adversaire. L'autre garde reprit pied et chercha à attraper Wyn. Elle hurla. Les maillons de fer s'entrechoquaient. D'un mouvement gracieux, Wyn souleva la chaîne pour la balancer, la faisant passer autour des épaules du ruffian. L'adversaire de lord Eads beugla et tomba contre le mur en agrippant son cou, le sang giclant entre ses doigts. L'autre ruffian cria, puis haleta, les chaînes s'entrechoquant autour de sa gorge.

— Ne le tuez pas ! s'écria Diantha.

— Je ne... vais pas... (le ruffian s'affaissa)... le tuer.

Wyn relâcha son étreinte, les maillons de fer s'entrechoquant tandis que le garde s'effondrait sur les marches. Puis il se retourna, ses yeux argentés fixés sur lord Eads.

— Mais *lui,* je vais le tuer !

Diantha intervint précipitamment :

— Il n'a pas...

Au-dessus d'eux, une porte heurta le mur en s'ouvrant. Les deux hommes relevèrent les yeux.

— Vous permettez ? fit Duncan.

Wyn acquiesça, puis s'agenouilla à côté du garde en sang. Les chaînes cliquetèrent. Lord Eads commença à monter les marches.

Diantha se rua en avant :

— Mais qu'est-ce qu'il...

Libéré, Wyn lui saisit le poignet et l'entraîna à sa suite, franchissant la porte. Derrière eux sur le palier, les chaînes entouraient à présent les poignets du petit ruffian.

L'air brumeux de la nuit s'était transformé en brouillard, la ruelle derrière la maison du duc évoquant une féerie. Wyn tirait Diantha à sa suite, et elle s'efforçait de le suivre. Elle ne protesta pas contre sa brusquerie. Elle n'avait jamais vu une telle fureur dans ses yeux. Elle n'avait jamais non plus vu un homme se faire assassiner.

Leurs pas rapides étaient étrangement silencieux dans l'allée qui longeait les écuries. Ce quartier n'était pas comme la rue près des docks où Tracy l'avait emmenée, mais plus respectable, d'après l'aperçu qu'elle en avait eu en descendant du fiacre. Elle ignorait alors ce qu'ils trouveraient à l'intérieur de la maison du duc ; elle ignorait si Wyn était vivant ou…

Elle trébucha. Il la rattrapa par les épaules, l'aida à se stabiliser, et dans l'obscurité fantomatique leurs souffles se mêlèrent à la brume. Quelque part au loin, un fracas de sabots et de roues résonnait.

— Avez-vous un cheval ? Une voiture ?

— Lord Eads a renvoyé le fiacre…, dit-elle en secouant la tête.

Il lui saisit à nouveau le poignet et l'incita à avancer. Devant elle, le brouillard laissait entrevoir un bâtiment avec une porte en bois assez large. La porte émit un bruit métallique en coulissant dans un rail, et Wyn l'entraîna à l'intérieur.

Il faisait sombre et chaud, l'odeur des chevaux et de la paille était merveilleusement agréable. C'était comme si on était chez soi.

Il la relâcha, le temps de fermer la porte, et Diantha s'affala contre le mur, tremblante. Le bruit des bottes de Wyn s'éloigna dans l'obscurité. Mais il ne la quitterait pas – elle le savait – malgré l'ampleur de sa fureur. Finalement, alors qu'elle aspirait de l'air, remplissant ses poumons, et que son corps se libérait du choc, la colère et la douleur qu'elle ressentait l'enveloppèrent de plus belle.

Il revint, la blancheur de sa chemise et de sa lavallière tout d'abord visible, puis l'ensemble de sa personne, et elle vit à nouveau son visage ensanglanté. Sa colère se dissipa. Elle tendit la main.

— Qu'est-ce qu'ils...

Il lui saisit le poignet, la plaqua contre le mur et couvrit sa bouche de la sienne.

Elle l'accueillit, ayant besoin de sa colère, alimentant la sienne avec la souffrance qui l'habitait, ressentant en même temps un soulagement profond.

Cela n'allait pas. Elle l'aimait, mais elle ne pouvait plus le laisser la blesser. Des années de confiance aveugle en sa mère lui avaient appris à renoncer à l'amour pour ne pas souffrir. Elle détourna brusquement le visage, luttant pour respirer.

— Défendez-vous, gronda-t-il en lui mordillant la lèvre inférieure, et Diantha ne put se retenir de gémir. Défendez vos actions de ce soir, votre implication téméraire dans une affaire qui ne vous concerne en rien !

— Mais... nous vous avons sauvé.

Il passa les mains le long de ses bras, et elle n'opposa aucune résistance. Tout en elle vibrait, le sentant, le désirant. Ses mains sur elle étaient comme un rêve.

— Vous étiez enchaîné, ajouta-t-elle.

Il prit son visage entre ses paumes, ses doigts s'enfonçant dans ses cheveux, lui retirant son bonnet et relevant son menton. Des marques rouges encerclaient ses poignets. Il captura de nouveau sa bouche. Il l'embrassa longuement, profondément, sans la laisser reprendre son souffle, et elle s'accrocha à ses épaules jusqu'à ce que ses jambes se dérobent. Lorsqu'elle se dégagea pour aspirer un peu d'air, il déposa des baisers sur sa mâchoire, sa main glissant le long de son cou, tirant sur sa cape pour l'ouvrir.

— Wyn, je..., dit-elle en tentant de le repousser sans conviction.

— Vous êtes à moi, Diantha, dit-il contre sa gorge. À moi !

Pas de mots d'affection chuchotés ou même de soulagement, mais une prise de possession comme cette nuit-là, à l'auberge.

Sa paume vint cueillir un sein, et leurs gémissements se mêlèrent dans l'obscurité. Il pressa une cuisse entre les siennes ; elle le laissa faire. Son corps voulait qu'il en soit ainsi, mais son cœur protestait douloureusement.

— *Non*. Je ne peux pas faire ça. Pas après que vous avez été avec une... une femme de mauvaise vie la nuit dernière.

Ses mains s'immiscèrent dans ses cheveux en retirant les épingles, la maintenant immobile.

— Je n'étais avec personne la nuit dernière, si ce n'est avec vous, dans mes rêves.

— Vous n'étiez pas avec une femme ?

— Comment pourrais-je être avec une autre, alors que je ne veux que vous ?

— Mais vous avez dit...

— J'ai menti. J'ai menti, répéta-t-il en ponctuant chaque mot d'un baiser. J'ai menti pour que vous me repoussiez, et j'ai eu ce que je voulais. Mais maintenant... je vous veux.

Il tira fortement sur sa manche. Sa poitrine ressortit sous le corsage tendu. Il la toucha, passant son pouce sur le mamelon, et elle sentit son plaisir gronder.

— Et je vous aurai, dit-il, avant de la prendre dans ses bras. Dans l'instant ! Dans une écurie, car vous semblez apprécier particulièrement ce genre de lieu.

Il fit trois pas, la porte de la stalle se rabattit derrière eux, et il la plaqua contre le mur.

Elle chercha de l'air.

— Je... ne veux pas de ça.

Mais ses mains étaient partout sur elle, et elle gémissait en repoussant son manteau de ses épaules. Elle devait le sentir, le toucher une dernière fois, la colère mêlée au désir et au désespoir.

— Je ne veux... pas.

Elle étendit les mains sur ses pectoraux et se sentit défaillir.

Il attira ses hanches contre les siennes.

— J'ai besoin de vous, Diantha, dit-il en remontant les mains sur sa taille avant de les recourber sur ses seins. J'ai envie de vous.

— Je suppose que je devrais être flattée que vous me considériez dans la même catégorie que le brandy.

Elle déchira son gilet, goûtant sa mâchoire, tirant sa chemise de son pantalon, cherchant sa peau, la perfection tendue et chaude de cet homme.

— Je ne vous épouserai pas, décréta-t-elle. Si vous me le demandez, je...

— Prenez-moi, la coupa-t-il en l'entraînant au sol, l'enfonçant dans la paille douce et fraîche sous le poids de son corps.

Elle se redressa vers lui. Ses jupes remontèrent le long de ses mollets, puis de ses cuisses, et se retrouvèrent rassemblées dans ses mains.

— Vous me rendez fou !

Sa voix était rauque. Sous les couches de tissu, ses mains pressaient son arrière-train.

— Oh... mon Dieu !

Sa bouche couvrit la partie sensible de son sein tandis que sa main la cherchait plus bas. Il grognait en la touchant. Elle se tendit contre lui, la faim s'installant, déferlant en elle. Il n'était pas tendre ; il prenait plaisir à la caresser ainsi, pensa-t-elle, et c'est ce qu'elle voulait. Elle voulait lui faire plaisir. Elle voulait l'aimer entièrement.

— Encore, implora-t-elle dans un murmure. Mais je ne veux pas... je ne veux pas de vous en moi. Je ne...

Son corps s'était mis à onduler sous ses caresses. Elle posa une main contre le mur, les yeux mi-clos, alors que s'intensifiait le plaisir.

— Nous ne devons pas nous marier, reprit-elle haletante, et je ne veux pas que vous me mettiez enceinte. Alors ne...

Le reste de sa protestation se perdit dans un gémissement de pur acquiescement féminin lorsqu'il glissa un doigt en elle.

— Ne pas quoi ? s'enquit-il, et envoûté par sa beauté parfaite, il entreprit de l'autre main de défaire les boutons de son pantalon. Ne pas vous donner ceci ?

À chaque poussée de son doigt, ses seins au-dessus de son corsage tressautaient, laissant apparaître une aréole rose. Wyn se pencha et l'aspira dans sa bouche.

— Ma Diantha.

Il en suça l'extrémité dressée, la titilla des dents. Elle gémit. Il fallait qu'il soit en elle.

Il lui saisit les hanches et l'entraîna sous lui, la pressant contre son membre viril, embrassant son cou, sa gorge, se délectant de sa peau soyeuse, de l'opulence de ses seins. Elle plaqua une paume sur son torse, l'agrippant de l'autre main, glissant le long de son bras.

— J'ai dit...

— Vous avez dit « encore ».

Les mains sous ses jupes, embrassant ses seins puis la courbe de sa taille, il descendit, se frayant un chemin à travers les flots de soie et de dentelle.

— Qu'est-ce que vous faites ?

— Je vous prends dans une écurie.

Il lui écarta les cuisses, poussé par l'urgence.

Elle tenta de rabaisser ses jupes.

— Je vous ai dit que je ne veux pas que vous me fassiez l'amour.

— Seulement parce que vous avez peur d'avoir un enfant ? demanda-t-il en lui saisissant les poignets.

Le souffle de la jeune femme s'était emballé, ses yeux écarquillés et aveuglés par la passion.

— C'est... c'est ça !

— Maintenant, dites-moi la vérité.

Il caressa sa féminité, ses yeux se refermèrent sur un gémissement, puis il fit ce qu'il voulait faire depuis cette nuit qu'il avait passée dans un grenier d'écurie à fantasmer sur elle.

Elle était douce, comme son parfum, sa texture, et délicieusement moite. Il la goûta, attisant son plaisir avec sa langue, et elle en eut le souffle coupé. Mais elle le laissa faire, ses mains fines crispées dans la paille. Il utilisa ses lèvres, ses dents, jusqu'à ce qu'elle prononce son nom. Mais il en voulait davantage. Il ne pouvait être rassasié. De nouveau, il la pénétra du doigt.

— Oh, arrêtez ! s'écria-t-elle, le dos arqué, les yeux clos, la tête rejetée en arrière. Je veux que vous... Je veux...

Elle se contracta contre sa langue en laissant échapper de petits cris assourdis. Jusqu'à ce qu'elle pousse des geignements de plaisir pareils à des sanglots.

— J'ai *besoin* de vous, gémit-elle.

Il se glissa entre ses jambes et se plaqua contre elle. Il se pencha et la huma, le satin de ses boucles effleurant sa joue.

— Demandez-le-moi.

— Je vous en prie ! s'écria-t-elle en se rapprochant encore de lui, ses cuisses l'enserrant. Je vous supplierai, si vous le souhaitez.

— Une lady n'a à demander qu'une fois.

Il s'immisça en elle, peu à peu, jusqu'à ce qu'il l'ait complètement pénétrée. Elle gémit, s'agrippant à son dos. Le matelas de paille était un écrin pour son corps qu'elle lui tendait. Il souleva les hanches et lui donna du plaisir jusqu'à ce qu'il ne puisse plus que pousser à l'aveuglette, aussi profondément en elle qu'elle pouvait l'accueillir, ses cuisses écartées, s'offrant à lui de tout son être.

— *Wyn.*

Alors qu'elle frémissait autour de son membre, il céda à la jouissance. Au-delà de la raison, il l'emplit si profondément que personne ne pourrait plus jamais nier qu'elle était à lui - et lui à elle. Et il poussa un juron - ou était-ce une prière, pour être digne du cœur de cette femme.

Faisant revenir de l'air dans ses poumons, il approcha sa bouche de son cou, de ses seins, du contour moite de sa gorge. Elle pressa son corps contre le sien. Il ne parvenait pas à la quitter. Il était épuisé, et il était exactement là où il désirait être.

Les yeux clos, elle le laissa la caresser.

— Je ne savais pas que ça pouvait se faire de cette manière. Avec la bouche d'un homme, précisa-t-elle entre deux respirations qui s'apaisaient.

— J'espère bien que non, bon Dieu !

— « Un gentleman ne doit jamais jurer en présence d'une lady », murmura-t-elle. Règle n° 7.

— Lorsque vous parlez de « la bouche d'un homme » et non de la mienne en particulier, je me sens facilement porté aux jurons.

Ses yeux bleu lapis s'ouvrirent.

— Aucun autre homme ne m'a touchée comme vous l'avez fait. Vous le savez.

— Je le sais.

Il effleura ses lèvres, rendues plus sensibles, et la main de la jeune femme remonta avec hésitation autour de sa mâchoire, puis dans ses cheveux. Doucement, elle suivit la blessure sur sa tempe du bout des doigts. À présent, il n'avait plus mal, ne ressentant que du plaisir sous cet effleurement.

Elle s'éloigna la première. Il repoussa d'une caresse une boucle humide sur son front, et ses paupières s'abaissèrent. Mais cette femme calme et rassasiée n'était pas tout à fait elle. Compte tenu de la résistance qu'elle lui avait opposée, l'accalmie serait de courte durée. D'autre part, il devait la conduire en lieu sûr sans tarder.

Il se retira et reboutonna son pantalon tandis qu'elle baissait ses jupes sur ses jambes et faisait rentrer ses magnifiques seins dans son corsage. L'obscurité les entourait, le silence rompu par le souffle des chevaux dans une stalle à proximité.

Wyn regarda attentivement Diantha et demanda :

— Comment l'avez-vous persuadé ?

Elle battit des cils, tout en continuant à retirer les brins de paille de ses jupes froissées.

— Comment avez-vous convaincu Eads de vous emmener là-bas ? insista-t-il.

Elle se mit debout sur le sol inégal et secoua ses jupes.

— Merci, dit-il.

— Merci ?

Elle releva la tête, les yeux brillants.

— Merci, Diantha, pour m'avoir sauvé la vie. Pour vous être souciée de ma peau de buveur de brandy invétéré, au point de risquer la vôtre, malgré… malgré le fait que je vous ai menti. Une fois de plus.

Elle en resta sans voix.

— Merci, dit-il en la prenant par les épaules. Bon sang, merci ! C'est bien ce que vous vouliez entendre ?

Elle se dégagea et sortit de la stalle. Il la suivit, chacun de ses mouvements dans l'obscurité étant si naturel, si inconsciemment gracieux, que sa colère se dissipa. Elle se pencha pour ramasser sa cape et son bonnet, et la forme de sa silhouette lui coupa le souffle. Il ne pouvait en détacher le regard.

— Qu'est-ce que Eads avait l'intention de faire au duc ? demanda-t-il.

La voix de la jeune femme tremblait, mais il y perçut de la détermination lorsqu'elle dit :

— Je l'ignore.

Il lui toucha l'épaule.

Elle se retourna vivement, les yeux brillants, une larme marquant sa joue.

— Ne me touchez pas, dit-elle en reculant, serrant sa cape autour d'elle. Pourquoi ne m'avez-vous pas simplement dit que vous ne vouliez pas vous marier avec moi ? Pourquoi vous êtes-vous remis à boire ? Aviez-vous peur que je ne vous libère pas de votre obligation ? Que je n'exige votre attention ?

Le chagrin obscurcissait ses yeux.

— Eh bien, monsieur Yale, vous ne me connaissez pas si bien, en fin de compte ! En réalité, je *n'ai pas* besoin de vous. M. H. est toujours enthousiaste à l'idée d'obtenir ma main. Et même si j'en viens à avoir un enfant après cette... cette...

— Ce moment de vérité ?

Il s'approcha à nouveau, et Diantha eut un hoquet dans la gorge qui lui coupa la parole. Il était très grand, ses larges épaules et son torse moulé sous le lin étaient intimidants, et la ligne que formait sa bouche délicieuse était empreinte de sévérité. Son bras s'enroula autour de sa taille, et il lui enserra la mâchoire dans sa paume, de sorte qu'elle fut obligée de lever les yeux vers lui.

— Ce moment de vérité ? répéta-t-il.

La colère étincelait dans son regard d'argent qui parcourait ses traits comme pour les mémoriser.

— Ce n'est pas la vérité, murmura-t-elle, s'obligeant à garder les bras le long du corps, au lieu de s'accrocher à lui comme elle le désirait. Je déteste les sentiments que j'éprouve en ce moment.

D'inadéquation. De souffrance. D'un besoin si profond que c'en était douloureux.

— Vous m'épouserez, Diantha, dit-il, la gorge nouée.

Elle repoussa son torse, en plein désarroi.

— Vous avez prétendu avoir été avec une prostituée pour que je refuse votre proposition ce matin même, et maintenant vous insistez pour que je vous épouse ? Vous êtes fou !

Il se passa les doigts dans les cheveux, jusqu'à la nuque.

— Oui, je suis fou de vous. Hier soir, j'ai failli me remettre à boire dans une tentative désespérée de vous dissuader.

— Failli ?

— Savez-vous ce qui vous serait arrivé si nous n'avions pas neutralisé les gardes du duc ? Eads vous a-t-il prévenue, ou vous êtes-vous lancée tête baissée dans une mission de sauvetage une fois de plus, sans vous soucier des conséquences ?

— Je n'ai jamais été insouciante des conséquences, répliqua-t-elle. Jamais. Et j'ai fait ça pour vous aider !

— Je n'ai pas besoin de ce genre d'aide de votre part !

Elle ne parvenait plus à respirer.

— Vous n'étiez pas ivre, ce matin ? Vous avez fait mine de l'être pour que je vous repousse ?

— Oui.

Elle aurait pensé ne pas pouvoir souffrir encore davantage, mais elle se trompait.

— Vous êtes... une bête.

— Je l'ai fait pour vous protéger de Yarmouth, qui menaçait de vous faire du mal en raison de son ressentiment à mon égard.

Le cœur de Diantha s'emballa.

Wyn baissa la voix :

— Je savais que si je vous parlais de ses menaces, vous élaboreriez quelque plan pour me sauver – ce que vous avez fait, d'ailleurs, avec votre ténacité défiant tout entendement. Une partie de moi espérait, je pense, que vous vous rendriez compte que je jouais la comédie. Mais vous n'êtes pas à blâmer, et j'implore votre pardon.

Il avait fait tout cela pour la protéger, *elle* ? Il s'était livré à un homme infâme pour qu'elle soit en sécurité ? Et maintenant, il l'implorait de lui pardonner ?

Le cœur battant à tout rompre, Diantha ne savait plus que penser. Il avait dû la secourir à maintes reprises. Il ne l'avait jamais déçue et ne la décevrait toujours pas, même si elle continuait à le blesser. Il insisterait pour l'épouser alors qu'elle ne lui causait que des ennuis. Délurée, idiote, indocile.

— C'est fini maintenant, Diantha. Vous devez m'épouser.

Elle ne pouvait supporter de lui faire cela.

— Mais ne voyez-vous pas pourquoi je ne le peux pas ?

— Non, apparemment, répondit-il, sa respiration se faisant laborieuse. J'ai même à peine conscience de ce que je dis. Quand je suis avec vous, quand je pense à vous, ma raison me fait défaut. Mon Dieu, je viens de vous faire l'amour dans une écurie, sans même retirer mes bottes ! Quinze années passées à perfectionner chacune de mes actions sont tombées à l'eau dès l'instant où je vous ai vue. Je n'ai jamais rien connu de tel !

— Pensez-vous que je ne regrette pas que les choses se soient passées ainsi ? De vous avoir demandé de m'aider ? dit-elle en s'entourant la taille de ses bras. Et c'est encore pire parce que tout cela n'a servi à rien. Ma mère n'est pas à Calais mais à Londres. Tracy m'a emmenée la voir ce soir, mais... je m'en *fichais*.

La vérité de ce qu'elle venait de dire la traversa de part en part. Elle n'était plus sous l'emprise de cette ancienne cruauté.

— Je ne voulais plus la voir. Je n'en avais plus besoin.

Elle n'avait besoin que de lui.

— Diantha.

Il s'approcha d'elle et l'attira dans ses bras. Il l'embrassa. Elle adorait ses baisers, son étreinte. Elle l'aimait tellement que c'en était douloureux. Elle aimait tout de lui, mais elle l'avait contraint à être celui qu'il n'était pas. Elle lui permit de l'embrasser, parce que ce serait la dernière fois. Le dernier baiser. Cela la stupéfiait que – même brièvement – elle ait pu rêver d'une autre fin pour cette histoire. Il était son héros et le serait toujours, mais elle n'était pas digne d'être son héroïne.

— Pardonnez ma colère, murmura-t-il d'une voix rauque contre le coin de ses lèvres, ses yeux argentés cherchant les siens. Je n'ai aucun regret. Aucun.

La porte de l'écurie s'ouvrit en grinçant. Wyn poussa vivement la jeune femme dans la pénombre en posant sur ses lèvres le bout de ses doigts.

Une démarche traînante accompagna la lueur d'une lampe qui vacillait, et un visage ridé apparut. L'homme leva la lampe et ses sourcils se haussèrent.

Wyn s'inclina.

— Tous nos remerciements pour avoir pu utiliser cette stalle, mon bon monsieur.

Il inclina un chapeau imaginaire, saisit la main de Diantha et l'entraîna à l'extérieur. Mais derrière eux, sur la paille au doux parfum, elle laissait son cœur en miettes.

30

— Où votre famille pense-t-elle que vous êtes, ce soir ?

— Chez lady Emily Vale.

Il ne dit rien de plus, serrant fermement sa main dans la sienne tandis qu'ils marchaient. Dans le brouillard, ils trouvèrent une rue. Un fiacre s'arrêta à son signal. Il la fit monter rapidement à l'intérieur, puis sauta sur le siège à côté du cocher. Le trajet fut long et inconfortable. Lorsqu'il ouvrit la portière et lui tendit la main pour l'aider à descendre, elle sortit avec raideur dans la rue, devant la maison de lady Emily.

Un valet de pied les conduisit au salon, et Emily apparut.

— Mademoiselle Lucas !

Elle s'avança avec un sourire, la lueur des bougies scintillant sur ses lunettes cerclées d'or et ses cheveux blond platine, un livre omniprésent dans sa main.

— Et monsieur Yale.

Elle lui fit un salut de la tête sans manifester la moindre joie.

— Bonsoir, lady Cléopâtre, dit-il en s'inclinant.

— Pas de « lady », je vous prie. Seulement Cléopâtre. C'était une reine, espèce de crétin.

— Comme toujours, je reste humble devant l'éclat de votre grandeur.

Diantha intervint.

— Cléopâtre...

Emily lui toucha le bras.

— Non, mademoiselle Lucas. Vous n'avez pas à m'expliquer pourquoi vous arrivez tous les deux chez moi au beau milieu de la nuit avec l'air d'avoir traversé à un champ de bataille. Je veux que ce soit M. Yale qui ait l'honneur de le faire.

— J'en suis certain, répondit-il. Mais ce plaisir vous sera refusé.

Il se dirigea vers la porte. Puis se retourna, ce léger sourire qui lui était propre au coin des lèvres.

— Vous aurez compris que maintenant nous sommes quittes, ajouta-t-il.

— Finalement, acquiesça lady Emily, son sourire à peine perceptible. Je m'étonne cependant que, après m'avoir fait patienter près de quatre ans pour vous rendre la pareille, vous attendiez si peu de moi.

— Vous vous méprenez, milady. Ce n'est pas un petit service.

Il reporta son attention sur Diantha.

Puis s'inclina.

— Bonne nuit, mademoiselle Lucas.

Et il s'en alla.

Diantha fixa la porte, se souvenant de l'histoire d'Emily qui lui avait raconté comment, des années plus tôt, Wyn l'avait aidée dans une situation difficile, non par intérêt personnel, mais parce que c'était dans sa nature.

Mais elle savait que c'était encore plus que cela. Elle avait lu les règles de sa grand-tante.

— Il ne faut pas penser du mal de lui, dit-elle doucement. Il ne voulait pas que je rentre chez moi dans cet état négligé. Il ne souhaite pas que ma famille apprenne les ennuis que j'ai rencontrés.

Elle se tourna vers son hôtesse, et reprit :

— Je dois écrire à mon frère, si vous le permettez.

— En fait, sir Tracy a envoyé un message il y a moins d'un quart d'heure, dit Emily en passant le bras de Diantha sous le sien. Venez. Permettez-nous de vous donner un bain et de vous offrir une chemise de nuit. Pendant que Clarice brossera vos boucles, vous lirez la lettre de votre frère.

— Je suis reconnaissante de l'aide que vous m'apportez. Et je vous demande pardon : j'avais dit à Serena que je venais chez vous ce soir.

— Comme c'est merveilleusement opportun ! Nous répondrons à votre frère que nous sommes tellement enchantées de la compagnie l'une de l'autre qu'il est hors de question que vous partiez avant le matin.

Elle entraîna Diantha vers la porte.

— Mais, mademoiselle Lucas, quelle que soit l'aventure que vous avez vécue ce soir, je me dois d'insister sur un point.

— Je vous en prie.

— Je ne veux pas entendre un mot au sujet de ce prétentieux qui vient de quitter la maison. Sinon, je serai dans l'obligation de vous faire dormir dans la cave.

Diantha ne put s'empêcher de sourire.

— Prétentieux ? Il a beaucoup de défauts, mais sans doute pas celui-là.

— Prenez garde, je crains que vous ne finissiez dans la cave…

Elles s'engagèrent dans l'escalier.

— J'avoue être déçue, ajouta lady Emily, car je vous trouvais un peu plus raisonnable. Mais certaines ladies, d'après ce que j'ai cru comprendre, jettent leur dévolu sur des objets des plus surprenants.

En rentrant chez elle le lendemain matin, Diantha n'avait aucune envie d'entendre les réprimandes de son frère ; sa lettre de la veille au soir en avait été remplie, et il avait indiqué qu'il souhaitait lui parler le plus vite possible. Au lieu de cela, elle se rendit à pied chez Teresa, accompagnée par un valet.

— As-tu revu lord Eads depuis le bal, Teresa ?

— Non, dit son amie en tirant avec une grande précision un fil de soie à travers un carré de lin. Mais quand je le reverrai, je ferai ce qu'il faut pour qu'il m'épouse.

Diantha doutait que lord Eads fréquente de nouveau la bonne société. Il n'était venu au bal qu'à cause de Wyn. Elle considéra d'un air morne la journée pluvieuse, puis poussa un soupir.

— Je suis venue te voir ce matin parce que j'ai quelque chose à te dire.

Teresa posa son ouvrage.

— Je l'ai su dès que tu es entrée. Il y a quelque chose qui ne va pas.

Elle vint prendre place sur le sofa à côté de Diantha.

— J'aime un gentleman, annonça celle-ci. M. Yale. Peut-être l'as-tu vu au bal, d'une élégance magnifique. Mais même décoiffé, mal rasé, voire furieux... il est parfait.

— Furieux ? releva Teresa, les yeux écarquillés. Mal rasé ?

Ses jolies lèvres rouges s'entrouvrirent, et elle s'exclama :

— Diantha !

— Il m'a compromise, et il estime qu'il doit maintenant m'épouser. Mais je ne peux pas l'accepter, parce que je refuse de le contraindre. Je veux ce qu'il y a de mieux pour lui. C'est ce que devrait être l'amour, non ?

— Je... je..., bafouilla Teresa en étreignant chaleureusement les mains de Diantha. Je suppose.

Elles restèrent ainsi un moment, Teresa ayant posé la tête contre son épaule. Finalement, elle demanda :

— Di, pourrais-tu me révéler ce qu'il a dit après t'avoir compromise ?

Diantha se mit à rire, d'un rire sans joie.

— Je ne préfère pas. Il a été ma dernière transgression. Je dois maintenant cesser de me comporter de manière imprudente pour être une lady dont ma famille sera fière.

— Ne penses-tu pas qu'elle serait fière que tu épouses un gentleman comme M. Yale, d'autant que...

— Que je lui ai donné ma virginité ? Non. Tracy m'a interdit de l'épouser. De toute façon, cela n'a pas d'importance que ma vertu soit ruinée. Teresa, pourrais-tu essayer d'être heureuse pour moi ? Cela m'aidera peut-être à tourner la page.

Teresa soupira.

— Je préférais comme tu étais avant. Cette nouvelle Diantha n'est pas vraiment à mon goût.

Elle lui étreignit la main.

— Mais je suppose que je t'aimerais même si tu devenais convenable jusqu'à l'ennui, ajouta-t-elle en caressant le dos de la main de son amie. Tu sais, M. Yale risque d'être mécontent de ta décision. Il va sûrement venir te voir.

— C'est bien là le problème, admit Diantha. Je ferais mieux de ne pas être à la maison quand il se présentera.

— Il pourrait revenir jusqu'à ce qu'il te voie.

— Alors je dois quitter Londres, déclara Diantha en se levant, cherchant à repousser le lourd chagrin qui l'accablait. Je vais élaborer un autre plan.

— Un autre plan ? Oh non, Di...

— Ce plan m'emmènera loin de Londres, et s'il vient me rendre visite, je ne serai plus là.

— Ce plan me semble plutôt tordu.

Diantha serra les dents, afficha un sourire et se rendit à la porte.

— M'aideras-tu à faire mes bagages ? J'aurai beaucoup à faire pour me préparer. John, le valet de pied, m'aidera. C'est l'homme le plus gentil qui soit. Et je demanderai à la cuisinière de me préparer un pique-nique. Elle est toujours si aimable.

Elle tendit la main vers la poignée de la porte, et ajouta :

— Je devrai écrire une lettre à Serena pour lui dire de ne pas s'inquiéter pour moi. Et je...

Teresa se leva précipitamment du sofa.

— Diantha, tu ne peux pas partir !

Diantha pivota sur ses talons.

— Tu *dois* m'aider, Teresa, dit-elle, la voix tremblante. Je ne peux supporter d'être encore un fardeau pour lui, de lui faire courir le risque d'être blessé à cause de moi. Si je reste, je sais que c'est ce qui arrivera.

La lèvre inférieure de Teresa frémit. Mais elle acquiesça. Diantha ouvrit la porte, puis s'arrêta.

— Et... Teresa ?

— Oui ?

— Il va falloir que j'accepte M. H., après tout.

— Oh !

Teresa s'élança, entoura Diantha de ses bras et la serra fort contre elle.

31

Corneille,

Lorsque le procès de l'infidélité présumée de la reine sera terminé, elle a l'intention de quitter l'Angleterre. Elle s'est discrètement renseignée pour savoir sur qui elle pouvait compter pour la protéger du roi, s'il cherche à lui nuire encore. Depuis que tu as charmé les ministres à Vienne, tu es resté dans leurs pensées ; ceux qui sont fidèles à la reine t'ont recommandé. Mais le roi l'a découvert et, souhaitant absolument que tu restes à son service, il veut te récompenser pour tes fonctions au sein du club. Notre directeur a recommandé que tu sois fait chevalier.

Félicitations, sir Corneille ! Joins-toi à moi ce soir au club pour dîner.

Faucon Pèlerin

Yale,

Le duc est mort, étouffé dans son lit par sa vieille domestique.

D.E.

32

Entrant dans son salon d'un pas traînant, le baron de Carlyle jeta un coup d'œil à la carte de visite.

— Que me vaut votre venue, sir ?

Wyn s'inclina.

— Il ne s'agit pas d'une visite de courtoisie, milord.

Carlyle le regarda alors plus attentivement.

— Vous m'avez écrit une lettre dans laquelle vous me demandiez la main de ma fille. Je m'en souviens maintenant, dit-il en hochant la tête. Comme je vous l'ai répondu, je crains de ne pouvoir vous aider à la convaincre. Elle ne suit que sa propre volonté, comme toutes mes filles.

— Je ne suis pas ici pour solliciter de l'aide afin de convaincre votre fille d'accepter ma demande, milord.

Il s'en chargerait en personne. Avec du temps, un peu de charme, elle accepterait. Et si Tracy Lucas poussait ne serait-ce qu'un petit cri de protestation, Wyn lui indiquerait d'un regard appuyé le canon de son pistolet. Il n'avait plus à se plier aux exigences des autres. Son avenir n'appartenait qu'à lui.

Le baron hocha la tête.

— N'ayez pas le cœur brisé pour elle, monsieur Yale. Même si elle est très jolie, ma quatrième fille n'en est pas moins turbulente. Un homme aussi digne que vous sera bien mieux loti avec une femme qui se comporte comme une lady.

— Je vous remercie pour ce conseil, sir.

Il ne pouvait être plus en désaccord. Pour lui, Diantha était parfaite. Il ne voulait pas qu'elle soit docile, qu'elle ait l'esprit soumis. Il voulait qu'elle plonge tête la première dans la vie, qu'elle l'incite à s'emporter, qu'ils fassent l'amour dans une écurie aussi souvent que possible. Il avait été idiot de la repousser, et d'autant plus idiot, en proie à la colère et à la peur qu'il avait éprouvées, de ne pas lui avoir dit toute la vérité, la veille au soir. Il ne referait pas cette erreur.

— Mais je suis venu vous parler d'un autre sujet. Votre épouse.

Carlyle fronça les sourcils.

— Lady Carlyle était dernièrement à Londres, et elle a contacté votre beau-fils. Elle lui a demandé des fonds pour financer un bordel de luxe.

Le baron blêmit.

— Situé à Londres ?

— En France. Ce n'est pas avec plaisir que je vous apporte cette nouvelle, milord. Mais pour le bien de votre belle-fille, j'ai pensé que vous deviez en être informé.

Carlyle passa une main distraite sur son visage, puis se rendit au buffet.

— Un verre de bordeaux, monsieur Yale ?

— Non, merci. Je dois repartir sous peu.

Pour aller retrouver une femme aux yeux bleu lapis et lui faire l'offre de mariage la plus convaincante dont était capable un homme. Cependant, un léger doute l'ennuyait.

— Milord, pourriez-vous me parler de M. Highbottom ? J'ai cru comprendre qu'il espérait obtenir la main de Mlle Lucas.

— Qui donc ? dit Carlyle avec un froncement de sourcils.

— M. Hinkle Highbottom.

— Hinkle et Highbottom ? Quels espoirs entretiendraient donc ces messieurs en ce qui concerne ma fille ?

— Ces *messieurs* ?

— Alfred Hinkle et Oswald Highbottom, fit Carlyle en allant à une table chargée de livres, où il prit deux épais volumes. Deux des plus grands esprits de ce siècle dans le domaine de l'archéologie, bien que je suppose que les jeunes gens tels que vous n'ont que peu d'intérêt pour ce sujet.

Le cœur de Wyn battait la chamade.

— Si vous me permettez, milord, est-ce que M. Highbottom…

— Professeur Highbottom. Officiant à Christ Church depuis plus de quarante ans, maintenant.

Wyn ne put s'empêcher de le fixer d'un air absent.

— Mlle Lucas connaît-elle ce… professeur ?

— Depuis toujours. Highbottom n'a pas de famille, et il s'est rapidement pris d'affection pour Diantha lorsqu'elle est venue vivre à Glenhaven Hall, dit-il, l'ombre d'un sourire sur les lèvres. Il avait pour habitude de la faire sauter sur ses genoux, jusqu'à ce que les rhumatismes l'en empêchent.

— Alors le professeur Highbottom n'a pas demandé la main de votre fille, et elle n'a pas exprimé le souhait de se marier avec lui ?

— J'ai dit que je n'avais aucun contrôle sur la personne que ma fille choisira d'épouser, répliqua Carlyle en fronçant les sourcils. Mais si elle se fiançait à un homme de soixante ans son aîné, j'aurais le devoir d'y mettre le holà. Maintenant, monsieur, je n'ai…

— Milord !

Un valet de pied se tenait dans l'embrasure de la porte.

— Qu'y a-t-il, Bernard ? Ne voyez-vous pas que je suis occupé ?

— Le valet de lady Savege a insisté pour que ceci vous soit remis sans tarder, milord.

Il se précipita, tendant une enveloppe.

Carlyle congédia le domestique d'un revers de main et ouvrit la lettre, puis fouilla dans sa poche pour en sortir une paire de lunettes.

— Veuillez m'excuser, monsieur Yale, mais si ma...

Ses yeux s'écarquillèrent. Il eut des difficultés à mettre ses lunettes, mais finit par y arriver.

— Milord, dit Wyn en s'inclinant, désireux de retrouver une certaine lady aux yeux bleus et de l'embrasser jusqu'à ce qu'elle lui avoue tous les mensonges qu'elle lui avait racontés. Je vous laisse à vos affaires.

— Grands dieux ! murmura Carlyle, avant de retirer ses lunettes et de les pointer sur la lettre. Vous voyez, monsieur. Vous feriez mieux d'oublier cette fille. Fauteuse de troubles, insensée...

Il en bafouillait sous l'émotion, et il laissa Wyn lui prendre le feuillet des doigts.

— J'avais dit à Tracy et à Serena que s'ils l'amenaient en ville, c'est ce qui se passerait. Je leur avais conseillé de la laisser dans le Devon, où tout le monde la connaît et où elle ne peut pas se retrouver sérieusement dans le pétrin. Maintenant..., dit-il en secouant la tête, les épaules affaissées. Ce petit bout de femme insouciante ! Il va lui arriver malheur sur la route. Et elle finira comme... comme sa mère.

— Pas tant que je serai en vie ! rétorqua Wyn en rejoignant aussitôt la porte à grandes enjambées.

33

— Mademoiselle Finch-Freeworth, je ne doute pas que vous ne connaissiez la raison de ma venue aujourd'hui.

La jeune femme assise en face de lui cligna ses yeux noisette expressifs, lança un bref coup d'œil à la servante assise à l'autre bout du petit salon, puis secoua la tête.

Wyn baissa la voix :

— Vous devez me le dire. Où est passée Mlle Lucas, cette fois ?

De nouveau, elle lui répondit par un hochement de tête.

Wyn dut desserrer suffisamment les dents pour ajouter :

— Vous ne le savez pas, ou vous ne voulez pas me le dire ?

Elle baissa les yeux, regardant ses genoux.

— Je sais que vous étiez dans la confidence avant qu'elle entreprenne son dernier voyage, dit-il. Je sais tout de ce voyage, en vérité.

Elle releva la tête, et ses yeux s'écarquillèrent.

— Elle ne m'a pas dit ça. Elle… elle…

— Elle aime particulièrement dissimuler la vérité, mais vous n'avez pas besoin d'imiter ce vilain défaut, mademoiselle Finch-Freeworth. Étiez-vous avec elle avant qu'elle quitte la maison de lord Savege, aujourd'hui ?

— Oui, répondit-elle enfin, avec réticence.

— Dites-moi où elle est allée, je vous prie.

— Je ne le peux, dit-elle, le souffle oppressé. J'ai fait la promesse de n'en parler à personne, sous peine de mettre fin à notre amitié. Et c'est mon amie la plus chère au monde.

— Mademoiselle, veuillez excuser ma franchise, mais si vous ne me révélez pas où elle est allée, vous risquez de ne plus avoir d'amie à chérir d'ici peu. La route est dangereuse pour une femme seule, et je ne peux pas fouiller toutes les malles-poste parties de Londres aujourd'hui afin de la protéger. Vous devez me dire la direction qu'elle a prise.

— Monsieur Yale, si vous connaissez son caractère comme vous le suggérez, vous savez que, où qu'elle aille, Diantha se fait des amis. Elle trouvera des gens pour l'aider dans ce voyage. Sans doute est-ce déjà fait.

Un voyage ? *Mon Dieu !* Il se pencha en avant et s'agrippa à ses genoux pour s'empêcher d'attraper la jeune femme et la secouer comme un prunier.

— Dites-moi seulement sa destination, alors.

— Je ne peux pas. Mais je peux vous dire qu'elle n'est pas partie sans quelqu'un pour veiller sur elle.

— Une autre de vos fidèles servantes ? lança-t-il, moqueur.

Elle rougit.

— La dame de compagnie de Diantha est arrivée en ville, aujourd'hui. C'est une femme très particulière, vraiment. Elle a marmonné qu'elle avait dû attendre trop longtemps, bloquée à la campagne, pour voir comment les choses se passaient, parce que « cet homme » ne lui avait pas envoyé un seul mot depuis des jours. Je suppose qu'elle voulait parler de lord Carlyle. Quoi qu'il en soit, elle savait exactement ce qui était le mieux pour Diantha, en emballant ses affaires de voyage. Vous n'avez donc pas à vous inquiéter. Je suis sûre que Mme Polley veillera parfaitement sur elle.

Pour la première fois depuis une heure, Wyn respira plus aisément. Du moment que la bonne femme restait éveillée, Diantha serait en sécurité. Mais si Mme Polley s'endormait...

— Mademoiselle Finch-Freeworth, je ne sais comment vous encourager davantage à me faire part du plan de Mlle Lucas. S'il lui arrivait malheur, je ne me le pardonnerais pas.

Elle gigota un peu sur son siège, manifestement dans l'embarras.

— Elle a dit que vous vous sentiez responsable d'elle, et qu'elle ne le souhaitait pas. C'est pour cela qu'elle est partie. Elle ne veut pas ruiner votre vie.

Mon Dieu, non ! Il avait été dix fois idiot en faisant avec elle erreur après erreur. Mais il la retrouverait et, que Dieu lui vienne en aide, il deviendrait parfait rien que pour elle.

Chaque jour, à chaque instant.

— Mlle Lucas est une personne remarquable, en commençant par la gentillesse qu'elle témoigne à autrui, et en passant par ses projets téméraires..., dit-il, se penchant en avant. Jusqu'à sa détermination à épouser M. H...

Mlle Finch-Freeworth en resta bouche bée.

— Elle vous a parlé de M. H. ?

— Oui. Mais jusqu'à aujourd'hui, j'ignorais qu'il n'est pas éligible en tant qu'époux.

Elle prit plusieurs longues respirations. C'était une jolie fille, rendue d'autant plus jolie par cette lueur dans ses yeux reflétant l'intelligence – précisément ce sur quoi il comptait à présent.

Elle hocha la tête d'un air décidé.

— Oui.

Le cœur de Wyn battait la chamade.

— Oui ?

— Oui. M. H. n'existe pas vraiment.

Elle hocha à nouveau la tête, comme pour conjurer une lutte intérieure.

— Sa mère..., reprit-elle. Savez-vous ce qu'il en est de sa mère ?

— Un peu.

— Lady Carlyle était très cruelle envers Diantha, lui disant toujours qu'elle n'attirerait pas de mari à cause de sa nature indocile. Elle avait convaincu mon amie que ses défauts feraient fuir tous les hommes, à tel point que, lorsque Mlle Yarley de l'école Bailey pour jeunes filles a assuré qu'elle épouserait un jour un homme bien, Diantha lui a ri au nez. Elle en a ri ! Puis elle a inventé M. H.

— Elle l'a inventé.

— Vous savez, M. H. est vraiment mieux que beaucoup d'hommes en chair et en os. Il a d'excellentes manières et est bien habillé, mais pas trop à la mode. Il possède un métier qui lui permettrait de subvenir aux besoins d'une femme et de plusieurs enfants, et sa maison est spacieuse et joliment meublée. Il conduit une paire de chevaux bien assortis, ne chasse qu'occasionnellement, et il aime lire à haute voix le soir, au coin du feu. Il est donc le mari idéal.

Wyn ressentait une oppression dans la poitrine. Il ne put s'empêcher de demander :

— Comment... comment se comporte-t-il avec elle ?

— Il est très gentleman et extrêmement gentil. Mais honnêtement, je l'ai toujours trouvé un peu ennuyeux, et je pense que Diantha aussi. De plus, il n'est pas très beau.

Wyn arqua un sourcil, intrigué.

Elle reprit avec un hochement de tête entendu :

— On pourrait penser que si une jeune fille invente un prétendant, elle le rendra merveilleusement beau, n'est-ce pas ? M. H. est grand, et il a encore tous ses cheveux. Mais, voyez-vous, il a un problème de grains de beauté.

— Il a un grain de beauté ?

— Plusieurs, en vérité. De gros grains de beauté, brun foncé et protubérants, tout autour du cou et quelques-uns sur le visage.

Elle toucha du bout du doigt ses lèvres, puis son front et le côté de son nez.

— Vous voyez ?

La gorge nouée, Wyn ne put qu'acquiescer.

— C'est sa mère qui...

Il lui fit signe de poursuivre.

Ses lèvres étaient serrées, mais elle ne leva pas les yeux.

— Sa mère ne lui a pas seulement dit que son caractère laissait à désirer, poursuivit-elle avant de marquer une pause. Elle lui a dit... souvent... que si elle était belle, elle pourrait manipuler un homme pour qu'il l'accepte, même si elle était pénible. Et...

— Et ?

— Chaque jour, lady Carlyle appliquait une pommade sur la peau de mon amie, comme à contrecœur, suggérant que cela pourrait peut-être améliorer suffisamment son apparence pour attirer un homme jusqu'au mariage avant qu'il la connaisse assez pour s'y dérober, expliqua-t-elle, la mâchoire crispée. Au bout d'un moment, le pot de crème étant vide, Diantha a demandé à la gouvernante où elle pourrait s'en procurer. Mais savez-vous ce qui s'est passé ? Il s'est avéré que c'était lady Carlyle qui avait préparé cette pommade, avec de la graisse de porc mélangée à du parfum.

La jeune femme était au bord des larmes.

— De la *graisse*, monsieur Yale. Sa propre mère lui a fait ça... pour exercer son pouvoir sur elle et essayer de la contrôler.

Mlle Finch-Freeworth croisa les mains sur ses genoux, avant de reprendre :

— Diantha n'est pas une idiote, monsieur Yale.

— Non.

— M. H. est un nom de code. Pour exprimer sa conviction qu'elle ne sera jamais assez bien pour qu'un homme veuille l'épouser.

— Mademoiselle Finch-Freeworth, je ne veux pas exercer mon pouvoir sur elle ou essayer de la contrôler.

Jamais plus.

— Je ne lui souhaite que le meilleur. Je veux tout pour elle, ajouta-t-il.

Les cils de la jeune femme se mirent à battre.

— Vraiment ?

— Si Mlle Lucas décide de poursuivre son voyage, je promets de ne pas l'en empêcher. Mais vous devez me permettre de lui donner l'occasion de choisir une alternative.

Elle sembla l'étudier attentivement. Puis elle acquiesça.

34

Faucon Pèlerin,

Je regrette, mais je suis occupé par une autre affaire à présent et je dois décliner ton invitation à dîner. Toutefois, je me dois de répondre immédiatement à ton message. En résumé, bien qu'étant reconnaissant de la magnanimité de Sa Majesté, je vais décliner. Si lui et le directeur souhaitent vraiment me remercier, je ne leur demande qu'une chose : la clémence pour l'acte de vilenie que je vais bientôt commettre.

Au service du roi & du royaume,
Corneille

Corneille,

Sa Majesté promet la clémence. Le directeur s'en porte garant.

Faucon Pèlerin

P.-S. : Essaye de ne pas te faire tuer.

35

La malle-poste pour Cardiff était plus exiguë que le véhicule dans lequel Diantha avait voyagé précédemment, et beaucoup plus bringuebalante. Mais le cocher – qui aurait pu être revêche en raison de la pluie – était très aimable.

Naturellement, Mme Polley n'en avait cure puisqu'elle faisait la sieste. Mais le couple installé près de Diantha ne tarissait pas d'histoires sur d'autres voyages qu'ils avaient faits, dont ils la régalaient tout en grignotant des tartes appétissantes qu'ils ne proposaient malheureusement pas de partager.

L'estomac de la jeune femme se mit à gargouiller. Le crépuscule approchait, et elle avait depuis longtemps terminé le repas froid préparé par la cuisinière. Aucun des domestiques de Serena n'avait apprécié de la voir partir. Mais ils avaient promis de garder le silence jusqu'au retour du valet de pied qui les avait conduites au relais de poste, elle et Mme Polley. Ensuite, si on les interrogeait, ils diraient la vérité.

Elle regardait fixement par la fenêtre striée par la pluie, la tristesse qui obstruait sa gorge l'emportant sur la faim. Malgré son vœu de ne pas déranger quiconque, elle avait mis les domestiques de Serena et d'Alex dans une situation difficile. Mme Polley avait été gentille de l'accompagner.

Elle essuya furtivement une larme sur sa joue. Elle avait à présent un objectif, un nouveau plan grâce auquel elle pourrait aider les autres sans que quiconque ait à changer de vie pour elle. Les horribles histoires d'Owen sur le travail des enfants dans les mines du Monmouthshire la hantaient depuis des semaines. Avec son argent de poche – qui devait représenter une fortune pour ces enfants –, elle pourrait aider certains d'entre eux, en particulier ceux qui étaient malades, comme l'avait été la sœur d'Owen. Lorsqu'elle aurait tout dépensé, elle retournerait à Glenhaven Hall. Après tout, son beau-père avait toléré sa mère pendant des années. Il tolérerait une belle-fille récalcitrante si elle promettait d'être discrète.

Une autre larme coula, et elle songea qu'elle se mentait à elle-même. Mais elle ne voyait aucune autre solution pour l'instant.

La voiture fit une embardée, penchant brusquement, et l'épaule de Diantha heurta celle de sa voisine.

— Bon sang !

La femme serra son sac contre sa poitrine.

— Que diable se passe-t-il ? grommela son mari.

Mme Polley se réveilla en sursaut. La voiture cahota encore une fois et un coup de pistolet retentit à l'extérieur. La voiture tangua de l'autre côté, les projetant à nouveau les uns sur les autres.

La femme cria :

— Des bandits de grand chemin !

Diantha colla le nez à la fenêtre. À travers la pluie, elle n'apercevait que la silhouette ténue des arbres, mais la voiture ralentissait.

— On va nous voler ! ajouta la femme.

— Mildred, gardez la tête froide ou nous allons tous être assassinés ! ordonna son mari.

Le cœur battant, Diantha tapota le bras de Mildred et répondit au regard inquiet de Mme Polley par un hochement de tête qui se voulait rassurant. Des cris étouffés s'élevaient. La poitrine de Mildred se souleva, prête à émettre un hurlement.

— Ne paniquez pas, dit Diantha sur le ton le plus calme possible. Ils veulent notre argent et nos objets de valeur. Si nous les leur donnons sans faire d'histoire, ils s'en iront.

Elle ne savait pas d'où lui venaient ces sages paroles. Mais les autres semblèrent se détendre.

Mildred s'était agrippée à la main de son mari, qui lui dit :

— Écoutez la jeune lady, très chère.

L'homme à côté de Mme Polley hocha la tête. Les doigts boudinés de la matrone relâchèrent leur poigne sur son sac.

Une étrange et subtile certitude traversa alors Diantha. C'était ce qu'elle faisait de bien : elle réconfortait les gens. Elle pouvait être une piètre lady, une fille décevante et une sœur pénible. Mais elle pouvait réconforter les gens qui en avaient besoin, et c'était déjà ça. Cela pourrait combler ce gouffre à l'endroit de son cœur – un petit peu.

La voiture s'arrêta en tressautant. Diantha sentit son estomac se nouer.

— N'oubliez pas : pas de panique, dit-elle à voix basse.

La portière de la voiture fut ouverte à la volée. Un homme se tenait là, pointant un pistolet.

Mildred poussa un cri. Son mari émit un son étouffé. Les sourcils de Mme Polley se froncèrent et elle croisa les bras en poussant des « oh » et des « ah » de tous les diables.

Le bandit s'inclina élégamment. La pluie crépitait sur son grand manteau noir et sur son chapeau noir, et ses yeux argentés scintillaient.

— Ladies et gentlemen, je ne suis pas venu pour vos bijoux ou vos portefeuilles, annonça-t-il de la voix la plus merveilleusement profonde que Diantha ait jamais entendue.

Son regard se fixa sur elle.

— Je ne veux que la fille.

Tout en elle sourit – sa bouche, son cœur, son âme. Il lui tendit la main, et elle tendit la sienne.

Mildred la retint.

— Vous ne pouvez pas aller avec lui ! Il va vous déshonorer !

— Bah ! Laissez-le donc faire ! intervint Mme Polley en repoussant Mildred avec son sac.

Diantha se dégagea de la poigne de la femme, plaça sa main dans celle de Wyn. À ce contact, un rire de joie lui échappa. Il l'attira à lui pour descendre les marches, sous la pluie fine. Elle suivit la ligne de sa mâchoire et la courbe de sa bouche de son regard affamé, puis elle le regarda dans les yeux.

— Vous avez terrifié tous ces gens, murmura-t-elle. Une femme s'est évanouie.

— Elle ne s'est pas évanouie, dit-il, la voix chaleureuse. Je viens de la voir nous jeter un coup d'œil.

— Certaines ladies sont fascinées par les méchantes brutes, je suppose, dit-elle en relevant le nez. Moi, je préfère les héros gentlemen.

— Vous ne vous en êtes jamais cachée.

— Pourquoi êtes-vous venu, alors que vous auriez dû comprendre que je ne le souhaitais pas ?

— Je suis venu vous dire que j'ai décidé de changer de nom, dit-il, le coin de sa bouche se recourbant. Hinkle Highbottom. Voilà mon nouveau nom. Ça sonne bien, ne trouvez-vous pas ?

Diantha retint son souffle.

— C'est... ce que j'ai toujours pensé, bafouilla-t-elle.

Il baissa la tête.

— Pourquoi avez-vous inventé ce personnage ?

— Parce que je ne pensais pas qu'un jour quelqu'un voudrait de moi.

Sous le regard de tous les passagers dans la voiture, il l'embrassa. Il l'embrassa tendrement, puis profondément, et elle se laissa aller contre lui, enveloppée dans son étreinte.

Il recula.

— Moi, je vous veux. Et je ne vous laisserai pas vous enfuir encore une fois.

Elle sourit. Mais elle devait être claire.

— Vous savez, je ne m'enfuis pas. Je vais dans le Monmouthshire m'occuper des enfants qui travaillent dans les mines.

Il tiqua.

— Un objectif admirable. Mais pas celui d'aujourd'hui. Aujourd'hui, vous allez m'accompagner à cheval vers le nord, au-delà de la frontière.

— Au nord ? Vers... l'Écosse ?

Il acquiesça, son léger sourire la mettant en émoi.

— Nous n'arriverons pas là-bas en un jour, protesta-t-elle.

— C'est vrai. Nous ferons des arrêts en chemin.

— Ma famille est-elle au courant de ce plan ?

— Ils ne savent rien. Mais ils s'en douteront peut-être, après le nombre de fois où j'ai demandé votre main.

— Ma famille ne sait rien ? s'exclama-t-elle.

Il se crispa.

— J'ai l'intention de vous épouser, Diantha Lucas, avec ou sans autorisation. De l'autre côté de la frontière, je n'ai besoin que de l'approbation d'un forgeron et d'une enclume. Et, bien sûr, de votre consentement, précisa-t-il en lui touchant le menton et en la dévisageant attentivement. Me l'accorderez-vous ?

Un bonheur inouï submergea la jeune femme.

— Oui. Oui. Oui ! dit-elle, la paume contre son torse, sentant son cœur battre fort, faisant écho au sien. Et ensuite ?

— Ensuite, je vous emmènerai sauver des enfants dans le Monmouthshire, si c'est ce que vous souhaitez.

Elle ne put répondre, seulement contempler ses yeux magnifiques en essayant de se convaincre que tout cela était bien réel.

Elle jeta un coup d'œil à ses compagnons de voyage, puis au cocher sur son siège, qui semblait remarquablement tranquille après avoir dû s'arrêter sous la menace d'une arme. Son jeune assistant était occupé à compter des billets de banque.

— Vous ne risquez pas de gros ennuis après ce que vous venez de faire ? demanda Diantha.

— J'ai des amis haut placés. Très haut placés. Et j'ai l'intention de tout vous raconter à leur sujet dès que nous aurons un moment d'intimité.

— Tout ?

— Tous les détails les plus sordides.

— Sordides ?

— Pas pour la plupart, précisa-t-il en souriant. Mais je sais qu'à l'occasion vous aimez le mélodrame, et je veux que ce jour soit spécial pour vous.

— Wyn, murmura-t-elle. Je dois vous demander quelque chose.

— Tout ce que vous voudrez, chipie.

— Pourquoi avez-vous cessé de boire, après Knighton ? Ce n'était pas seulement pour ne pas me toucher, puisque vous l'avez fait de toute façon.

— J'ai arrêté de boire parce que je ne voulais pas passer un moment de plus en votre compagnie sans être conscient de tous les détails vous concernant. Je voulais me réveiller du cauchemar et vous retrouver. J'avais envie de vous, et je voulais être digne de vous.

Elle retint son souffle.

— J'ai toujours pensé que vous étiez digne de moi.

— Et c'est l'une des...

Il s'interrompit, et ses yeux devinrent particulièrement argentés, telles les eaux d'un ruisseau sous le soleil.

— Diantha, je suis amoureux de vous. Cela dépasse l'entendement. Cela dépasse tout ce que j'ai connu.

— Oh...

— Je vous ai aimée à l'abbaye. Les jours précédents. Et je vous ai aimée encore plus fort quand vous m'avez refusé votre main parce que vous pensiez que j'agissais par devoir. J'aurais dû vous le dire plus tôt. J'aurais dû vous le dire tout de suite. Je vous aime.

Elle sourit.

— Même si je vous fais perdre la tête ?

— Précisément parce que vous me faites perdre la tête.

Elle n'arrivait pas à trouver les mots, ni à empêcher ses lèvres de trembler.

Il passa un bras autour de sa taille, l'attira à lui et caressa sa joue.

— Et vous m'aimez, dit-il comme une évidence.

Elle poussa un doux soupir. Wyn ne désirait rien d'autre que de l'entendre soupirer ainsi dans ses bras jusqu'à la fin de ses jours.

— Je suppose que je devrais l'admettre, murmura-t-elle.

— Vous supposez bien.

— Et si j'avais besoin de temps pour exprimer ces sentiments ? dit-elle, ses fossettes refaisant leur apparition. Pourriez-vous attendre quelques mois encore ?

Il resserra les bras autour d'elle.

— De toute façon, je refuserai de vous épouser tant que vous ne m'aurez pas dit que vous m'aimez.

— C'est peu chevaleresque de votre part.

— Je suis le méchant de cette pièce, ne l'oubliez pas, répliqua-t-il en indiquant d'un signe de tête la voiture.

— Oh, eh bien ! dit-elle en levant les yeux et en poussant un nouveau soupir. Je suppose que je vous aime, après tout.

— Vous le supposez ?

— Je le suppose.

Mais ses joues avaient rosi. Elle baissa la tête et commença à tripoter un bouton de son manteau.

— Je suppose que je vous aime depuis que vous m'avez invitée à danser sur cette terrasse, en vérité. Je suppose que j'ai toujours rêvé que vous m'aimiez. Mais je ne pensais pas que cet amour était réel, jusqu'à ce que je ne puisse plus supporter l'idée de ne pas passer chaque jour avec vous. Je suppose que je vous aime plus que je n'ai imaginé aimer quelqu'un, et cet amour me remplit, déborde, et me donne envie de le partager avec le monde – ce qui est la raison pour laquelle je me rendais dans le Monmouthshire, parce que je ne pouvais tout simplement pas le contenir et que je pensais que vous n'en vouliez pas.

— Diantha ? murmura-t-il, et quelque chose dans sa voix étreignit le cœur de la jeune femme.

Elle leva les yeux. Son visage était si beau. Ses yeux scintillaient d'émotion, brouillés de larmes.

— Je ne vous mérite pas, dit-il.

— Oh, vous vous méprenez ! Parce que je suis tout à fait sûre du contraire. Je suis une sacrée casse-pieds, vous savez.

— Je l'ai entendu dire.

— Et quelque peu rebelle.

— Quelque peu ?

— Et il m'arrive d'échafauder des plans beaucoup trop téméraires.

— Je n'en crois rien.

Elle fronça les sourcils.

— Comment cela ?

— C'est un plan « téméraire » qui vous a amenée à moi.

— Hum. J'avais un autre plan.

Le coin de la bouche de Wyn se recourba.

— Qu'était-ce donc ?

— Je me rendais dans le Monmouthshire parce que ce n'est pas très loin de l'abbaye. Je pensais que de là je pourrais peut-être vous rendre visite et... eh bien... me jeter sur le pas de votre porte jusqu'à ce que vous m'accordiez l'hospitalité.

— Vous saviez que je l'aurais fait.

— Je sais seulement que lorsque j'étais là-bas, je n'ai jamais été aussi heureuse de ma vie.

— Heureuse ? Vous aviez une domestique acariâtre, un menu limité, et un malade irascible dont il fallait vous occuper.

— Je vous avais, *vous*. Pour moi toute seule.

Sous son manteau, elle passa les bras autour de sa taille et enfouit le nez contre sa poitrine.

— C'était comme un rêve, dit-elle. Allez-vous vraiment m'enlever maintenant et m'emmener au-delà de la frontière pour m'épouser ?

— Oui.

— Peut-être pourriez-vous, en cours de route, me déshonorer de telle sorte qu'aucun autre homme ne veuille plus de moi ? À plusieurs reprises ?

— Oui, bien que ce soit déjà fait.

— Même si je proteste, comme une vraie damoiselle en détresse ?

— Même si vous protestez, si vous le désirez.

— Vous êtes vraiment un méchant.

Elle se hissa sur la pointe des pieds et embrassa sa bouche délicieuse. Comme chaque fois, il lui rendit son baiser. Elle murmura :

— *Mon* méchant.

Épilogue

Le soleil revêtait le chemin longeant le canal de nuances dorées. Les moutons mouchetaient les collines, la brise soufflant doucement dans la vallée.

Un chien galopa vers eux et laissa tomber un bâton au bord de l'eau. Diantha lâcha la main de Wyn pour courir le ramasser.

— Stupide Ramsès ! Tu dois me l'apporter.

Elle se pencha pour récupérer le bâton, la grâce de ses mouvements émouvant Wyn comme toujours. Il avait rêvé de l'allonger dans l'herbe ici même et de lui faire l'amour, avec le ciel sans nuages et le chant des oiseaux pour seuls témoins de leur plaisir. Les domestiques étaient en congé aujourd'hui, et Owen était au village, ayant été embauché comme apprenti à la forge.

Wyn regarda sa femme. La perspective de réaliser son rêve s'annonçait merveilleuse.

Mais il fallait d'abord régler une question. Il tira une lettre de sa poche et en brisa le cachet de cire.

Corneille,

La bataille royale est arrivée à sa conclusion prévue, et le capitaine de la reine m'a fait savoir qu'elle souhaitait ta présence auprès d'elle immédiatement.

Si tu déclines cette requête, la baronnie promise par Sa Majesté le roi est à toi. Le directeur attend une réponse.

Faucon Pèlerin

P.-S. : Moineau me prie de te transmettre sa plus profonde affection, mais entre toi et moi, elle est furieuse de n'avoir pas été conviée à ton mariage.

Diantha lui arracha la lettre des mains.

— De lord Gray ? comprit-elle, ses mèches bouclées s'enroulant autour de ses yeux.

Wyn les écarta délicatement et s'empara furtivement du feuillet. Elle le récupéra aussitôt, lisant tout en avançant d'un pied léger sur le chemin. Elle s'arrêta soudain et se retourna vers lui, les yeux écarquillés.

— Une baronnie ! Tu ne m'en avais pas parlé.

— Je n'en étais pas certain jusqu'à aujourd'hui.

Il ramassa le bâton et le lança, Ramsès filant à toute allure à sa suite.

— Comme c'est excitant ! dit-elle en levant les yeux lorsqu'il s'approcha. Que préfères-tu ? L'entourage de la reine et de grandes responsabilités, ou le titre de baron et un grand prestige ?

Il la saisit par la taille et l'attira contre lui, reprenant la lettre.

— Je n'ai qu'un seul désir, chipie.

Les yeux de la jeune femme brillèrent.

— De quoi donc s'agit-il ?

Il lâcha la lettre qui, emportée par un coup de vent, s'éleva haut dans les airs, avant de retomber dans le canal et d'être entraînée par le courant. Il resserra ses bras autour d'elle.

— De ceci.

Il prit sa bouche sous la sienne et s'abreuva de sa saveur, de son parfum, et de sa passion pour lui.

Lorsqu'il s'écarta, elle avait les joues rosies, les lèvres gonflées.

— J'ai un plan, murmura-t-elle en lui passant les bras autour du cou, ses fossettes bien marquées.

Il effleura ses lèvres des siennes, sentant ses seins pressés contre sa poitrine, ses hanches et ses cuisses, évaluant la distance qui les séparait du sol.

— C'est vrai ?

— Voilà : tu déclines les deux propositions, et nous restons ici pour le reste de notre vie, simplement les humbles M. et Mme Yale, avec un chien au nom de pharaon. Et qui que ce soit qui se présenterait, bien sûr.

Il l'embrassa à nouveau ; il n'en avait jamais assez.

— Cela me semble un excellent plan.

— C'est vrai ?

Sous les siennes, les lèvres de la jeune femme se recourbèrent en un sourire.

— Oui, dit-il en étendant les mains le long de son dos. Cela correspond tout à fait à mes désirs. Surtout en ce moment.

— Pourquoi, en ce moment ?

— Parce que cela permet de régler cette affaire inintéressante afin de passer aux choses sérieuses. Vois-tu, j'ai un plan, moi aussi.

Il pressa ses fesses au creux de ses paumes.

— J'aime bien ton plan, dit-elle en glissant les mains sous son gilet. Mais je ne savais pas que tu avais l'habitude d'en élaborer ?

— Tu m'as inspiré, dit-il en posant la bouche sur la courbe de son épaule. Et maintenant, ce ne sont pas les plans qui manquent dans ma tête…

Il lui fit remonter la cuisse contre sa hanche, ses jupes flottant sous la brise.

— Présentez-moi vos plans, monsieur Yale, dit-elle, les yeux brillant de désir et d'amour. Et je vous révélerai les miens.

Note de l'autrice

Mes recherches pour ce livre m'ont amenée à m'intéresser à l'état d'esprit des personnes dépendantes ou ayant été dépendantes à l'alcool, mais je me suis aussi inspirée – comme c'est le cas pour tous mes livres – de mes propres expériences de vie et de mes souvenirs. Aujourd'hui, les études sur la dépendance à l'alcool abondent, et les traitements disponibles sont tout aussi nombreux. Mais un fait est avéré : la désintoxication peut mettre la vie du patient en danger. De multiples facteurs contribuent à la gravité des symptômes de sevrage. Le laudanum (un opiacé) que prend Wyn contribue à faire baisser la tension artérielle, ce qui le sauve finalement. Mais comparés à ce que connaissent beaucoup de gens, ses symptômes sont plutôt modérés. Une cure de désintoxication doit toujours être entreprise sous la supervision d'un médecin.

Je remercie Marcia Abercrombie, Sarah Avery, Laurie LaBean, Mary Brophy Marcus et le Dr Ashwin Patkar du programme d'addictologie du centre hospitalier de l'université de Duke, qui m'ont si généreusement consacré leur temps et dispensé leurs conseils. Je remercie également les personnes avec lesquelles j'ai discuté et qui ont préféré rester anonymes.

Ma gratitude va aussi à Mandakini Dubey pour sa traduction en hindi de la menace que fait Wyn à Duncan (« je vais vous tuer »), à Laura Florand pour sa connaissance du jeu d'échecs, ainsi qu'à Gina Lamm et Catherine Gayle.

Je remercie également la merveilleuse Teresa Kleeman. Et de gros bisous à mes sœurs autrices du Ballroom Blog, qui rendent follement amusant d'inventer des personnages aux jardins commodément remplis de statues et de haies. C'est une grande joie de travailler avec elles.

Je remercie chaleureusement mon équipe de lectrices, qui consacrent leur temps et leur attention à l'amélioration de mes livres (souvent sous la pression scandaleuse que leur impose votre humble servante) ; Marcia Abercrombie, Georgann T. Brophy, Georgie C. Brophy, Dr Diane Liepzig et Marquita Valentine, recevez toute ma gratitude.

J'invoque également des bénédictions à l'intention de Cathy Maxwell, pour sa gentillesse et sa générosité d'esprit. Spéciale dédicace à Pam Jaffee, Jessie Edwards et Meredith Burns d'Avon, RP, pour la merveilleuse tournée promotionnelle à l'occasion de laquelle j'ai présenté ma série Falcon Club, ainsi qu'à Gail Dubov pour encore une autre magnifique couverture.

Tous mes remerciements à Esi Sogah, rédactrice en chef adjointe chez Avon Books, dont les commentaires m'ont considérablement aidée, ainsi qu'à ma merveilleuse éditrice, Lucia Macro.

Je remercie tout particulièrement mon agente, Kimberly Whalen, pour son esprit clair, son sens aigu des personnages et de la narration, et son approche directe de l'édition.

À mon mari, Laurent, dont le soutien, l'amour et les encouragements me portent et me donnent du courage et de l'inspiration, je dois les plus grands remerciements. J'aime tous nos rendez-vous, et pas seulement ceux où nous élaborons mes intrigues.

Enfin, je vous remercie chaleureusement du fond du cœur, vous, mes chers lecteurs, mes chères lectrices. Vos lettres, messages, posts et tweets rendent l'écriture d'histoires d'amour merveilleusement amusante. Je vous suis reconnaissante pour vos cœurs si magnifiquement et joyeusement ouverts.

Pour connaître les dernières nouvelles et les derniers potins concernant les héros fringants et les héroïnes audacieuses de ma série Falcon Club, j'espère que vous visiterez mon site : *www.KatharineAshe.com*.

Une dernière note littéraire : la référence de Wyn au purgatoire, au paradis et à Béatrice est bien sûr tirée de la *Divine Comédie* de Dante Alighieri. L'amour du poète médiéval florentin pour l'inaccessible Béatrice a été immortalisé dans ses vers.

4 octobre

J. J. McAvoy

Aphrodite et le duc

Inédit

Aphrodite Du Bell déteste son prénom. Alors que le Ton loue sa peau brune, ses cheveux et ses traits exquis, Aphrodite n'en peut plus d'être identifiée à la déesse de la beauté et de l'amour. Il y a quatre ans, ses attraits n'ont pas empêché Evander Eagleman de l'abandonner pour en épouser une autre ! Lorsque sa mère lui demande d'accompagner sa jeune sœur pour son entrée dans le monde, elle se promet de se garder des hommes et notamment d'Evander. Or, ce dernier, désormais veuf, est bien déterminé à reconquérir la jeune femme. Si le cœur innocent d'Aphrodite vacille à sa vue, sa famille mettra tout en œuvre pour la protéger.

✦

Renee Ann Miller

Les fripouilles – 6 – Pour un baiser volé

Inédit

Du haut de ses 28 ans, lady Sara Elsmere est plus intéressée par l'étude des papillons que par la perspective du mariage. Pourtant, devant l'ultimatum fraternel – trouver un mari ou cesser ses études –, elle se rend à un bal déguisée en bergère. Et c'est là que, la prenant pour une autre, Ian McAllister, duc de Dorchester, lui vole un baiser brûlant. Hélas, il y a des témoins et le scandale menace. Songeant aux deux garnements que sont ses pupilles, Ian envisage sérieusement d'épouser ce bas-bleu. Mais peut-être le souvenir des lèvres de lady Sara joue-t-il dans cette décision un rôle plus important qu'il ne veut bien le reconnaître…

Minerva Spencer

Whitechapel — 2 — Le passé de Mlle Tremblay

Inédit

Cécile Tremblay a tout perdu lors de la Révolution française. Réfugiée en Angleterre, elle est devenue tireuse d'élite pour la petite troupe de la Foire aux Femmes Fantastiques Farnham, où elle a trouvé un foyer. C'est aussi dans ce cirque qu'elle a eu une aventure avec lord Gaius Darlington, qu'elle a vertement congédié lorsqu'il lui a proposé de faire d'elle sa maîtresse après son mariage. Pourtant, lorsqu'il se présente à sa porte en quête de travail, ayant perdu son titre, sa fortune et sa fiancée, elle ne peut se résoudre à l'abandonner à son sort. Qui sait ? Un dur labeur lui apprendra peut-être comment il faut se conduire avec une femme.

✦

Eva Leigh

Dernière chance — 3 — Le grand retour de Willa

Inédit

Dominic Kilburn et Willa Ransome ont la désagréable surprise de tomber nez-à-nez sur une île écossaise, loin de toute civilisation, qu'ils ne pourront quitter avant deux semaines. Willa est livide : comment pourra-t-elle endurer la présence de celui qui lui a brisé le cœur et l'a humiliée un an plus tôt en l'abandonnant le jour de leur mariage ? Dom, lui, ne sait pas s'il supportera le poids de la culpabilité et du remord d'avoir saboté leur amour. Pourtant, ainsi réunis, les cœurs s'ouvrent et les vieilles plaies commencent enfin à cicatriser…

Anna Bradley

La société secrète – 5 – Retour à Coldstream

Inédit

Mairi Cameron débarque à Londres à la recherche de Daniel Adair, le garçon avec qui elle a été élevée et qui a disparu inexplicablement. La grand-mère de la jeune femme est accusée de l'avoir tué et lui seul peut l'innocenter. Elle retrouve sa trace à l'institution de Lady Clifford où il est domestique. Mais ce jeune homme ne comprend rien : il se nomme Daniel Brixton et a toujours vécu à Londres ! Devant le désarroi de Mairi, Daniel accepte pourtant de l'accompagner à Coldstream. Ensemble, parviendront-ils à faire éclater la vérité ?

✦

Eloisa James

Les plaisirs – 3 – Plaisirs interdits

Pour Quentin Dewland, un redoutable séducteur, les plaisirs de l'amour sont désormais de lointains souvenirs. Depuis son accident, sur ordre de son médecin, les efforts physiques lui sont interdits. Pourtant, quand il rencontre Gabrielle, sa future belle-sœur tout juste arrivée des Indes, des idées de conquêtes viennent à nouveau le tourmenter. Tant pis pour les recommandations médicales, les migraines et autres douleurs, il mettra la jeune femme dans son lit !

Julia Quinn

Les Blydon — 1 — Splendide

Il y a deux choses que tout le monde sait à propos d'Alex Ridgely : il est le duc d'Ashbourne et il ne se soumettra jamais aux affres du mariage. Du moins, c'était avant qu'une jeune Américaine ne se jette sous les roues d'un fiacre pour sauver la vie de son neveu. Qui plus est, cette courageuse étrangère est drôle, intelligente, loyale, mais femme de chambre. Une situation qui ne peut absolument pas convenir à son rang ! Or, troublé par le souvenir du baiser ardent qu'ils ont échangé, l'irréductible célibataire décide d'en apprendre davantage sur celle qui a enflammé son cœur...

13893

Composition
FACOMPO

Achevé d'imprimer en Italie
par GRAFICA VENETA
le 6 août 2023

Dépôt légal : septembre 2023
EAN 9782290372098
OTP L21EPSN002457-404269

ÉDITIONS J'AI LU
82, rue Saint-Lazare, 75009 Paris

Diffusion France et étranger : Flammarion